HEYNE

W0374395

SCIENCE FICTION

Das Buch

Im Untergrund von Tokio, in einer Wohnsiedlung aus Pappkartons, haust der junge Colin Laney. Er ist ein so genannter Netzläufer, der durch die Datenströme rund um den Planeten treibt und nach bestimmten Knotenpunkten, nach neuartigen Konfigurationen Ausschau hält, die auf Veränderungen hindeuten. Sein Körper wird von Fieberkrämpfen geschüttelt, aber sein Geist ist hellwach. Und er weiß, dass etwas Bedeutendes geschehen wird. Nicht in Tokio, sondern in San Francisco, auf der Oakland Bridge, wo Digital- und Nanotechnik eine Verbindung eingehen, die die Welt, wie wir sie kennen, für immer verändern wird …

»Statt gebannt auf den Bildschirm zu starren, um ja doch nur sein eigenes Spiegelbild darauf zu entdecken, lässt Gibson sich auf die Erfahrungen mit den neuen Technologien ein. Die Neugierde, nicht die Verfallenheit an die Technik, prägt seine Bücher; die Lust am Experiment, nicht irgendwelche Technikgläubigkeit.«

– *Süddeutsche Zeitung*

»William Gibson ist gegenwärtig einer der besten Prosaschriftsteller der englischen Sprache.«

– *John Shirley*

Der Autor

William Gibson wurde 1948 in Conway/South Carolina geboren und studierte englische Sprache und Literatur an der University of British Columbia. Sein erster Roman »Neuromancer«, 1984 veröffentlicht und Auftakt der gleichnamigen Trilogie, wurde mit dem Hugo-Gernsback-, dem Nebula- und dem Philip-K.-Dick-Award ausgezeichnet. Mit den Romanen »Virtuelles Licht«, »Idoru« und »Futurematic« legte er zuletzt seine zweite große SF-Trilogie vor. Gibson lebt mit seiner Familie in der Nähe von Vancouver.

Eine Liste der im WILHELM HEYNE VERLAG erschienenen Bücher von William Gibson finden Sie am Ende des Bandes.

William Gibson

Futurematic

Roman

WILHELM HEYNE VERLAG
MÜNCHEN

HEYNE SCIENCE FICTION & FANTASY
Band 06/6437

Titel der amerikanischen Originalausgabe
ALL TOMORROW'S PARTIES
Deutsche Übersetzung von Peter Robert

Umwelthinweis:
Dieses Buch wurde auf
chlor- und säurefreiem Papier gedruckt.

Redaktion: Wolfgang Jeschke und Sascha Mamczak
Copyright © 1999 by William Gibson
Copyright © 2002 der deutschen Ausgabe und der Übersetzung
by Wilhelm Heyne Verlag GmbH & Co. KG, München
http://www.heyne.de
Printed in Germany 9/02
Umschlaggestaltung: Nele Schütz Design, München
Technische Betreuung: M. Spinola
Satz: Schaber Satz- und Datentechnik, Wels
Druck und Bindung: Ebner & Spiegel, Ulm

ISBN 3-453-86329-1

Für Graeme
and The Badchairs

1 Pappkartonstadt

Durch die abendliche Flut unbeachteter, unbekannter Gesichter inmitten dahinhastender schwarzer Schuhe und zusammengerollter Regenschirme, die Menschenmenge ein einziger Organismus, der sich ins stickige Innerste der Station hinabwälzt, kommt Shinya Yamasaki, das Notebook unterm Arm, als wäre es die Eiertasche eines genügsamen, aber halbwegs lebenstüchtigen Meeresgeschöpfs.

Von der Evolution befähigt, mit rempelnden Ellbogen, überdimensionalen Ginza-Einkaufstüten und erbarmungslosen Aktenkoffern fertig zu werden, steigt Yamasaki mit seiner kleinen Informationsfracht in die Neontiefen. Hinab zu einem gefliesten Nebengang von relativer Stille, der parallele Rolltreppen verbindet.

Mittelsäulen in grüner Keramikverkleidung stützen eine von staubbepelzten Ventilatoren, Rauchmeldern und Lautsprechern zernarbte Decke. Jenseits der Säulen drückt sich eine regellose Kolonne ramponierter Pappkartons an die Wand, improvisierte Unterkünfte, errichtet von den Obdachlosen der Stadt. Yamasaki bleibt stehen, und im selben Moment überschwemmt das ozeanische Getrappel hin und her eilender Füße seine Sinne, nicht mehr im Zaum gehalten von dem Bewusstsein, dass er einen Auftrag zu erfüllen hat, und er wünscht sich aufrichtig und sehnlichst, woanders zu sein.

Er zuckt heftig zusammen, als eine schick gekleidete junge Matrone mit Chanel-Mikropore vor dem Gesicht ihm mit einem teuren dreirädrigen Kinderwagen über die Füße fährt. Yamasaki stößt eine krampfhafte Entschuldigung hervor, und während die Mutter entschlossen davonstapft, erhascht er durch elastische Vorhänge aus einem pink getönten Kunststoff einen Blick auf den winzigen Passagier und den flackernden Schein eines Bildschirms.

Yamasaki seufzt unhörbar und hinkt zu den Behausungen aus Pappe. Er fragt sich kurz, was die vorbeiströmenden Pendler wohl denken werden, wenn sie sehen, wie er in den fünften Karton von links kriecht. Der reicht ihm kaum bis zur Brust, ist länger als die anderen und hat vage Ähnlichkeit mit einem Sarg. Eine Klappe aus weißer, von Daumenabdrücken verschmutzter Wellpappe dient als Tür,

Vielleicht sehen sie ihn ja gar nicht, denkt er. Schließlich hat er selbst auch nie jemanden in diese sauberen Behausungen hineingehen oder herauskommen sehen. Es ist, als würden ihre Bewohner bei der Transaktion, der sich die Existenz solcher Strukturen im Bereich des Bahnhofs verdankt, unsichtbar werden. Als Student der existenziellen Soziologie hat er sich insbesondere mit solchen Transaktionen befasst.

Und jetzt zögert er, kämpft gegen den Drang an, die Schuhe auszuziehen und sie neben das ziemlich schmierige Paar gelber Plastiksandalen auf dem sorgsam gefalteten Bogen Parco-Geschenkpapier neben der Eingangsklappe zu stellen. Nein, denkt er, während er vor seinem geistigen Auge sieht, wie er drinnen überfallen wird, wie er in einem Papplabyrinth mit gesichtslosen Feinden ringt. Lieber die Schuhe anbehalten.

Mit einem erneuten Seufzer kniet er sich hin und nimmt das Notebook in beide Hände. Während er einen Moment lang auf den Knien verharrt, hört er die eiligen Schritte der Passanten hinter sich. Dann stellt er das Notebook auf die Keramikfliesen, schiebt es nach vorn, unter der Klappe aus Wellpappe durch, und folgt ihm auf Händen und Knien.

Er hofft inständig, dass er den richtigen Karton gefunden hat.

Er erstarrt in dem unerwarteten Licht, der unerwarteten Wärme. Eine einzelne Halogenlampe flutet den winzigen Raum mit der Frequenz von Wüstensonnenlicht. Da es keine Lüftung gibt, heizt sie den Raum auf wie einen Reptilienkäfig.

»Komm rein«, sagt der alte Mann auf japanisch. »Lass deinen Arsch nicht so raushängen.« Er ist nackt bis auf eine Art Lendenschurz, etwas Rotes, Gewickeltes, das einmal ein T-Shirt gewesen sein mag. Er hockt im Schneidersitz auf einer zerschlissenen Tatami voller Farbflecken. In der einen Hand hält er eine bunt bemalte Spielzeugfigur, in der anderen einen dünnen Pinsel. Yamasaki sieht, dass das Ding eine Art Modell ist, ein Roboter oder ein militärisches Exoskelett. Es glitzert im sonnengrellen Licht, blau, rot und silbern. Kleine Werkzeuge liegen auf der Tatami verstreut: ein Rasiermesser, ein Eingussschneider, Schmirgelpapierkringel.

Der alte Mann ist sehr dünn und glatt rasiert, bräuchte aber dringend einen Haarschnitt. Graue Strähnen hängen ihm links und rechts ums Gesicht, und sein verkniffener Mund verleiht ihm eine Miene permanenter Missbilligung. Seine Brille hat ein schweres schwarzes Plastikgestell und archaisch dicke Gläser. Die Gläser fangen das Licht ein.

Yamasaki kriecht gehorsam in den Karton und spürt, wie die Türklappe hinter ihm zufällt. Er widersteht dem Drang, sich auf Händen und Knien zu verbeugen.

»Er wartet schon«, sagt der Alte. Die Pinselspitze schwebt über der Figur in seiner Hand. »Da drin.« Nur mit einer Kopfbewegung.

Yamasaki sieht, dass der Karton mit Versandrollen verstärkt worden ist, ein System, das die traditionelle japanische Ständerwerk-Architektur widerspiegelt. Die

Rollen sind mit irgendwo aufgelesenem Polyband verschnürt. Zu viel ist hier in diesem winzigen Raum. Handtücher, Decken, Kochtöpfe auf Pappborden. Bücher. Ein kleiner Fernseher.

»Da drin?« Yamasaki deutet auf etwas, was er für eine weitere Tür hält. Es sieht aus wie ein Eingang zu einem Verschlag. Der Eingang ist mit dem schmutzigen Rechteck einer melonengelben Schaumstoffdecke verhängt, einer Decke, wie man sie in Kapselhotels findet. Aber die Pinselspitze senkt sich und berührt das Modell, der Alte ist wieder in der dazu erforderlichen Konzentration versunken, und so kriecht Yamasaki auf Händen und Knien durch den absurd kleinen Raum und zieht das Stück Decke beiseite. Dunkelheit.

»Laney-san?«

Etwas, was wie ein zerknautschter Schlafsack aussieht. Er riecht Krankheit …

»Ja?« Ein Krächzen. »Hier drin.«

Yamasaki holt tief Luft, kriecht hinein, schiebt sein Notebook vor sich her. Als die melonengelbe Decke wieder vor den Eingang fällt, schimmert Helligkeit durch das Synthetikgewebe und den dünnen Schaumstoffkern wie tropisches Sonnenlicht, das man aus der Tiefe einer Korallengrotte sieht.

»Laney?«

Der Amerikaner stöhnt. Dreht sich anscheinend um oder setzt sich auf. Yamasaki kann es nicht sehen. Etwas bedeckt Laneys Augen. Das rote Blinken einer Diode. Kabel. Das schwache Glimmen des Interface, das sich als dünne Linie auf Laneys schweißglattem Wangenknochen spiegelt.

»Ich bin jetzt tief drin«, sagt Laney und hustet.

»Tief worin?«

»Die sind Ihnen doch nicht etwa gefolgt, wie?«

»Ich glaube nicht.«

»Ich würde es merken.«

Yamasaki spürt, wie ihm auf einmal der Schweiß aus

beiden Achselhöhlen rinnt und an seinen Rippen hinabläuft. Er zwingt sich zu atmen. Die Luft hier drin ist dick und übel riechend. Er denkt an die siebzehn bekannten Arten multiresistenter Tuberkulose.

Laney holt rasselnd Luft. »Aber sie suchen nicht nach mir, oder?«

»Nein«, sagt Yamasaki, »sie suchen nach ihr.«

»Die finden sie nicht«, sagt Laney. »Nicht hier. Nirgendwo. Nicht jetzt.«

»Warum sind Sie weggelaufen, Laney?«

»Das Syndrom«, sagt Laney und hustet erneut, und Yamasaki fühlt das ruhige, tiefe Beben einer Magnetschwebebahn, die irgendwo weiter unten in der Station einfährt, keine mechanische Vibration, sondern ein enormer Kolbenhub verdrängter Luft. »Es hat jetzt doch noch gewirkt. Das 5-SB. Der Lautlose-Jäger-Effekt.« Yamasaki hört eilige Schritte, vielleicht eine Armeslänge entfernt, hinter der Pappwand.

»Davon bekommen Sie Husten?« Yamasaki blinzelt, sodass seine neuen Kontaktlinsen unangenehm ins Schwimmen geraten.

»Nein«, sagt Laney und hustet in seine blasse, erhobene Hand, »ist irgendso 'n Virus. Den haben hier unten alle.«

»Ich habe mir Sorgen gemacht, als Sie verschwunden sind. Die haben angefangen, nach Ihnen zu suchen, aber als sie weg war …«

» … war die Kacke richtig am Dampfen.«

»Kacke?«

Laney nimmt den klobigen, altmodischen Datenhelm ab. Yamasaki kann nicht erkennen, woher er seinen Input bekommt, aber im sich verlagernden Licht des Displays zeichnen sich Laneys tief in den Höhlen liegende Augen ab. »Alles verändert sich, Yamasaki. Die Mutter aller Knotenpunkte kommt auf uns zu. Ich kann sie jetzt sehen. *Alles* wird anders.«

»Ich verstehe nicht.«

»Wissen Sie, was der Witz ist? Nichts hat sich verändert, als sie's erwartet haben. Das Millennium war einfach ein christlicher Feiertag. Ich hab mich mit Geschichte beschäftigt, Yamasaki. Ich kann die Knotenpunkte in der Geschichte sehen. So einen wie den hier gab's zuletzt 1911.«

»Was ist 1911 passiert?«

»Alles ist anders geworden.«

»Wie?«

»Einfach so. So läuft das nun mal. Das sehe ich jetzt.«

»Laney«, sagt Yamasaki, »als Sie mir vom Lautlosen-Jäger-Effekt erzählt haben, haben Sie gesagt, die Opfer, die Testpersonen, würden sich auf eine bestimmte Medienfigur fixieren.«

»Ja.«

»Und, sind Sie auf sie fixiert?«

Laney starrt ihn an, die Augen hell vom Widerschein der Datenströme. »Nein. Nicht auf sie. Auf einen Kerl namens Harwood. Cody Harwood. Aber sie werden aufeinander treffen. In San Francisco. Und es kommt noch jemand dazu. Jemand, der so was wie eine Negativspur hinterlässt; man muss alles aus der Art seiner Abwesenheit schließen …«

»Warum haben Sie mich herbestellt, Laney? Das ist doch schrecklich hier. Soll ich Ihnen bei der Flucht helfen?« Yamasaki denkt an die Klingen des Schweizer Armeemessers in seiner Tasche. Eine ist gezackt; er könnte sich mühelos seinen Weg durch die Wand schneiden. Aber der psychologische Raum ist mächtig, sehr mächtig, er überwältigt ihn. Er fühlt sich sehr fern von Shinjuku, von Tokio, von allem. Er riecht Laneys Schweiß. »Es geht Ihnen nicht gut.«

»Rydell«, sagt Laney und setzt den Datenhelm wieder auf. »Dieser Privatcop aus dem Chateau. Der, den Sie kennen. Der mir in L.A. von Ihnen erzählt hat.«

»Ja?«

»Ich brauch einen Mann vor Ort, in San Francisco. Ich

hab ein bisschen Geld aufgetan. Glaub nicht, dass sie's verfolgen können; ich hab am Banksektor von DatAmerica gefummelt. Suchen Sie Rydell und sagen Sie ihm, er kann es haben, als Vorschuss.«

»Wofür?«

Laney schüttelt den Kopf. Die Kabel am Datenhelm bewegen sich im Dunkeln wie Schlangen. »Er muss da sein, mehr nicht. Irgendwas kommt auf uns zu. Alles verändert sich.«

»Laney, Sie sind krank. Ich bringe Sie ...«

» ... auf die Insel zurück? Da ist nichts. Und da wird auch nie was sein, jetzt, wo sie weg ist.«

Und Yamasaki weiß, dass das stimmt.

»Wo ist Rez?«, fragt Laney.

»Er ist auf Tournee durch die Kombinat-Staaten gegangen, als er zu der Überzeugung kam, dass sie fort war.«

Laney nickt nachdenklich. Der Datenhelm wippt im Dunkeln wie eine Gottesanbeterin auf und ab. »Besorgen Sie mir Rydell, Yamasaki. Ich sag Ihnen, wie er an das Geld kommt.«

»Aber warum?«

»Weil er dazugehört. Zum Knoten.«

Später blickt Yamasaki zu den Türmen von Shinjuku hinauf, zu den Mauern aus animiertem Licht, auf denen sich Signifikat und Signifikant im endlosen Ritual von Kommerz und Begehren zum Himmel winden. Riesige Gesichter füllen die Bildwände, Ikonen einer Schönheit, die banal und schrecklich zugleich ist.

Irgendwo unter ihm kauert Laney hustend in seinem Pappverschlag, und ganz DatAmerica schiebt sich unablässig in seine Augen. Laney ist sein Freund, und seinem Freund geht es nicht gut. Die eigentümlichen Fähigkeiten des Amerikaners im Umgang mit Daten sind das Resultat von Experimenten mit einer Substanz namens 5-SB, die in einem staatlichen Waisenhaus in Florida an ihm vorgenommen worden sind. Yamasaki hat gesehen, was Laney mit Daten machen kann und was Daten mit Laney machen können.

Er hat keine Lust, es noch einmal zu sehen.

Als er den Blick von den medialisierten Gesichtern senkt, merkt er, wie sich die Kontaktlinsen bei der Einstellung der Tiefenschärfe bewegen und verändern. Das irritiert ihn noch immer.

Nicht weit von der Station findet er in einer taghellen Seitenstraße einen jener Kioske, an denen man anonyme Debitkarten bekommt. Er kauft eine. An einem anderen Kiosk ersteht er damit ein Wegwerftelefon mit einem Guthaben für ein halbstündiges Gespräch von Tokio nach L.A.

Er fragt sein Notebook nach Rydells Nummer.

2 *Lucky Dragon*

»Heroin«, erklärte Durius Walker, Rydells Kollege vom Wachdienst des Lucky Dragon auf dem Sunset Boulevard, »ist das Opium des Volkes.«

Durius war mit dem Fegen fertig. Er hielt die große Kehrichtschaufel vorsichtig in der Hand und ging damit zu dem eingebauten Klinik-Container für Spritzen, dem mit dem stacheldrahtbewehrten Biorisiko-Symbol. In den warfen sie die Dinger, wenn sie welche fanden.

Im Durchschnitt waren es fünf bis sechs pro Woche. Rydell hatte noch keinen dabei erwischt, wie er sich im Laden irgendwas in die Adern jagte, obwohl er es den Kunden durchaus zugetraut hätte. Anscheinend warfen die Leute ihre gebrauchten Spritzen einfach auf den Boden, meistens hinten bei der Katzennahrung. Man fand auch andere Sachen, wenn man im Lucky Dragon fegte: Tabletten, Münzen in fremder Währung, Identifikationsarmbänder aus Krankenhäusern, zerknülltes Papiergeld aus Ländern, in denen es noch welches gab. Es war allerdings nicht ratsam, im Kehricht auf dieser Schaufel herumzuwühlen. Wenn Rydell ausfegte, trug er die gleichen Kevlar-Handschuhe wie Durius jetzt, und darunter noch welche aus Latex.

Durius hatte jedoch vermutlich Recht, und das gab einem zu denken: massenweise neue Substanzen auf dem Markt, die zum Missbrauch einluden, und trotzdem vergaßen die Leute diejenigen nicht, die es schon seit ewigen Zeiten gab. Da verbot man zum Beispiel Zigaretten, aber die Leute fanden schon einen Weg, um weiter zu rauchen. Der Lucky Dragon durfte zwar kein Zigarettenpapier verkaufen, betrieb jedoch einen schwunghaften Handel mit mexikanischem Lockenwicklerpapier, das den gleichen Zweck erfüllte. Die beliebteste Marke hieß Biggerhair, und Rydell hätte gern gewusst, ob sich wirklich schon mal jemand damit Locken in die Haare gedreht hatte. Wie ging das überhaupt mit kleinen, rechteckigen Seidenpapierblättchen?

»Noch zehn Minuten«, sagte Durius über die Schulter hinweg. »Willst du den Gehweg-Check machen?«

Um vier musste einer von ihnen eine zehnminütige Pause hinten im Hof machen. Wenn Rydell den Gehweg checkte, hieß das, dass er als Erster mit der Pause dran war, Durius als Zweiter. Die Mutterfirma des Lucky Dragon in Singapur hatte den Gehweg-Check auf den Rat eines hauseigenen Teams amerikanischer Kulturanthropologen eingeführt. Das hatte Mr. Park, der Leiter der Nachtschicht, Rydell erklärt, während er die Punkte auf seinem Notebook abhakte. Er hatte auf jeden Absatz auf dem Bildschirm getippt, um seinen Worten Nachdruck zu verleihen, und dabei geklungen, als würde ihn das alles zutiefst langweilen, aber Rydell vermutete, dass es nun mal zu seinem Job gehörte, und damit nahm Mr. Park es sehr genau. »›Zum Zeichen dafür, wie wichtig dem Lucky Dragon die Sicherheit im Viertel ist, wird der Wachdienst jede Nacht auf dem Gehweg vor dem Geschäft patrouillieren.‹« Rydell hatte genickt. »Sie nicht zu lange aus Laden weg«, setzte Mr. Park zur Klarstellung hinzu. »Fünf Minut. Direkt vor Pause.« Pause. Tippen. »›Das Wachpersonal des Lucky Dragon ist deutlich präsent, aber freundlich und einfühlsam im Umgang mit der lokalen Kultur.‹«

»Was heißt das?«

»Jemand schläft, Sie schicken weg. Freundliche Art. Nutte arbeiten da, Sie sagen hallo, erzählen Witz, schicken weg.«

»Ich hab Angst vor diesen Müttern«, sagte Rydell mit unbewegter Miene. »Weihnachten brezeln die sich auf wie die Elfen des Weihnachtsmanns.«

»Keine Nutte vor Lucky Dragon.«

»›Einfühlsam im Umgang mit der lokalen Kultur‹?«

»Erzählen Witz. Nutte mögen Witz.«

»Vielleicht in Singapur«, hatte Durius gesagt, als Rydell ihm von Parks Anweisungen erzählte.

»Er ist nicht aus Singapur«, hatte Rydell erwidert, »sondern aus Korea.«

»Im Grunde wollen sie also, dass wir uns zeigen, den Gehweg auf ein paar Metern freihalten und freundlich und einfühlsam sind?«

»Und Witz erzählen.«

Durius kniff die Augen zusammen. »Weißt du, was für Leute um vier Uhr früh vor 'nem Gemischtwarenladen auf dem Sunset rumhängen? Kids auf Dancer, die voll von der Rolle sind und Monsterfilme halluzinieren. Nun rate mal, wer dann wohl das Monster ist? Und dann sind da noch die reiferen Soziopathen; älter, komplizierter, polypharm …«

»Was 'n das?«

»Die mixen ihr Zeug«, sagte Durius. »Werden lateral.«

»Lateral?«

»Rasten aus.«

»Muss sein, sagt der Chef.«

Durius sah Rydell an. »Du zuerst.« Er kam aus Compton, der einzige Mensch, den Rydell kannte, der tatsächlich in Los Angeles geboren war.

»Du bist größer.«

»Größe ist nicht alles.«

»Hast Recht«, hatte Rydell gesagt.

Den ganzen Sommer über hatten Rydell und Durius den Nachtdienst im Lucky Dragon gemacht, einem speziell gebauten Modul, das per Hubschrauber auf dieses

Grundstück am Sunset – eine ehemalige Autovermietung – gesetzt worden war. Vorher hatte Rydell als Nachtwächter im Chateau gearbeitet, ein kleines Stück die Straße rauf, und davor hatte er bei IntenSecure einen Streifenwagen gefahren. Und noch früher – er versuchte, nicht allzu oft daran zu denken – war er kurz mal Polizist in Knoxville, Tennessee, gewesen. In dieser Zeit wäre es ihm zweimal beinahe gelungen, in *Cops in Schwierigkeiten* zu kommen, eine Serie, mit der er aufgewachsen war, die er jetzt jedoch nie mehr sah.

Die Nachtschicht im Lucky Dragon war interessanter, als Rydell gedacht hätte. Durius zufolge lag das daran, dass es im Umkreis von ein, zwei Kilometern der einzige Laden war, in dem es Dinge gab, die man tatsächlich brauchte, sei es regelmäßig oder sonst wie. Mikrowellennudeln, Diagnostik-Kits für die meisten sexuell übertragbaren Krankheiten, Zahnpasta, alles mögliche Wegwerfzeug, Netzzugang, Kaugummi, Mineralwasser … Überall in Amerika, ja sogar überall auf der Welt gab es Lucky Dragons, und zum Beweis dafür stand das Wahrzeichen von Lucky Dragon draußen, die Global Interactive Video-Säule. An der musste man vorbei, wenn man den Laden betrat oder verließ, und dann sah man das jeweilige Dutzend Lucky Dragons, mit dem der Laden auf dem Sunset gerade verbunden war, in Paris, Houston oder Brazzaville, wo auch immer. Die Verbindungen wechselten alle drei Minuten, und zwar aus einem ganz praktischen Grund: Man war zu der Überzeugung gelangt, dass Jugendliche in den langweiligeren Vorstädten der Welt bei längerer maximaler Übertragungsdauer versuchen würden, Wetten zu gewinnen, indem sie es vor der Kamera miteinander trieben. Auch so bekam man schon eine ganze Menge nackte Hintern und Titten zu sehen. Und noch öfter Gestalten wie diesen zugedröhnten Burschen im Zentrum von Prag, der den weltweit verbreiteten Stinkefinger reckte, als Rydell gerade zum Gehweg-Check hinausging.

»Du mich auch«, sagte Rydell zu diesem unbekannten Tschechen und zog die neon-pinkfarbene Lucky-Dragon-Hüfttasche hoch, die er laut Vertrag im Dienst tragen musste. Er hatte aber nichts dagegen, obwohl sie beschissen aussah: Sie war kugelsicher und enthielt ein hochziehbares Babylätzchen aus Kevlar, das man sich um den Hals binden konnte, falls es mal härter zuging. In seiner zweiten Dienstwoche hatte ein lateraler Kunde versucht, Rydell mit einem Keramikmesser durch das Lucky-Dragon-Logo hindurch zu erstechen, und danach hatte Rydell eine Art Bund mit dem Ding geschlossen.

Das Schnappmesser lag jetzt oben in seinem Zimmer über Mrs. Siekevitzs Garage. Sie hatten es unter der Erdnussbutter gefunden, nachdem das LAPD den Lateralen abgeführt hatte. Die schwarze Klinge sah aus wie sandgestrahltes Glas. Rydell mochte es nicht; wegen der Keramikklinge lag es ganz merkwürdig in der Hand, und es war so scharf, dass er sich schon zweimal dran geschnitten hatte. Er wusste nicht so recht, was er damit machen sollte.

Der heutige Gehweg-Check schien ein Kinderspiel zu sein. Draußen stand eine Japanerin mit wahrhaft erstaunlich langen Beinen und noch erstaunlicheren kurzen Shorts. Das hieß, sie sah irgendwie japanisch aus. Rydell fiel es schwer, in L.A. solche Unterscheidungen zu treffen. Durius meinte, hybrider Schöpferdrang sei momentan total angesagt, und Rydell vermutete, dass er Recht hatte. Das Mädchen mit den Endlosbeinen war fast so groß wie er, und er glaubte nicht, dass Japaner normalerweise so groß wurden. Aber vielleicht war sie ja hier aufgewachsen, wie schon ihre Eltern vor ihr, und das hiesige Essen hatte sie alle in die Höhe schießen lassen. Er hatte gehört, dass so etwas vorkam. Aber nein, entschied er, als er näher kam, es lag daran, dass es gar kein Mädchen war. Komisch, dass man das merkte. Meistens war es nichts besonders Auffälliges. Es war, als würde er ihr wirklich gern alles abkaufen, was sie tat, um ein Mädchen zu *sein,* als ließe es irgendeine unterschwellige Botschaft aus ihrer Knochenstruktur jedoch nicht zu.

»He«, sagte er.

»Das heißt, verzieh dich, was?«

»Na ja«, sagte Rydell. »Eigentlich schon.«

»Und ich soll eigentlich hier stehen und eine stumpfsinnige Kundschaft dazu bringen, sich einen blasen zu lassen. Wo ist der Unterschied?«

Rydell dachte darüber nach. »Du bist freischaffend«, sagte er schließlich, »ich bin angestellt. Wenn du dich für zwanzig Minuten ein Stück weiter hinstellst, feuert dich keiner.« Er konnte ihr Parfüm durch den komplexen Cocktail aus Umweltgiften und den geisterhaften Orangenduft riechen, der einem hier manchmal in die Nase stieg. Es gab Orangenbäume in der Gegend, es musste welche geben, aber er hatte noch nie einen entdeckt.

Sie sah ihn stirnrunzelnd an. »Freischaffend.«

»Genau.«

Sie wiegte sich gekonnt auf ihren hohen Absätzen und fischte eine Schachtel russische Marlboro aus ihrer pinkfarbenen Lackledertasche. Vorbeifahrende Autos ließen bei dem Anblick, wie der Lucky-Dragon-Wachmann mit diesem über eins achtzig großen Jungenmädchen sprach, bereits die Hupe ertönen, und jetzt machte sie bewusst etwas Illegales. Sie klappte die rot-weiße Schachtel auf und bot Rydell ostentativ eine Zigarette an. Es waren zwei fabrikmäßig hergestellte Filterzigaretten drin, aber eine war kürzer als die andere und hatte metallic-blauen Lippenstift am Filter.

»Nein danke.«

Sie nahm die kürzere, halb aufgerauchte heraus und steckte sie sich zwischen die Lippen. »Weißt du, was ich an deiner Stelle täte?« Die Lippen um den braunen Filter sahen aus wie zwei mit glitzernder blauer Zuckerglasur überzogene Miniwasserbetten.

»Was?«

Sie zog ein Feuerzeug aus ihrer Handtasche. Eins der Dinger, die man in Tobacciana-Läden bekam. Deren Verkauf wollten sie auch noch verbieten, hatte er gehört. Sie ließ es aufflammen und zündete sich die Zigarette an. Sog den Rauch ein, behielt ihn drin und stieß ihn dann aus, weg von Rydell. »Ich würd mich schleunigst vom Acker machen.«

Er schaute in den Lucky Dragon hinein und sah, wie Durius etwas zu Miss Praisegod Satansbane sagte, der Kassiererin dieser Schicht. Praisegod hatte Humor, und bei so einem Namen musste man den wohl auch haben. Ihre Eltern waren südkalifornische Neopuritaner von einem besonders bösartigen Schlag; den Namen Satansbane hatten sie vor Praisegods Geburt angenommen. Das Dumme sei, hatte sie Rydell erklärt, niemand wisse so genau, was »bane« bedeute – nämlich »Ruin« –, und wenn sie den Leuten ihren Nachnamen sage, dann glaubten die meistens, sie sei Satanistin. Deshalb nannte sie sich häufig Proby. So hatte ihr Vater geheißen, bevor er zu Gott gefunden hatte.

Jetzt sagte Durius wieder etwas, und Praisegod warf die Schultern zurück und lachte. Rydell seufzte. Er wünschte, Durius wäre mit dem Gehweg-Check dran gewesen.

»Hör mal«, sagte Rydell, »ich behaupte ja nicht, dass du nicht hier stehen darfst. Der Gehweg gehört allen. Ist ja nur wegen der Firmenpolitik.«

»Ich rauch jetzt die Zigarette auf«, sagte sie, »und dann ruf ich meinen Anwalt an.«

»Können wir's nicht unter uns regeln?«

»Mh-mh.« Breites, metallic-blaues, Kollagen geschwollenes Lächeln.

Rydell schaute zu Durius hinüber und sah, dass dieser ihm Handzeichen gab. Er zeigte auf Praisegod, die ein Telefon in der Hand hielt. Hoffentlich hatten sie nicht die Bullen gerufen. Er hatte das Gefühl, dass dieses Mädchen wirklich einen Anwalt hatte, und das würde Mr. Park nicht gefallen.

Jetzt kam Durius heraus. »Für dich«, rief er. »Sie sagen, es ist Tokio.«

»Entschuldige mich«, sagte Rydell und wandte sich ab.

»He«, sagte sie.

»He was?« Er blickte zu ihr zurück.

»Du bist süß.«

3 Tief drin

Laney hört seine Pisse in die Plastik-Literflasche mit dem Schraubverschluss gurgeln. Er kniet ungelenk im Dunkeln und findet es unangenehm, wie sich die Flasche in seiner Hand erwärmt, während sie sich füllt. Er schraubt sie nach Gefühl zu und stellt sie aufrecht in die Ecke, die am weitesten von seinem Kopf entfernt ist, wenn er schläft. Morgen früh wird er sie unter seiner Jacke aufs Herrenklo bringen und ausleeren. Der alte Mann weiß, dass er momentan zu krank ist, um jedes Mal hinauszukriechen und den Gang entlangzugehen, aber so haben sie es vereinbart. Laney pisst in die Flasche und bringt sie hinaus, sobald er kann.

Er weiß nicht, warum der Alte ihn hier bleiben lässt. Er hat ihm Geld angeboten, aber der Alte baut nur weiter seine Modelle. Er braucht einen Tag, um eins fertig zu stellen, und sie sind immer perfekt. Wohin verschwinden sie, wenn er sie fertig hat? Und woher kommen die Bausätze?

Laney hat die Theorie, dass der Alte ein Modellbau-Sensei ist, ein nationales Kulturgut; Kenner bringen ihm Bausätze aus aller Welt und warten nervös darauf, dass der Meister mit seiner einmaligen und dennoch seltsam lässigen Präzision, seinen Zen-Bewegungen ihre klassischen Gundams fertig stellt und jedem vielleicht einen klitzekleinen und irgendwie perfekten *Fehler* mitgibt, seine Signatur und zugleich eine Bestätigung der Natur des Universums. Weil in Wirklichkeit nichts perfekt, nichts jemals fertig ist. Alles ist ein Prozess, versichert sich Laney, zieht dabei den Reißverschluss hoch und macht es sich wieder in seinem verdreckten Nest aus Schlafsäcken bequem.

Aber dieser Prozess ist weitaus seltsamer, als er erwartet hat, denkt er, während er ein Schlafsackende zu einem Kopfkissen an der Pappe zusammenknüllt, durch die er die harte Fliesenwand des Ganges spüren kann.

Trotzdem *muss* er hier sein, glaubt er. Wenn es einen Ort in Tokio gibt, wo ihn Rez' Leute nicht finden, dann diesen. Er weiß nicht mehr genau, wie er hierher gekommen ist; um die Zeit, als das Syndrom eingesetzt hatte, war alles ein bisschen neblig geworden. Eine Art Zustandsveränderung, eine globale Verschiebung in seiner Wahrnehmungsweise. Mangelhaftes Erinnerungsvermögen. Nichts war haften geblieben.

Jetzt fragt er sich, ob er nicht doch eine Abmachung mit dem Alten getroffen hat. Vielleicht hat er dafür – Miete oder was immer – bereits bezahlt. Vielleicht gibt der Alte ihm deshalb zu essen, vielleicht gibt er ihm deshalb Flaschen mit abgestandenem Mineralwasser und duldet den Pissegestank. Es könnte sein, aber er weiß es nicht genau.

Es ist dunkel da drin, aber er sieht Farben, undeutliche, plötzlich aufschimmernde Kugeln, Streifen und Pünktchen, die sich bewegen. Als ob die Nachbilder der DatAmerica-Ströme jetzt von Dauer wären, tief in die Netzhaut eingebrannt. Kein Licht dringt vom Gang herein – er hat jedes noch so winzige Loch mit schwarzem Klebeband abgedeckt –, und die Halogenlampe des alten Mannes ist aus. Rydell nimmt an, dass er dort schläft, aber er hat ihn nie dabei gesehen, hat nie Geräusche gehört, die auf einen Übergang vom Modellbau zum Schlaf hindeuten könnten. Vielleicht schläft der Alte aufrecht auf seiner Matte, einen Gundam in der einen, den Pinsel in der anderen Hand.

Manchmal hört er Musik aus den Kartons nebenan, aber nur ganz leise, als hätten die Nachbarn Kopfhörer auf.

Er hat keine Ahnung, wie viele hier in diesem Gang wohnen. Der Platz scheint für sechs Personen zu reichen, aber er hat mehr gesehen, und es kann sein, dass sie hier schichtweise unterkriechen. Nach acht Monaten kann er noch nicht viel Japanisch, aber selbst wenn er die Sprache verstünde, wären diese Leute wahrscheinlich doch bloß alle verrückt und würden nur über Sachen reden, über die Verrückte eben so reden.

Und natürlich würde ihn jeder, der ihn jetzt hier mit seinem Fieber, seinen Schlafsäcken, seinem Datenhelm, seinem mobilen Datenport und seiner Flasche mit abkühlender Pisse sehen könnte, ebenfalls für verrückt halten.

Aber das ist er nicht. Er weiß, dass er nicht verrückt ist, trotz allem. Er hat jetzt das Syndrom, die Geschichte, die jede Testperson aus dem Waisenhaus in Gainesville erwischt hat, aber er ist nicht verrückt. Nur besessen. Und die Besessenheit hat ihre eigene Gestalt in seinem Kopf, ihre eigene Struktur, ihr eigenes Gewicht. Er kann sie von sich selbst unterscheiden, kann differenzieren, und darum kehrt er zu ihr zurück, wann immer es nötig ist, und überprüft sie. Überwacht sie. Vergewissert sich, dass sie noch nicht mit ihm identisch ist. Sie erinnert ihn an einen schmerzenden Zahn oder an das Gefühl, als er einmal gegen seinen Willen verliebt war. Seine Zunge hat immer den Zahn gefunden, und er hat immer diesen Schmerz gefunden, diese Abwesenheit in der Gestalt der Geliebten.

Aber das Syndrom war anders. Es war von ihm getrennt und hatte mit nichts und niemandem zu tun, dem auch nur sein Interesse galt. Als er spürte, wie es losging, hatte er wie selbstverständlich angenommen, dass es sich auf sie beziehen würde, auf Rei Toei, denn er war ihr nah, so nah, wie man jemandem sein konnte, der physisch nicht existierte. Sie hatten fast jeden Tag miteinander geredet, Laney und die Idoru.

Und anfangs, überlegt er jetzt, hatte es sich vielleicht wirklich auf sie bezogen, aber dann war es, als würde er etwas durch die Datenströme zurückverfolgen, ohne darüber nachzudenken, so wie die Finger an einem Kleidungsstück einen Faden finden und anfangen, daran zu zupfen, das Gewebe aufzudröseln.

Dabei war zum Vorschein gekommen, wie seiner Ansicht nach die Welt funktionierte. Und dahinter hatte er Harwood entdeckt, der berühmt war, für seinen Ruhm berühmt. Harwood, dem die Präsidentin ihre Wahl zu verdanken hatte, wie es hieß. Harwood, das PR-Genie, der Harwood Levine, die mächtigste PR-Firma der Welt, geerbt und in ganz neue Höhen, ganz neue Einflusssphären geführt hatte. Dem es jedoch irgendwie gelungen war, dem Mechanismus des Ruhms nicht zum Opfer zu fallen. Harwood, der vielleicht, nur vielleicht hinter allem steckte, es aber irgendwie schaffte, sich nie dabei erwischen zu lassen. Der es irgendwie fertig brachte, berühmt zu sein, ohne wichtig zu erscheinen, berühmt, ohne für etwas von zentraler Bedeutung zu sein. Er hatte eigentlich nie viel Aufmerksamkeit auf sich gezogen, außer bei seiner Trennung von Maria Paz, und selbst da war der padanische Star die Topmeldung jeder Sequenz gewesen, während Cody Harwood nur von diversen Sidebars und eingebetteten Hypertextrauten grinste: Die Schönheit und dieser sanft dreinschauende, verschlossene, betont uncharismatische Milliardär.

»Hallo«, sagt Laney, als seine Finger auf den Griff einer mechanischen Taschenlampe aus Nepal stoßen, eines primitiven Dings, dessen winziger Generator von einem Mechanismus wie einer gefederten Zange angetrieben wird. Er pumpt, bis sie zum Leben erwacht, und hebt sie hoch; der leicht fluktuierende Strahl findet die Kartondecke. Sie ist dicht an dicht mit Dutzenden kleiner rechteckiger, von einem Automaten am westlichen Eingang des Bahnhofs individuell gefertigter Aufkleber gepflastert: Lauter verschiedene Fotos des zurückgezogen lebenden Harwood.

Er kann sich nicht erinnern, dass er zu dem Gerät gegangen ist, eine simple Bildersuche nach Harwood durchgeführt und für den Ausdruck der Bilder bezahlt hat, aber es muss wohl so gewesen sein. Er weiß nämlich, dass sie von dort stammen. Ebensowenig erinnert er sich daran, die Klebefolie abgezogen und sie an die Decke gepappt zu haben. Aber jemand hat es getan. »Ich seh dich«, sagt Laney und entspannt die Hand, sodass der matte Lichtstrahl braun wird und schließlich erlischt.

4 Formelle Abwesenheiten wertvoller Dinge

Auf der Market Street hat der namenlose Mann, der in Laneys nodaler Konfiguration herumspukt, gerade ein Mädchen gesehen.

Vor drei Jahrzehnten ertrunken, tritt sie frisch wie der junge Tag aus den Bronzetüren eines Maklerbüros. Und ihm wird im selben Moment bewusst, dass sie tot ist und er nicht, dass es ein anderes Jahrhundert ist und dies ganz eindeutig ein anderes Mädchen, eine taufrische Fremde, mit der er nie sprechen wird.

Und als er nun durch den feinen chromatischen Dunst der hereinbrechenden Nacht an diesem Mädchen vorbeigeht, neigt er den Kopf ein winziges Stück zu Ehren jener anderen, die damals von ihm gegangen ist.

Und seufzt in seinem langen Mantel und dem Gurtwerk, das er darunter trägt: Saugt Luft ein und gibt sie wieder frei, ein resignierter Atemzug im dichten Gewühl der Händler, die von ihren diversen Arbeitsstätten herabkommen, die weiter auf die herbstliche Straße heraustreten, auf dem Weg zu einem Drink, einem Abendessen oder dem Zuhause, dem Schlaf, die auf sie warten.

Doch nun ist diejenige, mit der er nicht sprechen wird, ebenfalls fort, und ihn übermannt eine Emotion, kein Verlustgefühl im eigentlichen Sinn, sondern ein sehr ausgeprägtes Bewusstsein seines langen Daseins auf der Welt und in ihren Städten, vor allem in dieser.

Unter seinem rechten Arm hängt, zuverlässig versteckt, ein Messer, das mit dem Kopf nach unten schläft wie ein Vampir; es ist rasiermesserscharf geschliffen, so scharf wie die Messer von Chirurgen, sofern diese mit Stahl schneiden.

Es ist mit drei Magneten gesichert, die in ein schlichtes Neusilberheft eingelassen sind. Die leicht gebogene Spitze der Klinge, die an den Beitel eines Holzschnitzers erinnert, neigt sich zum dunklen Puls der Schlagader in seiner Achselhöhle, als wollte sie ihm ins Gedächtnis rufen, dass auch er immer nur Zentimeter von jener Zeitlosigkeit entfernt ist, jenem Ort, an den das ertrunkene Mädchen vor so langer Zeit gegangen ist. Jenem anderen, wartenden Land.

Sein Beruf ist Pförtner an der Tür zu diesem Land.

Gezückt wird die schwarze Klinge zum Schlüssel. Hält er das Messer in der Hand, ist es der Wind.

Die Tür schwingt sanft auf.

Aber jetzt zieht er es nicht, und die Händler sehen nur einen grauhaarigen, auf wolfartige Weise professoralen Mann mit einem Mantel von der graugrünen Farbe gewisser Flechten, der hinter dem dünnen Goldrahmen seiner kleinen runden Brille zwinkert und die Hand hebt, um ein vorbeifahrendes Taxi zu stoppen. Aber sie stürzen nicht zu dem Taxi, um es zu beanspruchen, obwohl es ein Leichtes für sie wäre, und der Mann geht an ihnen vorbei, die Wangen vertikal von tiefen Klammern gefurcht, als hätte er früher einmal die Angewohnheit gehabt, viel zu lächeln. Sie sehen ihn nicht lächeln.

Das Tao, ruft er sich in Erinnerung, als er auf der Post Street im Stau steckt, ist älter als Gott.

Unter den Schaufenstern eines Juweliers sieht er einen Bettler sitzen. In den Fenstern stehen kleine, leere Podeste, formelle Abwesenheiten wertvoller Dinge, die jetzt für die Nacht weggeschlossen sind. Der Bettler hat Beine und Füße in braunes Papierband gewickelt, was verblüffend mittelalterlich wirkt, als hätte jemand aus Büromaterial den unteren Teil eines Ritters geformt. Die straffen Waden, die spitz zulaufenden Zehen, eine Eleganz, die geradezu nach Zierbändchen schreit. Über dem Papierband ist der Mann ein verschwommener Fleck, ein spastisches Gekritzel; Beton und Pech haben sein Wesen abgeschliffen. Er hat die Farbe des Pflasters angenommen, man kann nicht einmal mehr sagen, von welcher Rasse er ist.

Das Taxi macht einen Satz nach vorn. Der Mann greift in seinen Lodenmantel, um das Messer an seinen Rippen zurechtzurücken. Er ist Linkshänder, und er hat oft über diese subtilen Polaritäten nachgedacht.

Das vor so langer Zeit ertrunkene Mädchen ist jetzt wieder zur Ruhe gekommen, ist in einem Strudel aus toffeefarbenem Haar und weniger schmerzhaften Erinnerungen dort hinab gespült worden, wo seine Jugend sich sanft in ihren gewohnten Gezeiten dreht, und nun geht es ihm besser.

Die Vergangenheit ist vorbei, die Zukunft noch ungeformt.

Es gibt nur den Moment, und nur dort möchte er sein.

Und jetzt beugt er sich vor, um kurz an das getönte Sicherheitsglas des Fahrers zu klopfen.

Er bittet darum, zur Brücke gefahren zu werden.

Das Taxi hält vor einem regenfleckigen Gewirr von Panzersperren aus Beton, riesigen, rostgeäderten, von den stilisierten Initialen vergessener Liebespaare übersäten Rhomboiden.

Dieser Ort hat einen gewissen Stellenwert in der romantischen Mythologie der näheren Umgebung und ist der Gegenstand zahlloser populärer Balladen.

»Verzeihung, Sir«, sagt der Taxifahrer durch etliche Schichten schützenden Kunststoffs und digitaler Übersetzung hindurch, »aber wünschen Sie wirklich, dass ich Sie hier absetze? Diese Gegend ist gefährlich. Ich werde nicht auf Sie warten können.« Es ist eine reine, gesetzlich vorgeschriebene Routinefrage, um einer etwaigen Klage vorzubeugen.

»Danke. Mir droht keine Gefahr.« Sein Englisch ist ebenso förmlich wie das des Übersetzungsprogramms. Er hört ein melodisches Geplapper, als seine Worte in einer asiatischen Sprache wiedergegeben werden, die er nicht kennt. Die braunen Augen des Fahrers erwidern seinen Blick sanft und unbeteiligt durch Schutzbrille und Schild; multiple Schichten der Reflektion.

Der Fahrer entriegelt ein magnetisches Schloss.

Der Mann öffnet die Tür, steigt aus dem Taxi und streicht seinen Mantel glatt. Jenseits der Panzersperren ragen die zerklüfteten, steil herabstoßenden Terrassen über ihm empor, die flickenartige Überbauung, von der die Brücke umhüllt ist. Seine Stimmung hebt sich teilweise. Es ist ein berühmter Anblick, eine Touristenpostkarte, der bildgewordene Inbegriff dieser Stadt.

Er schließt die Tür, das Taxi fährt davon und lässt den süßen Vanillegeruch seiner Benzin-Alkohol-Abgase zurück.

Er steht da und schaut zur Brücke hinauf, zum silbrig gewordenen Sperrholz zahlloser winziger Behausungen. Der Anblick erinnert ihn an die Favelas von Rio, obwohl die einzelnen Elemente irgendwie eine andere Größe haben. Die Sekundärkonstruktion hat etwas Märchenhaftes, steht im Gegensatz zu den steilen Kurven und senkrechten Linien der Kernstruktur mit ihrer schwebenden Poesie. Die einzelnen Unterkünfte – falls es sich wirklich um Unterkünfte handelt – sind sehr klein, weil Platz das Kostbarste überhaupt ist. Er erinnert sich an den Anblick der flackernden Fackeln, die den Eingang zur unteren Fahrbahn flankierten; heutzutage tragen die Bewohner die städtischen Maßnahmen zur Bekämpfung der Luftverschmutzung jedoch im Großen und Ganzen mit, wie er weiß.

»Dancer?«

Im Betonschatten birgt sie das kleine Fläschchen in der Hand. Eine wilde Grimasse, die das Geschäft erleichtern soll. Diese Droge bewirkt, dass sich das Zahnfleisch immer weiter zurückzieht, und verleiht den wenigen, die ihre anderen schlimmen Folgewirkungen überleben, ein charakteristisches, schreckliches Lächeln.

Er antwortet mit den Augen; die Kraft seines Blicks durchstößt ihre Absicht wie Papier. Ein kurzes Aufflackern von Panik in ihrem Blick, dann ist sie fort.

Toffeebraunes Haar wirbelt in den Tiefen.

Er schaut auf die Spitzen seiner Schuhe hinab. Sie sind schwarz und heben sich sehr deutlich von dem Zufallsmosaik verdichteter Abfälle ab.

Er steigt über eine leere Dose King Cobra und geht zwischen den nächsten Rhomboiden hindurch zur Brücke.

Es sind keine freundlichen Schatten, durch die er sich hier bewegt; die Beine seiner engen Hose sind wie die Messer einer tieferen Dunkelheit. Es ist ein Ort für Hinterhalte, hierher kommen Wölfe, um den schwächeren Schafen aufzulauern. Er hat keine Angst vor Wölfen, auch nicht vor anderen Raubtieren, die die Stadt schicken könnte, weder heute noch in einer anderen Nacht. Er beobachtet diese Dinge einfach im Hier und Jetzt.

Doch nun erlaubt er sich, den Anblick vorwegzunehmen, der ihn hinter dem letzten Rhomboid erwartet: der irrwitzige Schlund der Brücke, das Tor zu Traum und Erinnerung, wo Fischhändler ihre Ware auf schmutzigen Eisbetten auslegen. Ein ewiges geschäftiges Treiben, ein Kommen und Gehen, für ihn der eigentliche Pulsschlag der Stadt.

Und tritt hinaus in unerwartete Helligkeit, in den grellen Schein roter Pseudo-Neonschlangen über sanft geschwungenem Singapur-Kunststoff.

Die Erinnerung ist entweiht.

Jemand drängt sich an ihm vorbei, zu nah, ohne ihn zu sehen, und stirbt beinahe – die Magneten lösen sich mit jenem leisen Klicken, das er eher fühlt als hört. Aber er zieht das Messer nicht ganz, und der Betrunkene taumelt achtlos weiter.

Er fixiert das Heft wieder und starrt diese neueste Zumutung düster an: LUCKY DRAGON schlängelt sich in nichts sagender Schrift an einer Art Finne oder Mast mit einem Sockel aus Dutzenden flimmernder Fernsehschirme empor.

5 Mariachi-Rauschen

Sie hat dich also wegen 'nem Fernsehproduzenten sitzen lassen«, sagte der Country-Sänger und schob den Rest der dreizehn Unzen Wodka wieder in den Bund seiner indigoblauen Jeans, die so neu war und so stramm saß, dass sie beim Gehen knarzte. Der konkav gewölbte Flachmann steckte hinter einer antiken Schnalle, die einer gravierten Erinnerungsplakette ähnelte, einem Ding, das irgendwer mal fürs Einfangen von Kälbern mit dem Lasso oder eine ähnliche Wettkampfart gewonnen hatte, wie Rydell vermutete. Er fuhr das Seitenfenster einen Spaltbreit herunter, um die Dünste hinauszulassen.

»Produktionskoordinator«, sagte Rydell. Er wünschte, der Wodka würde seinen Beifahrer, dessen Name Buell Creedmore lautete, wieder wegdämmern lassen. Der Mann hatte fast die ganze Fahrt die Küste entlang geschlafen und dabei leise vor sich hingeschnarcht, was Rydell durchaus recht gewesen war. Creedmore war ein Freund oder vielleicht eher Bekannter von Durius Walker. Durius war früher mal Drogenhändler in South Central gewesen und selber süchtig geworden. Seit seinem Entzug verbrachte er viel Zeit mit anderen, die ebenfalls Drogenprobleme hatten, und versuchte, ihnen zu helfen. Rydell nahm an, dass Buell Creedmore auch zu ihnen gehörte, obwohl der Mann, soweit er sehen konnte, im Grunde bloß ein Säufer war.

»Da ist dir doch garantiert der Kaffee hochgekommen«, sagte Creedmore, die Augen vom Suff geschlitzt. Er war ein kleiner, leicht gebauter Mann, besaß aber jene sehnigen Muskeln, die nie ein Fitness-Center von innen gesehen hatten. Bauarbeitermuskeln. Mehrere Schichten Rydells Ansicht nach künstlicher Bräune verschlissen sich über einer natürlichen Blässe. Gebleichte Haare mit dunklen Wurzeln waren mit einem Produkt, das ihnen ein permanent duschfrisches Aussehen verlieh, nach hinten geklatscht. Er kam jedoch nicht aus der Dusche, und er schwitzte trotz der Klimaanlage.

»Na ja«, sagte Rydell, »ich dachte, wenn sie's so will ...«

»Was ist das denn für 'n scheißblöder liberaler Stuss?«, fragte Creedmore. Er zog die Flasche aus seinem Hosenbund und musterte den restlichen Schnaps mit schmalen Augen, als wäre er ein Zimmermann, der eine Wasserwaage überprüfte. Der Schnaps schien seinen Maßstäben diesmal nicht gerecht zu werden, darum steckte er ihn wieder an seinen Platz hinter der Erinnerungsplakette. »Was bist du überhaupt für 'n Mann?«

Rydell trug sich kurz mit dem Gedanken, am Straßenrand zu halten, Creedmore bewusstlos zu prügeln und ihn neben der Five liegen zu lassen. Sollte er doch sehen, wie er nach San Francisco kam. Aber er tat es nicht und sagte auch nichts.

»Dieses Schlappschwanzgetue, das isses doch, was Amerika heutzutage kaputtmacht. «

Rydell dachte an verbotene Würgegriffe, an eine kurze, gezielte Abschnürung der Halsschlagader. Vielleicht würde Creedmore sich nicht mal dran erinnern, dass Rydell das getan hatte. Aber die Narkose würde nur von begrenzter Dauer sein oder jedenfalls nicht lange genug anhalten, und in Knoxville hatten sie Rydell beigebracht, dass man nie wissen konnte, wie ein Säufer reagierte.

»He, Buell«, fragte Rydell, »wem gehört die Karre hier eigentlich?«

Creedmore verstummte. Rydell spürte, dass er nervös wurde. Rydell hatte sich von Anfang an gefragt, ob der Wagen nicht gestohlen sein könnte. Aber eigentlich hatte er nicht darüber nachdenken wollen, weil er irgendwie nach Nordkalifornien kommen musste. Ein Flugticket hätte er von seiner Abfindung vom Lucky Dragon bezahlen müssen, und damit musste er besonders sparsam umgehen, bis er festgestellt hatte, ob an dieser Geschichte von Yamasaki, dass er in San Francisco Geld verdienen könnte, was dran war.

Yamasaki war unergründlich, sagte sich Rydell. Er hatte nie kapiert, was der Mann eigentlich machte. Soweit er wusste, war er so was wie ein freiberuflicher japanischer Anthropologe, der Amerikaner studierte. Vielleicht das japanische Gegenstück der von Lucky Dragon angeheuerten Amerikaner, die ihnen den Floh mit dem Gehweg-Check ins Ohr gesetzt hatten. Guter Mann, dieser Yamasaki, aber schwer zu sagen, was für ein Typ er war. Bei seinem letzten telefonischen Kontakt mit Yamasaki hatte der ihn gebeten, ihm einen Netzläufer zu besorgen, und Rydell hatte ihm diesen Laney geschickt, einen quantitativen Rechercheur, der gerade bei Slitscan aufgehört und im Chateau rumgehockt, Trübsal geblasen und eine gepfefferte Rechnung angehäuft hatte. Laney hatte den Job angenommen und war nach Tokio gegangen, und Rydell war daraufhin gefeuert worden, wegen »Fraternisierens« mit den Gästen, wie sie es nannten. So kam es, dass Rydell als Nachtwächter in einem Gemischtwarenladen gelandet war – weil er versucht hatte, Yamasaki zu helfen.

Jetzt fuhr er mit diesem Hawker-Aichi-Roadster die Five entlang, wobei sein Platz ganz eindeutig hinterm Lenkrad war, hatte keine Ahnung, was ihn erwartete, und fragte sich halb, ob er nicht im Begriff stand, ein gestohlenes Fahrzeug über eine Staatsgrenze zu befördern. Und alles, weil Yamasaki sagte, dass eben jener Laney drüben in Tokio ihn für irgendeine Feldarbeit engagieren wollte. So hatte Yamasaki es genannt, »Feldarbeit«.

Und das hatte Rydell genügt – nach einem Gespräch mit Durius.

Rydell hatte den Lucky Dragon sowieso langsam satt. Mit Mr. Park war er nie besonders klargekommen, und in seinen Hinterhofpausen nach dem allmorgendlichen Gehweg-Check hatte er sich allmählich richtig elend gefühlt. Das Grundstück, auf das der Lucky Dragon gestellt worden war, grub sich sozusagen in den Fuß des dortigen Hangs hinein, und irgendwann hatte man die nackte, beinahe senkrechte Schnittfläche mit irgendeinem merkwürdigen, grauen, gummiartigen Polymerisat erdbebensicher gemacht, einem zähflüssigen, niemals ganz aushärtenden Material, das die Erde dahinter verklebte und alles, was man dagegenwarf oder darandrückte, wie sommerwarmer Teer festhielt. Das Polymerisat war mit Radkappen übersät, weil hier früher Autos gestanden hatten. Mit Radkappen, Flaschen und anderem, undefinierbarem Müll. In der Niedergeschlagenheit, die sich in seinen Hinterhofpausen zunehmend auf ihn herabgesenkt hatte, sammelte er immer eine Hand voll Steine auf, stellte sich hin und schleuderte sie mit aller Kraft in das Polymerisat. Sie schlugen nahezu geräuschlos auf und verschwanden vollständig. Sie bohrten sich tief hinein in das Zeug, und dann schloss es sich über ihnen, als ob nichts geschehen wäre. Und Rydell hatte angefangen, darin ein Symbol für allgemeinere Dinge zu sehen: Er war auf seinem Weg durch die Welt wie diese Steine, und das Polymerisat war wie das Leben, das sich über ihm schloss, ohne die geringste Spur von seiner Anwesenheit zu hinterlassen.

Und wenn Durius nach hinten kam, um selber Pause zu machen und Rydell zu sagen, dass er wieder nach vorn gehen sollte, traf er Rydell manchmal so an, beim Steine werfen.

»Ziel auf 'ne Radkappe, Mann«, riet Durius ihm dann, »zerschmeiß 'ne Flasche.«

Aber das wollte Rydell nicht.

Und als Rydell ihm von Yamasaki und Laney erzählte und sagte, er könne in San Francisco vielleicht ein bisschen Kohle machen, hörte Durius aufmerksam zu, stellte ein paar Fragen und riet Rydell dann, es einfach zu tun.

»Und was ist mit meinem sicheren Arbeitsplatz?«, fragte Rydell.

»Sicherer Arbeitsplatz? Bei *dem* Scheißjob hier? Hast du sie nicht mehr alle?«

»Aber die Sozialleistungen«, konterte Rydell.

»Hast du schon mal versucht, die Krankenversicherung in Anspruch zu nehmen, die dir hier vertraglich zusteht? Dazu müsstest du nach Tijuana rüber.«

»Na ja«, meinte Rydell, »ich will nicht einfach so kündigen.«

»Das kommt daher, dass sie dich in deinen letzten Jobs immer gefeuert haben«, erklärte Durius. »Ich hab deinen Lebenslauf gesehen.«

Also überreichte Rydell Mr. Park seine Kündigung, und Mr. Park feuerte ihn prompt und begründete dies mit zahlreichen Verstößen Rydells gegen die Firmenpolitik von Lucky Dragon; unter anderem habe er sogar einer Frau, die auf dem Sunset die Kontrolle über ihren Wagen verloren hatte, ärztliche Hilfe angeboten, was die Mutterfirma des Lucky Dragon in einen kostspieligen Versicherungsprozess hätte verwickeln können, behauptete Mr. Park.

»Aber sie ist aus eigener Kraft hier reingekommen«, protestierte Rydell. »Ich hab ihr nur 'ne Flasche Eistee angeboten und die Verkehrspolizei gerufen.«

»Cleverer Anwalt behaupten, Eistee verursachen systemischen Schock.«

»Schock? So 'n Quatsch.«

Aber Mr. Park hatte gewusst, dass der letzte Gehaltsscheck kleiner ausfallen würde, wenn er Rydell feuerte, als wenn Rydell kündigte.

Praisegod, die total sentimental werden konnte, wenn jemand ging, hatte geheult, ihn an ihr Herz gedrückt und ihm dann, als er den Laden verließ, eine brasilianische GPS-Sonnenbrille mit eingebautem Telefon und AM-FM-Radio zugeschoben, so ziemlich den teuersten Artikel, den der Lucky Dragon führte. Rydell hatte sie nicht annehmen wollen, weil er wusste, dass ihr Fehlen bei der nächsten Inventur auffallen würde.

»Scheiß auf die Inventur«, hatte Praisegod gesagt.

In seinem Zimmer über Mrs. Siekevitzs Garage, sechs Blocks entfernt und gleich unterhalb vom Sunset, hatte Rydell sich anschließend auf seinem schmalen Bett ausgestreckt und versucht, das Radio in der Brille in Gang zu setzen. Er bekam aber nur atmosphärisches Rauschen herein, leicht moduliert von Mariachi-Musik oder etwas Ähnlichem.

Mit dem GPS, das über ein Wipptastenfeld im rechten Bügel zu bedienen war, hatte er ein bisschen mehr Glück. Der Fünfzehn-Kanal-Empfänger schien prima zu funktionieren, aber die Bedienungsanleitung war offenbar schlecht übersetzt, und Rydell konnte nur auf einen einzigen Stadtplan zoomen und wieder zurückfahren – einen Stadtplan von Rio, wie er rasch feststellte, nicht von L.A. Trotzdem, dachte er, als er die Brille abnahm, das würde er schon hinkriegen. Dann hatte das Telefon in der linken Schläfe gepiept, und er hatte die Brille wieder aufgesetzt.

»Ja?«

»Rydell, he.«

»He, Durius.«

»Hast du Lust, morgen mit 'ner hübschen neuen Karre nach Nordkalifornien zu düsen?«

»Wer will da hin?«

»Creedmore heißt der Kerl. Bekannter von 'nem Bekannten aus dem Programm.«

Ein Onkel von Rydell war Freimaurer gewesen, und das Programm, an dem Durius da teilnahm, erinnerte ihn daran. »Ja? Also, ich meine, ist er in Ordnung?«

»'scheinlich nicht«, hatte Durius fröhlich erwidert, »deswegen braucht er ja 'nen Fahrer. Aber dieser drei Wochen alte 'lektro muss da rauf geschafft werden, und er sagt, er fährt sich gut. Du warst doch mal Fahrer, oder?«

»Ja.«

»Tja, das kostet dich nichts. Dieser Creedmore zahlt die Gebühr.«

Darum fand sich Rydell nun hinter dem Lenkrad eines Hawker-Aichi-Zweisitzers wieder, eines dieser flachen, langen Keile aus Hochleistungsmaterialien, die abzüglich ihrer menschlichen Fracht wahrscheinlich so viel wogen wie zwei kleine Motorräder. Das Ding schien kein Gramm Metall dranzuhaben, sondern nur aus stromlinienförmigen, mit Kohlefaser verstärkten Schaumstoffkernsandwiches zu bestehen. Der Motor saß hinten, und die Treibstoffzellen waren in den Schaumstoffsandwiches verteilt, die gleichzeitig als Chassis und Karosserie dienten. Rydell wollte lieber nicht wissen, was passieren würde, wenn man mit so einem Gerät irgendwo gegenfuhr.

Es war jedoch praktisch lautlos, fuhr sich prima und schoss mit einem Höllentempo dahin, wenn es erst mal auf Touren gekommen war. Etwas daran erinnerte Rydell an ein Liegefahrrad, das er einmal gefahren hatte, nur dass man nicht treten musste.

»Du hast mir immer noch nicht gesagt, wem der Wagen gehört«, rief er Creedmore in Erinnerung, der gerade die letzten zwei Fingerbreit Wodka gekippt hatte.

»Freund von mir«, antwortete Creedmore, fuhr das Fenster auf seiner Seite runter und warf die leere Flasche raus.

»He«, sagte Rydell, »das kostet zehntausend Dollar, wenn du erwischt wirst.«

»Die können uns mal an die Füße fassen, *das* können sie«, sagte Creedmore. »Arschgeigen«, fügte er hinzu, schloss dann die Augen und schlief ein.

Rydell ertappte sich dabei, dass er wieder an Chevette dachte. Er bereute, dass er sich von dem Sänger hatte verleiten lassen, über dieses Thema zu reden. Er wusste, er wollte nicht daran denken.

Einfach bloß fahren, sagte er sich.

An einem braunen Hang rechts von ihm die weißen Masten eines Windparks. Spät nachmittägliche Sonne.

Einfach bloß fahren.

6 Silencio

Silencio hat den Stoff bei sich. Er ist der Kleinste, sieht fast wie ein Kind aus. Er nimmt keine Drogen, und wenn die Cops ihn erwischen, kann er nicht reden. Jedenfalls nicht über den Stoff.

Silencio zieht jetzt schon eine ganze Weile mit Raton und Playboy herum, sieht zu, wie sie sich das Zeug reinziehen, sieht zu, wie sie sich die Kohle besorgen, die sie brauchen, um es sich weiter reinziehen zu können. Raton wird fies, wenn er dringend was braucht, und Silencio hat gelernt, sich dann von ihm fern zu halten, außer Reichweite seiner Füße und Fäuste.

Raton hat einen langen, schmalen Schädel und trägt Linsen mit senkrechter Iris, wie eine Schlange. Silencio fragt sich, ob Raton wie eine Ratte aussehen soll, die eine Schlange gefressen hat und durch deren Augen die Schlange jetzt vielleicht hinausblickt. Playboy sagt, Raton ist ein *pinche* Chupacabra aus Watsonville, und die sehen alle so aus.

Playboy ist der größte von ihnen, sein massiger Leib ist in einen langen, konventionellen Mantel gehüllt; darunter trägt er Jeans und alte Arbeitsstiefel. Oben drüber Pancho-Villa-Schnurrbart, gelbe Fliegerbrille, schwarzen Filzhut. Er ist netter zu Silencio, spendiert ihm Burritos von den Ständen, Wasser, Dosenlimo, einmal sogar ein großes, tolles Getränk aus Früchten.

Silencio fragt sich, ob Playboy vielleicht sein Vater ist. Er weiß nicht, wer sein Vater sein könnte. Seine Mutter daheim in *los projectos* ist verrückt. Eigentlich glaubt er nicht, dass Playboy sein Vater ist, weil er noch weiß, wie er Playboy auf dem Markt in der Bryant Street kennen gelernt hat, und das war bloß Zufall, aber manchmal, wenn Playboy ihm was zu essen kauft, kommt er trotzdem ins Grübeln.

Silencio hockt hinter dem leeren Stand, wo es nach Äpfeln duftet, und sieht zu, wie Raton und Playboy sich ihren Stoff reinziehen. Raton hat eine kleine Taschenlampe im Mund, damit er sehen kann, was er tut. Heute Abend ist es das Schwarze, und Raton schneidet das Plastikröhrchen mit dem Spezialmesser durch, dessen Griff länger ist als die kurze, gebogene Klinge. Die drei sitzen auf Plastikkisten.

Raton und Playboy nehmen das Schwarze zwei-, vielleicht dreimal pro Tag und Nacht. Dreimal das Schwarze, dann müssen sie auch das Weiße nehmen. Das Weiße ist teurer, aber wenn sie zu viel Schwarzes nehmen, fangen sie an, schnell zu reden, und sehen vielleicht Leute, die gar nicht da sind. »Gespräch mit Jesus«, nennt Playboy das, und das Weiße nennt er »Spaziergang mit dem Herrn«. Aber er geht nicht spazieren; Weiß bringt Stille, Schweigen, Schlaf. Silencio mag die weißen Nächte lieber.

Silencio weiß, dass sie das Weiße von einem Schwarzen, das Schwarze aber von einem Weißen kaufen, und das ist vermutlich die Erklärung für das geheimnisvolle Bild an Ratons Halskette: Die schwarze und die weiße Träne, die miteinander verschmelzen und etwas Rundes ergeben; in der weißen Träne ein kleiner runder Klecks Schwarz, in der schwarzen ein kleiner runder Klecks Weiß.

Um das Geld zu kriegen, sprechen sie mit Leuten, und zwar meistens an dunklen Orten, sodass die Leute Angst haben. Manchmal zeigt Raton ihnen ein anderes Messer, während Playboy ihnen die Arme festhält, damit sie sich nicht bewegen können. Das Geld ist in Plastikplättchen mit beweglichen Bildern drauf.

Silencio würde sie gern behalten, wenn das Geld draußen ist, aber das darf er nicht. Playboy wirft sie weg, nachdem er sie sorgfältig abgewischt hat. Er wirft sie in die Schlitze neben der Straße. Er will nicht, dass seine Finger darauf Spuren hinterlassen. Manchmal tut Raton den Leuten weh, damit sie die Zauberformeln verraten, mit denen man Geld aus den sich bewegenden Bildern holen kann. Die Zauberformeln bestehen aus Namen, Buchstaben, Zahlen. Silencio kennt jede Zauberformel, die Raton und Playboy herausgebracht haben, aber das wissen sie nicht; wenn er es ihnen erzählen würde, könnten sie wütend werden.

Die drei schlafen in einem Zimmer in der Mission. Playboy zieht die Matratze vom Bett und legt sie auf den Boden. Playboy schläft dort, Raton auf dem anderen Teil des Bettes. Silencio schläft auf dem Fußboden.

Jetzt hat Raton das Röhrchen durchgeschnitten und schüttet die Hälfte des Schwarzen auf Playboys Finger. Playboy hat den Finger angeleckt, damit das Schwarze kleben bleibt. Er steckt den Finger in den Mund und verreibt das Schwarze auf dem Zahnfleisch. Silencio wüsste gern, wie es schmeckt, aber er will auf gar keinen Fall mit Jesus sprechen. Jetzt reibt Raton sich das Zahnfleisch mit dem Schwarzen ein, die Taschenlampe ruht vergessen in seiner anderen Hand. Raton und Playboy sehen dabei albern aus, aber es bringt Silencio nicht zum Lachen. Sie werden bald wieder was nehmen wollen, und das Schwarze verleiht ihnen die Kraft, das dafür notwendige Geld zu beschaffen. Silencio weiß, dass momentan kein Geld da ist, weil sie seit gestern nichts mehr gegessen haben.

Normalerweise finden sie Leute an den dunklen Stellen zwischen den großen Formen am unteren Ende der Bryant Street, aber jetzt glaubt Raton, dass die Polizei diese Gegend beobachtet. Raton hat Silencio erzählt, dass die Polizisten im Dunkeln sehen können. Silencio hat sich die Augen der vorbeifahrenden Polizisten angesehen und sich gefragt, wie die im Dunkeln sehen können.

Heute Abend hat Raton sie jedoch auf die bewohnte Brücke geführt. Er sagt, hier werden sie Geld finden. Playboy hat gesagt, er mag die Brücke nicht, weil die Brückenleute *pinche* sind; sie mögen es nicht, wenn Fremde hier arbeiten. Raton sagt, er ist glücklich.

Raton wirft das leere Röhrchen in die Dunkelheit, und Silencio hört es irgendwo aufschlagen, mit einem einzelnen leisen Klick.

Ratons Schlangenaugen sind vom Schwarzen geweitet. Er fährt sich mit der Hand durch die Haare und gibt ihnen ein Zeichen. Playboy und Silencio folgen ihm.

Silencio geht zum zweiten Mal an der Bodega vorbei und beobachtet dabei den Mann mit dem langen Mantel, der an seinem kleinen weißen Tisch sitzt und Kaffee trinkt.

Raton sagt, das ist ein guter Mantel. Schau dir die Brille des Alten an, sagt Raton: Die ist aus Gold. Silencio glaubt, dass Playboys Brille ebenfalls aus Gold ist, aber dessen Gläser sind gelb. Die des Mannes sind klar. Er hat sehr kurz geschnittene graue Haare und tiefe Furchen in den Wangen. Er sitzt ganz allein da und schaut auf die kleinste Kaffeetasse, die Silencio je gesehen hat. Eine Puppentasse.

Sie sind dem alten Mann hierher gefolgt. Er ist in Richtung Treasure Island gegangen. Dieser Teil der Brücke ist für die Touristen, sagt Playboy. Hier gibt es Bodegas, Läden mit Glasschaufenstern, viele Spaziergänger.

Jetzt warten sie, um zu sehen, in welche Richtung der alte Mann geht, wenn er seinen kleinen Kaffee ausgetrunken hat. Wenn er in Richtung Bryant zurückgeht, wird es schwierig werden. Wenn er in Richtung Treasure weitergeht, werden Raton und Playboy zufrieden sein.

Silencios Aufgabe ist es, ihnen Bescheid zu sagen, wenn der Mann die Bodega verlässt.

Silencio spürt den Blick des Mannes, als er vorbeigeht, aber der Mann betrachtet nur die Menschen draußen.

Silencio beobachtet, wie Raton und Playboy dem Mann Richtung Treasure Island folgen.

Sie befinden sich jetzt auf der unteren Ebene der Brücke, und Silencio schaut immer wieder nach oben, zur Unterseite der oberen Ebene, von der die Farbe abblättert. Sie erinnert ihn an eine Wand in *los projectos.* Hier sind nur wenige Brückenleute. Nur wenige Lampen. Der Mann schlendert ruhig dahin. Er hat es nicht eilig. Silencio spürt, dass der Mann nur spazieren geht, ohne Ziel. Silencio spürt, dass der Mann nichts braucht: Er ist nicht auf der Suche nach Geld für Essen oder für Stoff. Das muss daran liegen, dass er schon das nötige Geld für Essen oder für Stoff hat, und deshalb haben Raton und Playboy ihn ausgesucht, weil sie sehen, dass er das nötige Geld hat.

Raton und Playboy halten Schritt mit dem Mann, aber sie schließen nicht zu dicht auf, und sie gehen nicht zusammen. Playboys Hände stecken in den Taschen seines weiten Mantels. Er hat die gelbe Brille abgenommen, und seine Augen mit den dunklen Ringen drumherum sehen aus wie bei einem, der das Schwarze genommen hat. Er sieht traurig aus, wenn er sich das Geld für seinen Stoff besorgt. Er sieht aus, als wäre er sehr aufmerksam.

Silencio folgt ihnen und schaut sich dabei hin und wieder um. Jetzt ist es seine Aufgabe, ihnen Bescheid zu sagen, wenn jemand kommt.

Der Mann bleibt stehen und blickt in ein Schaufenster. Silencio tritt hinter einen Karren mit lauter Plastikrollen, weil er sieht, wie Raton und Playboy hinter anderen Sachen Deckung suchen, falls der Mann sich umschaut. Das tut der Mann zwar nicht, aber Silencio fragt sich, ob er die Straße nicht in der Scheibe beobachtet. Silencio hat das selbst schon getan.

Der Mann schaut sich nicht um. Er steht da, die Hände in dem langen Mantel, und blickt in die Scheibe.

Silencio knöpft sich die Jeans auf und wässert leise die Plastikrollen, darauf bedacht, kein Geräusch zu machen. Als er die Jeans wieder zuknöpft, sieht er, wie der Mann sich vom Schaufenster entfernt und weiter in Richtung Treasure geht, wo es Playboys Worten zufolge Menschen gibt, die wie Tiere leben. Silencio, der nur Hunde, Tauben und Möwen kennt, hat ein Bild von Menschen mit Hundezähnen und Flügeln im Kopf. Wenn Silencio ein Bild im Kopf hat, geht es nicht wieder weg.

Als er hinter dem Karren hervorkommt, weil auch Raton und Playboy ihre Deckung verlassen, um dem Mann zu folgen, sieht er, wie der Mann nach rechts abbiegt. Weg. Der Mann ist weg. Silencio blinzelt, reibt sieh die Augen mit den Knöcheln, schaut wieder hin. Raton und Playboy gehen jetzt schneller. Sie versuchen nicht mehr, sich zu verstecken. Silencio geht ebenfalls schneller, um nicht zurückzufallen, und gelangt zu der Stelle, wo der Mann abgebogen ist. Ratons schmaler Rücken verschwindet hinter Playboy um diese Ecke, und weg ist er.

Silencio bleibt stehen. Er spürt, wie sein Herz klopft. Tritt vor und lugt um die Ecke.

Ein freier Platz, der für einen Laden gedacht ist, aber da ist kein Laden. Plastikplanen hängen von oben herab. Holzstücke, noch mehr Plastikrollen. Er sieht den Mann.

Der Mann steht am hinteren Ende der Lücke. Sein Blick wandert von Playboy zu Raton und zu Silencio. Er schaut durch die runden Gläser. Silencio spürt, wie ruhig der Mann ist.

Playboy geht auf den Mann zu, steigt mit seinen Stiefeln über das Holz, das Plastik. Er sagt kein Wort. Seine Hände stecken noch in den Manteltaschen. Raton rührt sich nicht, ist aber bereit dazu, und dann holt er das Messer von dort, wo er es aufbewahrt, klappt es mit jener raschen Drehung des Handgelenks auf, die er immer übt, und zeigt es dem Mann.

Die Miene des Mannes verändert sich nicht, als er es sieht, und Silencio erinnert sich an andere Gesichter und daran, wie sie sich beim Anblick von Ratons Messer verändert haben.

Jetzt steigt Playboy vom letzten Holzstück. Seine Hände kommen hervor, um den Mann an den Armen zu packen und herumzuwirbeln. So wird das gemacht.

Silencio sieht, dass der Mann sich bewegt, aber nur ein bisschen, wie es scheint.

Alles stoppt.

Silencio weiß genau, dass er gesehen hat, wie der Mann die linke Hand in den langen Mantel gesteckt hat, der vorhin zugeknöpft war, jetzt jedoch offen ist. Aber irgendwie hat er die Hand nicht wieder herauskommen sehen, und trotzdem ist sie draußen. Der Mann steht da und hat die Faust an Playboys Brust, genau in der Mitte. Drückt mit dem Daumen seiner geschlossenen Faust gegen Playboys Mantel. Und Playboy rührt sich nicht. Seine Hände, die den Mann beinahe berühren, sind mitten in der Bewegung erstarrt, die Finger gespreizt, aber er rührt sich nicht.

Und dann sieht Silencio, wie sich Playboys Finger um nichts schließen und wieder öffnen. Und die rechte Hand des Mannes kommt hoch und stößt Playboy zurück, und das dünne schwarze Ding wird aus Playboys Brust gezogen, und Silencio fragt sich, wie lange es dort versteckt gewesen sein mag, und Playboy fällt nach hinten, auf das Holz und die Plastikrollen.

Silencio hört jemand *pinche madre* sagen, und das ist Raton. Wenn Raton das Schwarze nimmt und kämpft, ist er sehr schnell, und man weiß nie, was er dann macht; er tut Leuten weh und schüttelt sich anschließend vor Lachen, saugt die Luft durch den Mund ein. Jetzt kommt er über die Plastikrollen geflogen, das Messer glänzt in seiner Hand, und Silencio sieht das Bild eines Mannes mit Hundezähnen und Flügeln vor sich. Genauso sehen Ratons Zähne aus; seine Schlangenaugen sind weit aufgerissen.

Und das schwarze Ding geht wie ein langer, nasser Daumen durch Ratons Hals. Und wieder stoppt alles.

Dann versucht Raton zu sprechen, und Blut quillt über seine Lippen. Er schwingt das Messer nach dem Mann, aber es durchschneidet nur Luft, und Ratons Finger können es nicht mehr festhalten.

Der Mann zieht das schwarze Ding aus Ratons Hals. Raton schwankt auf weichen Knien, und Silencio denkt daran, wie es ist, wenn Raton zu viel Weißes nimmt und dann zu gehen versucht. Raton hebt die Hände und drückt sie links und rechts an den Hals. Sein Mund bewegt sich, aber es kommen keine Worte heraus. Eins von Ratons Schlangenaugen fällt heraus. Das Auge dahinter ist rund und braun.

Raton sinkt auf die Knie, die Hände noch immer am Hals. Sein Schlangenauge und sein braunes Auge blicken zu dem Mann auf, und Silencio spürt, dass sie ihn aus unterschiedlicher Entfernung anschauen und verschiedene Dinge sehen.

Dann entringt sich Ratons Kehle ein leiser, weicher Laut, und er fällt – immer noch kniend – hintenüber, sodass er mit weit gespreizten Knien und nach hinten gebogenen Beinen auf dem Rücken zu liegen kommt, und Silencio sieht, wie Ratons graue Hose zwischen den Beinen dunkel wird.

Silencio sieht den Mann an. Der ihn ansieht.

Silencio schaut das schwarze Messer an, sieht, wie es in der Hand des Mannes liegt. Ihm ist, als hielte das Messer den Mann. Als könnte das Messer die Entscheidung treffen, sich zu bewegen.

Dann bewegt der Mann das Messer. Dessen Spitze ist fast rechteckig, als wäre die eigentliche Spitze abgebrochen. Es bewegt sich nur ein bisschen. Silencio versteht, was das bedeutet: Er muss hinter der Ecke hervorkommen.

Er macht einen Schritt zur Seite, sodass der Mann ihn sehen kann.

Die Spitze bewegt sich erneut. Silencio versteht.

Näher.

7 WG-Haus

Wenn du ein Haus in Malibu leer stehen lässt, erklärte Tessa Chevette, kriegst du so Typen rein, die von den Hügeln runterkommen und in deinem Kamin Hunde grillen.

Man wurde sie nur schwer wieder los, diese Typen, und Schlösser hielten sie auch nicht ab. Deshalb vermieteten die Leute, die früher hier gewohnt hatten – vor der Katastrophe –, ihre Häuser bereitwillig an Studenten.

Tessa war Australierin und studierte Medienwissenschaften an der University of Southern California. Ihretwegen war Chevette jetzt hier und hütete ein.

Nun ja, und auch, weil sie, Chevette, sich von Carson getrennt und daher nun keinen Job und kein Geld mehr hatte.

Tessa sagte, Carson sei der letzte Wichser.

Da siehst du, wohin dich das alles gebracht hat, dachte Chevette, während sie auf dem Trainer die Illusion einer Schweizer Bergstraße hinaufstrampelte und den Gestank modriger Wäsche von der anderen Seite der Trockenmauer zu ignorieren versuchte. Jemand hatte – wahrscheinlich letzten Dienstag, vor dem Brand – eine nasse Füllung in der Maschine gelassen, und die verrottete jetzt da drin.

Das war schade, weil es ihr deswegen schwer fiel, auf dem Trainer richtig in Schwung zu kommen. Man konnte ihn auf ein Dutzend verschiedene Fahrräder und ebenso viele Terrains konfigurieren, und Chevette mochte dasjenige, das sie gerade eingestellt hatte, ein altmodisches Zehngangrad mit Stahlrahmen, mit dem man diese Bergstraße hinauffahren konnte; Wildblumen verschwammen am Rand ihres Sichtfelds. Daneben mochte sie auch noch den Cruiser mit Ballonreifen, mit dem man an einem Strand entlangfuhr, was in Malibu gut war, weil man da nicht am Strand fahren konnte, außer wenn man über rostigen NATO-Draht klettern und über die Biorisiko-Warnungen alle paar Dutzend Meter hinwegsehen wollte.

Aber dieser Sportsockenschimmelgestank setzte sich immer wieder hinten in ihren Nebenhöhlen fest – keine Spur von Almwiesenduft – und erinnerte sie daran, dass sie pleite war und arbeitslos und in einem WG-Haus in Malibu wohnte.

Das Haus lag direkt am Strand, und der Stacheldrahtzaun verlief etwa zehn Meter vor der Terrasse. Niemand wusste genau, was da ausgelaufen war, weil die Regierung sich darüber ausschwieg. Etwas von einem Frachter, sagten manche, andere meinten, es sei ein Frachtzeppelin gewesen, der in einem Sturm runter gekommen sei. Die Regierung hatte immerhin Naboboter zum Saubermachen eingesetzt; in dem Punkt waren sich alle einig, und deshalb hieß es, dass man da draußen nicht rumlaufen sollte.

Chevette hatte den Trainer an ihrem zweiten Tag hier entdeckt, und sie fuhr darauf zwei-, dreimal tagsüber oder – wie jetzt – spät nachts. Außer ihr gab es offenbar niemanden, der sich für das Ding interessierte oder jemals in diesen kleinen Raum neben dem Waschraum kam, der von der Garage abging, und das war ihr ganz recht. Als sie noch auf der Brücke gewohnt hatte, war sie es gewohnt gewesen, Menschen um sich zu haben, aber dort hatten alle ständig irgendwas zu tun gehabt. Hier dagegen wohnten lauter Studenten, die an der USC Medienwissenschaften studierten, und die gingen ihr allmählich auf die Nerven. Sie saßen den ganzen Tag rum, beschäftigten sich mit Medien und palaverten drüber, rührten aber ansonsten keinen Finger.

Sie spürte, wie ihr der Schweiß unter dem Stirnband des Interface-Visiers hindurch und dann seitlich an der Nase herunterlief. Sie bekam jetzt ein gutes Tempo drauf; sie merkte, wie Muskeln an ihrem Rücken arbeiteten, die sonst nicht in Aktion traten.

Der Trainer bekam den hellgrünen Lack des Bikes besser hin als die Hebel der Gangschaltung, stellte sie fest. Sie sahen irgendwie nach Zeichentrick aus, und die unter ihnen dahinsausende Straße war ein verschwommenes, banales Texture-Map. Die Wolken waren ebenfalls bloß primitives fraktales Allerweltszeug, wenn sie nach oben schaute.

Keine Frage, sie fühlte sich hier nicht übermäßig wohl, und auch mit ihrem Leben war sie momentan alles andere als zufrieden. Darüber hatte sie nach dem Abendessen mit Tessa gesprochen. Oder vielmehr gestritten.

Tessa wollte einen Dokumentarfilm machen. Chevette wusste, was ein Dokumentarfilm war, weil Carson bei einem Kanal namens Real One gearbeitet hatte, der nur solche Sachen brachte, und Chevette sie sich zu Tausenden hatte anschauen müssen. Daher wusste sie nun eine ganze Menge über nichts Bestimmtes und nichts Bestimmtes darüber, was sie eigentlich wissen sollte. Zum Beispiel, was sie jetzt tun sollte, nachdem das Leben sie hierher verschlagen hatte.

Tessa wollte sie nach San Francisco zurückbringen, aber Chevette konnte sich nicht so recht damit anfreunden. Bei dem Dokumentarfilm, den Tessa machen wollte, ging es um interstitielle Gemeinschaften; Tessa sagte, Chevette habe in einer gelebt, denn sie habe auf der Brücke gewohnt. Interstitiell hieß »zwischen den Dingen«, und Chevette fand, dass das schon einen gewissen Sinn ergab. Und es stimmte ja auch, sie vermisste die Brücke, vermisste die Leute, aber sie dachte nicht gern daran. Wegen dem, was geschehen war, seit sie hierher gekommen war, und weil sie den Kontakt zu ihnen nicht aufrechterhalten hatte.

Einfach bloß strampeln, befahl sie sich, während sie eine illusionäre Steigung erklomm. Noch mal schalten. Härter in die Pedale treten. Die Oberfläche der Straße bekam an einigen Stellen ein glasiges Aussehen, weil der Simulator das Bild nicht so schnell auffrischen konnte, wie sie fuhr.

»Ranzoomen.« Tessas Stimme, en miniature.

»Shit«, sagte Chevette. Sie klappte das Visier hoch.

Der Kameraträger; eine Art heliumgefülltes Kissen aus silbernem Mylar, auf Augenhöhe in der offenen Tür. Ein Kinderspielzeug mit kleinen, vergitterten Propellern, das Tessa von ihrem Zimmer aus steuerte. Gespiegelter Lichtring in der Linsenfassung, als das Objektiv beim Zoom ausfuhr.

Die Propeller verschwammen zu Grau, trieben das Ding vorwärts durch die Tür, stoppten; verschwammen wieder zu Grau, als sie sich andersrum drehten. Schaukelnd hing es dort, bis der Ballast der darunter festgebundenen Kamera es stabilisierte. »Gottes kleines Spielzeug« nannte Tessa ihren silbernen Ballon. Körperloses Auge. Sie ließ ihn auf der Suche nach Bildfragmenten langsam durchs Haus kreuzen. Jeder, der hier wohnte, zeichnete fortwährend alle anderen auf, außer Iain, aber der trug einen Motion-Capture-Anzug, schlief sogar darin und hielt dadurch jede seiner Bewegungen fest.

Der Trainer, ein echtes Hochleistungsgerät, bemerkte Chevettes nachlassende Konzentration und wurde seufzend langsamer, die komplexe Hydraulik begann sich zu dekonfigurieren. Der schmale Keil des Sattels zwischen ihren Schenkeln wurde breiter, spreizte sich zum Gesäßträger im Beach-Bike-Modus. Die Lenkerstangen klappten aus, fuhren hoch und hoben ihre Hände. Sie trat weiter in die Pedale, aber der Trainer bremste sie jetzt ab.

»Tut mir Leid.« Tessas Stimme aus dem winzigen Lautsprecher. Aber Chevette wusste, dass es nicht stimmte.

»Mir auch«, sagte Chevette, als die Pedale einen letzten Bogen beschrieben und sich arretierten, damit sie absteigen konnte. Sie klappte den Lenker hoch, stieg ab, schlug gegen den Ballon und verdarb Tessa die Aufnahme.

»Une petite problemette. Betrifft dich, glaube ich.«

»Was?«

»Komm in die Küche, dann zeig ich's dir.« Tessa schaltete einen Propellersatz in den Rückwärtsgang und drehte den Kameraträger in der Achse. Dann beide auf vorwärts, und er segelte durch die Tür in die Garage zurück. Chevette folgte ihm, nahm ein Handtuch von einem in den Türpfosten geklopften Nagel und machte die Tür hinter sich zu. Sie hätte sie schließen sollen, bevor sie auf den Trainer gestiegen war, hatte es aber vergessen. Gottes kleines Spielzeug konnte keine Türen öffnen.

Das Handtuch musste mal gewaschen werden. Es war ein bisschen steif, stank aber nicht. Sie wischte sich damit den Schweiß aus den Achselhöhlen und von der Brust. Sie holte den Ballon ein, tauchte unter ihm durch und betrat die Küche.

Spürte, wie Kakerlaken in Deckung huschten. Jede ebene Fläche außer dem Fußboden stand voll mit ungespültem Geschirr, Leergut und Teilen von Aufzeichnungsgeräten. Am Tag vor dem Brand hatten sie eine Party gefeiert, und bisher hatte noch niemand aufgeräumt.

Kein Licht, aber ein paar Kontrolllämpchen und das methodische Flackern, als das Sicherheitssystem von einer externen Nachtsichtkamera zur nächsten schaltete. »4:32« stand in der Ecke des Bildschirms. Sie hatten etwa die Hälfte der Sicherheitseinrichtungen abgeschaltet, weil den ganzen Tag über ein reges Kommen und Gehen herrschte und immer jemand da war.

Das Surren des Trägers, als Tessa ihn hinter ihr heranfuhr.

»Was ist?«, fragte Chevette.

»Sieh dir die Auffahrt an.« Chevette ging näher an den Bildschirm heran. Die Terrasse, die über den Sand hinausragte …

Der freie Raum zwischen Haus und Nebenhaus …

Die Auffahrt. Mit Carsons Wagen drin.

»Scheiße«, sagte Chevette, als der Lexus erst dem Blick zwischen die Häuser auf der anderen Seite, dann dem Bild einer Kamera unter der Terrasse wich.

»Steht schon seit drei Uhr vierundzwanzig da.«

Die Terrasse …

»Wie hat er mich gefunden?«

Der Raum zwischen den Häusern …

»Websuche vermutlich. Bildvergleich. Jemand hat Bilder von der Party hochgeladen. Auf einigen warst du drauf.«

Der Lexus in der Auffahrt. Niemand drin.

»Wo ist er?«

Der Raum zwischen den Häusern …

Unter der Terrasse …

»Keine Ahnung«, sagte Tessa.

»Wo bist du?«

Wieder die Terrasse. Wenn man sich das länger anschaute, sah man schon Dinge, die gar nicht da waren. Sie blickte zum Chaos auf dem Küchentresen hinüber und sah ein dreißig Zentimeter langes Schlachtermesser in den Überresten eines Schokoladenkuchens liegen, die Klinge von Dunklem verklumpt.

»Oben«, sagte Tessa. »Am besten, du kommst rauf.«

Chevette fror auf einmal in ihrer kurzen Radlerhose und dem T-Shirt. Erschauerte. Verließ die Küche und ging ins Wohnzimmer. Vordämmerung grau vor den Glaswänden. Iain, der Engländer, lag ausgestreckt und leise schnarchend auf einem langen Ledersofa; über seinem Brustbein blinkte ein rotes LED an seinem Motion-Capture-Anzug. Chevette hatte immer den Eindruck, dass Iains untere Gesichtshälfte ein bisschen unscharf war; unregelmäßige Zähne, verschiedene Farben, als wäre er leicht gepixelt. Verrückt, sagte Tessa. Und er wechselte nie den Anzug, in dem er jetzt schlief; trug ihn so eng wie ein Korsett.

Er murmelte im Schlaf und drehte ihr den Rücken zu, als sie vorbeiging.

Sie blieb stehen, das Gesicht ein paar Zentimeter vom Glas entfernt, und spürte die Kälte, die davon ausstrahlte. Nichts auf der Terrasse, nur ein geisterhaft weißer Stuhl, leere Bierdosen. Wo steckte er?

Die Treppe zum ersten Stock war eine Spirale; keilförmige, sehr dicke Holzstücke führten von einem Eisenschaft auswärts. Die ging sie nun hinauf, und die in ihre Schuhsohlen eingesetzten Kohlefaser-Pedalclips klickten bei jedem Schritt.

Tessa wartete am Kopfende der Treppe, ein schlanker blonder Schatten in einer unförmigen, bauschigen Jacke, die bei Tageslicht einen warmen Orangeton hatte, wie Chevette wusste. »Der Van steht nebenan«, sagte sie. »Fahren wir los.«

»Wohin?«

»Die Küste rauf. Ich hab mein Stipendium gekriegt. Ich war noch auf und hab mit Mom gesprochen und es ihr erzählt, als dein Freund gekommen ist.«

»Vielleicht will er nur reden«, sagte Chevette. Sie hatte Tessa erzählt, dass er sie damals geschlagen hatte. Jetzt bereute sie es fast.

»Aber darauf willst du's doch wohl nicht ankommen lassen, oder? Wir sind weg, okay? Klar? Ich hab schon gepackt.« Sie stieß mit der Hüfte gegen das gewölbte Rechteck einer Reisetasche, die sie sich über die Schulter gehängt hatte.

»Ich aber nicht«, sagte Chevette.

»Du hast noch gar nicht *aus*gepackt, erinnerst du dich?« Das stimmte. »Wir gehen über die Terrasse raus, hinten an Barbaras Haus vorbei, in den Van und ab durch die Mitte.«

»Nein«, sagte Chevette. »Wir wecken alle und schalten die Außenbeleuchtung ein. Was kann er schon tun?«

»Ich weiß nicht, was er tun kann. Aber er kann jederzeit wiederkommen. Er weiß jetzt, dass du hier bist. Du kannst nicht bleiben.«

»Ich bin nicht sicher, ob er mir wirklich was tun würde, Tessa.«

»Willst du mit ihm zusammen sein?«

»Nein.«

»Hast du ihn hierher eingeladen?«

»Nein.«

»Willst du ihn sehen?«

Zögern. »Nein.«

»Dann hol deine Tasche.« Tessa zwängte sich mit der Reisetasche voran an ihr vorbei. »Jetzt gleich«, sagte sie über die Schulter hinweg, während sie die Treppe runter ging.

Chevette machte den Mund auf, um etwas zu sagen, und wieder zu. Sie drehte sich um, tastete sich durch den Flur zur Tür ihres Zimmers. Es war eine ehemalige Kammer, aber größer als manche Häuser auf der Brücke. Eine Milchglaskuppel in der Decke leuchtete auf, wenn man die Tür öffnete. Jemand hatte ein dickes Stück Schaumstoff so zurechtgeschnitten, dass es in der Mitte des schmalen, fensterlosen Raumes zwischen ein aufwendiges Schuhregal aus einem hellen tropischen Hartholz und eine Fußleiste aus demselben Material passte. Chevette hatte nie etwas aus Holz Gefertigtes gesehen, was derart gut verarbeitet war. So wie das ganze Haus unter dem WG-Haus-Dreck, und sie hatte sich gefragt, was hier früher wohl für Leute gewohnt hatten und wie es für sie gewesen war, als sie wegziehen mussten. Wer sie auch gewesen sein mochten, nach dem Regal zu urteilen, hatten sie mehr Schuhe gehabt, als Chevette in ihrem ganzen Leben besessen hatte.

Ihr Tornister stand am Ende des schmalen Schaumstoffbettes. Noch gepackt, wie Tessa gesagt hatte. Aber offen. Daneben die Netztasche mit ihren Toiletten- und Schminksachen. Oben drüber hing Skinners alte Motorradjacke breitschultrig und selbstbewusst auf einem schicken Holzbügel. Das einstige Schwarz war der Abnutzung und dem Zahn der Zeit zum Opfer gefallen, und nun war das Pferdeleder fast grau. Älter als sie, hatte er gesagt. Neue schwarze Jeans waren daneben über die Stange drapiert. Die nahm sie herunter und wrögelte die Füße aus den Fahrradschuhen. Zog die Jeans über die Shorts. Ein schwarzes Sweatshirt aus dem offenen Maul des Tornisters. Der Geruch von sauberer Baumwolle, als sie es sich über den Kopf zog; sie hatte bei Carson alles gewaschen, als sie beschlossen hatte, ihn zu verlassen. Sie hockte sich ans Fußende des Schaumstoffs und schnürte hohe Stiefel mit ausgeprägten Profilsohlen zu. Keine Socken. Stand auf und nahm Skinners Jacke vom Bügel. Sie war schwer, als hätte sie das Gewicht von Pferden gespeichert. Chevette fühlte sich sicherer darin. Sie dachte daran, wie sie in San Francisco immer damit rumgefahren war, trotz des Gewichts. Eine Art Rüstung.

»Komm schon.« Tessas leise Stimme aus dem Wohnzimmer.

An dem Tag, als sie sich kennen gelernt hatten, war Tessa mit einem anderen Mädchen – einer Südafrikanerin – zu Carson gekommen, um ihn über seine Arbeit bei Real One zu interviewen. Irgendwie hatte es gefunkt; Chevette hatte das Lächeln der mageren Blondine erwidert, deren Züge alle ein bisschen zu groß für ihr Gesicht waren; die trotzdem toll aussah und lachte und so clever war.

Zu clever, dachte Chevette, während sie die Netztasche in den Tornister stopfte, denn jetzt stand sie im Begriff, mit ihr nach San Francisco zu fahren, und sie war nicht sicher, ob das so eine gute Idee war.

»*Beeil* dich.«

Sie bückte sich, um die Schnallen am Tornister zu schließen. Hängte ihn sich über die Schulter. Sah die Fahrradschuhe. Keine Zeit mehr. Ging hinaus und zog die Tür der Kammer hinter sich zu.

Tessa war im Wohnzimmer, wo sie sich vergewisserte, dass der Alarm an der Schiebetür deaktiviert war.

Iain grunzte und schlug nach etwas in einem Traum.

Tessa zog eine der Türen gerade so weit auf, dass sie hinaus konnten; der Rahmen scharrte in der rostigen Schiene. Chevette fühlte die kalte Meeresluft. Tessa ging hinaus und langte noch einmal herein, um ihre Reisetasche zu holen.

Chevette ging ebenfalls raus. Ihr Tornister schlug klappernd gegen den Rahmen. Etwas streifte ihre Haare, und Tessa streckte die Hand aus und schnappte sich Gottes kleines Spielzeug. Sie reichte den aufgeblasenen Träger Chevette, die ihn an einem der Propellerkäfige packte; er fühlte sich schwerelos und sperrig und so leicht an, als wäre er unzerbrechlich. Dann packten sie und Tessa mit jeweils einer Hand den Türgriff und drückten die Tür gemeinsam gegen den Reibungswiderstand der Schiene zu.

Chevette richtete sich auf, drehte sich um, schaute an den schwarzen NATO-Drahtrollen vorbei auf das heller werdende Grau hinaus – mehr konnte sie vom Meer nicht sehen – und verspürte eine Art Schwindelgefühl, als stünde sie eine kurze Sekunde lang am Rande der sich drehenden Welt. Sie hatte dieses Gefühl schon früher gehabt, auf der Brücke, oben auf dem Dach von Skinners Bude, hoch über allem; hatte einfach nur dort gestanden, in einem Nebel, der die Bucht füllte und jedes Geräusch aus einer immer neuen und anderen Entfernung zurückwarf.

Tessa ging die vier Stufen zum Strand hinunter; und Chevette hörte den Sand unter ihren Schuhen knirschen. So still war es. Sie erschauerte. Tessa bückte sich und spähte unter die Terrasse. Wo war er?

Aber sie sahen ihn nicht, weder dort noch als sie anschließend durch den Sand an der Terrasse der alten Barbara vorbeistapften, wo die großen Fenster alle mit Steppfolie und sonnengebleichter Pappe abgedeckt waren. Barbara war eine Hausbesitzerin aus der Zeit vor der Katastrophe, und sie ließ sich nur selten blicken. Tessa hatte versucht, den Kontakt zu ihr zu pflegen, hatte sie in ihre Dokumentation aufnehmen wollen, eine interstitielle Einer-Gemeinschaft, eine Eremitin im eigenen Haus, die sich inmitten von lauter WG-Häusern verschanzte. Chevette fragte sich, ob Barbara sie beobachtete, als sie an ihrem Haus vorbeigingen und zwischen diesem und dem nächsten hindurch zu Tessas nahezu würfelförmigem Van mit dem vom herumwehenden Sand zerkratzten Lack.

Irgendwie kam ihr das alles mit jedem Schritt mehr wie ein Traum vor; und nun schloss Tessa den Van auf, nachdem sie mit einer Taschenlampe zum Fenster hineingeleuchtet hatte, um sich zu vergewissern, dass er nicht drinnen wartete, und als Chevette auf der Beifahrerseite einstieg und sich auf dem knarrenden Sitz niederließ, dessen Bezug mit Elastikschnur über geripptem Kunststoff festgebunden war, wusste sie, dass sie fortging. Irgendwohin.

Und das war ihr ganz recht.

8 Das Loch

Driften.

Laney driftet, lässt sich treiben.

So macht er es. Er weiß, dass es nur geht, wenn er loslässt. Er gibt dem Zufälligen Raum.

Wenn man dem Zufälligen Raum gibt, besteht die Gefahr, dass sich dabei das Loch auftut.

Das Loch ist das, worum Laneys Wesen herumgebaut ist. Das Loch ist Abwesenheit im innersten Kern. In dieses Loch hat er immer alles Mögliche gestopft: Drogen, Beruf, Frauen, Informationen.

In letzter Zeit vor allem Informationen.

Informationen. Diesen Strom. Diese … Korrosion.

Driften.

Vor seiner Reise nach Tokio ist Laney einmal im Schlafzimmer seiner Suite im Chateau aufgewacht.

Es war dunkel, nur das Zischen von Reifen auf dem Sunset; das gedämpfte Rattern eines Hubschraubers, der in den Hügeln dahinter auf der Jagd war.

Und das Loch direkt neben ihm in den einsamen Weiten seines Doppelbetts.

Das Loch, ganz nah, ganz intim.

9 Tao

Bunte Obstpyramiden unter summendem Neonlicht. Er sieht zu, wie der Junge einen zweiten Liter dickflüssigen Fruchtsaft trinkt, den gesamten Inhalt des großen Plastikbechers scheinbar mühelos in sich hineinschüttet, ohne auch nur einmal abzusetzen.

»Kalte Sachen soll man nicht so schnell trinken.«

Der Junge sieht ihn an. Zwischen seinem Blick und seinem Wesen ist nichts: keine Maske. Keine Persönlichkeit. Taub ist er offenbar nicht, denn er hat durchaus verstanden, dass er ein kaltes Getränk bekommen sollte. Aber bisher gibt es kein Anzeichen dafür, dass er auch sprechen kann.

»Sprichst du Spanisch?« In der Sprache Madrids, die er schon viele Jahre nicht mehr gesprochen hat.

Der Junge stellt den leeren Becher neben den ersten und sieht den Mann an. Er hat keine Furcht.

»Die Männer, die mich angegriffen haben – waren das deine Freunde?« Er zieht eine Augenbraue hoch.

Nichts.

»Wie alt bist du?«

Älter als sein seelisches Alter, schätzt der Mann. Spuren rasierter Bartstoppeln oberhalb der Mundwinkel. Braune Augen, klar und friedlich.

Der Junge sieht die beiden leeren Plastikbecher auf dem abgewetzten Stahltresen an. Er blickt zu dem Mann auf.

»Noch einen? Willst du noch einen?«

Der Junge nickt.

Der Mann gibt dem Italiener hinter dem Tresen ein Zeichen und wendet sich wieder dem Jungen zu.

»Hast du einen Namen?«

Nichts. Nichts regt sich in den braunen Augen. Der Junge betrachtet ihn so ruhig wie ein friedfertiger Hund.

Die silberne Passiermaschine inmitten der aufgestapelten Früchte tuckert kurz. Zerstoßenes Eis strudelt ins Fruchtfleisch. Der Italiener gießt das Getränk in einen Plastikbecher und stellt ihn vor den Jungen hin. Der Junge sieht den Becher an.

Der Mann verlagert sein Gewicht auf dem knarrenden Metallhocker. Sein langer Mantel hängt wie ein Flügelpaar in Ruhestellung herab. Unter seinem Arm schwingt das inzwischen sorgfältig gereinigte Messer in seiner magnetischen Scheide ungehindert hin und her; es schläft.

Der Junge hebt den Becher hoch, öffnet den Mund und lässt sich das breiige Gemisch aus Eis und Fruchtfleisch durch die Kehle rinnen.

Schwachsinnig, denkt der Mann. Syndrome des tragischen Schoßes der Stadt. Das Signal des Lebens, verzerrt von Chemikalien, Hunger und Schicksalsschlägen. Dennoch: Wie jeder andere, wie der Mann selbst, ist er genau das, was er sein soll – wo er es sein soll und auch wann. Das ist das Tao: Dunkel im Dunkel.

Der Junge stellt den leeren Becher neben die anderen beiden. Der Mann streckt die Beine, steht auf und knöpft sich den Mantel zu.

Der Junge langt nach der Armbanduhr; die der Mann am linken Handgelenk trägt, und berührt sie mit zwei Fingern. Er öffnet den Mund, als wollte er etwas sagen.

»Wie spät?«

Etwas bewegt sich in den affektlosen braunen Tiefen der Augen des Jungen.

Die Uhr ist sehr alt. Der Mann hat sie bei einem Fachhändler in einer festungsartigen Einkaufspassage in Singapur erstanden. Eine Militärarmbanduhr. Sie erzählt ihm von Schlachten, die in einer anderen Zeit geschlagen wurden. Sie erinnert ihn daran, dass alle Schlachten eines Tages gleichermaßen unverständlich sein werden und dass nur der Moment zählt, wirklich zählt.

Der erleuchtete Krieger reitet in die Schlacht wie zum Begräbnis eines geliebten Menschen, und wie könnte es anders sein?

Der Junge beugt sich jetzt vor. Das Ding hinter seinen Augen sieht nur die Armbanduhr.

Der Mann denkt an die beiden, die er in dieser Nacht auf der Brücke zurückgelassen hat. Jäger, wenn man so will, aber nun werden sie nicht mehr jagen. Und an den hier; der ihnen gefolgt ist. Um Brosamen aufzulesen.

»Gefällt sie dir?«

Keine Reaktion. Nichts stört die Konzentration, nichts unterbricht die Verbindung zwischen dem, was hinter den Augen des Jungen aufgetaucht ist, und dem strengen schwarzen Zifferblatt der Uhr.

Das Tao bewegt sich.

Der Mann löst die Stahlschnalle, die das Armband hält, und gibt dem Jungen die Uhr. Er tut es, ohne nachzudenken. Er tut es mit derselben blinden Sicherheit, mit der er zuvor getötet hat. Er tut es, weil es passt, weil es richtig ist; weil sein Leben im Einklang mit dem Tao steht.

Er braucht sich nicht zu verabschieden.

Er geht davon, entfernt sich von dem in die Betrachtung des schwarzen Zifferblatts, der Zeiger versunkenen Jungen.

Er geht jetzt. Der Moment ist im Gleichgewicht.

10 Amerikanische Akropolis

Rydell schaffte es, mit der brasilianischen Brille einen Teil des Straßennetzes von San Francisco hereinzukriegen, aber er war trotzdem auf Creedmore angewiesen, um zu dem Parkhaus zu kommen, in dem sie den Hawker-Aichi abstellen sollten. Als Rydell ihn deshalb aufweckte, schien Creedmore nicht genau zu wissen, wer Rydell war, aber es gelang ihm ziemlich gut, das zu verbergen. Immerhin wusste er genau, wohin sie fahren mussten, nachdem er eine zusammengefaltete Geschäftskarte aus der Uhrtasche seiner Jeans zu Rate gezogen hatte.

Es war ein altes Gebäude in einer Gegend, in der solche Gebäude normalerweise in Wohnhäuser umgewandelt wurden, aber der viele NATO-Draht deutete darauf hin, dass dies noch kein luxussaniertes Gebiet war. Ein paar Wachleute mit dicken Abzeichen von Universal, einer Firma, die hauptsächlich geringwertigen Gebäudeschutz im gewerblichen und industriellen Bereich machte, kontrollierten die Zufahrt. Sie waren in einem Büro am Tor postiert und sahen Real One. Ihr Flachbildschirm stand auf einem großen stählernen Schreibtisch, der aussah, als hätte irgendwer jeden Quadratzentimeter mit einem Schlosserhammer mit Kugelfinne bearbeitet. Kaffeebecher aus dem Takeaway und Essensbehälter aus weißem Styropor. Rydell kam das alles sehr vertraut vor, und er dachte, dass ihre Schicht jetzt, um sieben Uhr morgens, wohl bald zu Ende sein würde. Nicht der schlechteste aller schlechten Jobs.

»Wir bringen 'ne Überführung«, erklärte er ihnen.

Auf dem Flachbildschirm war ein Reh zu sehen. Dahinter die vertrauten Umrisse der verlassenen Wolkenkratzer im Zentrum von Detroit. Das Real-One-Logo in der Ecke rechts unten verriet ihm den Kontext: wieder so ein Tierfilm.

Sie gaben ihm ein Eingabegerät, damit er die Reservierungsnummer auf Creedmores Papier eintippen konnte, und wie sich herausstellte, war alles bezahlt. Er musste auf dem Eingabegerät unterschreiben – da. Sie sagten ihm, er solle den Wagen in Parkbucht dreiundzwanzig, sechste Ebene abstellen. Er verließ das Büro, stieg wieder in den Hawker; fuhr die Rampe hinauf. Nasse Reifen quietschten auf Beton.

Creedmore machte gerade seine Morgentoilette. Sie bestand darin, dass er sich mit den Fingern mehrmals durch die Haare fuhr, sie an den Jeans abwischte und sich dann die Augen rieb. Er betrachtete die Resultate im beleuchteten Spiegel auf der Rückseite der Beifahrer-Sonnenblende. »Zeit für 'nen Drink«, sagte er dem Spiegelbild seiner blutunterlaufenen Augen.

»Sieben Uhr morgens«, meinte Rydell.

»Meine Rede«, sagte Creedmore und klappte die Blende wieder hoch.

Rydell fand die Nummer dreiundzwanzig auf dem Beton zwischen zwei in weiße Staubschutzhauben eingepackten Fahrzeugen. Er bugsierte den Hawker vorsichtig hinein und machte sich daran, ihn abzuschalten. Dazu brauchte er nicht mal aufs Hilfsmenü zuzugreifen.

Creedmore stieg aus und ging weg, um irgendwo an einen Reifen zu pissen.

Rydell vergewisserte sich, dass sie nichts im Innenraum liegen gelassen hatten, löste den Gurt, beugte sich hinüber, um die Beifahrertür zuzuziehen, öffnete den Kofferraum und die Fahrertür, sah noch einmal nach, ob er die Schlüssel hatte, stieg aus und schloss die Tür.

»He, Buell. Dein Freund holt ihn hier ab, stimmt's?« Rydell nahm seinen Matchbeutel aus dem abstrus kleinen Kofferraum des Hawker-Aichi, dessen Abmessungen ihn an das Innere eines Kindersarges erinnerten. Da nichts weiter drin war, nahm er an, dass Creedmore ohne Gepäck reiste.

»Nee«, sagte Creedmore. »Sie lassen ihn hier oben einstauben.« Er knöpfte sich gerade den Hosenstall zu.

»Dann geb ich die Schlüssel den Universal-Jungs unten?«

»Nein, die gibst du mir.«

»Ich hab unterschrieben«, wandte Rydell ein.

»Gib schon her.«

»Buell, für dieses Fahrzeug trage ich jetzt die Verantwortung. Ich hab unterschrieben, dass es hier drin ist.« Er schloss den Kofferraum und aktivierte die Sicherheitssysteme.

»Treten Sie bitte zurück«, sagte der Hawker-Aichi. »Respektieren Sie meine Grenzen, wie ich die Ihren respektiere.« Er hatte eine schöne, seltsam geschlechtslose Stimme, sanft, aber fest.

Rydell trat erst einen, dann noch einen Schritt zurück.

»Der Wagen und die Schlüssel gehören meinem Freund, und ich soll sie ihm geben.« Creedmore legte die Hand auf die große Lassowerferschnalle, als wäre sie das Ruder seines persönlichen Staatsschiffs, aber er wirkte unsicher, als würde ihm sein Kater zu schaffen machen.

»Sag ihm einfach, die Schlüssel sind hier. So läuft die Sache. Ist für alle Seiten sicherer.« Rydell schulterte seinen Beutel und machte sich auf den Weg die Rampe hinab, froh, sich die Beine vertreten zu können. Er schaute zu Creedmore zurück. »Bis irgendwann mal, Buell.«

»Himmelarsch«, sagte Creedmore, aber Rydell bezog es eher auf das Universum, das Rydell hervorgebracht hatte, als auf sich selbst. Creedmore wirkte verloren und isoliert, wie er da so blinzelnd unter den grünlich-weißen Lichtleisten stand.

Rydell ging weiter die ramponierte Betonspirale des Parkhauses hinab, fünf Ebenen, bis er auf Höhe des Büros an der Einfahrt herauskam. Die Universal-Wachleute tranken Kaffee und sahen sich das Ende ihres Tierfilms an. Jetzt war das Reh im Schnee unterwegs, Schnee, der waagrecht wehte und die vollkommen senkrechten Wände von Detroits totem, monumentalem Herzen mit Eis überzog, riesige, schwarze Backsteinzinken, die sich in den weißen Himmel reckten und darin verschwanden.

Sie drehten ziemlich viele Tierfilme dort.

Er trat auf die Straße hinaus und hielt Ausschau nach einem Taxi oder einem Laden, wo es Frühstück gab. Er roch, dass San Francisco anders war als Los Angeles, und das war ihm recht. Er würde sich was zu essen genehmigen und dann mit der brasilianischen Brille in Tokio anrufen.

Mal sehen, was es mit diesem Geld auf sich hatte.

11 Der Andere

Da Chevette noch nie einen Standard gefahren hatte, fiel es Tessa zu, sie nach San Francisco zu bringen. Tessa schien nichts dagegen zu haben. Sie war voll und ganz mit der Doku beschäftigt, die sie machen würden, und konnte ihr Projekt weiter ausarbeiten, während sie am Steuer saß. Sie erzählte Chevette von den diversen Gemeinschaften, über die sie berichten wollte, und wie sie alles zusammenbauen würde. Chevette brauchte nichts weiter zu tun, als zuzuhören oder zumindest ein aufmerksames Gesicht zu machen, und schließlich schlief sie einfach ein. Sie schlief ein, während Tessa ihr von der so genannten Ummauerten Stadt erzählte, einem Ort in der Nähe von Hongkong, dass es den tatsächlich mal gegeben hatte, man ihn jedoch abgerissen hatte, bevor Hongkong an China zurückgefallen war. Und dann hatten diese verrückten Netzleute ihre eigene Version der Ummauerten Stadt errichtet, eine Art große gemeinschaftliche Website, hatten sie von innen nach außen gekehrt und waren darin verschwunden. Es klang ziemlich kraus, als Chevette wegnickte, aber es erzeugte Bilder in ihrem Kopf. Träume.

»Was ist mit dem anderen?«, fragte Tessa gerade, als Chevette aus diesen Träumen erwachte.

Chevette blinzelte auf die Five hinaus, auf die weiße Linie, die sich unter dem Van aufzurollen schien. »Welchem anderen?«

»Dem Cop. Mit dem du nach Los Angeles gegangen bist.«

»Rydell«, sagte Chevette.

»Warum hat das nicht geklappt?«, fragte Tessa.

Chevette hatte keine richtige Antwort darauf. »Hat's eben nicht.«

»Und deswegen musstest du was mit Carson anfangen?«

»Nein«, sagte Chevette, »musste ich nicht.« Was waren diese vielen weißen Dinger auf dem Feld da drüben? Winddinger: Die machten Strom. »Hat halt grade reingepasst.«

»Ist mir auch schon paarmal passiert«, sagte Tessa.

12 *El Primero*

Fontaine sieht den Jungen zum ersten Mal, als er sich anschickt, die morgendliche Ware in sein kleines Schaufenster zu legen: struppiges dunkles Haar über einer ans Panzerglas gedrückten Stirn.

Fontaine lässt über Nacht nichts Wertvolles im Schaufenster liegen, aber er findet es auch nicht gut, wenn die Auslage völlig leer ist.

Ihm gefällt die Vorstellung nicht, jemand könnte im Vorbeigehen diese Leere sehen. Dabei muss er an den Tod denken. Deshalb lässt er jede Nacht ein paar relativ wertlose Sachen drin – vorgeblich als Hinweis darauf, was es im Laden zu kaufen gibt, in Wahrheit jedoch als heimlichen Akt beschwichtigender Magie.

An diesem Morgen enthält das Schaufenster drei minderwertige mechanische Uhren aus der Schweiz mit altersfleckigen Zifferblättern, ein IXL-Taschenmesser mit Doppelklinge, Jiggedbone-Griffschalen und Fingerschutz, guter Zustand, sowie ein ostdeutsches Feldtelefon, das von seinem Design her so aussieht, als könnte es eine Atombombenexplosion nicht nur überstehen, sondern dabei auch noch funktionieren.

Fontaine, der immer noch den ersten Kaffee dieses Morgens trinkt, starrt durch die Scheibe auf die verfilzten, stachligen Haare hinab. Zuerst glaubt er, einen Toten vor sich zu sehen – es wäre nicht der Erste, den er auf diese Weise entdeckt hat, aber noch keiner hat so an der Scheibe gelehnt und auf den Knien gelegen, als würde er beten. Aber nein, der da lebt: Atemluft beschlägt Fontaines Fenster.

In Fontaines linker Hand: eine 1947er-Cortébert Vollkalender-Mondphase, Handaufzug, Gehäuse goldfilled, fast noch in dem Zustand, in dem sie das Werk verlassen hat. In seiner rechten eine verzogene rote Plastiktasse mit schwarzem kubanischem Kaffee. Der Geruch von Fontaines Kaffee erfüllt den Laden, so scharf geröstet und bitter, wie er ihn mag.

Kondensnebel pulsiert langsam am kalten Glas: Graue Aureolen umgeben die Nasenlöcher des Knienden.

Fontaine legt die Cortébert ins Auslagekästchen zu seinen übrigen besseren Objekten zurück; in schmalen Fächern aus verschossenem grünem Velours liegen ein Dutzend Armbanduhren. Er stellt das Auslagekästchen auf den Tresen, hinter dem er steht, wenn er Geschäfte macht, nimmt die rote Plastiktasse in die linke Hand und vergewissert sich mit der rechten, dass die Smith & Wesson 22er-/32er-Kit Gun in der rechten Seitentasche des fadenscheinigen Trenchcoats steckt, der ihm als Morgenmantel dient.

Ja, da ist sie, die kleine Waffe, älter als so manche seiner besseren Uhren. Ihr abgenutzter Walnussgriff wirkt beruhigend und vertraut. Die Kit Gun, einen sechsschüssigen Randfeuer-Revolver mit vierzölligem Lauf – wahrscheinlich für den Angelkoffer eines Süßwasseranglers gedacht, um Wasserschlangen zu erledigen oder leere Bierflaschen zu köpfen – Fontaine hat sie mit Bedacht gewählt. Er will niemanden umbringen, obwohl er das, um die Wahrheit zu sagen, schon getan hat und es sehr wahrscheinlich wieder tun könnte. Er mag es nicht, wenn eine Faustfeuerwaffe einen Rückstoß hat und übermäßig laut ist, und er misstraut halb automatischen Waffen. Er ist ein Anachronist, ein Historiker: Er weiß, dass der Rahmen der Smith & Wesson für eine längst ausgestorbene 32er-Kaliber-Zentralfeuer-Patrone entwickelt worden ist, die ehemalige Standardmunition für amerikanische Taschenpistolen. Mit einer neuen Trommel für den schlichten 22er hat er in diesem Modell bis Mitte des 20. Jahrhunderts überlebt. Ein praktisches Ding, und wie die meisten seiner Artikel eine Rarität.

Er trinkt den Kaffee aus, stellt die leere Tasse auf den Tresen neben das Auslagekästchen mit den Armbanduhren.

Fontaine ist ein guter Schütze. In der archaischen einhändigen Stellung eines Duellanten hat er schon auf zwölf Schritt Entfernung die Augen aus einer Spielkarte geschossen.

Er zögert, bevor er die Tür des Ladens aufschließt, ein komplizierter Prozess. Vielleicht ist der Kniende nicht allein. Auf der Brücke selbst hat Fontaine wenige Feinde, aber wer weiß schon, was von den beiden Enden, San Francisco oder Oakland, hereingeschneit sein mag? Und die Ödnis von Treasure Island hat schon seit jeher eine noch barbarischere Form des Wahnsinns zu bieten.

Aber trotzdem.

Er legt den letzten Riegel um und zieht den Revolver.

Sonnenlicht fällt wie ein seltsamer Segen durch die aus Holz- und Plastikschrott bestehende Verkleidung der Brücke. Fontaine riecht die Salzluft, eine Quelle der Korrosion.

»Sie da«, sagt er, »Mister.« Die Waffe in der Hand, in den Falten des Trenchcoats verborgen.

Unter dem gürtellosen, offenen Trenchcoat trägt Fontaine eine ausgeblichene Pyjamahose aus Flanell und ein langärmeliges weißes Thermounterhemd, das sich durch die Launen des Waschvorgangs ekrü verfärbt hat. Seine nackten Füße stecken in schwarzen, nicht zugebundenen Schuhen, deren Glanz in den tieferen Falten matt geworden ist.

Dunkle Augen blicken aus einem Gesicht zu ihm auf, dem irgendwie etwas Verschwommenes anhaftet.

»Was machst du hier?«

Der Junge legt den Kopf schief, als würde er auf etwas horchen, was Fontaine nicht hören kann.

»Weg da von meinem Fenster.«

Mit einem merkwürdigen, vollständigen Mangel an Anmut, der auf Fontaine schon wieder wie eine ganz eigene Form der Anmut wirkt, erhebt sich die Gestalt. Die braunen Augen starren Fontaine an, sehen ihn aber irgendwie nicht oder erkennen ihn vielleicht nicht als ein anderes Lebewesen.

Fontaine zeigt den Smith & Wesson, den Finger am Abzug, richtet ihn jedoch nicht direkt auf den Jungen. Er richtet nie eine Waffe auf jemanden, wenn er noch nicht ganz bereit ist, ihn niederzuschießen; das hat er vor langer Zeit von seinem Vater gelernt.

Dieser Kniende, der ihm da an die Scheibe geatmet hat, ist nicht von der Brücke. Es würde Fontaine schwer fallen zu erklären, woher er das weiß, aber er weiß es. Das kommt daher, dass er schon so lange hier lebt. Er kennt nicht jeden auf der Brücke und will das auch gar nicht, aber er kann Brückenbewohner trotzdem von anderen unterscheiden, und zwar mit unfehlbarer Sicherheit.

Diesem hier fehlt etwas. Etwas stimmt nicht mit ihm; sein Zustand zeugt nicht von Drogen, sondern ist eine dauerhaftere Form des Nichthierseins. Und obwohl es unter der Brückenbevölkerung durchaus auch solche wie ihn gibt, sind sie irgendwie in die Struktur des Ortes eingebunden, tauchen normalerweise nicht einfach so aufs Geratewohl auf und stören das merkantile Ritual.

Irgendwo hoch oben hämmert der Wind aus der Bucht gegen eine lose Plastikklappe, ein wildes Geprügel, wie das idiotische Geflatter eines riesigen, verwundeten Vogels.

Fontaine schaut in braune Augen in dem Gesicht, das immer noch nicht richtig scharf werden will (weil es dazu unfähig ist, denkt er jetzt), und bereut, dass er die Tür aufgesperrt hat. Selbst jetzt nagt die Salzluft an den blitzenden, lebenswichtigen Metallteilen seiner Waren. Er macht eine Geste mit dem Lauf seiner Pistole: Verschwinde.

Der Junge streckt die Hand aus. Eine Armbanduhr.

»Was ist damit? Willst du die verkaufen?«

Nichts in den braunen Augen deutet darauf hin, dass er sprechen kann.

Angetrieben von etwas, was er als Zwang identifiziert, tritt Fontaine einen Schritt vor. Sein Finger spannt sich um den Double-Action-Abzug. Aus Sicherheitsgründen ist die Kammer unter dem Schlagbolzen leer, aber er braucht nur einmal rasch durchzuziehen, dann ändert sich das.

Sieht aus wie Edelstahl. Schwarzes Zifferblatt.

Fontaine betrachtet die schmutzigen schwarzen Jeans, die durchgescheuerten Laufschuhe und das verschossene rote T-Shirt, das sich über einen typischen von Unterernährung aufgedunsenen Bauch spannt.

»Willst du mir die zeigen?«

Der Junge schaut auf die Armbanduhr in seiner Hand und deutet dann auf die drei im Schaufenster.

»Klar«, sagt Fontaine, »wir haben Armbanduhren. Jeder Art. Willst du sie sehen?«

Der Junge blickt ihn an. Sein Finger ist immer noch auf die Uhren gerichtet.

»Komm«, sagt Fontaine, »komm rein. Kalt hier draußen.« Er hält die Waffe noch in der Hand, aber sein Finger hat sich entspannt. Er tritt in den Laden zurück. »Kommst du?«

Nach einer Pause folgt ihm der Junge. Er hält die Armbanduhr mit dem schwarzen Zifferblatt, als wäre sie ein kleines Tier.

Ist garantiert Müll, denkt Fontaine. Eine Army-Waltham mit verrostetem Innenleben. Idiotisch. Idiotisch von ihm, dass er diesen Irren reingelassen hat.

Der Junge steht mit starrem Blick in der Mitte des winzigen Ladens. Fontaine macht die Tür zu, schließt sie nur einmal ab und zieht sich hinter seinen Tresen zurück – alles, ohne die Waffe zu senken, in Reichweite seines Besuchers zu kommen oder ihn aus den Augen zu lassen.

Der Junge macht große Augen, als er das Auslagekästchen mit den Uhren sieht. »Eins nach dem anderen«, sagt Fontaine und schiebt das Kästchen mit der freien Hand aus seinem Blickfeld. »Lass mal sehen.« Er zeigt auf die Uhr in der Hand des Jungen. »Hierher«, befiehlt er und tippt auf das verblasste goldene Rolex-Logo auf der dunkelgrünen, gepolsterten runden Kunstlederunterlage.

Der Junge scheint zu verstehen. Er legt die Uhr auf die Unterlage. Fontaine sieht das Schwarze unter den rissigen Fingernägeln, als er die Hand zurückzieht.

»Shit«, sagt Fontaine. Seine Augen streiken. »Geh mal eben ′nen Schritt zurück, dahin«, sagt er und zeigt ihm mit dem Lauf der Smith & Wesson dezent die Richtung. Der Junge tritt einen Schritt zurück.

Ohne den Blick von dem Jungen zu wenden, kramt er in der linken Seitentasche des Trenchcoats und bringt eine schwarze Lupe zum Vorschein, die er sich ins linke Auge schraubt. »Und keine Bewegung, okay? Wir wollen doch nicht, dass die Knarre hier losgeht …«

Fontaine nimmt die Armbanduhr in die Hand, kneift die Augen zusammen und erlaubt sich einen raschen Blick durch die Lupe. Stößt unwillkürlich einen Pfiff aus. »Jaeger-LeCoultre.« Er öffnet die Augen zu einem prüfenden Blick; der Junge hat sich nicht gerührt. Er kneift die Augen wieder zusammen, schaut sich diesmal die Militärsignatur am Rückdeckel der Uhr an. »Royal Australian Air Force, 1953«, übersetzt er. »Wo hast du die geklaut?«

Nichts.

»Die ist so gut wie neu.« Fontaine ist mit einem Mal völlig verwirrt. »Zifferblatt ausgetauscht?«

Nichts.

Fontaine blinzelt durch die Lupe. »Alles original?«

Fontaine will diese Uhr haben.

Er legt sie auf die grüne Unterlage, auf das abgenutzte Symbol einer goldenen Krone, und stellt fest, dass es sich bei dem schwarzen Kalbslederarmband um eine Spezialanfertigung handelt; es ist per Hand um die fest zwischen den Bandanstößen verankerten Stifte vernäht. Allein schon diese Arbeit, die seiner Ansicht nach entweder in Italien oder Österreich ausgeführt worden ist, kann durchaus mehr gekostet haben als manche der Uhren in seinem Auslagekästchen. Der Junge nimmt sie sofort an sich.

Fontaine stellt ihm das Auslagekästchen hin. »Schau her. Willst du tauschen? Hier, eine Gruen Curvex. Tudor ›London‹, 1948; hübsches originales Zifferblatt. Oder die hier, Vulcain Cricket, vergoldetes Gehäuse, sehr sauber.«

Aber er weiß bereits, dass sein Gewissen ihm nicht erlauben wird, dieser verlorenen Seele die Uhr zu rauben, und dieses Wissen schmerzt ihn. Fontaine hat sich sein Leben lang bemüht, Unredlichkeit zu kultivieren, »clevere Praktiken«, wie sein Vater es genannt hat, aber er versagt ständig.

Der Junge beugt sich über das Auslagekästchen. Fontaine hat er völlig vergessen.

»Hier«, sagt Fontaine, schiebt das Kästchen beiseite und stellt ihm dafür sein ramponiertes Notebook hin. Er öffnet die Seiten, auf denen er nach Uhren sucht. »Drück da drauf, dann da drauf. Es sagt dir, was du siehst.« Er demonstriert es. Eine Jaeger mit silbernem Zifferblatt.

Fontaine drückt auf die zweite Taste. »Jaeger Chronometer, 1945, Edelstahl, originales Zifferblatt, Boden graviert«, sagt das Notebook.

»Boden«, sagt der Junge. »Graviert.«

»So wie hier«, Fontaine zeigt dem Jungen den Edelstahlboden einer Tissot, goldfilled, mit Tankgehäuse.

»Aber mit einer Inschrift, zum Beispiel Joe Blow, fünfundzwanzig Jahre bei Blowcorp, Glückwunsch‹.«

Das Gesicht des Jungen ist ausdruckslos. Er drückt eine Taste. Eine weitere Uhr erscheint auf dem Bildschirm. Er drückt die zweite Taste. »Vulcain, 1960, springende Stunde, Chrom, Messingverzierungen an den Bandanstößen, Zifferblatt sehr gut.«

»Sehr gut«, wiederholt Fontaine. »Nicht gut genug. Siehst du diese Stellen hier?« Er zeigt auf einige dunklere Flecken, die über den Scan verstreut sind. »Wenn es ›ganz hervorragend‹ hieße, dann okay.«

»Hervorragend«, sagt der Junge und blickt zu Fontaine auf. Er drückt die Taste, die das Bild einer weiteren Uhr aufruft.

»Ich will mir diese Uhr mal ansehen, okay?« Fontaine zeigt auf die Uhr in der Hand des Jungen. »Keine Angst. Ich geb sie dir zurück.«

Der Junge blickt von der Armbanduhr zu Fontaine. Fontaine steckt die Smith & Wesson in die Tasche. Zeigt dem Jungen die leeren Hände.

»Ich geb sie dir zurück.«

Der Junge streckt die Hand aus. Fontaine nimmt die Uhr.

»Sagst du mir, wo du die herhast?«

Keine Reaktion.

»Willst du 'ne Tasse Kaffee?«

Fontaine zeigt nach hinten, zu der leise vor sich hinköchelnden Kanne auf der Kochplatte. Riecht das bittere, stärker werdende Gebräu.

Der Junge versteht.

Er schüttelt den Kopf.

Fontaine schraubt sich die Lupe ins Auge und vergisst alles um sich herum.

Verdammt. Er will diese Uhr haben.

Später, als der Junge vom Bento-Lunchdienst Fontaine das Mittagessen bringt, steckt die Jaeger-LeCoultre-Militärarmbanduhr in der Tasche seiner grauen Tweedhose mit der hohen Taille und den extravaganten Bundfalten, aber Fontaine weiß, dass sie ihm nicht gehört. Er hat den Jungen in den rückwärtigen Teil des Ladens verfrachtet, in den voll gestopften kleinen Bereich, der sein Geschäft von seinem Privatleben trennt, und hat festgestellt, dass er seinen Besucher ... ja, riechen kann; unter dem morgendlichen Kaffeeduft ein eindeutiger und hartnäckiger Gestank nach altem Schweiß und ungewaschenen Sachen.

Als der Bento-Junge zu seinem mit Schachteln beladenen Fahrrad hinausgeht, löst Fontaine die Klammern an der, die er gerade bekommen hat. Heute gibt's Tempura, nicht gerade sein Lieblingsessen beim Lunchdienst, weil es rasch kalt wird, aber trotzdem, er hat Hunger. Dampf wallt aus der Miso-Schüssel auf, als er den Plastikdeckel abnimmt. Er hält inne.

»He«, ruft er nach hinten in den Raum hinter dem Laden, »willst du Miso?« Keine Antwort. »Suppe, hörst du mich?«

Fontaine klettert seufzend von seinem hölzernen Hocker herunter und geht mit der dampfenden Suppe in den hinteren Teil des Ladens.

Der Junge hockt im Schneidersitz auf dem Fußboden, das offene Notebook auf dem Schoß. Fontaine sieht einen großen, sehr komplizierten Chronometer auf dem Bildschirm. Ein Stück aus den Achtzigern, dem Aussehen nach zu urteilen.

»Willst du Miso?«

»Zenith«, sagt der Junge. »El Primero. Gehäuse aus Edelstahl. Einunddreißig Steine, Uhrwerk 3019PHC. Schweres Edelstahlarmband mit Faltschließe. Originale Schraubkrone. Krone, Zifferblatt und Werk mit Signatur.«

Fontaine starrt ihn an.

13 Mittelbares Tageslicht

Yamasaki kommt mit Antibiotika, abgepackten Lebensmitteln und Kaffee in Selbstwärmedosen zurück. Er trägt eine schwarze Fliegerjacke aus Nylon und transportiert die ganzen Sachen zusammen mit seinem Notebook in einem blauen Einkaufsnetz.

Die abendliche Rushhour ist noch ein paar Stunden entfernt, und so ist die Menschenmenge, durch die er in die Station hinabsteigt, nicht übermäßig dicht. Er hat nur schwer einschlafen können; das perfekte Gesicht von Rei Toei, die in gewissem Sinn seine Arbeitgeberin ist und in einem anderen nicht existiert, hat ihn bis in seine Träume verfolgt.

Sie ist eine Stimme, ein Gesicht, das Millionen vertraut ist. Sie ist ein Codemeer, der höchste Ausdruck von Unterhaltungssoftware. Ihr Publikum weiß, dass sie nicht unter den Menschen wandelt, dass sie ein Mediengebilde in Reinkultur ist. Und das macht einen Großteil ihrer Anziehungskraft aus.

Wenn es Rei Toei nicht gäbe, überlegt Yamasaki, wäre Laney jetzt nicht hier. Der Versuch, sie zu verstehen, ihre Motive zu ergründen, hatte ihn ursprünglich nach Tokio geführt – im Dienst von Rez' Management-Team, nachdem der Sänger Rez bekannt gegeben hatte, dass er sie heiraten wolle. Und wie, fragten sie, sollte das gehen? Wie konnte ein Mensch, selbst ein so gründlich medialisierter wie er, ein Konstrukt heiraten, ein Software-Konglomerat, einen Traum?

Doch Rez, der chinesisch-irische Sänger, der Popstar,

hatte es versucht. Yamasaki weiß das. Er weiß mehr darüber als jeder andere echte Mensch, einschließlich Rez, weil Rei Toei mit ihm darüber gesprochen hat. Ihm ist klar, dass Rez im Reich des Digitalen so umfassend existiert, wie das für einen echten Menschen nur möglich ist. Wenn Rez-der-Mensch heute sterben sollte, würde Rez-die-Ikone mit Sicherheit weiterleben. Aber Rez sehnte sich danach, dorthin zu gehen, buchstäblich dorthin zu gehen, wo Rei Toei ist. Oder war, da sie nun ja offenkundig verschwunden ist.

Der Sänger hatte in einem Reich des Digitalen oder in einem noch nicht einmal in der Vorstellung existierenden Grenzland mit ihr zusammen sein wollen. Es jedoch nicht geschafft.

Aber ist sie nun dorthin gegangen? Und warum ist Laney ebenfalls geflohen?

Rez tourt gerade durch die Kombinat-Staaten. Er besteht darauf, mit der Bahn zu fahren. Station um Station, Endziel Moskau, aufflackernde Gerüchte über Wahnsinn im Kielwasser der Band.

Ein düsteres Geschäft, denkt Yamasaki, während er die Treppe zur Pappkartonstadt hinuntergeht, und er fragt sich, was genau Laney nun eigentlich hier will. Er spricht von Knotenpunkten in der Geschichte, von einem sich herausbildenden Muster in der Struktur der Dinge. Davon, dass sich alles verändert.

Laney ist ein netter Kerl, ein Mutant, das Zufallsprodukt geheimer klinischer Versuche mit einer Droge, die einem kleinen Prozentsatz der Versuchspersonen etwas verliehen haben, was auf merkwürdige Weise medialen Fähigkeiten ähnelt. Aber Laney ist nicht medial begabt im irrationalen Sinn; vielmehr kann er dank der organischen Veränderungen, die vor langer Zeit vom 5-SB – dieser Droge – ausgelöst worden sind auf irgendeine Weise Veränderungen wahrnehmen, die sich in ungeheuren Datenströmen abzeichnen.

Und nun ist Rei Toei fort, behauptet ihr Management,

aber wie kann das sein? Yamasaki argwöhnt, dass Laney vielleicht weiß, warum sie fort ist oder wo sie sich befindet, und nicht zuletzt deshalb hat Yamasaki beschlossen, hierher zurückzukommen und ihn aufzusuchen. Er hat alles Erdenkliche getan, um nicht verfolgt zu werden, aber er weiß auch, dass das so gut wie gar nichts besagt.

Der Geruch der Tokioter U-Bahn, so vertraut wie der Geruch der Wohnung seiner Mutter, beruhigt ihn jetzt. Es ist ein absolut charakteristischer und zugleich unmöglich zu beschreibender Geruch. Es ist der Geruch des japanischen Teils der Menschheit, dem er sich sehr stark zugehörig fühlt, manifestiert in dieser einzigartigen Umgebung, dieser Welt der Tunnels, der weißen Korridore und wispernden Silberzüge.

Er findet den Gang zwischen den beiden Rolltreppen, die gefliesten Säulen. Halb glaubt er, dass die Behausungen fort sein werden.

Aber sie sind noch da, und als er eine weiße Mikropore-Maske aufsetzt und den hell erleuchteten Verschlag des Modellbauers betritt, hat sich nichts geändert außer dem Bausatz, auf den der Alte sich jetzt konzentriert: ein vielköpfiger Dinosaurier mit Roboter-Hinterbeinen in Marineblau und Silber. Die Pinselspitze arbeitet im Auge eines Reptilienkopfes. Der alte Mann blickt nicht auf.

»Laney?«

Stille hinter dem Rechteck der melonengelben Decke.

Yamasaki nickt dem alten Mann zu, kriecht auf Händen und Knien an ihm vorbei und schiebt das Einkaufsnetz samt Inhalt vor sich her.

»Laney?«

»Pst«, sagt Laney aus dem engen, stinkenden Dunkel. »Er spricht gerade.«

»Wer spricht?« Yamasaki schiebt den Beutel an dem schlaffen, mit Schaumstoff gefüllten Stoff vorbei, der sein Gesicht streift – eine Berührung, die ihn an den Kindergarten erinnert.

Als Yamasaki hereinkommt, aktiviert Laney einen Projektor in dem klobigen Datenhelm; die Bilder, die er sieht, spülen über Yamasaki hinweg und blenden ihn. Yamasaki windet sich, um dem Strahl auszuweichen. Er sieht Gestalten, eingerahmt von mittelbarem Tageslicht. »...nen Sie, er macht sowas regelmäßig?« Ohne Stativ, aber digital stabilisiert. »Hat das was mit den Mondphasen zu tun?«

Ein Zoom auf eine der Gestalten, hager und männlich wie die anderen auch. Dunkler Schal vorm Mund. Festes schwarzes Haar über hoher weißer Stirn. »Kein Hinweis darauf. Gelegenheitstäter. Er wartet darauf, dass sie zu ihm kommen. Dann erledigt er sie. Die da«, zügiger Schwenk auf das Gesicht und die nackte Brust eines Toten mit weit aufgerissenen Augen, »sind Straßenräuber. Der hier hatte Dancer in der Tasche.« Auf der bleichen Brust des Toten ist ein dunkles Komma, direkt unter dem Brustbein. »Dem anderen hat er die Kehle durchstochen, es aber irgendwie geschafft, nicht die Arterien zu treffen.«

»Glaube ich gern«, wirft der Unsichtbare ein.

»Wir haben Profile von ihm«, sagt der Mann mit dem Schal aus dem Off. Das Gesicht der Leiche legt sich über Laneys Pappwand und die melonengelbe Decke. »Wir haben ein komplettes forensisches und psychologisches Gutachten. Aber das ignorieren Sie.«

»Natürlich.«

»Sie wollen es nicht wahrhaben.« Zwei Paar Hände in Latexhandschuhen packen den Toten, drehen ihn um. Man sieht eine zweite, kleinere Wunde unter einem Schulterblatt; Blut hat sich im Körper gesammelt und ist dunkel geworden. »Er ist eine reale Gefahr, für Sie wie für alle anderen.«

»Aber er ist interessant, nicht?«

Die Wunde in Großaufnahme: ein kleiner, freudloser Mund. Das Blut ist schwarz. »Finde ich nicht.«

»Aber Sie sind ja auch nicht interessant, oder?«

»Nein«, und die Kamera schwenkt nach oben, Licht fängt einen vorspringenden Wangenknochen über dem schwarzen Schal ein, »soll ich auch gar nicht sein, stimmt's?«

Ein leiser Glockenton, als die Übertragung beendet wird. Laney wirft den Kopf zurück, das Standbild des Mannes mit dem Schal schwenkt zur Decke des Kartons, zu hell, verzerrt, und Yamasaki sieht, dass die Pappe dort mit winzigen, selbst klebenden Printouts gepflastert ist, mit Dutzenden verschiedener Bilder eines unverbindlich-höflich dreinschauenden Mannes, der ihm eigenartig bekannt vorkommt. Yamasaki zwinkert, seine Kontaktlinsen bewegen sich, er vermisst seine Brille. Ohne sie fühlt er sich unvollständig. »Wer war der Mann, Laney?«

»Der Helfer«, sagt er.

»Helfer?«

»Schwer, heutzutage gute Helfer zu kriegen.« Laney schaltet den Projektor aus und nimmt den schweren Datenhelm ab. In der plötzlichen Dunkelheit ist sein Gesicht nicht viel mehr als eine Kinderzeichnung, schmutzig schwarze Augenlöcher vor einem fahlen Fleck. »Der Mann, der diesen Anruf entgegengenommen hat?«

»Derjenige, der gesprochen hat?«

»Dem gehört die Welt. Falls man das überhaupt von jemandem behaupten kann.«

Yamasaki runzelt die Stirn. »Ich habe Medizin mitgebracht ...«

»Der Anruf kam von der Brücke, Yamasaki.«

»San Francisco?«

»Sie sind meinem anderen Mann dorthin gefolgt. Sie sind ihm gestern Abend gefolgt, aber sie haben ihn verloren. So geht es ihnen immer. Heute Morgen haben sie diese Leichen gefunden.«

»Wem gefolgt?«

»Dem Mann, der nicht da ist. Den ich dauernd ableiten muss.«

»Das sind Bilder von Harwood? Von Harwood Levine?« Yamasaki hat das Gesicht erkannt, das auf den Stickern reproduziert ist.

»Es sind seine Spione. Wahrscheinlich das Beste, was man für Geld kriegen kann, aber sie kommen nicht nah an den Mann ran, der nicht da ist.«

»Was für einen Mann?«

»Ich glaube, er ist jemand, den Harwood ... gesammelt hat. Harwood sammelt Menschen. Interessante Menschen. Der Mann hat vielleicht für ihn gearbeitet, Aufträge für ihn ausgeführt. Er hinterlässt keine Spur, überhaupt keine. Wer ihm in die Quere kommt, verschwindet einfach. Dann löscht er sich selbst aus.«

Yamasaki kramt die Antibiotika aus seinem Beutel. »Nehmen Sie doch die, Laney. Ihr Husten ...«

»Wo ist Rydell, Yamasaki? Er sollte jetzt dort sein. Es kommt alles zusammen.«

»Was denn?«

»Ich weiß es nicht«, sagt Laney und beugt sich vor, um den Beutel zu durchwühlen. Er findet einen Kaffee und aktiviert ihn, wirft ihn von einer Hand in die andere, während er sich erhitzt. Yamasaki hört das Ploppen, das Zischen des Vakuums, als Laney ihn öffnet. Kaffeeduft. Laney trinkt kleine Schlucke aus der dampfenden Dose.

»Irgendwas ist im Gange«, sagt Laney und hustet in seine Hand, schüttet heißen Milchkaffee auf Yamasakis Handgelenk. Yamasaki zuckt zurück. »Alles verändert sich. Oder auch nicht, jedenfalls nicht in Wirklichkeit. Die Art, wie *ich es sehe,* verändert sich. Aber seit ich es auf die neue Art sehen kann, hat was anderes angefangen. Da baut sich was auf. Was Großes. Größer als groß. Es wird bald passieren, und dann gibt es einen Lawineneffekt ...«

»Was wird passieren?«

»Ich weiß es nicht.« Ein weiterer Hustenanfall zwingt ihn, den Kaffee abzustellen. Yamasaki hat die Antibiotika geöffnet und hält sie ihm hin. Laney wischt sie beiseite. »Waren Sie noch mal auf der Insel? Haben sie irgendeine Ahnung, wo sie steckt?«

Yamasaki blinzelt. »Nein. Sie ist einfach nicht anwesend.«

Laney lächelt, Zähne schimmern matt in der Schwärze seines Mundes. »Das ist gut. Sie hat auch mit der Sache zu tun, Yamasaki.« Er greift nach dem Kaffee. »Sie hat auch damit zu tun.«

14 Brutzelndes Frühstück

Rydell fand ein Lokal in einem jener Gebäude, die eindeutig Banken gewesen waren, als man für Banken noch Gebäude brauchte.

Dicke Wände. Jemand hatte einen Laden daraus gemacht, in dem man den ganzen Tag frühstücken konnte, genau das, was Rydell suchte. Offenbar war es vorher eine Art Discountgeschäft gewesen und davor noch irgendwas anderes, aber es verströmte den typischen Geruch nach Eiern und Fett, und er hatte Hunger.

Ein paar mit Trockenmauerstaub bedeckte Bauarbeiter, echte Schränke, warteten auf einen Tisch, aber Rydell sah, dass am Tresen noch etwas frei war, ging hin und setzte sich auf einen Hocker. Die Kellnerin, eine besorgt dreinschauende Frau unbestimmbarer Herkunft, die Wangenknochen mit Aknenarben übersät, schenkte ihm Kaffee ein und nahm seine Bestellung entgegen, ohne sich anmerken zu lassen, ob sie Englisch verstand. Als könnte die gesamte Prozedur im Grunde phonetisch ablaufen, dachte er, als hätte sie auswendig gelernt, wie es klang, wenn jemand »zwei Spiegeleier, kurz gewendet« bestellte. Die Worte hören, sie in die Sprache übersetzen, in der sie schrieb, und an den Koch weitergeben.

Rydell holte die brasilianische Brille heraus, setzte sie auf und suchte die Nummer in Tokio, die Yamasaki ihm gegeben hatte. Beim dritten Klingeln nahm jemand ab, aber die Brille verzeichnete keinen Ort für den Anschluss am anderen Ende. Wahrscheinlich auch irgendwas Mobiles.

Schweigen in der Leitung, ein irgendwie greifbares Schweigen.

»He«, sagte Rydell, »Yamasaki?«

»Rydell? Laney …« Unterbrochen von einem Hustenanfall, dann Totenstille, als jemand die Stummschaltung drückte.

Als Laney sich wieder meldete, klang seine Stimme erstickt. »'tschuldigung. Wo sind Sie?«

»San Francisco«, sagte Rydell.

»Das weiß ich.«

»In einem Diner in der … in der …«, Rydell scrollte durchs GPS-Menü, versuchte hineinzukommen, erwischte aber immer nur den Nahverkehrsplan von Rio, wie es schien.

»Nicht so wichtig«, sagte Laney. Er klang müde. Wie viel Uhr es wohl in Tokio war? Das würde im Telefonmenü stehen, falls er es finden konnte. »Wichtig ist, dass Sie da sind.«

»Yamasaki hat gesagt, Sie wollten mir hier einen Job anbieten.«

»Ja, will ich«, sagte Laney, und Rydell erinnerte sich an die Hochzeit seines Cousins. Clarence hatte genau dasselbe gesagt und dabei ungefähr genauso glücklich geklungen.

»Erzählen Sie mir, worum es geht?«

»Nein«, antwortete Laney, »aber ich zahl Ihnen ein regelmäßiges Honorar. Geld gibt's im Voraus, solange Sie dort sind.«

»Ist das legal, was ich hier machen soll, Laney?«

Eine Pause. »Weiß ich nicht«, sagte Laney. »Einiges davon hat wahrscheinlich überhaupt noch niemand gemacht, deshalb ist das schwer zu sagen.«

»Also, ich glaube, ich muss schon ein bisschen mehr drüber wissen, bevor ich annehmen kann«, sagte Rydell und fragte sich, wie er jemals wieder nach Los Angeles kommen sollte, wenn nichts aus der Sache wurde. Und ob es überhaupt einen Sinn hatte, dorthin zurückzukehren.

»Man könnte sagen, es geht um jemanden, der unauffindbar ist«, erklärte Laney nach einer weiteren Pause.

»Name?«

»Hat keinen. Vielmehr, hat wahrscheinlich ein paar tausend. Hören Sie, Sie mögen doch Bullenkram, oder?«

»Was soll das heißen?«

»Nicht böse gemeint. Sie haben mir Cop-Geschichten erzählt, als wir uns kennen gelernt haben, wissen Sie noch? Okay: Diese Person, die ich suche, ist sehr, sehr gut darin, keine Spuren zu hinterlassen. Nie taucht was auf, nicht mal bei der gründlichsten quantitativen Analyse.« Laney meinte diesen Netzsucherkram; das war sein Job. »Er ist bloß eine physische Präsenz.«

»Woher wissen Sie, dass er eine physische Präsenz ist, wenn er keine Spuren hinterlässt?«

»Weil Leute sterben«, sagte Laney.

Und in diesem Moment nahmen links und rechts von ihm Leute Platz, ein durchdringender Wodkagestank stieg ihm in die Nase …

»Ich melde mich wieder«, sagte Rydell, drückte aufs Tastenfeld und nahm die Brille ab.

Creedmore, grinsend zu seiner Linken. »Tag auch«, sagte er. »Das da ist Marjane.«

»Maryalice.« Auf dem Hocker rechts von Rydell eine großbusige alte Blondine, die von der Taille aufwärts größtenteils in irgendwas Schwarzes und Glänzendes geschnürt war; der nicht verschnürte Teil bildete ein Dekolletee, in dem Creedmore mühelos einen seiner Flachmänner hätte deponieren können. Rydell fing etwas in der Tiefe ihrer müden Augen auf, eine Mischung aus Angst, Resignation und so etwas wie blinder, automatischer Hoffnung: Für sie war es kein guter

Morgen, kein gutes Jahr und wahrscheinlich auch kein gutes Leben, aber etwas in ihr wollte, dass er sie mochte. Was immer es war, es hinderte Rydell daran, mit seinem Beutel aufzustehen und hinauszugehen, obwohl er wusste, dass er genau das tun sollte.

»Willst du nicht Hallo sagen?« Creedmores Atem war giftig.

»He, Maryalice«, sagte Rydell. »Ich heiße Rydell. Freut mich, Sie kennen zu lernen.«

Maryalice lächelte, und so hob sich für etwa eine Sekunde die im ganzen letzten Jahrzehnt angesammelte Müdigkeit von ihren Augen. »Buell sagt, Sie kommen aus Los Angeles, Mr. Rydell.«

»Ach ja?« Rydell sah Creedmore an.

»Sind Sie da im Mediengeschäft, Mr. Rydell?«, fragte sie.

»Nein«, sagte Rydell und fixierte Creedmore mit dem härtesten Blick, den er aufbieten konnte, »Einzelhandel.«

»Ich bin im Musikbusiness«, sagte Maryalice. »Mein Ex und ich hatten einen der erfolgreichsten Country-Läden in Tokio. Aber ich hatte das Bedürfnis, zu meinen Wurzeln zurückzukehren. Ins Land Gottes, Mr. Rydell.«

»Du quatschst zu viel«, sagte Creedmore über Rydell hinweg, als die Kellnerin Rydells Frühstück brachte.

»Buell«, sagte Rydell in einem Ton, der einigermaßen gut gelaunt klang, »Halt die Schnauze, verdammt noch mal.« Er fing an, die harten Ränder von seinen Eiern abzuschneiden.

»Stopf sie mir doch mit Bier«, sagte Buell.

»Oh, Buell«, sagte Maryalice. Sie hievte eine große Plastiktasche mit Reißverschluss vom Boden, eine Art Werbegeschenk, und kramte darin herum. Förderte eine große, beschlagene Dose zu Tage, die sie Creedmore unterm Tresen über Rydells Schoß hinweg durchreichte. Creedmore riss den Verschluss auf und hielt sie ans Ohr, als bewunderte er das Zischen der Kohlensäure.

»Klingt wie 'n brutzelndes Frühstück«, sagte er und trank.

Rydell saß da und zerkaute seine ledrigen Eier.

»Sie gehen also zu dieser Site«, sagte Laney, »nennen denen meinen Namen, ›Colin Leerzeichen Laney‹, großes C, großes L, die ersten vier Ziffern dieser Telefonnummer, und ›Berry‹. Das ist Ihr Spitzname, stimmt's?«

»Eigentlich mein Name«, sagte Rydell. »Der Familienname meiner Mutter.« Er saß in einer geräumigen, aber nicht allzu sauberen Kabine in der Toilette der ehemaligen Bank. Dahin war er gegangen, um von Creedmore und Co. wegzukommen und Laney wieder anrufen zu können. »Okay, mach ich. Und was machen die dann?« Rydell schaute zu seinem Beutel hoch, der an dem massiven Chromhaken an der Kabinentür hing. Er hatte ihn nicht draußen im Lokal lassen wollen.

»Die geben Ihnen eine andere Nummer. Mit der gehen Sie an irgendeinen Bankautomaten, zeigen ihm Ihre Bild-ID, geben die Nummer ein. Dann kriegen Sie einen Kreditchip. Müsste reichen, Sie ein paar Tage über Wasser zu halten, aber wenn nicht, rufen Sie mich an.«

Irgendwas an dieser Örtlichkeit vermittelte Rydell das Gefühl, in einem jener altmodischen Unterwasserfilme zu sein, wo sie dann die Maschinen abstellen und ganz still auf die Wasserbomben warten, die, wie sie wissen, unterwegs sind. Wahrscheinlich war es so still hier drin, weil die Bank so massiv gebaut war; das einzige Geräusch kam von der laufenden Toilettenspülung und verstärkte die Illusion für ihn noch.

»Okay«, sagte Rydell, »angenommen, das alles klappt. Wen suchen Sie, und was haben Sie da von Leuten erzählt, die sterben?«

»Europäer, männlich, Mitte bis Ende fünfzig, kommt wahrscheinlich aus dem militärischen Bereich, aber das ist lange her.«

»Na, da bleiben ja bloß noch rund eine Million Kandidaten allein hier in Nordkalifornien übrig.«

»Die Sache läuft so, Rydell, dass er Sie finden wird. Ich sag Ihnen, wo Sie hingehen und wonach Sie fragen sollen, und irgendwas davon wird dann seine Aufmerksamkeit auf Sie lenken.«

»Klingt zu einfach.«

»Seine Aufmerksamkeit erregen wird einfach sein. Hinterher am Leben bleiben nicht.«

Rydell überlegte. »Also, was soll ich für Sie tun, wenn er mich findet?«

»Ihm eine Frage stellen.«

»Und welche?«

»Weiß ich noch nicht«, gab Laney zu. »Ich arbeite dran.«

»Laney«, sagte Rydell, »worum geht's hier eigentlich?«

»Wenn ich das wüsste«, erwiderte Laney, und auf einmal klang er sehr müde, »bräuchte ich nicht hier zu sein.« Er verstummte. Legte auf.

»Laney?«

Rydell saß da und lauschte der Toilettenspülung. Schließlich stand er auf, nahm seinen Beutel vom Haken und verließ die Kabine. Er wusch sich die Hände in einem Rinnsal kalten Wassers, das in ein schwarzes, von gelblicher Industrieseife verkrustetes Marmorimitatbecken lief, und ging wieder ins Lokal zurück. Der Korridor, den er durchquerte, wurde von Kartons verengt, die seiner Ansicht nach Reinigungsmaterial enthielten.

Er hoffte, dass Creedmore und die Country-Music-Mama ihn vergessen hatten und gegangen waren.

Nein. Die Frau werkelte nun ebenfalls an einem Teller mit Eiern herum, während Creedmore, das Bier zwischen die Jeans-Schenkel geklemmt, die beiden riesigen, gipsbestäubten Bauarbeiter böse anstierte.

»He«, sagte Creedmore, als Rydell mit seinem Matchbeutel an ihnen vorbeiging.

»He, Buell«, sagte Rydell auf dem Weg zum Ausgang.

»He, wo willst du hin?«

»Arbeiten«, sagte Rydell.

»Arbeiten«, hörte er Creedmore sagen, und »Scheiße«, aber dann schwang die Tür hinter ihm zu, und er stand auf der Straße.

15 *Wieder da*

Chevette stand neben dem Van und sah zu, wie Tessa Gottes kleines Spielzeug fliegen ließ. Wie ein Mylar-Muffin oder eine aufgeblähte Münze fing der Kameraträger das wässrige Tageslicht ein, während er wackelnd emporstieg und sich dann in etwa fünf Meter Höhe schwankend ausbalancierte.

Für Chevette war es ein sehr seltsames Gefühl, hier zu sein und das alles zu sehen: die Panzersperren aus Beton, dahinter die unglaubliche Silhouette der Brücke selbst. Die Stelle auf dem nächsten Kabelturm, wo sie gewohnt hatte, obwohl es jetzt wie ein Traum oder wie das Leben einer anderen war. Dort oben, am höchsten Punkt, hatte sie in einem Sperrholzkabuff geschlafen, während der Wind mit seinen großen Händen dagegendrückte, daran zerrte und sich hineinkrallte, und sie hatte die Sehnen der Brücke im Geheimen ächzen hören, ein Geräusch, das die verzwirbelten Stränge hinaufgetragen worden war, sodass nur sie allein es vernahm, Chevette, das Ohr an den anmutigen Delphinrücken des Kabels gedrückt, der durch das ovale Loch stieg, das dafür in Skinners Sperrholzboden für ihn geschnitten war.

Jetzt war Skinner tot. Er war gestorben, während sie in Los Angeles gewesen war und versucht hatte, diejenige zu werden, die sie glaubte sein zu wollen. Sie war nicht hergekommen. Die Brückenbewohner hatten es nicht so mit Beerdigungen, und Besitz war hier im Wesentlichen das, was man auch besetzt hielt. Sie war nicht Skinners Tochter, und selbst wenn sie es gewesen wäre und seine Bude hätte behalten wollen, hätte sie dort bleiben müssen, um ihren Besitzanspruch zu wahren. Das hatte sie nicht gewollt.

In Los Angeles hatte sie jedoch keine Möglichkeit gehabt, um ihn zu trauern, und jetzt kam alles hoch, es kam alles zurück – die Zeit, die sie mit ihm zusammengelebt hatte. Wie er sie gefunden hatte, so krank, dass sie nicht mal laufen konnte, und sie mit zu sich nach Hause genommen und mit Suppe von den koreanischen Händlern gesund gepäppelt hatte. Danach hatte er sie in Ruhe gelassen, er hatte nichts von ihr verlangt, sondern sie bei sich akzeptiert, wie man einen Vogel auf einer Fensterbank akzeptiert, bis sie gelernt hatte, in der Stadt Fahrrad zu fahren, und Kurierin geworden war. Und bald hatten sie die Rollen getauscht: Der alte Mann wurde schwächer und brauchte Hilfe, und nun war sie diejenige, die Suppe kaufte, Wasser holte und Kaffee kochte. So war es gewesen, bis sie sich den Ärger eingehandelt hatte, der dazu führte, dass sie Rydell kennen lernte.

»Der Wind wird das Ding wegwehen«, warnte sie Tessa. Diese hatte die Brille aufgesetzt, mit der sie die von der fliegenden Kamera aufgenommenen Bilder sehen konnte.

»Ich hab noch drei im Wagen.« Tessa zog sich einen schäbig aussehenden schwarzen Kontrollhandschuh über die rechte Hand. Sie experimentierte mit den Touchpads, brachte die winzigen Propeller des Trägers auf Touren und schwenkte ihn durch einen sechs Meter großen Kreis.

»Wir müssen uns jemand besorgen, der den Van bewacht«, sagte Chevette, »falls du ihn wiedersehen willst.«

»Jemand besorgen? Wen?«

Chevette zeigte auf ein dünnes schwarzes Kind mit staubigen, bis zur Taille reichenden Dreadlocks. »Du da. Wie heißt du?«

»Was geht dich das an?«

»Kriegst Kohle, wenn du auf den Van hier aufpasst. Wenn wir zurückkommen, schieben wir dir 'n Fuffie rüber. Korrekt?«

Der Junge musterte sie gelassen. »Boomzilla.«

»Boomzilla«, sagte Chevette, »passt du auf den Van auf?«

»Geht klar«, sagte er.

»Geht klar«, sagte Chevette zu Tessa.

»Lady«, Boomzilla zeigte auf Gottes kleines Spielzeug, »ich will das da.«

»Bleib hier«, sagte Tessa. »Vielleicht brauchen wir dich noch.«

Tessas Finger berührten die schwarze, gepolsterte Handfläche. Der Kameraträger drehte sich erneut, schwebte davon und verschwand über den Panzersperren. Tessa lächelte, als sie die Bilder sah, die er einfing. »Komm mit«, sagte sie zu Chevette und trat zwischen die nächsten Panzersperren.

»Nicht da lang«, sagte Chevette. »Hier rüber.« Es gab einen Weg, den man nehmen musste, wenn man nur durchging. Wer eine andere Route einschlug, demonstrierte entweder seine Unwissenheit oder den Wunsch, Geschäfte zu machen.

Sie zeigte Tessa den Weg. Zwischen den Betonplatten stank es nach Urin. Chevette ging schneller. Tessa folgte ihr.

Und trat wieder in das wässrige Licht hinaus, aber hier lag es nicht auf den Ständen und Verkaufswagen, an die sie sich erinnerte, sondern auf der rot-weißen Fassade eines modularen Gemischtwarenladens, der direkt vor dem Zugang zu den beiden Ebenen der Brücke abgesetzt worden war: ein LUCKY DRAGON und dessen Markenzeichen, der Bildschirmturm mit seinem pulsierenden Geflimmer.

»Teufel noch mal«, sagte Tessa, »wie interstitiell ist das denn?«

Chevette blieb fassungslos stehen. »Wie konnten die nur?«

»Das machen sie nun mal so«, sagte Tessa. »Erstklassiger Standort.«

»Aber das ist wie ... wie bei Nissan County oder so.«

»Als müsste man eigentlich Eintritt zahlen. Die Gemeinschaft ist 'ne echte Touristenattraktion.«

»Viele gehen nirgends hin, wo keine Polizei ist.«

»Autonome Zonen haben ihre eigene Anziehungskraft«, erwiderte Tessa. »Die hier gibt's schon so lange, dass sie zum beliebtesten Postkartenmotiv der Stadt geworden ist.«

»Echt ätzend«, sagte Chevette. »Das ... macht sie doch kaputt.«

»Was meinst du, an wen die Lucky Dragon Corp Miete zahlt?«, fragte Tessa und ließ den Träger herumschwingen, um einen Schwenk über den Laden zu machen.

»Keine Ahnung«, sagte Chevette. »Der Laden steht mitten auf der ehemaligen Fahrbahn.«

»Na, egal«, sagte Tessa. Sie ging weiter, reihte sich in den Strom der Fußgänger ein, der in beide Richtungen floss, zur Brücke und von ihr weg. »Wir kommen genau im richtigen Moment. Wir werden das Leben hier dokumentieren, bevor sie einen Themenpark draus machen.«

Chevette folgte ihr, ohne sich so ganz über ihre Gefühle im Klaren zu sein.

Sie aßen bei einem Mexikaner namens Dirty Is God zu Mittag.

Chevette konnte sich nicht an ihn erinnern, aber die Läden auf der Brücke wechselten oft den Namen. Sie wechselten auch Größe und Gestalt. Dann entstanden absonderliche Mischformen – ein Frisör und eine Austernbar beschlossen, zu einem größeren Laden zu fusionieren, wo man sich die Haare schneiden lassen und

Austern kaufen konnte. Manchmal klappte es: Einer der ältesten Läden auf der San-Francisco-Seite war ein altmodisches manuelles Tätowierstudio, in dem es auch Frühstück gab. Man konnte dort über einem Teller mit Eiern und Schinken hocken und zusehen, wie jemand mit einer Art handgeführtem Flash malträtiert wurde.

Im Dirty Is God gab es jedoch nur mexikanisches Essen und japanische Musik, eine ziemlich schlichte Kombination. Tessa bekam die *huevos rancheros*, Chevette ein *chicken quesadilla*. Sie tranken beide ein Corona, und Tessa parkte den Kameraträger ganz oben unter der zeltartigen Kunststoffdecke. Anscheinend bemerkte ihn da niemand, und Tessa konnte beim Essen filmen.

Tessa aß reichlich. Sie behauptete, das liege an ihrem Stoffwechsel: Sie sei einer jener Menschen, die nie zulegten, ganz gleich, wie viel sie aßen, aber sie müsse etwas zu sich nehmen, um immer fit zu bleiben. Tessa hatte ihre Eier weggeputzt, bevor Chevette auch nur die Hälfte ihres Hähnchengerichts intus hatte. Sie leerte ihre Glasflasche Corona und fummelte dann mit dem Limonenschnitz herum; sie presste ihn aus und drückte ihn in den Hals.

»Carson«, sagte Tessa. »Machst du dir Sorgen wegen dem?«

»Was ist mit ihm?«

»Er ist halt 'n gewalttätiger Ehemaliger. Das war doch sein Wagen in Malibu, oder?«

»Glaub schon«, sagte Chevette.

»Du glaubst? Bist du nicht sicher?«

»Hör mal«, sagte Chevette, »es war früh am Morgen. Die ganze Sache war ziemlich merkwürdig. Es war nicht meine Idee, hierher zu fahren, weißt du? Es war deine Idee. Du willst deinen Film machen.«

Die Limone plumpste in die leere Corona-Flasche, und Tessa sah sie an, als hätte sie gerade eine geheime Wette verloren. »Weißt du, was ich an dir mag? Also, unter anderem?«

»Was?« fragte Chevette.

»Du gehörst nicht zur Mittelschicht. Du gehörst einfach nicht dazu. Du ziehst mit diesem Kerl zusammen, er fängt an, dich zu schlagen, und was tust du?«

»Ich zieh aus.«

»Genau. Du ziehst aus. Du rennst nicht zu deinen Anwälten.«

»Ich hab keine Anwälte«, sagte Chevette.

»Ich weiß. Genau das meine ich ja.«

»Ich mag keine Anwälte«, sagte Chevette.

»Eben. Und du hast auch nicht so einen reflexhaften Drang zu prozessieren.«

»Prozessieren?«

»Er hat dich verprügelt. Er hat 'n fünfundsiebzig Quadratmeter großes Loft in allerbester Lage. Er hat 'nen Job. Er verkloppt dich, und du bestellst nicht automatisch 'nen vernichtenden Präzisionsschlag. Du gehörst nicht zur Mittelschicht.«

»Ich will einfach nur nichts mehr mit ihm zu tun haben.«

»Genau das meine ich. Du kommst aus Oregon, stimmt's?«

»Mehr oder weniger«, sagte Chevette.

»Schon mal dran gedacht, Schauspielerin zu werden?« Tessa drehte die Flasche um. Der zerquetschte Limonenschnitz rutschte in den Hals. Ein paar Tropfen Bier fielen auf das zerkratzte schwarze Plastik der Tischplatte. Tessa steckte den kleinen Finger der rechten Hand hinein und angelte nach dem Limonenschnitz.

»Nein.«

»Die Kamera liebt dich. Du hast 'nen Körper, der die Jungs glatt um den Verstand bringt.«

»Jetzt hör aber auf«, sagte Chevette.

»Was glaubst du, warum sie in Malibu die Partyfotos von dir auf ihre Website gestellt haben?«

»Weil sie hackevoll waren«, sagte Chevette. »Weil sie

nichts Besseres zu tun haben. Weil sie Medien studieren.«

Tessa zog den Limonenschnitz – oder das, was davon übrig war – aus der Flasche. »Stimmt alles, aber der Hauptgrund ist, dass du toll aussiehst.«

Hinter Tessa war auf einem der Bildschirme an den recycelten Wänden von Dirty Is God eine sehr schöne Japanerin erschienen. »Schau dir die an«, sagte Chevette. »Die sieht toll aus.«

Tessa drehte sich um. »Das ist Rei Toei«, sagte sie.

»Die ist schön. *Wirklich* schön.«

»Chevette«, sagte Tessa, »die ist nicht real. Das ist keine lebendige Frau. Die ist Kode. Software.«

»Das gibt's doch nicht«, sagte Chevette.

»Hast du das nicht gewusst?«

»Aber sie ist nach irgendwem konstruiert, oder? Irgend so 'ne Motion-Capture-Geschichte.«

»Nein«, sagte Tessa, »nach nichts und niemand. Sie ist die Echte. Hundertpro unwirklich.«

»Dann wollen die Leute eben das sehen«, sagte Chevette und sah Rei Toei durch eine Art retro-asiatischen Nachtklub schweben, »aber keine ehemaligen Fahrradkurierinnen aus San Francisco.«

»Nein«, sagte Tessa, »das siehst du genau verkehrt. Die Leute wissen nicht, was sie wollen, bevor sie's nicht sehen. Jedes Objekt der Begierde ist ein *gefundenes* Objekt. Normalerweise jedenfalls.«

Chevette sah Tessa über die beiden leeren Corona-Flaschen hinweg an. »Worauf willst du bloß raus, Tessa?«

»Auf die Doku. Sie muss über *dich* sein.«

»Vergiss es.«

»Nein. Meine Visionen gehen bei der Sache voll ab. Ich brauch dich als Fixpunkt. Ich brauch 'nen erzählerischen Faden. Ich *brauche* Chevette Washington.«

Chevette bekam es nun ein bisschen mit der Angst. Das machte sie wütend. »Hast du nicht ein Stipendium für dieses eine spezielle Projekt gekriegt, über das du dauernd geredet hast? Dieses innersituelle Dings …«

»Hör mal«, sagte Tessa, »wenn das ein Problem ist – und ich sage nicht, dass es eins ist –, dann ist es *mein* Problem. Und es ist kein Problem, sondern eine Gelegenheit. Es ist eine *Chance. Meine* Chance.«

»Tessa, du wirst mich nie und nimmer dazu bringen, in deinem Film mitzuspielen. Niemals. Kapiert?«

»›Spielen‹ sollst du auch gar nicht, Chevette. Du brauchst nur du selbst zu sein. Und dazu gehört, dass du rausfindest, wer du eigentlich bist. Ich werde einen Film darüber machen, wie du rausfindest, wer du eigentlich bist.«

»Aber sonst geht's dir gut«, sagte Chevette, stand auf und stieß gegen den Kameraträger, der während ihrer Unterhaltung auf Kopfhöhe herabgesunken sein musste. »Hör auf damit!« Sie schlug nach Gottes kleinem Spielzeug.

Die anderen vier Gäste im Dirty Is God sahen sie bloß an.

16 Subroutinen

Laney kommt allmählich der Verdacht, dass es sich bei diesem Loch im Kern seines Wesens, dieser grundlegenden Abwesenheit nicht so sehr um eine Abwesenheit im Ich als vielmehr um eine *des* Ichs handelt.

Irgendetwas ist mit ihm passiert, seit er in die Pappkartonstadt gekommen ist. Ihm dämmert langsam, dass er zuvor auf irgendeine unvorstellbare Weise buchstäblich kein Ich gehabt hat.

Aber was, fragt er sich, ist da vorher gewesen?

Subroutinen: wenig anpassungsfähige Überlebensmuster, die verzweifelt zusammenwirkten, um annähernd so etwas wie Laney zu erschaffen, ohne dass es ihnen jemals vollständig gelungen wäre. Und das erkennt er erst jetzt, obwohl ihm irgendwie schon immer deutlich bewusst gewesen ist, dass etwas ganz und gar nicht in Ordnung war.

Irgendetwas sagt ihm das. Offenbar etwas im Kern und in der Totalität von DatAmerica. Wie ist das möglich?

Doch jetzt liegt er in Schlafsäcken aufgestützt im Dunkeln, als wäre er im Mittelpunkt der Erde, und hinter den Pappwänden sind von Keramikfliesen ummantelte Betonwände, dahinter liegt der Sockel dieses Landes, Japan, und die Vibration der Züge ist eine Erinnerung an tektonische Kräfte, an die Verschiebung von Platten mit kontinentalen Ausmaßen.

Irgendwo in Laneys Innerem verschiebt sich auch

etwas. Da ist Bewegung und das Potenzial für noch größere Bewegung, und er fragt sich, warum er keine Angst mehr hat.

Und all das ist irgendwie ein Geschenk der Krankheit. Nicht des Hustens oder des Fiebers, sondern dessen, was ihm das Wohlbefinden und die innere Ruhe geraubt hat – seiner Ansicht nach das Resultat des 5-SB, das er vor so langer Zeit im Waisenhaus von Gainesville eingenommen hat.

Wir waren allesamt Freiwillige, denkt er, als er die Hände um den Datenhelm klammert, der subjektiven Kamera über den Rand eines Datenkliffs folgt und sich die Steilwand dieser Kode-Mesa hinabstürzt, eine Wand, die aus fraktal differenzierten Informationsfeldern besteht, in denen sich, wie er mittlerweile vermutet, eine ihm unbegreifliche Macht oder Intelligenz verbirgt.

Etwas, was Substantiv und Verb zugleich ist.

Wohingegen der angesichts des Informationsdrucks mit weit aufgerissenen Augen in die Tiefe stürzende Laney weiß, dass er selbst nur adjektivisch ist: Ein laneyfarbener, verschwommener Fleck, der ohne Kontext nichts bedeutet. Ein mikroskopisch kleines Rädchen in einem verhängnisvollen Plan. Aber an einer zentralen Stelle, das spürt er.

Am kritischen Punkt.

Und deshalb ist an Schlafen nicht mehr zu denken.

17 Zodiak

Sie bringen den nackten Silencio, der Schwarze mit dem langen Gesicht und der fette Weiße mit dem roten Bart, in einen Raum mit feuchten Holzwänden. Lassen ihn allein. Heißer Regen fällt aus Löchern in den schwarzen Plastikrohren über ihm. Wird stärker, sticht.

Sie haben ihm Kleider und Schuhe abgenommen und in einen Plastikbeutel gesteckt, und jetzt kommt der Fette zurück und gibt ihm Seife. Seife kennt er. Er erinnert sich an den warmen Regen, der aus einem Rohr in *los projectos* gefallen ist, aber der hier ist besser, und er ist allein in dem hohen, holzverkleideten Raum.

Silencio, satt und zufrieden, seift sich mehrmals ein, weil sie es so wollen. Reibt sich die Seife ins Haar.

Er schließt die Augen, weil die Seife brennt, und sieht die unter grünlichem, willkürlich abgewetztem Glas aufgereihten Uhren, wie Fische aus einer wärmeren Jahreszeit, hart gefroren im Eis eines Sees. Helle Glanzlichter auf Stahl und Gold.

Ein unbekanntes, unverstandenes System hat von ihm Besitz ergriffen: die vielfältige Realität dieser machtvollen Objekte, ihre unendliche Vielgestaltigkeit, ihre individuellen Spezifizierungen. Unerschöpfliche Vielfalt, die aus der Ausdruckskraft von Zifferblatt, Zeigern, Ziffern und Stundenzeichen entsteht … Der warme Regen gefällt ihm, aber er muss unbedingt wieder zurück, muss mehr sehen, muss die Worte hören.

Er ist mit den Worten und ihrer Bedeutung identisch geworden.

Breguet-Zeiger. Guillochiertes Zifferblatt. Bombay-Anstöße. Originale Welle. Signatur.

Der Regen wird schwächer, hört auf. Der Fette, der Plastiksandalen trägt, bringt Silencio ein dickes, trockenes Tuch.

Der Fette sieht ihn mit zusammengekniffenen Augen an. »Auf Uhren steht er, sagst du?«, fragt der Fette den Schwarzen. »Ja«, antwortet der Schwarze, »anscheinend.«

Der bärtige Mann legt Silencio das Handtuch um die Schultern. »Weiß er, wie man die Zeit abliest?«

»Keine Ahnung«, sagt der Schwarze.

»Tja«, sagt der Fette und tritt zurück, »was man mit 'nem Handtuch anfängt, weiß er jedenfalls nicht.«

Silencio ist verwirrt. Beschämt senkt er den Blick.

»Lass ihn in Ruhe, Andy«, sagt der Schwarze. »Hol mir die Klamotten, die ich mitgebracht habe.«

Der Name des Schwarzen: Fontaine. Wie ein Wort in der Sprache von *los projectos*. Irgendwas mit Wasser. Der warme Regen in dem holzverkleideten Raum.

Nun führt ihn Fontaine durch die obere Ebene, wo Leute mit lauten Rufen Obst verkaufen, dorthin, wo ein dünner, dunkelhaariger Mann wartend neben einer Plastikkiste steht. Die Kiste ist umgedreht, der Boden mit Schaumstoff und ausgefranstem silbernem Klebeband gepolstert, der Mann trägt ein gestreiftes Stoffding mit Taschen an der Vorderseite, und in den Taschen sind Scheren und Sachen wie das Ding, mit dem Raton sich andauernd durch die Haare gefahren ist, nachdem er das Schwarze perfekt mit dem Weißen ausbalanciert hatte.

Silencio trägt die Kleider, die Fontaine ihm gegeben hat: Sie sind groß und weit, und es sind nicht seine eigenen, aber sie riechen gut. Fontaine hat ihm Schuhe aus weißem Stoff gegeben. Zu weiß. Sie tun seinen Augen weh.

Silencios Haare sind von der Seife und dem warmen Regen auch ganz komisch geworden, und jetzt befiehlt ihm Fontaine, sich auf die Kiste zu setzen, dieser Mann wird ihm die Haare schneiden.

Silencio nimmt zitternd Platz, während der dünne Dunkelhaarige ihm mit einem der Ratondinger aus seinen Taschen durch die Haare fährt und kleine Laute hinter den Zähnen macht.

Silencio sieht Fontaine an.

»Keine Angst«, sagt Fontaine, wickelt ein kleines, spitzes Holzstäbchen aus und steckt es sich in den Mundwinkel, »du wirst gar nichts merken.«

Silencio fragt sich, ob das Stäbchen so was wie das Schwarze oder das Weiße ist, aber Fontaine bleibt, wie er ist. Er steht da, das Stäbchen im Mund, und sieht zu, wie der dünne Dunkelhaarige mit der Schere an Silencios Haaren herumschnippelt. Silencio beobachtet Fontaine, lauscht dem Geräusch der Schere und der neuen Sprache in seinem Kopf.

Zodiac Sea Wolf. Gehäuse sehr sauber. Schraubkrone. Originale Lünette.

»Zodiac Sea Wolf«, sagt Silencio.

»Mann«, sagt der dünne Dunkelhaarige, »du bist ja 'n ganz Schlauer.«

18 Selwyn Tong

Rydell hatte eine Theorie über virtuelle Immobilien. Je kleiner und billiger der Grund und Boden eines Unternehmens im physischen Raum war, desto größer und klotziger die Website. Dieser Theorie zufolge war die Operationsbasis von Selwyn F. X. Tong, Notar in Kaulun, wahrscheinlich eine zusammengerollte Zeitung.

Rydell wusste nicht, wie er das Zugangssegment überspringen sollte, ein monolithisches, vage ägyptisches Gebilde, das ihn an die »Korridor-Metaphysik« erinnerte, wie sein Kumpel Sublett, ein Filmfreak, es genannt hatte. Das hier war ein ätzend langer Korridor, und wenn er real gewesen wäre, hätte man mit einem Riesentruck durchfahren können. Es gab barocke Wandleuchter, virtuelle purpurrote Auslegeware und ein merkwürdiges, schäbiges Texture-Map, das in Richtung goldfleckigen Marmor ging.

Wo hatte Laney diesen Burschen bloß aufgetrieben?

Schließlich gelang es Rydell, die Musik – etwas andeutungsweise Klassisches, was immer mehr anschwoll – abzuschalten, aber es kam ihm vor, als würde er trotzdem noch drei Minuten bis zu Selwyn F. X. Tongs Türen brauchen. Die waren hoch, sehr hoch, und so gerendert, dass sie einer allgemeinen Vorstellung von tropischem Hartholz entsprachen.

»Teak, du dicke Scheiße«, sagte Rydell.

»Willkommen«, sagte eine atemlose, hyperfeminine Stimme, »im Notariat von Selwyn F. X. Tong!«

Die Türen schwangen auf. Rydell nahm an, dass die Musik jetzt beim Höhepunkt angelangt wäre, wenn er sie nicht abgeschaltet hätte.

Virtuell hatte das Büro des Notars die Ausmaße eines olympischen Schwimmbeckens, aber es mangelte an Details. Rydell zoomte mit Hilfe des Wipptastenfelds seiner Brille direkt auf den Schreibtisch, der ungefähr so groß wie ein Billardtisch und im gleichen billigen Holzlook gerendert war. Darauf lagen einige nichts sagende, metallisch aussehende Gegenstände und ein paar Blatt virtuelles Papier.

»Wofür steht das F. X.?«, fragte Rydell.

»Francis Xavier«, antwortete Tong, der sich als eine Art Comicfigur präsentierte: ein kleiner Chinese mit ausdruckslosem Gesicht, weißem Hemd, schwarzer Krawatte und schwarzem Anzug. Die schwarzen Haare und der schwarze Anzug waren in der gleichen Textur gerendert, ein seltsamer Effekt, den Rydell für unbeabsichtigt hielt.

»Ich dachte, Sie hätten vielleicht was mit Film zu tun«, sagte Rydell, »quasi so 'ne Art Spitzname: FX, ›Spezialeffekte‹, stimmt's?«

»Ich bin Katholik«, erwiderte Tong in neutralem Ton.

»Sollte keine Beleidigung sein«, sagte Rydell.

»Das habe ich auch nicht so aufgefasst«, sagte Tong. Sein Plastikgesicht glänzte ebenso wie seine Plastikaugen.

Man vergisst immer, wie mies dieses Zeug aussehen kann, wenn man nicht richtig damit umgeht, dachte Rydell.

»Was kann ich für Sie tun, Mr. Rydell?«

»Hat Laney Ihnen das nicht gesagt?«

»Laney?«

»Colin«, sagte Rydell. »Leerzeichen. Laney.«

»Und …?«

»Sechs«, sagte Rydell. »Null. Vier. Zwo.«

Tongs Plastikaugen wurden schmal.

»Berry.«

Tong schürzte die Lippen. Durch ein breites Fenster hinter ihm sah Rydell die Skyline von Hongkong, in einer anderen Auflösung.

»Berry«, wiederholte Rydell.

»Danke, Mr. Rydell«, sagte der Notar. »Mein Klient hat mich ermächtigt, Ihnen diese siebenstellige Identifikationsnummer zu geben.« Ein goldener Füllfederhalter erschien in Tongs rechter Hand, wie bei einem Anschlussfehler in einem Studentenfilm. Es war ein sehr großer, kunstvoll gerenderter Füller mit wirbelnden Drachen, deren Schuppen eine höhere Auflösung hatten als alles andere in der Site. Wahrscheinlich ein Geschenk, dachte Rydell. Tong schrieb die sieben Ziffern auf eins der virtuellen Blätter und drehte es dann auf dem Schreibtisch um, damit Rydell sie lesen konnte. Der Füller war auf dieselbe unnatürliche Weise verschwunden, wie er erschienen war. »Bitte wiederholen Sie diese Nummer nicht laut«, sagte Tong.

»Warum nicht?«

»Wegen der Verschlüsselung«, sagte Tong nebulös. »Sie können sich die Nummer aber in aller Ruhe einprägen.«

Rydell sah sich die sieben Ziffern an und begann, eine Eselsbrücke zu entwerfen. Schließlich fand er eine, die auf seinem Geburtstag, der Anzahl der Staaten bei seiner Geburt, dem Sterbealter seines Vaters und einem mentalen Bild von zwei Dosen 7-Up basierte. Als er sicher war, dass er sich die Nummer eingeprägt hatte, blickte er zu Tong auf. »Wo kriege ich den Kreditchip?«

»An jedem Bankautomaten. Haben Sie eine Bild-ID?«

»Ja.«

»Dann sind wir fertig.«

»Eins noch«, sagte Rydell.

»Was denn?«

»Sagen Sie mir, wie ich hier rauskomme, ohne dass

ich durch Ihren Korridor zurück muss. Ich will einfach direkt raus, okay?«

Tong musterte ihn mit ausdruckslos-höflicher Miene. »Klicken Sie auf mein Gesicht.«

Rydell tat es; er beschaffte sich mit dem Wipptastenfeld einen Cursor, der wie eine neongrüne Comic-Hand geformt war, und richtete ihn auf Tongs Gesicht. »Danke«, sagte er, als Tongs Büro sich zusammenfaltete.

Er befand sich im Korridor und schaute in die Richtung, aus der er gekommen war.

»Verdammt«, sagte Rydell.

Die Musik setzte ein. Er drückte auf dem Wipptastenfeld herum und versuchte sich zu erinnern, wie er die Musik vorhin ausgeschaltet hatte. Da er jedoch eine GPS-Ortung der nächsten Bankautomaten haben wollte, stöpselte er die Brille nicht aus.

Er klickte aufs Ende des Korridors.

Das Klicken schien eine metastasierende Welle von Bitfäule auszulösen. All die faden Texture-Maps wurden neu geschrieben, aber in einer noch merkwürdigeren Handschrift: Der rote Teppichboden wurde graugrün und bekam einen seltsamen, ungleichmäßigen Flor, wie etwas auf dem Boden einer monatealten Tasse Kaffee, während der Bordellmarmor der Wände sich in eine feuchte Fischbauchblässe verwandelte und die Wandleuchter trübe wie abgesoffene Totenkerzen glommen. Tongs pseudoklassisches Thema klang mit einem Mal hohl und kaputt, sonderbare Basstöne kamen knapp über der Unterschallschwelle dahergerumpelt.

Das alles dauerte ungefähr eine Sekunde, und Rydell brauchte vielleicht noch eine weitere Sekunde, bis er auf den Gedanken kam, dass da jemand Wert auf seine ungeteilte Aufmerksamkeit legte.

»Rydell.« Es war eine jener aus vorgefundenen O-Tönen gebastelten Stimmen: Sprache, zusammengeschustert aus durch Wolkenkratzerschluchten pfeifendem

Wind, dem Knirschen des Eises auf den Großen Seen, dem Lärm von Laubfröschen in Südstaatennächten. Rydell hörte solche Stimmen nicht zum ersten Mal. Sie gingen einem auf die Nerven, was ja auch ihr Zweck war, und tarnten praktischerweise auch noch die Stimme des Sprechers. Vorausgesetzt, der Sprecher hatte überhaupt eine Stimme.

»He«, sagte Rydell, »ich wollte mich bloß rausklicken.«

Ein virtueller Bildschirm erschien vor ihm, ein Rechteck mit abgerundeten Ecken, dessen Dimensionen das kulturelle Paradigma von Fernsehschirmen aus dem 20. Jahrhundert heraufbeschwören sollten. Darauf ein in seltsamem Winkel aufgenommenes, monochromatisches Bild eines riesigen, dunklen Raumes, in den von oben trübes Licht einfiel. Leere. Ein Gefühl von Verfall und hohem Alter.

»Ich habe wichtige Informationen für Sie.« Der Vokal im *Sie* erinnerte an eine Sirene, die mit einem Dopplereffekt vorbeisauste und dann verstummte.

»Also«, sagte Rydell, »wenn Ihre Mittelinitialen ›F. X.‹ sind, machen Sie sich aber wirklich ganz schön Arbeit.«

Es gab eine Pause. Rydell starrte auf die Abbildung oder Übertragung des toten, leeren Raumes auf dem Bildschirm. Er wartete darauf, dass sich dort etwas tat; wahrscheinlich war es aber eben der Sinn der Sache, dass sich nichts rührte.

»Sie sollten diese Information sehr ernst nehmen, Mr. Rydell.«

»Ich bin todernst«, sagte Rydell. »Schießen Sie los.«

»Benutzen Sie den Bankautomaten im Lucky Dragon, in der Nähe der Zufahrt zur Brücke. Dann legen Sie Ihre Identifikation bei der GlobEx-Filiale hinten im Laden vor.«

»Warum?«

»Dort liegt etwas für Sie.«

»Tong«, sagte Rydell, »sind Sie das?«

Aber er bekam keine Antwort. Der Bildschirm verschwand, und der Korridor sah wieder so aus wie zuvor.

Rydell hob die Hände und zog das Mietkabel aus der brasilianischen Brille.

Er blinzelte.

Ein Coffee Shop in der Nähe des Union Square, einer dieser Läden mit Topfpflanzen und Hotdesks. Die ersten Büroangestellten standen schon nach Sandwiches an.

Er erhob sich, klappte die Brille zusammen, steckte sie in die Innentasche seiner Jacke und nahm seinen Matchbeutel.

19 Interstitiell

Chevette geht an der farblosen Flamme des Holzkohlenfeuers eines Kastanienverkäufers vorbei, pulvriges Grau, das sich in der umgedrehten, v-nasigen Kühlerhaube irgendeiner Uraltkalesche selbst verzehrt.

Die Erinnerung an ein anderes Feuer wird wach: die Koksglut der Esse eines Schmieds, angefacht von der Abluft eines Staubsaugers. Der alte Mann neben ihr mit der Kette eines ausgestorbenen Motorrads in der Hand, die er ordentlich zu einer kompakten Masse zusammengefaltet und mit einem Stück rostigen Draht umwickelt hatte. Sodass der Schmied sie mit seiner Zange packen und in die Esse legen und das noch glühende Ding schließlich zu einem Block des seltsam körnigen Damaststahls zurechthämmern konnte, wobei schemenhafte Spuren der Kettenglieder zum Vorschein kamen, während die Klinge geschmiedet, gelöscht, geformt und auf der Scheibe poliert wurde.

Sie fragt sich, was aus diesem Messer geworden ist.

Sie hatte zugesehen, wie der Hersteller ein Messingheft angefertigt und erhitzt, wie er laminierte Platinenstücke drangenietet und auf einem Schleifband geformt hatte. Die starren, spröde wirkenden Platinen aus etlichen in grünes Phenolharz eingeschlossenen Materialschichten waren überall auf der Brücke zu finden; auf den Mülldeponien lagen sie en masse herum. Jede Platine wies Muster aus mattiertem Metall auf, die an Städte und Straßen erinnerten. Wenn sie von den

Ausschlachtern kamen, waren sie mit Komponenten bestückt, die sich mit einem Schweißbrenner, der das graue Lötzinn schmolz, leicht entfernen ließen. Die Komponenten fielen ab, und übrig blieben die versengten grünen Platinen mit ihren eingeschweißten Folienplänen imaginärer Städte, Überreste des zweiten Elektronikzeitalters. Und Skinner hatte ihr immer erzählt, dass diese Platinen unsterblich seien, so unvergänglich wie Stein, geschützt gegen Feuchtigkeit, ultraviolettes Licht und jede Art von Verfall; dass sie dazu bestimmt seien, den ganzen Planeten zu verschandeln, und dass man sie darum wieder verwerten und nach Möglichkeit in die Struktur der Dinge einarbeiten solle, das richtige Material, wenn etwas haltbar sein müsse.

Sie weiß, dass sie jetzt allein sein muss, und deshalb hat sie Tessa auf der unteren Ebene zurückgelassen, wo sie mit Gottes kleinem Spielzeug visuelle Textur sammelt. Chevette kann es nicht mehr hören, dass Tessas Film persönlicher sein müsse, dass er von ihr, Chevette, handeln müsse, aber Tessa ist einfach nicht imstande, die Klappe zu halten und Chevettes Nein zu akzeptieren. Chevette erinnert sich, wie Bunny Malatesta, ihr Vermittler in ihren hiesigen Kurierzeiten, immer gesagt hat: »Und *was* genau verstehst du nicht an dem ›Nein‹?« Bunny konnte solche Sprüche von sich geben, als wäre er eine Naturgewalt, aber Chevette weiß, dass sie das nicht kann, dass ihr Bunnys Schwere fehlt, die schiere Wucht, die man braucht, um sowas rüberzubringen.

Darum hat sie eine Rolltreppe zur oberen Ebene genommen, eine, an die sie sich nicht erinnern kann, und lenkt ihre Schritte nun, ohne weiter darüber nachzudenken, zum Fuß ihres Turms. Das wässrige Licht hat sich in einen dünnen, böigen Regen verwandelt, der durch die zerfledderte Second-Hand-Überbauung der Brücke weht. Die Leute nehmen ihre Wäsche von der

Leine, und es herrscht eine allgemeine hektische Betriebsamkeit, wie immer vor einem Sturm, aber Chevette weiß, dass sich das wieder legen wird, wenn das Wetter sich ändert.

Bis jetzt hat sie noch kein einziges Gesicht gesehen, das sie von früher kennt, niemand hat sie gegrüßt, und sie ertappt sich bei dem Gedanken, dass die gesamte Brückenbevölkerung in ihrer Abwesenheit ausgetauscht worden ist. Nein, da war gerade die Frau vom Bücherstand, die mit den Elfenbeinstäbchen in ihrem gefärbten schwarzen Haarknoten, und sie erkennt den koreanischen Jungen mit dem schlimmen Bein, der den rumpelnden Suppenwagen seines Vaters schiebt, als müsste der Bremsen haben.

Der Turm, den sie jeden Tag zu Skinners Sperrholzbude hinaufgefahren ist, ist vollständig umbaut, sein Eisen verbirgt sich im Kern eines organischen Komplexes von Räumen, in denen speziellen Tätigkeiten nachgegangen wird. Hinter straffen, milchigen Plastikbahnen, die im Wind vibrieren, wirft das unirdische Licht eines Hydrokulturbetriebs übergroße Blätterschatten. Sie hört das Schnarren einer Elektrosäge aus der winzigen Werkstatt eines Möbeltischlers, dessen Assistent geduldig Wachs in eine kleine Bank aus farbfleckigem Eichenholz reibt, das aus den ausgeschlachteten Hülsen älterer Häuser stammt. Jemand anders macht Marmelade; der große Kupferkessel wird von einem Propangasring erhitzt.

Ideal für Tessa, denkt sie: Die Brückenbewohner behalten ihre Interstitien bei. Machen ihren Kleinkram. Aber Chevette hat sie gesehen, wenn sie besoffen waren. Hat Drogenberauschte und Wahnsinnige in den Tod stürzen sehen, hinunter in die graue, erbarmungslose, kabbelige See. Hat Männer mit Messern auf Leben und Tod kämpfen sehen. Hat eine Mutter mit einem erstickten Kind in den Armen in der Morgendämmerung kopflos umherirren sehen. Die Brücke ist keine Touristenfantasie. Die Brücke ist real, und hier zu leben hat seinen Preis.

Es ist eine Welt innerhalb der Welt, und wenn es so etwas gibt wie Orte zwischen den Dingen der Welt, Orte, die in die Lücken gebaut sind, dann gibt es auch dort gewiss Dinge und Orte dazwischen, und auch Dinge an diesen Orten. Aber das weiß Tessa nicht, und es ist nicht Chevettes Aufgabe, es ihr zu sagen.

Sie taucht unter einer losen Plastikbahn durch, hinein in feuchte Wärme und das Lichtspektrum von Treibhauslampen. Chemikaliengestank. Schwarzes Wasser, das zwischen bleiche Wurzeln gepumpt wird. Dies sind Heilpflanzen, nimmt sie an, aber wahrscheinlich keine Drogen im Straßensinn. Die werden weiter drüben Richtung Oakland angebaut, in einem irgendwie dafür reservierten Sektor, und an warmen Tagen hängt der Harzmief dort narkotisch in der Luft und löst ein fast wahrnehmbares Summen aus, eine geringfügige Veränderung der Wahrnehmung und des Willens.

»Hallo? Jemand da?«

Das Gurgeln von Flüssigkeit in transparenten Schläuchen. Ein schlickverschmiertes Paar abgenutzter gelber Wasserstiefel baumelt dicht dabei, aber keine Spur von der Person, die sie dort aufgehängt hat. Chevette bewegt sich rasch, ihre Füße erinnern sich, und sie geht dorthin, wo korrodierte Aluminiumsprossen aus faustgroßen Super-Epoxydharz-Placken ragen.

Die Kettenkugeln am Reißverschluss von Skinners alter Jacke klimpern, als sie hochsteigt. Diese Sprossen sind ein Hinterausgang, ein Fluchtweg für den Fall des Falles.

Sie klettert an der blassgrünen Sonne einer Treibhauslampe vorbei, die in einer korrodierten, sehr stabilen Fassung sitzt, und zieht sich die letzte Aluminiumsprosse hoch, durch eine enge, dreieckige Öffnung.

Es ist dunkel hier; die Stelle liegt im Schatten von Wänden aus regengeschwollenen Verbundstoffen. Dunkelheit, wo sie sich an Licht erinnert, und sie sieht, dass die Glühbirne oben in diesem umschlossenen Raum nicht mehr da ist. Er ist das untere Ende von Skinners »Seilbahn«, des kleinen Zahnradlifts aus Schrottteilen, den ein Schwarzer namens Fontaine für ihn gebaut hat, und hier hat sie in ihrer Kurierfahrerzeit ihr Fahrrad angekettet, nachdem sie es eine andere, nicht so verborgene Leiter hinaufgetragen hatte.

Sie mustert die gezahnte Schiene des Zahnradlifts, wo das Schmierfett von Staubansammlungen stumpf ist. Die Gondel, ein gelber, städtischer Recycling-Container, hoch genug, dass man drin stehen und sich am Rand fest halten kann, wartet an der richtigen Stelle. Wenn sie hier ist, heißt das wahrscheinlich, dass der gegenwärtige Bewohner des Kabelturms nicht da ist. Sofern er sie nicht runter geschickt hat, weil er Besuch erwartet, aber das bezweifelt Chevette. Es ist besser, die Gondel oben zu behalten, wenn man oben ist. Sie kennt dieses Gefühl.

Nun steigt sie Holzsprossen hinauf, eine primitivere Leiter aus Kantholz, bis sie den Kopf über den oberen Rand des Sperrholzes hinausstreckt und gleich wieder unterm Wind und dem silbrigen Licht einzieht. Sieht eine Möwe keine sechs Meter entfernt vor der Kulisse der Hochhaustürme der Stadt fast reglos in der Luft stehen.

Der Wind zerrt an ihren Haaren, die jetzt länger sind als zu der Zeit, als sie hier gewohnt hat, und ein Gefühl, das sie nicht benennen kann, stellt sich ein wie etwas, was sie seit jeher kennt, und sie hat keine Lust mehr weiterzuklettern, denn sie weiß jetzt, dass es das Zuhause, an das sie sich erinnert, nicht mehr gibt. Nur seine im Wind summende Hülse, wo sie einmal in Decken gehüllt gelegen und Schlosserfett, Kaffee und frisch gesägtes Holz gerochen hat.

Wo sie, wie ihr plötzlich bewusst wird, manchmal glücklich gewesen ist – glücklich in dem Sinne, dass sie irgendwie vollständig war und bereit für das, was ein neuer Tag bringen mochte.

Und sie weiß, dass sie es jetzt nicht mehr ist und es kaum gemerkt hat, als sie es war.

Sie zieht die Schultern hoch, schmiegt sich in den Panzer von Skinners Jacke, stellt sich vor, wie sie weint, obwohl sie weiß, dass sie es nicht tun wird, und klettert wieder hinunter.

20 Boomzilla

Boomzilla sitzt auf dem Randstein neben dem Wagen, den er bewachen soll – die beiden Schnepfen haben gesagt, er kriegt Geld dafür.

Wenn die nicht wiederkommen, holt er sich jemand, der ihm hilft, und räumt ihn aus. Diesen Roboterballon hätt er gern, den von der blonden Schnepfe. Der ist geil. Den so rumfliegen lassen. Die andre Schnepfe hat wie 'ne Bikerbraut ausgesehn mit ihrer großen alten Jacke, 'nem Ding wie aus der Mülltonne gefischt. Hat ausgesehn, als könnt sie einem ordentlich in den Arsch treten.

Wo bleiben die bloß? Hunger jetzt, der Wind weht ihm Sand ins Gesicht, Regen.

»Hast du dieses Mädchen gesehen?« 'n Weißer, Hollywood-Typ, Gesicht dunkel angemalt, wie sie's an der Küste machen. Klamotten von jemand, der Zeit hat, drüber nachzudenken, was er anzieht, wenn er hierher kommt, alles grade richtig abgetragen. Lederjacke, als hätt er seinen alten Flieger gleich um die Ecke. Blue-Jeans. Schwarzes T.

Also er, Boomzilla, er würd' kotzen, wenn jemand ihn in so 'nen Müll stecken wollte. Boomzilla weiß, was er anzieht, wenn er mal ganz oben ist.

Boomzilla gafft auf den Printout, den ihm der Mann vor die Nase hält. Sieht die Bikerschnepfe, aber mit besseren Klamotten.

Boomzilla blickt in das gefärbte Gesicht hinauf. Richtig hell, die blauen Augen da drin. Etwas sagt: kalt. Etwas sagt: Verarsch mich nicht.

Boomzilla denkt. Der hat kein' Schimmer, dass es denen ihre Karre ist.

»Sie ist verschwunden«, sagt der Mann.

'nen Dreck ist sie, denkt Boomzilla. »Nie gesehn.«

Die Augen kommen ein bisschen näher. »Sie wird vermisst, verstehst du? Will ihr bloß helfen. Ein vermisstes Kind.«

Er denkt: von wegen Kind; die Schnepfe ist so alt wie meine Mama.

Boomzilla schüttelt den Kopf. Ganz ernst, nur ein bisschen, von links nach rechts. Heißt: nein.

Die blauen Augen wenden sich ab, suchen nach jemand anderem, dem sie das Bild zeigen können; schwenken an der Karre vorbei. Null Check.

Der Mann geht weg, zu einer Gruppe von Leuten vor einem Kaffeestand, das Bild in der Hand.

Boomzilla schaut ihm nach.

Er ist selbst ein vermisstes Kind, und das will er auch bleiben. Unbedingt.

21 *Paragon Asia*

San Francisco und Los Angeles waren eher verschiedene Planeten als verschiedene Städte. Das hatte nichts mit den Unterschieden zwischen Nord- und Südkalifornien zu tun, sondern mit etwas, was an die Wurzeln reichte. Rydell erinnerte sich, dass er vor Jahren irgendwo mit einem Bier gehockt und sich die feierliche Trennung auf CNN angesehen hatte, und es hatte ihn schon damals nicht sonderlich beeindruckt. Aber der Unterschied, der war schon sehr interessant.

Eine steife Bö trieb ihm Regen ins Gesicht, als er die Stockton Street zur Market Street hinunterging. Büromädels hielten ihre Röcke fest und lachten, und Rydell war auch zum Lachen zumute, aber damit war es vorbei, noch bevor er die Market überquert hatte und auf die 4th Street eingebogen war.

Hier hatte er Chevette kennen gelernt, hier hatte sie gewohnt.

Sie und Rydell hatten hier das Abenteuer erlebt, bei dem sie sich kennen gelernt hatten und das sie schließlich nach L.A. geführt hatte.

L.A. hatte ihr nicht gefallen, sagte er sich immer, aber er wusste, in Wahrheit lag es nicht daran, dass die Sache so gelaufen war.

Sie waren beide dorthin gezogen, als Rydell mit der Medialisierung dessen beschäftigt war, was sie gerade zusammen durchgemacht hatten. *Cops in Schwierigkeiten* war interessiert. *Cops in Schwierigkeiten* war schon einmal an Rydell interessiert gewesen, damals in Knoxville.

Damals – er kam gerade frisch von der Akademie – hatte er tödliche Gewalt gegen einen Drogenkonsumenten gebraucht, der versucht hatte, die Kinder seiner Freundin – der des Drogenkonsumenten – umzubringen. Die Freundin hatte daraufhin das Department, die Stadt und Rydell verklagen wollen, was *Cops in Schwierigkeiten* auf den Gedanken gebracht hatte, Rydell könnte vielleicht einen Beitrag wert sein. Deshalb hatten sie ihn nach Südkalifornien geflogen, wo ihre Produktionsfirma saß, und ihm einen Agenten und so weiter besorgt, aber dann war der Deal geplatzt, und er hatte einen Job als Fahrer einer bewaffneten Streife bei IntenSecure angenommen. Nachdem er es fertig gebracht hatte, auch von denen gefeuert zu werden, war er wieder nach Nordkalifornien gegangen und dort inoffiziell als freier Mitarbeiter für die dortige IntenSecure-Filiale tätig gewesen. Das hatte ihn in die Schwierigkeiten gebracht, denen er die Bekanntschaft mit Chevette Washington verdankte.

Als Rydell daraufhin mit Chevette am Arm wieder in L.A. auftauchte und eine Geschichte zu erzählen hatte, spitzten sie bei *Cops in Schwierigkeiten* sofort die Ohren. Sie befanden sich gerade im Übergang in eine Phase, in der sie versuchten, einzelne Berichte zu Serien für Nischenmärkte auszubauen, und den Leuten von der Demografie gefiel es, dass Rydell männlich, nicht zu jung und nicht zu gebildet war und aus dem Süden stammte. Ihnen gefiel auch, dass er kein Rassist war, und am Besten fanden sie, dass er mit dieser echt süßen alt-Punkt-Mieze* zusammen war, die aussah, als könnte sie mit den Schenkeln Walnüsse knacken.

Cops in Schwierigkeiten hatte sie in einem kleinen, ver-

---

* Bezieht sich auf eine der großen Newsgroups-Kategorien im Internet. Unter »alt.« (alternative) findet sich ein bunter Mix unterschiedlicher Themen; bekannt ist dieses Segment besonders für die Newsgroups mit pornografischem Inhalt. *(A. d. Ü.)*

steckten Hotel unterhalb des Sunset untergebracht, und in den ersten paar Wochen waren sie so glücklich gewesen, dass Rydell es kaum ertragen konnte, daran zurückzudenken.

Wenn sie miteinander ins Bett gingen, hatten sie das Gefühl, eher Geschichte als Liebe zu machen. Die Suite war wie eine kleine Wohnung mit eigener Küche und Gasofen, und sie wälzten sich nachts auf dem Fußboden vor dem Gasofen herum, auf einer Decke, bei offenen Fenstern und gelöschtem Licht – die kleine blaue Flamme flackerte, Kampfhubschrauber vom LAPD donnerten über sie weg, und jedes Mal, wenn er in ihre Arme kroch oder sie das Gesicht an seins legte, war er felsenfest davon überzeugt, dass sie gute Geschichte machten, die beste, und dass alles gut werden würde.

Aber es war anders gekommen.

Rydell hatte nie groß über sein Aussehen nachgedacht. Er glaubte, dass er einigermaßen aussah. Die Frauen schienen ihn ganz attraktiv zu finden, und man hatte ihn darauf hingewiesen, dass er eine gewisse Ähnlichkeit mit dem jüngeren Tommy Lee Jones besaß, einem Filmstar des 20. Jahrhunderts. Deswegen hatte er sich ein paar Streifen mit dem Burschen angesehen, und sie hatten ihm gefallen, obwohl es ihm ein Rätsel war, wo die Leute da eine Ähnlichkeit sahen.

Trotzdem hatte er irgendwann angefangen, sich Gedanken zu machen – wahrscheinlich, als er von *Cops in Schwierigkeiten* eine magere blonde Praktikantin namens Tara-May Allenby zugeteilt bekam, die ihm überallhin folgen und mit einer Steadicam auf der Schulter Bildmaterial von ihm beschaffen sollte.

Tara-May kaute Kaugummi, hantierte mit Filtern herum und ging Rydell überhaupt voll auf den Zeiger. Er wusste, dass sie live für *Cops in Schwierigkeiten* drehte, und allmählich keimte in ihm der Verdacht, dass sie mit den Resultaten nicht allzu glücklich waren. Da half es ihm auch nicht gerade, dass Tara-May ihm erklärte, die

Kamera mache *jeden* zwanzig Pfund schwerer, aber he, *sie* möge ihn so, wie er sei, so fleischig und stämmig. Trotzdem riet sie ihm immer wieder, mehr zu trainieren. Warum nimmst du dir nicht 'n Beispiel an deiner Freundin, sagte sie, die sieht so fit aus, dass es wehtut.

Aber Chevette hatte noch nie ein Fitnesscenter von innen gesehen; sie verdankte ihr fittes Aussehen ihren Genen und den paar Jahren, in denen sie auf einem renntauglichen Mountainbike mit einem Rahmen aus Kohlefaser und Graphit die Hügel von San Francisco rauf und runter gestrampelt war.

Deshalb seufzte Rydell nun, als er an die Bryant gelangte und Richtung Brücke einbog. Der Matchbeutel auf seiner Schulter ließ ihn zunehmend sein Gewicht und seine geheime Absprache mit der Schwerkraft spüren. Rydell blieb stehen, seufzte erneut und rückte den Beutel zurecht. Verdrängte die Erinnerung an die Vergangenheit.

Einfach bloß gehen.

Überhaupt kein Problem, diese Lucky-Dragon-Filiale zu finden.

Man konnte sie gar nicht verfehlen. Sie lag genau in der ehemaligen Mitte der Bryant, wenn man sich der Zufahrt zur Brücke näherte. Auf dem Herweg über die Bryant hatte er den Laden nicht sehen können, weil er sich hinter dem Gewirr aus alten Betonpanzersperren befand, die sie dort nach dem Erdbeben abgeladen hatten, aber wenn man daran vorbei war, lag er direkt vor einem.

Als er darauf zuging, sah er, dass es ein neueres Modell war als das auf dem Sunset, in dem er gearbeitet hatte. Es hatte nicht so viele Ecken, sodass weniger absplittern konnte oder repariert werden musste. Vermutlich kam es beim Design eines Lucky-Dragon-Moduls darauf an, etwas zu entwerfen, was die Berührung von Millionen achtloser und sogar feindseliger Hände möglichst schadlos überstand. Letzten Endes, dachte er, lief es auf eine Art Muschelschale hinaus, etwas Hartes und Glattes.

Der Laden auf dem Sunset hatte ein Finish gehabt, das Graffiti fraß. Sprühten Gang-Kids ihre Tags drauf, kamen zwanzig Minuten später flache, dunkelblaue, andeutungsweise krebsähnliche Flecken um die Ecke geglitten. Rydell hatte nie begriffen, wie die funktionierten; Durius zufolge waren sie in Singapur entwickelt worden. Sie schienen ein paar Millimeter tief in die Oberfläche – eine Art mattierter Gelschicht – eingebettet zu sein, konnten sich aber offenbar darunter bewegen. Er hatte gehört, dass man so etwas als »intelligentes Material« bezeichnete. Die Flecken glitten zu dem Tag, wie künstlerisch wertvoll das abstrakte Gekrakel auch war, das man drangesprüht hatte, um Lehnstreue zu erklären, sein Territorium zu markieren oder Rache zu schwören (Durius hatte die Dinger lesen und eine Geschichte daraus konstruieren können), und fraßen es auf. In Wirklichkeit konnte man die Krabbenbeine nicht laufen sehen. Sie schmiegten sich einfach irgendwie an das Tag an, worauf dieses sich allmählich auflöste und immer unschärfer wurde, weil die Farbmoleküle ins Blau der Lucky-Dragon-Graffitifresser gesaugt wurden.

Einmal waren dann irgendwelche Typen mit einem intelligenten Tag angekommen, einer Art Sticker, den sie irgendwie an die Wand gepappt hatten, obwohl weder Rydell noch Durius je rausbekamen, wie ihnen das gelungen war, ohne gesehen zu werden. Durius meinte, sie hätten es vielleicht von weitem rübergeschossen. Es war das Tag einer Gang, die sich Chupacabras nannte, ein Furcht erregend stacheliges Ding in Schwarz und Rot, insektoid, bedrohlich und irgendwie schön, fand Rydell – aufregend schön. Er hatte das Tag schon im Laden gesehen, als Tattoo. Die Kids, die damit herumliefen, hatten eine Vorliebe für diese Kontaktlinsen, mit denen man Schlangenpupillen bekam. Als die Graffitifresser jedoch auf das Tag losgingen, bewegte es sich.

Sie rückten gegen es vor, und es spürte sie und wich zurück. So langsam, dass man es fast nicht sehen konnte, aber es bewegte sich. Dann setzten die Graffiti-Fresser ihm wieder nach. Durius und Rydell sahen in der ersten Nacht, wie es bis ganz auf die Rückseite des Ladens wanderte. Am Ende ihrer Schicht war es schon wieder auf dem Weg nach vorne.

In der nächsten Schicht war es immer noch da, und ein paar normale Sprühdosen-Tags dazu. Die Graffitifresser waren vollkommen auf das intelligente Tag fixiert und vernachlässigten ihre eigentliche Aufgabe. Durius machte Mr. Park darauf aufmerksam, dem es nicht gefiel, dass sie es ihm nicht schon früher gesagt hatten. Rydell zeigte ihm, wo sie es bei Arbeitsschluss in den Schichtbericht eingetragen hatten, aber das machte Mr. Park nur noch saurer.

Ungefähr eine Stunde später kamen zwei Männer in weißen Tyvek-Overalls mit einem anonymen, antiseptischen weißen Van angerauscht und gingen an die Arbeit. Rydell hätte gern zugeschaut, wie sie das intelligente Tag entfernten, aber in dieser Nacht gab es eine ganze Reihe Ladendiebstähle, und er bekam nicht zu sehen, was sie damit anstellten. Sie benutzten weder Schaber noch Lösungsmittel, das wusste er. Sie arbeiteten mit einem Notebook und ein paar Klebesonden. Im Grunde reprogrammierten sie das Ding vermutlich und pfuschten an seinem Code herum, und als sie fort waren, kamen die Graffitifresser wieder an und schlabberten die neueste Chupacabra-Ikonografie auf.

Der Lucky-Dragon bei der Brücke war glatt und weiß wie ein neuer Porzellanteller, sah Rydell, als er sich ihm näherte. Er wirkte wie ein Stück eines anderen Traums, das hier auf die Erde gefallen war. Der Zufahrt zur Brücke haftete eine merkwürdige, ungeplante Dramatik an, und Rydell überlegte, ob es in Singapur wohl viele Meetings zu der Frage gegeben hatte, ob man diese Einheit hier hinstellen sollte oder nicht. Lucky Dragon besaß einige Läden auf erstklassigem Touristengelände, wie Rydell von der Global Interactive Video-Säule in L.A. wusste; einen in der Einkaufspassage unter dem Roten Platz, die schicke Niederlassung am Ku-Damm in Berlin, den Riesenladen am Piccadilly Circus in London, aber einen an dieser Stelle zu platzieren, war in seinen Augen schon seltsam oder beruhte zumindest auf einer seltsamen Überlegung.

Die Brücke war ein zweifelhafter Ort, zwar einigermaßen ungefährlich, aber nicht »touristensicher«.

Natürlich gab es Touristen, die hier herumliefen, sogar viele, besonders auf dieser Seite der Brücke, aber es gab weder Touren noch Führer. Wenn man hinging, dann auf eigene Faust. Chevette hatte ihm mit ausgesprochen deutlichen Worten erzählt, wie sie Wanderprediger, die Heilsarmee und alle anderen organisierten Vereine verscheucht hatten. Rydell vermutete, dass die ungeregelten Zustände nicht unwesentlich zur Anziehungskraft der Brücke beitrugen.

Sie war eine »autonome Zone«, wie Durius es nannte. Er hatte Rydell erzählt, dass der Sunset Strip auch mal so angefangen hatte, als ein Ort zwischen den Polizeibezirken, und dass dies irgendwie die DNA der Straße geprägt hatte, weshalb man dort zur Weihnachtszeit beispielsweise immer noch Nutten mit Elfenhüten antraf.

Aber vielleicht wusste man bei Lucky Dragon etwas, was die Leute nicht wussten, dachte er. Die Dinge konnten sich ändern. Sein Vater zum Beispiel hatte immer geschworen, der Times Square sei mal ein richtig gefährlicher Ort gewesen.

Rydell bahnte sich einen Weg durch die Menge, die in beiden Richtungen an der Global Interactive Video-Säule vorbeiströmte, und malte sich dabei aus, dass er den Blick heben und die Filiale auf dem Sunset sehen, dass Praisegod dort vor der Tür stehen und ihn sonnig anstrahlen würde.

Stattdessen fiel sein Blick auf einen jungen Skater in Seoul, der seine Eier in die Kamera schüttelte.

Als er den Laden betrat, wurde er sofort von einem wahren Schrank mit enorm breiter Stirn und hellen, beinahe unsichtbaren Augenbrauen gestoppt. »Ihren Beutel«, sagte der Wachmann, dessen pinkfarbene Lucky-Dragon-Hüfttasche genauso aussah wie jene, die Rydell in L.A. getragen hatte und die sich nun in dem Matchbeutel befand, den der Bursche haben wollte.

»Bitte«, sagte Rydell und übergab ihm den Beutel. Lucky-Dragon-Wachleute sollten immer »bitte« sagen. So stand es in Mr. Parks Notebook, und überhaupt, wenn man jemanden um seinen Beutel bat, gab man zu, dass man dachte, er könnte was klauen, also konnte man dabei zumindest höflich sein.

Der Wachmann kniff die Augen zusammen. Er stellte den Beutel in ein nummeriertes Fach hinter seinem Standplatz und gab Rydell eine Marke mit Lucky-Dragon-Logo, die wie ein überdimensionaler Untersetzer aussah, mit der Nummer 5 hinten drauf. Rydell wusste, dass die Dinger so groß waren, weil man festgestellt hatte, dass sie dadurch nur in die wenigsten Taschen passten, sodass die Leute sie nicht einsteckten, vergaßen und damit weggingen. Senkte die Kosten. Bei Lucky Dragon war alles so ausgeklügelt. Schon irgendwie bewundernswert.

»Gern geschehen«, sagte Rydell. Er ging zum Automaten der Lucky Dragon International Bank im hinteren Teil des Ladens. Ihm war klar, dass dieser ihn beobachtete, als er auf ihn zutrat und seine Brieftasche aus der Gesäßtasche zog.

»Ich möchte mir einen Chip holen«, sagte er.

»Identifizieren Sie sich bitte.« Die Lucky-Dragon-Bankautomaten hatten alle dieselbe Stimme, eine seltsam gepresste, erstickte kleine Kastratenstimme, und er fragte sich, warum das so sein musste. Aber man konnte sicher sein, dass die Konstrukteure sich auch dabei was gedacht hatten: Wahrscheinlich hielt sie die Leute davon ab, lange herumzustehen und Unfug mit dem Apparat zu treiben. Was man ohnehin besser nicht tat, weil die Scheißdinger einen dann mit Pfefferspray besprühten, wie Rydell wusste. Sie waren auch mit entsprechenden Warnungen gepflastert, obwohl er bezweifelte, dass die irgendwer las. Was in den Warnungen nicht stand und worüber Lucky Dragon sich ausschwieg, war, dass die Dinger einen und sich selbst mit Wasser einnebelten und dann unter Strom setzten, wenn man ihnen ernsthaft zu Leibe rückte, zum Beispiel, indem man eine Brechstange in den Geldschlitz rammte.

»Berry Rydell.« Er nahm seinen Führerschein aus Tennessee aus der Brieftasche und steckte ihn mit der richtigen Seite voran in die Lesevorrichtung des Automaten.

»Handflächenkontakt.«

Rydell drückte seine Hand in den Umriss einer Hand. Es war ein ekelhaftes Gefühl. Hohes Filzlauspotenzial bei diesen Handflächenscannern. Handfett.

Er wischte sich die Handfläche an der Hose ab.

»Bitte geben Sie Ihren persönlichen Identifizierungscode ein.«

Rydell gehorchte und arbeitete seine Eselsbrücke bis zu den beiden 7-Up-Dosen durch.

»Kreditanforderung wird bearbeitet«, sagte das Ding. Es klang, als würde ihm jemand die Eier quetschen.

Rydell schaute sich um und sah, dass er so ziemlich der einzige Kunde war, abgesehen von einer Frau mit grauen Haaren und Lederhose, die in einer Sprache, die für Rydell wie Deutsch klang, auf die Kassiererin einquasselte.

»Transaktion beendet«, sagte der Bankautomat. Rydell drehte sich um und sah, wie ein Lucky-Dragon-

Kreditchip aus dem Chipschlitz kam. Er steckte ihn wieder ein Stück weit hinein und überprüfte das verfügbare Guthaben auf dem Monitor. Nicht schlecht. Wahrhaftig nicht schlecht. Er schob den Chip ein, packte seine Brieftasche weg und trat an die GlobEx-Niederlassung, die auch als lokales Postamt fungierte. Sie war auch so ein speziell konstruierter Knubbel oder Wulst in derselben Kunststoffwand wie der Bankautomat. Auf dem Sunset hatten sie keine gehabt, und Praisegod hatte zusätzlich als GlobEx-Angestellte und/oder Postbeamtin fungieren müssen, wobei ihr Letzteres hin und wieder ein Stirnrunzeln entlockt hatte, weil für die Sekte ihrer Eltern alles Staatliches Teufelswerk war.

Dem Zauderer bleibt das Glück stets hold, hatte Rydell von seinem Vater gelernt, und er hatte sich im Lauf seines Lebens stets große Mühe gegeben, nichts zu überstürzen. Praktisch jedes Mal, wenn er bis zum Hals in der Scheiße gelandet war, hatte es daran gelegen, dass er zu spontan gewesen war, das wusste er. Irgendetwas in ihm brachte ihn dazu, einfach zu handeln – warum, wusste er nicht –, und zwar immer zum denkbar schlechtesten Zeitpunkt.

Erst wägen, dann wagen. Überleg dir die Folgen. Denk nach.

Er dachte nach. Jemand hatte seinen kurzen, aber unfreiwilligen Aufenthalt in Selwyn Tongs VR-Korridor dazu benutzt, ihm den Vorschlag zu übermitteln, er solle sich seinen Kreditchip aus diesem speziellen Bankautomaten holen und dann bei GlobEx vorbeischauen. Gut möglich, dass es Tong selbst gewesen war, der sozusagen über einen zweiten Kanal mit ihm gesprochen hatte; vielleicht war es aber auch jemand anderes gewesen, der sich in eine nicht eben über Weltklassesicherheitsvorkehrungen verfügende Site gehackt hatte. Die speziellen optischen Veränderungen waren allerdings eigens für Rydell vorgenommen worden und sahen schon von weitem nach Hackern aus. Nach Rydells

Erfahrung konnten Hacker einfach nicht widerstehen, eine große Show abzuziehen, und neigten dazu, auf Künstler zu machen. Und er wusste, dass sie einen in Schwierigkeiten bringen konnten und es meistens auch taten.

Er schaute auf die GlobEx-Wölbung.

Und handelte.

Er brauchte nicht so lange wie am Bankautomaten, um sich auszuweisen und die Luke aufzubekommen. Das Päckchen war größer, als er erwartet hatte, und schwer für seine Größe. Wirklich schwer. Teuer wirkendes Verpackungsmaterial mit Schaumstoffkern, sehr exakt mit grauem Plastikklebeband verschlossen und mit animierten GlobEx-Maximum-Express-Hologrammen und Zollaufklebern übersät. Er sah sich den Lieferschein an. Es kam offenbar aus Tokio, aber die Rechnung ging an Paragon-Asia Dataflow mit Sitz in der Lygon Street in Melbourne. Rydell kannte niemanden in Australien, aber er wusste, dass es angeblich unmöglich und eindeutig illegal war, internationale Sendungen zu einer dieser GlobEx-Stellen zu verschicken. Dafür brauchte man eine Privat- oder Geschäftsadresse. Diese Ausgabestellen waren nur für Inlandszustellungen gedacht.

Verdammt. Ganz schön schwer, das Ding. Er klemmte sich das etwa sechzig Zentimeter lange und fünfzehn Zentimeter dicke Päckchen unter den Arm und ging zurück, um seinen Beutel abzuholen.

Der stand offen auf dem kleinen Tresen, wie er nun sah, und der Wachmann mit den hellen Augenbrauen hielt Rydells pinkfarbene Lucky-Dragon-Hüfttasche in der Hand.

»Was machen Sie da mit meinem Beutel?«

Der Wachmann blickte auf. »Das ist Eigentum von Lucky Dragon.«

»Sie dürfen das Gepäck der Leute nicht aufmachen«, sagte Rydell. »Steht im Notebook.«

»Ich muss das als Diebstahl behandeln. Sie haben da Lucky-Dragon-Eigentum drin.«

Rydell entsann sich, dass er das Keramikmesser in der Hüfttasche verstaut hatte, weil ihm nichts anderes eingefallen war, was er damit machen konnte. Er versuchte sich zu erinnern, ob das hier illegal war oder nicht. In Südkalifornien waren solche Messer verboten, das wusste er, aber in Oregon nicht.

»Das ist mein Eigentum«, sagte Rydell, »und Sie geben es mir auf der Stelle zurück.«

»Tut mir Leid«, sagte der Mann bedächtig.

»He, Rydell«, sagte eine vertraute Stimme, und die Tür wurde so heftig aufgerissen, dass Rydell deutlich etwas im Schließmechanismus knacken hörte. »Na, alles paletti, du Arsch?«

Rydell wurde im Nu von einem Nebel aus Wodka und fehlgeleitetem Testosteron eingehüllt. Er drehte sich um und sah Creedmore, der ihn wild angrinste und ganz offensichtlich nicht mehr zur menschlichen Schöpfung zu rechnen war. Hinter ihm ragte ein korpulenterer Mann auf, blass und fleischig, mit dunklen, eng beieinander stehenden Augen.

»Sie sind betrunken«, blaffte der Wachmann. »Machen Sie, dass Sie rauskommen.«

»Betrunken?« Creedmore zuckte übertrieben zusammen und mimte schreckliche emotionale Qualen. »Der sagt, ich bin *betrunken* …« Creedmore drehte sich zu dem Mann hinter sich um. »Randy, dieser *Scheißkerl* sagt, ich bin betrunken.«

Der große, schwere Mann, dessen Mund in einem so groben, bartstoppligen Gesicht klein und seltsam zart wirkte, zog sofort die Mundwinkel herunter, als wäre er aufrichtig und zutiefst betrübt darüber, dass ein Mensch einen anderen so unfreundlich behandeln konnte. »Dann versohl ihm doch seinen schwulen Arsch«, schlug er leise vor, als böte dies zumindest die wehmütige, wenn auch überaus geringe Aussicht auf eine Aufmunterung nach einer gewaltigen Enttäuschung.

»Betrunken?« Creedmore sah wieder den Wachmann an. Er beugte sich über den Tresen, das Kinn auf gleicher Höhe mit dem oberen Rand von Rydells Matchbeutel. »Was für 'n Scheiß ziehst du hier mit mei'm Kumpel ab?«

Creedmore strahlte jetzt eine amphetamingeschwängerte, reptilienhafte Gefährlichkeit aus; sein Zorn war schnurstracks über den Säugetierlevel hinausgeschossen. Rydell sah in Creedmores Wange einen kleinen Muskel pulsieren, stetig und unfreiwillig, wie ein winziges zweites Herz. Er merkte, dass Creedmore die ungeteilte Aufmerksamkeit des Wachmanns hatte, und griff sich mit einer Hand seinen Matchbeutel und mit der anderen die pinkfarbene Hüfttasche.

Der Wachmann versuchte, ihm beides wieder zu entreißen – was eindeutig ein Fehler war, weil er dafür beide Hände brauchte.

»Leck mich, du *Schwanzlutscher!«*, kreischte Creedmore. Er schlug weitaus flinker und kraftvoller zu, als Rydell ihm zugetraut hätte, und versenkte die Faust bis zum Handgelenk im Bauch des Wachmanns, direkt unterm Brustbein. Der überraschte Wachmann klappte vornüber zusammen. Als Creedmore ausholte, um den Mann ins Gesicht zu schlagen, verhedderte sich seine Faust nicht ohne Rydells Zutun in den Gurten der Hüfttasche, wobei Rydell beinahe das unförmige Päckchen heruntergefallen wäre.

»Komm schon, Buell«, sagte Rydell und wirbelte Creedmore wieder zur Tür hinaus. Ihm war klar, dass irgendwer inzwischen auf eine Fußtaste getreten haben würde.

»Der Scheißkerl sagt, ich bin betrunken«, protestierte Creedmore.

»Na, das bist du doch auch, Buell«, sagte der massige Mann hinter ihnen schwerfällig.

Creedmore kicherte.

»Jetzt aber weg hier«, sagte Rydell und setzte sich Richtung Brücke in Bewegung. Unterwegs versuchte er, die Hüfttasche wieder in den Matchbeutel zu stopfen, ohne dabei das gefährlich lose unter seinem Arm klemmende GlobEx-Päckchen zu verlieren. Eine Windbö trieb ihm Sand in die Augen, und während er ihn wegblinzelte, bemerkte er zum ersten Mal, dass der Lieferschein nicht an ihn, sondern an »Colin Laney« adressiert war.

Colin Leerzeichen Laney. Weshalb hatten sie das Päckchen dann Rydell ausgehändigt?

Gleich darauf waren sie im dichten Menschengewimmel und gingen die Rampe der unteren Ebene hinauf.

»Was ist das denn für 'n Scheiß?«, fragte Creedmore und spähte nach oben.

»San Francisco – Oakland Bay«, sagte Rydell.

»Verdammt.« Creedmore musterte die Menge mit zusammengekniffenen Augen. »Das stinkt ja wie 'n beschissener Köderkasten. Jede Wette, dass man sich hier 'ne echt schräge Möse aufreißen kann.«

»Ich brauch was zu trinken«, meinte der massige Mann mit dem zarten Mund leise.

»Ich glaube, ich auch«, sagte Rydell.

22 Stress

Fontaine hat zwei Frauen.

Kein sonderlich erstrebenswerter Zustand, wenn man ihn fragt.

Sie haben einen wackligen Burgfrieden geschlossen, diese zwei Frauen, und leben in einem gemeinsamen Haushalt weiter drüben auf der Oakland-Seite. Fontaine schläft seit einiger Zeit lieber hier in seinem Laden.

Die jüngere Frau (mit achtundvierzig rund fünf Jahre jünger als die andere) ist eine hoch gewachsene, hellhäutige Jamaikanerin, die eigentlich aus Brixton stammt, und Fontaine sieht in ihr mittlerweile die Strafe für all seine früheren Sünden.

Sie heißt Clarisse. Wenn sie wütend ist, verfällt sie wieder in einen Dialekt aus ihrer Kindheit. »Du nimmsas Zeuch, Fonten.«

Fontaine nimmt das Zeug seit ein paar Jahren, und er nimmt es auch heute, denn Clarisse steht wütend vor ihm, einen Einkaufsbeutel voller katatonischer japanischer Babys in der Hand, wie es scheint.

In Wahrheit sind es lebensgroße Puppen, die in den letzten Jahren des vergangenen Jahrhunderts zum Trost ferner Großeltern hergestellt worden sind, und zwar jeweils nach Fotos eines echten Kindes. Produziert hat sie eine Firma in Meguro namens Another One, und sie werden immer mehr zu Sammlerobjekten, weil jedes Exemplar bis zu einem gewissen Grad einmalig ist.

»Ich will sie nicht«, gibt Fontaine zu.

»Hör zu«, erklärt ihm Clarisse und faltet ihren Dialekt geschmeidig weg, »ist doch gar keine Frage, dass du die Dinger nimmst. Du nimmst sie, du verhökerst sie, du kriegst satte Kohle dafür, und die gibst du mir. Sonst bleib ich nämlich garantiert nicht da, wo du mich sitzen gelassen hast, so dicht an dicht mit diesem verrückten Weibsstück, das du geheiratet hast.«

Mit dem ich verheiratet war, als du mich geheiratet hast, denkt Fontaine, und das war kein Geheimnis. Die Bemerkung bezieht sich auf Tourmaline Fontaine alias Frau Nummer Eins, und das Schimpfwort »verrücktes Weibsstück« ist in Fontaines Augen durchaus eine adäquate Bezeichnung für sie.

Tourmaline ist ein echtes Ungeheuer; nur ihr gewaltiger Leibesumfang und ihre beständige Trägheit hindern sie daran, hierher zu kommen.

»Clarisse«, protestiert er, »wenn sie original verpackt wären ...«

»Die sind nie original verpackt, du Idiot! Mit denen hat immer jemand gespielt!«

»Dann kennst du den Markt besser als ich, Clarisse. Verkauf du sie doch.«

»Vielleicht sollten wir mal übers Kindergeld sprechen?«

Fontaine schaut auf die japanischen Puppen. »Mann, sind die hässlich. Sehen irgendwie tot aus, nicht?«

»Weil man sie einschalten muss, Blödmann.« Clarisse stellt den Beutel auf den Boden, schnappt sich ein nacktes männliches Baby und steckt einen langen, smaragdgrünen Fingernagel in den Nacken der Puppe. Sie will das andere einmalige, individuelle Merkmal der Puppe vorführen, digital aufgezeichnete Säuglingslaute oder vielleicht sogar erste Worte, aber stattdessen hören sie schweres, mühsames Atmen, gefolgt von kindischem Gekicher und einem gleichermaßen kindischen, scheppernden Chor, der »Fick dich selber« johlt. Clarisse runzelt die Stirn. »Da hat jemand dran rumgepfuscht.«

Fontaine seufzt. »Ich tue, was ich kann. Lass sie hier. Aber versprechen kann ich dir nichts.«

»Ist doch wohl klar, dass ich die hier lasse«, sagt Clarisse und stopft das Baby kopfüber in den Beutel.

Fontaine wirft einen Blick in den hinteren Teil des Ladens, wo der Junge barfuß und im Schneidersitz auf dem Boden hockt. Seine Haare sind ganz kurz, er hat das offene Notebook auf dem Schoß und ist völlig darin vertieft.

»Wer ist das denn?«, erkundigt sich Clarisse, als sie näher an den Tresen herantritt und den Jungen zum ersten Mal bemerkt.

Aber da ist Fontaine einigermaßen überfragt. Er zieht an einer seiner Dreadlocks. »Er mag Armbanduhren«, antwortet er.

»Ha«, sagt Clarisse, »er mag Armbanduhren. Wieso hast du deine eigenen Kinder nicht hier?« Ihre Augen werden schmal, sodass sich die Falten an den äußeren Winkeln vertiefen, die Fontaine auf einmal liebend gern küssen würde. »Wieso hast du stattdessen 'nen fetten kleinen Latino hier, der Uhren mag?«

»Clarisse ...«

»Clarisse am Arsch.« Ihre grünen Augen weiten sich wütend, ein Grün, blass wie Treibglas, das DNA-Echo eines britischen Soldaten in einer schwülen Nacht in Kingston vor etlichen Generationen, wie Fontaine oft vermutet hat. »Du verhökerst diese Puppen, oder es gibt Stress, kapiert?«

Sie wirbelt geschickt auf dem Absatz herum, was gar nicht so leicht ist mit ihren schwarzen Galoschen, und marschiert stolz und aufrecht in einem langen Tweed-Männermantel – Fontaine erinnert sich, dass er den vor fünfzehn Jahren in Chicago gekauft hat – aus seinem Laden.

Fontaine seufzt. Er trägt jetzt eine schwere Last auf den Schultern, und der Abend rückt näher. »Ist legal hier, mit zwei Frauen verheiratet zu sein«, sagt er zur leeren, nach Kaffee riechenden Luft. »Total *bescheuert*, aber legal.« Er schlurft in seinen offenen Schuhen zur Tür und macht sie zu, schließt hinter ihr ab. »Du glaubst immer noch, ich bin 'n Bigamist oder so, Baby, aber wir sind hier im Staate Nordkalifornien.«

Er geht zurück und schaut noch einmal nach dem Jungen, der das Auktionshaus Christie's entdeckt zu haben scheint.

Der Junge blickt zu ihm auf. »Tonneau-Armbanduhr mit Minutenrepetition, Platin«, sagt er »Patek Philippe, Genf, Nummer 187145.«

»Glaub nicht«, sagt Fontaine. »Bisschen außerhalb unserer Liga.«

»Goldene Sprungdeckel-Armbanduhr mit Viertelstundenrepetition ...«

»Vergiss es.«

» ... mit verborgenem erotischem Automaten.«

»Kann ich mir auch nicht leisten«, sagt Fontaine. »Hör zu, ich sag dir was: Dieses Notebook ist die langsame Art, nachzugucken. Ich zeig dir eine schnelle.«

»Eine. Schnelle.«

Fontaine kramt in den Schubladen eines mit Farbe verschorften stählernen Aktenschranks, bis er schließlich einen alten militärischen Datenhelm zutage fördert. Der Gummirand um das binokulare Videodisplay ist eingerissen und blättert ab. Es dauert noch ein paar Minuten, bis er den richtigen Akku findet und feststellt, dass er geladen ist. Der Junge beachtet ihn nicht; er ist völlig in den Katalog von Christie's vertieft. Fontaine schließt den Akku an den Datenhelm an und kommt zurück. »Hier. Siehst du? Den setzt du auf ...«

23 Russian Hill

Die Wohnung ist groß, und es gibt nichts darin, was nicht von praktischem Nutzen wäre.

Folglich sind die dunklen Hartholzfußböden nackt und sehr sorgfältig gefegt.

Er sitzt auf einem teuren, halb intelligenten schwedischen Bürodrehstuhl und schärft sein Messer.

Das ist eine Aufgabe (er betrachtet es als eine Pflicht), die Leere erfordert.

Er sitzt an einem im 19. Jahrhundert gefertigten Nachbau eines Refektoriumstisches aus dem 17. Jahrhundert.

Fünfzehn Zentimeter vom vorderen Rand entfernt sind mit einem Laser in ganz bestimmtem Winkel zwei dreieckige Höhlungen ins Walnussholz gefräst worden. In diese hat er zwei dreiundzwanzig Zentimeter lange, graphitgraue Keramikstangen von dreieckigem Querschnitt eingepasst, und zwar so, dass sie einen spitzen Winkel bilden. Diese Honahlen passen genau in die lasergefrästen Vertiefungen und lassen sich keinen Millimeter bewegen.

Das Messer liegt vor ihm auf dem Tisch, die Klinge zwischen den Keramikstangen.

Als es Zeit ist, nimmt er es in die linke Hand und legt die Klinge mit dem unteren Rand an die linke Honahle. Er zieht es herunter und zu sich heran, eine einzige, zügige, sichere Bewegung. Er horcht auf ein Anzeichen von Unvollkommenheit, obwohl das nur dann der Fall sein könnte, wenn er einen Knochen getroffen hätte, und es ist viele Jahre her, dass das Messer einen Knochen getroffen hat.

Nichts.

Er atmet aus, atmet ein, legt die Klinge an die rechte Honahle.

Das Telefon klingelt.

Er atmet aus. Legt das Messer wieder auf den Tisch, mit der Klinge zwischen den Honahlen. »Ja?«

Die Stimme, die aus mehreren verborgenen Lautsprechern kommt, kennt er gut, obwohl es fast ein Jahrzehnt her ist, dass er sich mit dem Sprecher im selben physischen Raum befunden hat. Er weiß, dass die Worte, die er hört, von einer winzigen, absurd teuren, fleißigen Immobilie irgendwo im Satellitenschwarm des Planeten kommen. Es ist eine Direktübertragung und hat nichts mit der amorphen Wolke gewöhnlicher menschlicher Kommunikation zu tun. »Ich habe gesehen, was du letzte Nacht auf der Brücke getan hast«, sagt die Stimme.

Der Mann schweigt. Er trägt ein Hemd aus sehr feinem grauem Flanell mit zugeknöpftem Kragen, aber keine Krawatte. Die Doppelmanschetten sind mit schlichten runden Knöpfen aus sandgestrahltem Platin geschlossen. Er legt die Hände auf die Oberschenkel und wartet.

»Sie denken, du seist verrückt«, sagt die Stimme.

»Was sind das für Leute, die für dich arbeiten und dir so etwas erzählen?«

»Kinder«, sagt die Stimme. »Hart und clever. Die besten, die ich finden kann.«

»Wozu machst du dir die Mühe?«

»Ich weiß gern Bescheid.«

»Du weißt gern Bescheid«, sagt der Mann und rückt die Bügelfalte oben an seinem linken Hosenbein zurecht, »aber weshalb?«

»Weil du mich interessierst.«

»Hast du Angst vor mir?«, fragt der Mann.

»Nein«, sagt die Stimme, »ich glaube nicht.«

Der Mann schweigt.

»Warum hast du sie umgebracht?«, fragt die Stimme.

»Sie sind gestorben«, sagt der Mann.

»Aber warum bist du dort gewesen?«

»Ich wollte mir die Brücke ansehen.«

»Sie denken, du seist dorthin gegangen, weil du wusstest, dass du jemanden anlocken würdest, jemanden, der dich angreifen würde. Um ihn dann zu töten.«

»Nein«, sagt der Mann mit einem Hauch von Enttäuschung in der Stimme, »sie sind gestorben.«

»Aber du warst verantwortlich dafür. «

Der Mann zuckt die Achseln. Er schürzt die Lippen. Dann: »So etwas kommt eben vor.«

»Dumm gelaufen, haben wir früher immer gesagt. Meinst du das?«

»Dieser Ausdruck ist mir unbekannt«, sagt der Mann.

»Ist lange her, dass ich dich um Hilfe gebeten habe.«

»Das ist das Ergebnis des Reifeprozesses, würde ich meinen«, sagt der Mann. »Du neigst jetzt weniger dazu, dich dem Lauf der Dinge entgegenzustemmen.«

Jetzt verstummt die Stimme. Das Schweigen zieht sich in die Länge. »Das hast du mir beigebracht«, sagt sie schließlich.

Als der Mann sicher ist, dass das Gespräch zu Ende ist, nimmt er das Messer und legt die Klinge mit dem unteren Rand ans obere Ende der rechten Honahle.

Er zieht es zügig auf und ab.

24 Zwei Lichter hinten dran

Sie fanden einen dunklen Laden, der den Eindruck erweckte, als ragte er teilweise über das ehemalige Brückengeländer hinaus. Er war nicht sehr tief, aber lang; der Tresen befand sich an der Brückenseite, und gegenüber boten lauter nicht zueinander passende Fenster einen Blick nach Süden, über die Piers zum China Basin. Die mit vergilbenden, durchsichtigen Silikonklumpen in ihre Rahmen gekitteten Scheiben waren schmutzig.

Creedmore, der mittlerweile wieder bei verblüffend klarem Verstand, ja sogar richtig freundlich war, stellte seinen Begleiter, den fleischigen Mann, als Randall James Branch Cabell Shoats aus Mobile, Alabama, vor. Shoats sei Session-Gitarrist in Nashville und anderswo, erklärte er.

»Freut mich, Sie kennen zu lernen«, sagte Rydell. Shoats' Händedruck war kühl, trocken und sehr weich, aber Rydell spürte die präzisen, steinharten Schwielen; die Hand des Mannes fühlte sich an wie ein Kinderhandschuh mit rauen Noppen.

»Freunde von Buell immer«, erwiderte Shoats ohne ersichtliche Ironie.

Rydell warf Creedmore einen Blick zu und fragte sich, welche Senke oder Hochebene der Gehirnchemie der Mann gerade durchquerte und wie lange es dauern würde, bis er beschloss, wieder in eine andere Region zu wechseln.

»Ich muss dir dafür danken, was du da vorhin getan

hast, Buell«, sagte Rydell, denn das stimmte. Es stimmte aber auch, dass Rydell nicht so recht wusste, ob man wirklich sagen konnte, Creedmore habe es getan, ob es nicht besser heißen müsste, er sei es *gewesen*, aber nach Lage der Dinge sah es so aus, als wären Creedmore und Shoats genau zur rechten Zeit gekommen, obwohl Rydells Erfahrungen mit Lucky Dragon ihm sagten, dass die Sache noch keineswegs ausgestanden war.

»Alles Arschgeigen«, sagte Creedmore. Es klang wie ein allgemeiner Kommentar zum Lauf der Welt.

Rydell bestellte eine Runde Bier. »Hör mal, Buell«, sagte er, »kann sein, dass sie uns wegen dem, was da passiert ist, noch suchen kommen.«

»Und wenn schon? Wir sind hier, diese Arschgeigen dort.«

»Na ja, Buell«, Rydell tat sich selbst gegenüber so, als müsste er das einem störrischen Sechsjährigen erklären, der absichtlich den Beschränkten spielte, »ich hatte gerade dieses Päckchen hier abgeholt, bevor wir unsere kleine Auseinandersetzung hatten, und dann hast du dem Wachmann eins in die Wampe gegeben. Der wird nicht sonderlich glücklich darüber sein, und womöglich erinnert er sich dran, dass ich dieses Päckchen bei mir hatte. Großes GlobEx-Logo hier drauf, siehst du? Er braucht also bloß in den GlobEx-Unterlagen nachschauen, dann kriegt er ein Video, einen Stimmabdruck oder sonst was von mir. Die kann er der Polizei geben.«

»Der Polizei?Wenn das Arschgesicht Ärger haben will, kann es ihn gern kriegen, klar?«

»Nein«, sagte Rydell, »das wird nichts nützen.«

»Tja«, sagte Creedmore und legte Rydell die Hand auf die Schulter, »dann besuchen wir dich, bis du wieder rauskommst.«

»Nein, Buell«, sagte Rydell und schüttelte die Hand ab. »Ich glaub nicht, dass er zur Polizei geht. Er wird eher rausfinden wollen, für wen wir arbeiten und ob er uns mit guten Aussichten verklagen kann.«

»Dich verklagen?«

»Uns.«

»Mm.« Creedmore verdaute das. »Dann steckst du ja übel in der Klemme.«

»Vielleicht auch nicht«, sagte Rydell. »Kommt auf die Zeugen an.«

»Schon klar«, sagte Randy Shoats, »aber ich müsste mit meinem Label sprechen, mal sehen, was die Anwälte sagen.«

»Mit Ihrem Label«, sagte Rydell.

»Genau.«

Das Bier kam, braune, langhalsige Flaschen. Rydell trank einen Schluck. »Ist Creedmore auf Ihrem Label?«

»Nein«, sagte Randy Shoats.

Creedmore blickte von Shoats zu Rydell und wieder zurück. »Ich hab ihm bloß eine gedröhnt, Randy. Hab ja nicht gewusst, dass das was mit unserem Deal zu tun hat.«

»Hat's auch nicht«, sagte Shoats, »solange du ins Studio gehen und aufnehmen kannst.«

»Verflucht, Rydell«, knurrte Creedmore, »hat mir grade noch gefehlt, dass du hier ankommst und so 'ne Scheiße baust.«

Rydell, der unter dem Tisch an seinem Matchbeutel herumfummelte, die Hüfttasche herausholte und aufmachte, sah Creedmore an, sagte jedoch nichts. Er fühlte das Kraton-Heft des Keramikschnappmessers. »Augenblick, Jungs«, sagte er, »ich muss mal auf 'n Pott.« Er stand auf, die GlobEx-Box unterm Arm und das Messer in der Tasche, und ging die Kellnerin fragen, wo die Herrentoilette war.

Zum zweiten Mal an diesem Tag saß er auf dem Klo, ohne zu müssen. Dieses war erheblich geruchsintensiver als das vorige. Er hatte noch nie so provisorische sanitäre Anlagen gesehen wie hier, versiffte Bündel transparenter Schläuche, die sich überall hinschlängelten, und nordkalifornische KEIN TRINKWASSER-Aufkleber, die über den Wasserhähnen der Waschbecken abblätterten.

Er holte das Messer aus der Tasche, drückte auf den Knopf und sah zu, wie die schwarze Klinge herausklappte und einrastete. Dann drückte er erneut, entriegelte die Klinge, schloss das Messer und öffnete es wieder. Was hatten diese Schnappmesser bloß an sich, fragte er sich, was drängte einen, das zu tun? Vermutlich wollten die Leute sie hauptsächlich deswegen haben, es war irgendwas Psychologisches, aber Dummes, Primitives. Denn eigentlich konnte man gar nichts mit ihnen anfangen, dachte er, außer im praktischen Sinn, als simple Messer. Kinder mochten sie, weil sie dramatisch wirkten, aber wenn jemand sah, wie man eins aufschnappen ließ, dann wusste er, dass man ein Messer hatte, und rannte entweder weg oder verpasste einem eine Tracht Prügel oder erschoss einen, je nachdem, wonach ihm gerade der Sinn stand und wie er zufällig bewaffnet war. Möglicherweise gab es ja ganz spezielle Situationen, in denen man einfach eins aufschnappen lassen und jemanden damit abstechen konnte, aber er glaubte nicht, dass so was allzu häufig vorkam.

Die GlobEx-Schachtel lag quer auf seinem Schoß. Ihm fiel wieder ein, wie er sich in L.A. mit dem Messer geschnitten hatte, und er schlitzte das graue Klebeband behutsam mit der Spitze der Klinge auf. Es ging durch das Material wie ein Draht durch Butter. Als er so weit geschnitten hatte, dass er glaubte, das Päckchen öffnen zu können, klappte er das Messer vorsichtig zusammen und steckte es ein. Dann hob er den Deckel hoch.

Zuerst glaubte er, eine Thermoskanne vor sich zu sehen, eins jener teuren Dinger aus gebürstetem Edelstahl, aber als er sie heraushob, merkte er an ihrem Gewicht und ihrer hervorragenden Verarbeitung, dass es etwas anderes war.

Er drehte das Ding um und entdeckte einen rechteckigen Einsatz mit einem ganzen Haufen Mikrobuchsen, nichts weiter, nur noch einen etwas abgewetzten blauen Aufkleber mit der Aufschrift FAMOUS ASPECT. Er schüttelte es. Nichts schwappte oder klapperte. Fühlte sich massiv an, und es gab weder einen sichtbaren Deckel noch eine andere Möglichkeit, es zu öffnen. Er fragte sich, wie so etwas durch den Zoll gekommen war, wie die GlobEx-Leute es wohl geschafft hatten, den Zollbeamten zu erklären, was das war (was immer es sein mochte), und sie davon zu überzeugen, dass es nicht irgendwelche Schmuggelware enthielt. Ihm fielen ein Dutzend Schmuggelwaren ein, die man in ein Behältnis von dieser Größe packen und mit denen man reichlich Kohle machen konnte, wenn man sie von Tokio hierher bekam.

Vielleicht waren doch Drogen drin, dachte er, oder irgendwas anderes, und er wurde reingelegt. Vielleicht traten sie gleich die Kabinentür ein und legten ihm Handschellen an – Handel mit verbotenem Foetalgewebe oder so.

Er saß da. Nichts geschah.

Er legte sich das Ding auf den Schoß und durchsuchte die passgenaue Schaumstoffverpackung nach einer Nachricht, einem Hinweis, nach irgendetwas, was vielleicht erklärte, worum es sich handelte. Aber da war nichts, und so packte er das Ding wieder in die Schachtel, verließ die Kabine, wusch sich die Hände mit nicht trinkbarem Brückenwasser und ging hinaus. Er hatte vor, die Bar samt Creedmore und Shoats darin zu verlassen, sich vorher aber noch seinen Matchbeutel zu holen, den er ihrer Obhut anvertraut hatte.

Nun sah er, dass die Frau, diese Maryalice, die vom Frühstück, sich zu ihnen gesellt und dass Shoats irgendwo eine Gitarre aufgetrieben hatte, ein zerkratztes altes Ding mit einem langen Sprung im Korpus, der mit einer Art Kreppband überklebt war. Shoats hatte seinen Stuhl vom Tisch zurückgeschoben, damit er zwischen dem Tischrand und seinem Bauch Platz für die Gitarre hatte, und war dabei, sie zu stimmen. Er trug diese Ich-höre-geheime-Harmonien-Miene zur Schau, die Leute aufsetzten, wenn sie eine Gitarre stimmten.

Creedmore saß vornübergebeugt da und sah zu, sein blond gestreiftes Haar mit dem Wet-Look glänzte im Halbdunkel der Bar, und Rydell sah einen unverhüllten Hunger in seinem Gesicht, bei dem ihn ein komisches Gefühl beschlich, als sähe er, wie Creedmore sich hinter der Mauer aus Scheiße, die er um sich herumgezogen hatte, nach etwas sehnte. Dadurch bekam er auf einmal etwas sehr Menschliches, und das machte ihn irgendwie noch unattraktiver.

Shoats holte jetzt geistesabwesend etwas aus seiner Hemdtasche, was wie die Kappe eines altmodischen Lippenstifts aussah, und begann zu spielen, wobei er das goldene Metallröhrchen als Slide benutzte. Die Töne, die er der Gitarre entlockte, trafen Rydell so sicher in die Magengrube wie Creedmore jenen unvorbereiteten Wachmann vorhin: Sie klangen, wie sich Kreide in einem Billardzimmer an den Fingern anfühlt, und erinnerten Rydell an Tricks mit Glasstäben und Katzenfellen. Irgendwo im Innern dieses fetten, verschlungenen, relaxten Sounds bildete sich etwas heraus, was eine grandiose, hässliche Spannung besaß.

In der zu dieser Tageszeit zwar noch nicht vollen, aber auch keineswegs leeren Bar war es von den kratzigen, verschlungenen, ausdrucksvollen Klängen von Shoats' Gitarre total still geworden, und dann begann Creedmore zu singen, etwas Hohes und Tremolierendes, Klagendes.

Creedmore sang von einem Zug, der einen Bahnhof verließ, und von den zwei Lichtern an seinem Heck: Das blaue Licht war sein Baby.

Und das rote sein Verstand.

25 Anzug

Nach seinem Verzicht auf Schlaf ist Laney, der weder raucht noch trinkt, dazu übergegangen, sich den Inhalt sehr kleiner brauner Glasfläschchen einzuverleiben, ein spezielles Patentrezept gegen Kater, eine archaische, aber nach wie vor beliebte japanische Medizin aus Alkohol, Koffein, Aspirin und flüssigem Nikotin. Er weiß irgendwie (irgendwie weiß er jetzt alles, was er wissen muss), dass er dieses Mittel in Kombination mit regelmäßigen Dosen eines hypnotischen blauen Hustensirups braucht, um durchhalten zu können.

Mit klopfendem Herzen, die Augen weit geöffnet, um die Datenflut hereinzulassen, die Hände kalt und fern, stürmt er entschlossen weiter.

Er verlässt den Karton nicht mehr, verlässt sich stattdessen auf Yamasaki (der ihm Medizin bringt, die er nicht nehmen will) und einen Nachbarn in der Pappkartonstadt, einen äußerst gepflegten Verrückten, den er für einen Bekannten des alten Mannes hält, des Modellbauers, von dem Laney diesen Raum gemietet oder auf andere Weise bekommen hat.

Laney erinnert sich nicht mehr an die Ankunft dieses Verrückten, der für ihn der »Anzug« ist, aber das gehört nicht zu den Dingen, die er wissen muss.

Der »Anzug« ist offensichtlich ein ehemaliger Salaryman. Der »Anzug« trägt einen Anzug, und zwar immer denselben. Dieser Anzug ist schwarz und war früher einmal ein wirklich sehr guter Anzug, und man erkennt an seinem Zustand, dass der »Anzug«, in welchem Karton er auch hausen mag, ein Dampfbügeleisen, eine Kleiderrolle sowie zweifellos auch Nähzeug besitzt und damit umgehen kann. Es ist zum Beispiel unvorstellbar, dass die Knöpfe dieses Anzugs nicht ganz fest und absolut symmetrisch angenäht wären oder dass das weiße Hemd des »Anzugs«, das im Halogenlicht im Karton des Meistermodellbauers erstrahlt, nicht perfekt weiß wäre.

Ebenso klar ist jedoch, dass der »Anzug« schon bessere Tage gesehen hat, was sicherlich für jeden Bewohner dieses Ortes gilt. Es ist zum Beispiel augenfällig, dass das Hemd des »Anzugs« weiß ist, weil er es, wie Laney vermutet (obgleich er das nicht zu wissen braucht), täglich mit einem weißen Erzeugnis bemalt, das für die farbliche Auffrischung von Turnschuhen gedacht ist. Sein schweres schwarzes Brillengestell wird von beunruhigend präzisen Ligaturen aus schwarzem Isolierband zusammengehalten, das er mit einem X-Acto-Messer des Alten und einer stählernen Miniatur-Reißschiene zu schmalen Streifen zurechtgeschnitten und dann mit lapidarer Geschicklichkeit appliziert hat.

Der »Anzug« ist so ordentlich und so akkurat, wie es ein Mensch nur sein kann. Aber es ist sehr lange her, Monate, vielleicht Jahre, dass er gebadet hat. Jeder Zentimeter sichtbarer Haut ist natürlich geschrubbt und makellos rein, aber wenn der »Anzug« sich bewegt, sondert er einen ganz unbeschreiblichen Geruch ab, eine Art hohen, dünnen Gestank von Wahnsinn und Verzweiflung. Er trägt stets drei identische, in Plastik eingeschweißte Exemplare eines Buches bei sich. Laney, der kein Japanisch lesen kann, hat gesehen, dass alle drei Exemplare dasselbe lächelnde Foto des »Anzugs« ziert, zweifellos in besseren Tagen und aus irgendeinem Grund mit einem Hockeyschläger in der Hand. Laney weiß (ohne zu wissen, woher), dass dies eine jener selbstgefälligen Autobiografien ist, die gewisse Manager sich zwecks Eigenwerbung von Ghostwritern schreiben lassen. Doch die weitere Geschichte des »Anzugs« ist Laney – und sehr wahrscheinlich auch dem »Anzug« selbst – verborgen.

Laney ist zwar mit anderen Dingen beschäftigt, aber ihm kommt doch der Gedanke, dass es ziemlich schlecht um ihn, Laney, bestellt sein muss, wenn er den »Anzug« als seinen präsentableren Vertreter zum Drugstore schickt.

Und das ist natürlich auch so, aber angesichts der nilbreiten Datenflut, die ihn fortwährend durchströmt, von einem inneren Horizont zum anderen, scheint es ihm kaum von Bedeutung zu sein.

Laney ist sich jetzt bewusst, dass er namenlose Fähigkeiten besitzt. Formen der Wahrnehmung, die es vorher vielleicht noch gar nicht gegeben hat.

Er nimmt zum Beispiel auf unmittelbare *räumliche* Weise etwas wahr, was der Totalität der Infosphäre sehr nahe kommt.

Er empfindet sie als eine einzige unbeschreibliche Form, etwas, was für ihn wie in Brailleschrift vor einem undefinierbaren Unter- oder Hintergrund steht, und sie schmerzt ihn so wie – in den Worten der Dichterin – die Welt Gott. Er erspürt in ihr Potenzialitätsknoten im Verlauf von Linien, die Historien des Geschehenen auf dem Wege zum Noch-nicht sind. Er ist einer Sichtweise sehr nahe, glaubt er, in der Vergangenheit und Zukunft ein und dasselbe sind; seine Gegenwart kommt ihm zunehmend beliebig vor, wenn er gezwungen ist, wieder in sie zurückzukehren; ihre Position in der Zeitlinie, die Colin Laney ist, scheint ihm eher in praktischen Dingen begründet als durch ein absolutes Jetzt definiert zu sein.

Laney hat sein Leben lang das Wort vom Tod der Geschichte gehört, doch nun, konfrontiert mit der wahren Form alles menschlichen Wissens, aller menschlichen Erinnerung, begreift er allmählich, dass es so etwas in gewissem Sinn eigentlich nie gegeben hat.

Keine Geschichte. Nur die Form, und die setzt sich aus kleineren und immer kleineren Formen zusammen, ein spiralförmiger fraktaler Abstieg bis in die allerfeinsten, die unendlich feinen Auflösungen hinein.

Aber es gibt den Willen. »Zukunft« ist dem Wesen nach pluralisch.

Und deshalb beschließt er, nicht zu schlafen, und schickt den »Anzug« noch mehr Regain holen, und als der Mann unter der melonenfarbenen Decke hindurch hinauskriecht, bemerkt er, dass dessen Knöchel in einer Imitation schwarzer Socken mit so etwas wie Asphalt bemalt sind.

26 Bad Sector

Chevette kaufte sich an einem Karren auf der oberen Ebene zwei Hähnchen-Sandwiches und machte sich wieder auf die Suche nach Tessa.

Der Wind hatte gedreht und sich dann gelegt, und mit ihm die Anspannung vor dem Sturm, diese merkwürdige Erregung.

Unwetter waren eine ernste Angelegenheit auf der Brücke. Schon ein böiger Tag erhöhte die Wahrscheinlichkeit, dass jemand zu Schaden kam. Bei aufkommendem Wind kam man sich auf der Brücke wie auf einem Schiff vor, das felsenfest im Grund der Bucht verankert war, aber gegen diese Verankerung ankämpfte. Die Brücke selbst bewegte sich in Wirklichkeit nie, ganz gleich, was passierte (obwohl Chevette vermutete, dass sie sich bei dem Erdbeben bewegt haben musste, denn deshalb wurde sie ja nicht mehr für ihren eigentlichen Zweck benutzt), aber alles, was später hinzugefügt worden war, das alles konnte sich durchaus bewegen, und wenn man Pech hatte, tat es das auch – mit katastrophalen Folgen. Aus diesem Grund also rannten die Leute umher, wenn Wind aufkam, und überprüften Spannmuttern, Flugzeugkabel, zweifelhafte Geflechte von Fichtenholzkonstruktionen …

Skinner hatte ihr das alles eher nebenher als in Form richtiger Vorträge beigebracht, obwohl er durchaus so seine Art gehabt hatte, Vorträge zu halten. Einer hatte davon gehandelt, wie es hier gewesen war in der Nacht, als die Brücke von den Obdachlosen besetzt worden war. Wie es gewesen war, die Absperrungen aus Maschendrahtzaun zu erklimmen und umzustürzen, die errichtet worden waren, nachdem der Verkehr wegen der von dem Erdbeben angerichteten Schäden an der Struktur der Brücke eingestellt werden musste.

Nicht so lange her, nach Jahren gerechnet, aber eine Art Lebenszeit, was den Charakter eines Ortes betraf. Skinner hatte ihr Fotos gezeigt, wie die Brücke vorher ausgesehen hatte, aber sie konnte sich einfach nicht vorstellen, dass da keine Menschen drauf wohnten. Er hatte ihr auch Zeichnungen von älteren Brücken gezeigt, Brücken mit Geschäften und Häusern drauf, und das erschien ihr sehr vernünftig. Wie konnte man eine Brücke haben und nicht darauf leben?

Sie war gern hier, gestand sich das jetzt im tiefsten Innern auch ein, aber da war auch etwas in ihr, was nur beobachtete und sich nicht zugehörig fühlte. Ein Ich-Bewusstsein, als würde sie selbst so eine Doku machen, wie Tessa sie machen wollte, eine innere Version all der Produkte, die Carson für Real One koordiniert hatte. Als wäre sie zurückgekommen und auch wieder nicht. Als wäre sie in der Zwischenzeit eine andere geworden, ohne es zu merken, und würde sich jetzt selbst hier beobachten.

Sie fand Tessa vor einem schmalen Geschäft. BAD SECTOR war auf eine Sperrholzfassade gesprüht, die aussah, als wäre sie mit einem Besen silbern angestrichen worden.

Tessa hatte die halbe Luft aus Gottes kleinem Spielzeug abgelassen. Es lag auf ihrem Schoß, und sie werkelte an etwas neben dem Teil herum, der die Kamera hielt. »Ballast«, sagte Tessa und blickte auf, »geht immer als Erstes kaputt.«

»Hier«, Chevette hielt ihr ein Sandwich hin, »so lang's noch warm ist.«

Tessa klemmte sich den Mylar-Ballon zwischen die Knie und nahm das fettige Papierpaket entgegen.

»Irgend 'ne Idee, wo du heute Nacht schläfst?« fragte Chevette, während sie ihr eigenes Sandwich auswickelte.

»Im Van«, erwiderte Tessa mit vollem Mund. »Wir haben Schlafsäcke und Schaumstoffmatten.«

»Aber nicht da, wo er jetzt steht«, erklärte ihr Chevette. »Bisschen kannibalisch, die Gegend.«

»Wo dann?«

»Falls die Räder noch dran sind, gibt's was bei einem der Piers, am unteren Ende der Folsom, wo Leute ihre Wagen stehen haben und schlafen. Die Cops wissen Bescheid, machen aber keinen Stress; ist einfacher für sie, wenn die Leute alle an einem Ort kampieren. Aber es kann schwer sein, 'nen Platz zu kriegen.«

»Das ist gut«, sagte Tessa zu ihrem Sandwich und wischte sich mit dem Handrücken Fett von den Lippen.

»Brückenhähnchen. Die züchten sie drüben bei Oakland, füttern sie mit Resten und so.« Sie biss in ihr Sandwich. Ein quadratisches, helles Sauerteigbrot, mit Weizenmehl bestäubt. Sie kaute und starrte dabei ins Schaufenster dieses »Bad Sector«-Ladens.

Flache, quadratische Plättchen oder Scheiben aus Plastik in verschiedenen Größen und Farben gaben ihr Rätsel auf, aber dann kapierte sie: Das waren Datendisketten, alte magnetische Medien. Und diese großen, runden, flachen schwarzen Kunststoffdinger waren analoge Audiomedien, ein mechanisches System. Man legte eine Nadel in eine spiralförmige Rille und drehte das Ding. Während sie mehr von dem Sandwich abbiss, ging sie an Tessa vorbei, um sich das genauer anzusehen. Da waren Rollen aus dünnem Stahldraht, schartige pinkfarbene Wachszylinder mit verblichenen Papieretiketten, vergilbende transparente Plastikspulen mit braunem Viertelzollband …

Sie schaute über die Auslage weg und sah eine Menge alter Hardware dicht an dicht auf Borden stehen, das meiste aus diesem schmierigen beigefarbenen Kunststoff. Warum hatten die Leute in den ersten zwanzig Computerjahren bloß alles in so was reingepackt? Alles Digitale aus jenem Jahrhundert war mit ziemlicher Sicherheit in diesem jämmerlichen Einheitsbeige gehalten, außer wenn es dramatischer aussehen sollte, so richtig ultramodern, dann nahmen sie Schwarz. Aber meistens war dieser alte Kram in namenlosen Schattierungen eines fast nicht vorhandenen, unbestimmbaren Farbtons gestaltet.

»Das Ding ist hinüber«, seufzte Tessa, die mit ihrem Sandwich fertig war und wieder mit dem Schraubenzieher an Gottes kleinem Spielzeug herumgeprokelt hatte. Jetzt hielt sie Chevette den Schraubenzieher hin. »Bring ihm den zurück, okay?«

»Wem?«

»Dem Sumo-Typen da drin.«

Chevette nahm das winzige Drehwerkzeug und betrat den Bad Sector.

Hinter dem Tresen stand ein junger Chinese, der aussah, als würde er locker hundert Kilo auf die Waage bringen. Er hatte auch den großen Kürbiskopf der Sumo-Typen, nur dass seiner erst kürzlich rasiert worden war. Unter der Unterlippe prangte ein DJ-Bärtchen. Er trug ein kurzärmeliges, bedrucktes Hemd, große tropische Blumen, und hatte einen konischen Stachel aus blauem Lucite im linken Ohrläppchen. Er stand vor einer Wand voller eselsohriger Poster, die für ausgestorbene Spieleplattformen warben.

»Das ist dein Schraubenzieher, stimmt's?«

»Hat sie's hingekriegt?« Er machte keine Anstalten, ihn zu nehmen.

»Glaub nicht«, sagte Chevette, »aber ich glaube, sie hat rausgekriegt, wo das Problem liegt.« Sie hörte ein leises, schnelles Klicken. Senkte den Blick und sah einen fünfzehn Zentimeter großen Roboter auf großen Comicfüßen flott über den Tresen marschieren. Er sah aus wie ein gepanzerter Krieger, segmentierte, glänzende weiße Schalen über blitzblanken Stahlarmaturen. Sie hatte die Dinger schon mal gesehen: Es waren vollständig ferngelenkte Peripheriegeräte, gesteuert von einem Programm, das fast den ganzen Speicherplatz eines normalen Notebooks belegen würde. Der Roboter blieb stehen, legte die Hände zusammen, vollführte eine perfekte Miniaturverbeugung, richtete sich wieder auf und streckte seine kleinen Greifhände nach dem Schraubenzieher aus. Sie überließ ihm das Werkzeug; die Zugkraft der kleinen Arme war irgendwie Furcht einflößend. Er legte sich den Schraubenzieher wie ein Miniaturgewehr über die Schulter und entbot ihr einen militärischen Gruß.

Sumo Boy wartete auf eine Reaktion von Chevette, aber vergeblich. Sie deutete auf die beigefarbene Hardware. »Wieso hat dieser alte Kram immer die gleiche Farbe?«

Seine Stirn legte sich in Falten. »Es gibt zwei Theorien. Eine lautet, dass es den Leuten half, sich mit radikal neuen Technologien am Arbeitsplatz wohler zu fühlen, die letztlich zur Veränderung oder zur Vernichtung dieses Arbeitsplatzes führen würden. Deswegen haben sich die Hersteller praktisch weltweit für eine Kunststofffarbe entschieden, die man meist bei billigen Kondomen findet.« Er grinste Chevette anzüglich an.

»Ja? Und die Zweite?«

»Dass die Leute, die das Zeug designt haben, unbewusst schreckliche Angst von ihrem eigenen Produkt hatten und – um nicht noch mehr Angst zu bekommen – dafür sorgten, dass es so langweilig wie nur irgend möglich aussah. Eben farblos, im wahrsten Sinne des Wortes. Kannst du mir folgen?«

Chevette ging mit dem Finger nahe an den Mikroboter heran; er wich der Berührung mit einer ulkigen kleinen Rück- und Seitwärtsbewegung aus. »Und wer steht auf diesen alten Kram? Sammler?«

»Sollte man meinen, was?«

»Also?«

»Programmierer.«

»Kapier ich nicht«, sagte Chevette.

»Denk mal nach«, sagte er und streckte die Hand aus, damit der kleine Boter ihm den Schraubenzieher reichen konnte, »als dieses Zeug neu war, als sie Software mit Millionen Zeilen schrieben, gingen sie stillschweigend davon aus, dass diese Software nach zwanzig Jahren komplett von einer besseren, ausgereifteren Version ersetzt werden würde.« Er nahm den Schraubenzieher und zeigte damit auf die Hardware auf den Borden. »Aber die Hersteller haben zu ihrer Überraschung festgestellt, dass es da so einen perversen, wiewohl machtvollen Widerstand dagegen gab, achtstellige Dollarsummen auszugeben, um vorhandene Software und erst recht Hardware durch neue zu ersetzen und obendrein noch womöglich Tausende von Angestellten daran auszubilden. Kannst du mir folgen?« Er hob den Schraubenzieher und visierte sie über seinen Schaft hinweg an.

»Klar«, sagte Chevette.

»Also, wenn du das Zeug brauchst, um neue Sachen zu machen oder um alte Sachen auf bessere Art und Weise zu machen, schreibst du dann von Grund auf neuen Kram oder flickst du den alten?«

»Ich flick den alten?«

»Du hast's erfasst. Man legt neue Routinen drüber. Die Maschinen sind immer schneller geworden, da war's dann egal, ob eine Routine dreihundert Schritte durchlief, obwohl sie eigentlich in dreien hätte ablaufen können. Passiert sowieso alles im Bruchteil einer Sekunde, also wen interessiert's?«

»Okay«, sagte Chevette, »und wen interessiert es?«

»Clevere Burschen«, sagte er und kratzte sich mit der Spitze des Schraubenziehers an seinem DJ-Bärtchen. »Die haben nämlich geschnallt, dass heutzutage nichts anderes läuft, als dass alte Software permanent mit

Überlagerungen verkrustet wird, bis irgendwann kein Programmierer mehr richtig durchblickt, wie eine bestimmte Lösung erreicht worden ist.«

»Ich versteh immer noch nicht, wieso dieses Zeug dabei hilfreich sein sollte.«

»Na ja«, sagte er, »im Grunde hast du Recht.« Er zwinkerte ihr zu. »Du hast's kapiert, Mädchen. Aber es ist nach wie vor Tatsache, dass es einige sehr kluge Leute gibt, die dieses Zeug gern um sich haben, vielleicht nur, um sich dran zu erinnern, woher das alles kommt und dass wir alle heutzutage eigentlich nur noch Reparaturen vornehmen. Nichts Neues unter der Sonne, weißt du?«

»Danke für den Schraubenzieher«, sagte Chevette. »Ich muss mich jetzt mit 'nem kleinen schwarzen Jungen treffen.«

»Wirklich? Weswegen?«

»Wegen 'nem Van«, sagte Chevette.

»Mädchen«, sagte er und zog die Augenbrauen hoch, »du bist echt deep.«

27 Zimmer mit Frühstück

Rydell sah, dass es hier auf der unteren Ebene dunkel war. Auf der schmalen, belebten Straße herrschte reger Betrieb, der grünliche Lichtschein irgendwo beschaffter Neonröhren schimmerte durch steil herabstoßende Bündel dieser transparenten Rohrleitungen, Handkarren rumpelten auf dem Weg zu ihren täglichen Standorten vorbei. Er stieg eine hallende Stahltreppe hinauf und gelangte durch ein unregelmäßiges, ins Straßenbett über ihm geschnittenes Loch auf die obere Ebene.

Dort fiel mehr Licht herein, wurde von Plastik zerstreut und vom über ihm hängenden Mikadoland gedämpft, Behausungen, die nichts als Schachteln mit Stegen dazwischen waren; nachdem sich der Wind gelegt hatte, waren wieder Segel aus nasser Wäsche gehisst worden.

Ein junges Mädchen mit braunen Augen, die so groß waren wie die in den alten japanischen Comics, verteilte gelbe Zettelchen, »ZIMMER MIT FRÜHSTÜCK«. Er studierte den Plan auf der Rückseite.

Mit dem Beutel über der Schulter und der GlobEx-Schachtel unterm Arm ging er los und stieß nach einer Viertelstunde auf etwas namens Ghetto Chef Beef Bowl, wie eine pinkfarbene Neonschrift verkündete. Er kannte den Namen von der Rückseite des gelben Flyers, auf dessen Plan er als Orientierungspunkt für die Suche nach der Pension diente.

Lange Schlange vor dem Ghetto Chef, die Fensterscheiben des Ladens beschlagen. Preise auf ein Stück Pappe geschrieben – mit Nagelpolitur, wie es schien.

Er war erst einmal hier draußen gewesen, nachts, und es hatte geregnet. Als er den Laden nun so sah, erinnerte er ihn an eine Touristenattraktion wie Nissan County oder Skywalker Park, für die man eine Eintrittskarte brauchte, und er fragte sich, wie man einen solchen Laden ohne Wachschutz betreiben konnte, wenn sich schon die Polizei so gut wie nie blicken ließ.

Ihm fiel wieder ein, was Chevette ihm erzählt hatte, dass die Brückenbewohner und die Polizei nämlich eine Absprache getroffen hatten: Die Brückenbewohner blieben zumeist auf der Brücke, und die Polizei hielt sich zumeist von ihr fern.

Sein Blick fiel auf ein Bündel der gelben Flyer, das an eine Sperrholztür in einer etwas zurückgesetzten Wand neben der Fassade des Ghetto Chef gepinnt war. Die Tür war nicht verschlossen; dahinter lag so etwas wie eine enge Diele mit Wänden aus straff auf ein Holzständerwerk getackerten weißen Plastikplanen. Jemand hatte offenbar mit einem dicken schwarzen Marker Wandbilder auf beide Wände gemalt, aber die Wände standen so dicht beisammen, dass man die Bilder gar nicht als Ganzes erkennen konnte. Sterne, Fische, durchgeixte Kreise … Er musste seinen Matchbeutel hinter sich und die GlobEx-Schachtel vor sich halten, um durch die Diele zu gehen, und als er am Ende ankam, bog er um eine Ecke und stand unvermittelt in einer fensterlosen, sehr kleinen Küche.

Die Wände, alle von unterschiedlich gemusterten Streifentapeten bedeckt, schienen zu vibrieren. Eine Frau, die in einem Topf auf einem kleinen Propangaskocher rührte. Nicht sehr alt, aber ihr mittelgescheiteltes Haar war grau. Die gleichen großen Augen wie das Mädchen, nur dass ihre grau waren.

»Zimmer mit Frühstück?«, fragte er sie.

»Haben Sie reserviert?« Sie trug ein Männersakko aus

Tweed mit durchgescheuerten Ellbogen über einer Jeansjacke und einem kragenlosen Baseball-Shirt aus Flanell. Kein Make-up. Vom Wind gerötete Haut. Große Adlernase.

»Hätte ich das tun müssen?«

»Die Zimmervermittlung läuft über eine Agentur in der Stadt«, sagte die Frau und zog den Holzlöffel aus dem, was dort gerade zu kochen begann.

»Ich hab das hier von einem Mädchen gekriegt.« Rydell zeigte ihr den Flyer, den er noch in der Hand hielt und an seinen Beutel drückte.

»Heißt das, sie verteilt die Dinger tatsächlich?«

»Mir hat sie einen gegeben«, sagte er.

»Haben Sie Geld?«

»Einen Kreditchip.«

»Irgendwelche ansteckenden Krankheiten?«

»Nein.«

»Nehmen Sie Drogen?«

»Nein.«

»Handeln Sie mit Drogen?«

»Nein.«

»Rauchen Sie? Zigaretten, Pfeife?«

»Nein.«

»Sind Sie gewalttätig?«

Rydell zögerte. »Nein.«

»Noch wichtiger: Haben Sie den Herrn Jesus Christus als Ihren persönlichen Erlöser akzeptiert?«

»Nein«, sagte Rydell, »hab ich nicht.«

»Gut so.« Sie drehte die Propangasflamme herunter. »Das kann ich nämlich nicht ertragen. Bin von denen erzogen worden.«

»Was ist nun«, sagte Rydell, »brauch ich nun eine Reservierung, um hier bleiben zu können, oder nicht?« Er schaute sich in der Küche um und fragte sich, wo »hier« sein mochte; sie maß ungefähr zwei mal zwei Meter, und die Tür, in der er stand, war der einzige sichtbare Zugang. Die vom heißen Wasserdampf leicht gewellte

Tapete verlieh dem Raum das Aussehen einer Amateurtheaterkulisse oder eines Konstrukts für Kinder in einem behelfsmäßigen Kindertagesheim.

»Nein«, sagte sie. »Brauchen Sie nicht. Sie haben ja den Handzettel.«

»Sie haben also was frei?«

»Natürlich.« Sie nahm den Topf vom Kocher, stellte ihn auf einen runden Metalluntersetzer auf dem kleinen, weiß lackierten Tisch und deckte ihn mit einem sauber wirkenden Geschirrhandtuch ab. »Gehen Sie wieder zurück zum Ausgang. Na los. Ich komme nach.«

Er gehorchte und wartete in der offenen Tür, bis sie bei ihm war. Er sah, dass die Schlange vor dem Ghetto Chef eher noch länger geworden war.

»Nein«, sagte sie hinter ihm, »da rauf.« Er drehte sich um und sah, wie sie an einem orangefarbenen Nylonseil zog und eine Aluminiumleiter mit Ausgleichsgewicht herunterholte. »Klettern Sie schon mal rauf«, sagte sie. »Das Gepäck schick ich Ihnen nach.«

Rydell stellte seinen Matchbeutel und die GlobEx-Schachtel ab und setzte einen Fuß auf die Leiter.

»Na los«, sagte sie.

Rydell stieg die Leiter hoch und entdeckte einen unglaublich kleinen Raum. Keine Frage, hier sollte er schlafen.

Sein erster Gedanke war, dass jemand beschlossen hatte, so ein japanisches Sarghotel zu bauen, und zwar aus den Zuschneideresten des billigsten Baumarktmaterials. Die Wände bestanden aus einer hellen Holzimitat-Verschalung, die schlechte Imitate irgendeines anderen Produkts imitierte, das wahrscheinlich ein mittlerweile vergessenes Original imitiert hatte. Das winzige, rechteckige Stück Fußboden vor ihm, der einzige Teil des Raumes, der nicht von dem von Wand zu Wand reichenden Bett eingenommen wurde, war mit einer Art Ultraniedrigflorzeug zweiter Wahl in einem seltsamen Blassgrün mit orangefarbenen Klecksen ausgelegt. Vom anderen Ende fiel Tageslicht durch etwas herein, was vermutlich das Kopfende des Bettes war, aber er hätte sich hinknien müssen, um herauszufinden, wie das sein konnte.

»Wollen Sie's nehmen?«, rief die Frau herauf.

»Na klar«, sagte Rydell.

»Dann ziehen Sie Ihr Gepäck rauf.«

Er schaute sich um und sah, wie sie seinen Matchbeutel und die GlobEx-Schachtel in einen rostigen Drahtkorb lud, den sie an die Leiter gehängt hatte.

»Frühstück um neun, aber pünktlich«, sagte sie, ohne nach oben zu schauen, und dann war sie weg.

Rydell zog die Leiter samt Gepäck am orangefarbenen Seil hoch. Als er seine Sachen herausholte, blieb die Leiter oben, festgehalten von ihrem verborgenen Ausgleichsgewicht.

Er ließ sich auf Hände und Knie nieder und kroch in sein Zimmer, über die Schaumstoffmatratze, die mit einer Mikropelzdecke mit Schaumstoffkern bezogen war, zu einer annähernd halbkugelförmigen Plastikkuppel mit vielen Scheiben, die wahrscheinlich aus einem Flugzeug stammte und mit Epoxydharz in die Außenwand eingeklebt worden war. Außen schien sie mit einer dicken Salzschicht überzogen zu sein; eine Kruste aus getrockneter Gischt. Sie ließ Licht herein, aber nur eine konturlose graue Helligkeit. Anscheinend musste man mit dem Kopf in dem Ding schlafen. War ihm recht. Es roch komisch, aber nicht schlecht. Er hätte sie fragen sollen, was sie verlangte, aber das konnte er später noch tun.

Er setzte sich ans Fußende des Bettes und zog sich die Schuhe aus. Seine beiden schwarzen Socken hatten vorne Löcher. Er musste sich neue kaufen.

Er holte die Brille aus seiner Jacke, setzte sie auf und rief per Schnellwahl Laney an. Er hörte irgendwo in Tokio ein Telefon klingeln und stellte sich das Zimmer vor, in dem es stand, ein teures Hotel, oder vielleicht klingelte es auch auf einem Schreibtisch, der so groß war wie der von Tong, aber real. Laney meldete sich nach dem neunten Klingeln.

»Bad Sector«, sagte Laney.

»Was?«

»Das Kabel. Die haben es.«

»Was für 'n Kabel?«

»Das Sie für den Projektor brauchen.«

Rydell sah die GlobEx-Schachtel an. »Für welchen Projektor?«

»Den Sie heute bei GlobEx abgeholt haben.«

»Nun mal langsam«, sagte Rydell, »woher wissen Sie das?« Pause. »Das ist mein *Job,* Rydell.«

»Hören Sie«, sagte Rydell, »es hat Ärger gegeben, eine Schlägerei. Nicht ich, jemand anders, aber ich war dabei und bin in die Sache verwickelt. Die werden die Aufzeichnungen der GlobEx-Security checken, und dann wissen die, dass ich für Sie unterschrieben habe, und außerdem haben sie Aufnahmen von mir.«

»Haben sie nicht«, sagte Laney.

»Na klar doch«, protestierte Rydell, »ich war schließlich da.«

»Nein«, sagte Laney, »sie haben Aufnahmen von *mir.*«

»Wovon reden Sie, Laney?«

»Von der unbegrenzten Formbarkeit des Digitalen.«

»Aber ich habe unterschrieben. Mit meinem Namen, nicht mit Ihrem.«

»Auf einem Bildschirm, richtig?«

»Oh!« Rydell dachte darüber nach. »Wer kommt bei GlobEx rein und kann dieses Zeug ändern?«

»Ich nicht«, sagte Laney. »Aber ich kann erkennen, dass es geändert worden ist.«

»Und wer hat das getan?«

»Das ist momentan eine akademische Frage.«

»Was soll das heißen?«, erkundigte sich Rydell.

»Das heißt, fragen Sie nicht. Wo sind Sie?«

»In einer Pension auf der Brücke. Ihr Husten klingt besser.«

»Dieses blaue Zeug«, sagte Laney. Rydell hatte keine Ahnung, wovon er sprach. »Wo ist der Projektor?«

»Das Thermoskannending? Hier bei mir.«

»Tragen Sie ihn nicht mit sich rum. Suchen Sie einen Laden namens Bad Sector und sagen Sie denen, Sie brauchen das Kabel.«

»Was für ein Kabel?«

»Die erwarten Sie schon«, sagte Laney und legte auf.

Rydell saß am Fußende des Bettes, die Sonnenbrille auf der Nase, und war stocksauer auf Laney. Er hatte gute Lust, die Brocken hinzuschmeißen und sich einen Job in dem Parkhaus zu suchen. Da konnte er rumsitzen und sich die Tiere im Zentrum von Detroit ansehen.

Dann holte ihn seine Arbeitsmoral ein. Er nahm die Brille ab, verstaute sie in seiner Jacke und schlüpfte wieder in die Schuhe.

28 *Folsom Street*

Das untere Ende der Folsom im Regen, lauter rußverschmierte Wohnwagen, krüppelige Wohnmobile und kaputte Vehikel jeder Art und Beschreibung, vorausgesetzt, dass dazu auch »alt« gehörte; Kisten, die, wenn überhaupt, mit Benzin fuhren.

»Sieh dir das an«, sagte Tessa, als sie den Van vorsichtig an einem alten »Hummer« vorbeimanövrierte, einem ehemaligen Militärfahrzeug, das über und über mit Mikromüll beklebt war; zahllose winzige Fragmente aus der Welt industriegefertigter Produkte glitzerten regennass in Tessas Scheinwerferlicht.

»Ich glaub, da ist ein Platz«, sagte Chevette, die durch den Schmierflim der Scheibenwischer spähte. Tessas Van hatte Malibu-Scheibenwischer, alte Dinger, die schon eine ganze Weile nicht mehr nass gewesen waren. Sie hatten den letzten Block am Embarcadero entlangkriechen müssen, als es richtig zu regnen begonnen hatte.

Jetzt trommelte der Regen stetig auf das flache Stahldach des Vans, aber Chevettes Gespür für das Wetter in San Francisco sagte ihr, dass er nicht allzu lange anhalten würde.

Der kleine Schwarze mit den Dreads hatte sich seinen Fünfziger verdient. Sie hatten ihn am Randstein gefunden, wo er wie eine groteske kleine Steinfigur kauerte, mit einem Gesicht, das die Frage aufwarf, ob er jemals so alt werden würde, wie er jetzt schon aussah, und russische Zigaretten aus einer rotweißen Packung rauchte, die er im aufgekrempelten Ärmel eines alten, drei Nummern zu großen Army-Shirts aufbewahrte. Der Van hatte noch alle Räder, und die Reifen waren heil.

»Was glaubst du, was er damit gemeint hat«, sagte Tessa, während sie den Van zwischen einen moosfleckigen Schulbus – ein echtes Museumsstück – und einen aus dem Leim gehenden Katamaran auf einem Anhänger lenkte, dessen Reifen beinahe vollständig weggerottet waren, »jemand würde dich suchen?«

»Keine Ahnung«, sagte Chevette. Sie hatte ihn gefragt, wer, aber er hatte nur die Achseln gezuckt und sich getrollt. Vorher hatte er nichts unversucht gelassen, Tessa Gottes kleines Spielzeug abzuluchsen. »Vielleicht hätte er's mir erzählt, wenn du ihm den Kameraträger gegeben hättest.«

»Keine Chance«, sagte Tessa und stellte den Motor ab. »So 'n Ding kostet die Hälfte meiner Miete in Malibu.«

Chevette sah durch kleine, schlitzartige Fenster, dass in der winzigen Kabine des Bootes Licht brannte und dass sich jemand darin bewegte. Sie fing an, das Fenster auf ihrer Seite runterzukurbeln, aber da es nach zwei Umdrehungen klemmte, machte sie stattdessen die Tür auf.

»Das ist Buddys Platz«, sagte ein Mädchen, das sich in der Luke des Katamarans aufrichtete, die Stimme erhoben, um den Regen zu übertönen, heiser und ein bisschen ängstlich. Sie stand geduckt unter einem alten Poncho oder einem Stück Persenning, und Chevette konnte ihr Gesicht nicht erkennen.

»'tschuldigung«, sagte Chevette, »aber wir brauchen 'nen Platz für die Nacht, oder zumindest bis es aufhört zu regnen.«

»Da steht Buddy.«

»Weißt du, wann er zurückkommt?«

»Warum?«

»Morgen Früh sind wir wieder weg«, erklärte Chevette. »Wir sind nur zwei Frauen. Geht das für dich in Ordnung?«

Das Mädchen hob die Persenning ein Stück an, und Chevette erhaschte einen Blick auf ihre Augen. »Ihr seid nur zu zweit?«

»Lass uns hier bleiben«, bat Chevette, »dann brauchst du dir keine Gedanken mehr drüber zu machen, wer sonst kommen könnte.«

»Na schön«, sagte das Mädchen. Und war fort, wieder abgetaucht. Chevette hörte, wie der Lukendeckel zugezogen wurde.

»Das Scheißding ist undicht«, sagte Tessa, die das Dach des Vans mit einer kleinen schwarzen Taschenlampe untersuchte.

»Ich glaub nicht, dass es noch lange regnet«, meinte Chevette.

»Können wir denn hier stehen bleiben?«

»Bis Buddy zurückkommt.«

Tessa richtete den Lichtkegel wieder in den hinteren Teil des Vans. Dort bildete sich bereits eine Pfütze.

»Ich hol die Matten und die Schlafsäcke nach vorn«, sagte Chevette. »Dann bleiben sie jedenfalls fürs Erste trocken.«

Sie kletterte zwischen den Sitzen hindurch nach hinten.

29 Vicious Cycle

Rydell fand einen Plan der Brücke in seiner Sonnenbrille, einen Shopping- und Restaurantführer für Touristen. Er war auf Portugiesisch, aber man konnte zu einer englischen Version umschalten.

Dafür brauchte er eine Weile; ein falscher Druck auf dem Wipptastenfeld, und er landete wieder bei der U-Bahn von Rio, aber schließlich gelang es ihm, den Brückenplan aufzurufen. Keine GPS-Karte, nur Zeichnungen beider Ebenen nebeneinander, und nichts verriet ihm, wie aktuell er war.

Seine Pension war nicht verzeichnet, wohl aber das Ghetto Chef Beef Bowl (dreieinhalb Sterne), und der Bad Sector auch.

Die Raute, die erschien, als er auf den Bad Sector klickte, beschrieb den Laden als Quelle für »Retro-Hard- und -Software, mit einem frappierenden Faible fürs 20. Jahrhundert«. Was der letzte Teil heißen sollte, wusste er nicht genau, aber er sah zumindest, wo der Laden war: untere Ebene, nicht weit von der Bar, in die er mit Creedmore und dem Gitarristen gegangen war.

Hinter der dreifach imitierten Wandverschalung befand sich ein Schränkchen, in dem er Sachen verstauen konnte; er stellte seinen Matchbeutel und die GlobEx-Schachtel mit dem Thermoskannending hinein. Das Schnappmesser legte er nach einiger Überlegung unter die Schaumstoffmatratze. Er erwog, es in die Bucht zu werfen, aber er wusste nicht genau, wo man hier draußen eine dafür geeignete Stelle finden konnte. Er wollte es nicht mit sich herumtragen, und überhaupt konnte er es ja auch später noch wegwerfen.

Es regnete, als er neben dem Ghetto Chef Beef Bowl herauskam; damals, als er zum ersten Mal auf der Brücke gewesen war, hatte es auch geregnet. Dabei passierte Folgendes: Der Regen fiel auf das wüste Gewirr schäbiger Bretterbuden, das die Leute oben errichtet hatten, und kam kurz darauf durch das ganze Sammelsurium herunter – mancherorts in dicken Schwällen, als würde jemand Badewannen ausleeren. Es gab hier keine richtige Dränage, weil man alles auf die denkbar willkürlichste Art und Weise gebaut hatte, sodass die obere Ebene zwar geschützt, aber alles andere als trocken war.

Das schien die Schlange vor dem Ghetto Chef gelichtet zu haben, sodass er kurz erwog, einen Happen zu essen, aber dann dachte er daran, dass Laney ihm einen Vorschuss gezahlt hatte und wollte, dass er unverzüglich zu diesem Bad Sector ging und das Kabel holte. Also machte er sich gleich auf den Weg und stieg zur unteren Ebene hinab.

Der Regen hatte dafür gesorgt, dass sich das Geschehen hier unten konzentrierte, weil es dort relativ trocken war. Es kam ihm vor, als würde er sich in der Rushhour durch einen sehr langen, von Hobbybastlern zusammengestoppelten U-Bahn-Wagen schieben, nur dass über die Hälfte der Leute dasselbe taten, und zwar in beide Richtungen, während die anderen dastanden, den Weg versperrten und sich alle Mühe gaben, einem irgendwas anzudrehen. Rydell holte die Brieftasche aus seiner rechten Gesäßtasche und steckte sie in die Hosentasche rechts vorne.

Menschenmengen machten Rydell nervös. Beziehungsweise nicht sosehr Menschenmengen an sich als vielmehr Gedränge. Alles zu eng, zu viele Leute, die einem zu dicht auf die Pelle rückten. (Irgendwer streifte seine Gesäßtasche und tastete nach der Brieftasche, die nicht mehr dort war.) Jemand streckte ihm diese langen, dünnen mexikanischen Dinger aus gebratenem Teig entgegen, wiederholte einen Preis auf Spanisch. Er merkte, wie sich seine Schultern allmählich verkrampften.

Der Geruch hier unten ging ihm zunehmend auf die Nerven: Schweiß und Parfüm, nasse Sachen, gebratenes Essen. Er wünschte, er säße im Ghetto Chef Beef Bowl und könnte herausfinden, wofür der Laden seine dreieinhalb Sterne hatte.

Er kam zu der Ansicht, dass er das nicht mehr lange ertragen würde, und hielt über die Köpfe der Menge hinweg Ausschau nach einer weiteren Treppe zur oberen Ebene. Dann doch lieber nass werden.

Aber mit einem Mal öffnete sich die untere Ebene zu einem breiteren Bereich, die Menge strudelte nach beiden Seiten davon, hin zu Imbissbuden, Cafés und Geschäften, und da war der Bad Sector, direkt vor ihm, mit einem Anstrich, der für ihn wie altmodische Heizkessel-Alulackfarbe aussah.

Er ließ die Schultern kreisen, um die vom Gedränge hervorgerufenen Verspannungen zu lösen. Er schwitzte; sein Herz raste. Er zwang sich, ein paarmal tief durchzuatmen, um sich zu beruhigen. Was immer er hier für Laney erledigen sollte, er wollte es richtig machen. Wenn man mit den Nerven dermaßen zu Fuß war, wusste man nie, was passieren konnte. Ganz ruhig. Nur nicht die Beherrschung verlieren.

Er verlor sie beinahe sofort.

Hinter dem Tresen stand ein sehr korpulenter, beinahe kahl rasierter junger Chinese mit einem dieser Lippenbärtchen, die Rydell nicht ausstehen konnte. Wirklich ein *sehr* korpulenter Junge, mit dieser eigenartig glatt wirkenden Körpermasse, die darauf hindeutete, dass eine Menge Muskeln sein Gewicht trugen. Hawaiihemd mit großen malven- und pinkfarbenen Orchideen drauf. Antike Ray-Ban-Fliegerbrille mit Goldrahmen und selbstgefälliges Grinsen. Eigentlich lag es an diesem Grinsen.

»Ich brauche ein Kabel«, sagte Rydell. Seine Stimme klang atemlos, und irgendwie gefiel es ihm nicht, dass sie so klang, und das gab den endgültigen Ausschlag.

»Ich weiß, was Sie brauchen«, sagte der Junge und sorgte dafür, dass Rydell die Langeweile in seiner Stimme hörte.

»Dann weißt du auch, *was* für ein Kabel ich brauche, ja?« Rydell war jetzt näher am Tresen. Gammelige Poster waren dahinter angepinnt, Werbeplakate für Sachen mit Namen wie Heavy Gear II und T'ai Fu.

»Sie brauchen zwei.« Das Grinsen war jetzt verschwunden; der Junge tat sein Bestes, den harten Burschen zu mimen. »Eins ist das Stromkabel, mit eingebautem Transformator. Das stecken Sie in irgendeine Stromquelle oder Wandsteckdose. Glauben Sie, das kriegen Sie hin?«

»Schon möglich«, sagte Rydell, trat ganz dicht an den Tresen heran und stellte die Füße fest auf den Boden, »aber erzähl mir was über das andere. Zum Beispiel, was genau verbindet es womit?«

»Dafür werd ich nicht bezahlt.«

Auf dem Tresen lag ein dünnes schwarzes Werkzeug. Eine Art Spezialschraubenzieher. »Nein«, sagte Rydell, nahm den Schraubenzieher in die Hand und prüfte seine Spitze, »aber du sagst es mir trotzdem.« Er packte den Jungen mit der anderen Hand am linken Ohr, ließ den Stiel des Schraubenziehers drei Zentimeter weit zwischen Daumen und Zeigefinger hervorstehen und steckte ihn dem Jungen ins rechte Nasenloch. Es war leicht, ihn am Ohr festzuhalten, weil er irgend so einen dicken Plastikstachel drin hatte.

»Hnn«, machte der Junge.

»Hast du Probleme mit den Nebenhöhlen?«

»Nein.«

»Könnte aber leicht sein.« Er ließ das Ohr los. Der

Junge stand sehr still. »Du wirst dich doch nicht bewegen, oder?«

»Nein …«

Rydell nahm ihm die Ray-Ban ab und warf sie über die rechte Schulter. »Ich hab's langsam satt, dass mich Leute angrinsen, weil sie irgend 'nen Scheiß wissen, ich aber nicht. Kapiert?«

»Ja, okay.«

»Okay was?«

»Einfach … okay?«

»Okay ist: Wo sind die Kabel?«

»Unterm Tresen.«

»Okay ist: Wo kommen sie her?«

»Das Stromkabel ist ganz normal, aber Laborqualität: Transformator, Strom-Scrubber. Über das andere weiß ich nichts.«

Rydell bewegte das Werkzeug ein paar Millimeter, und der Junge riss die Augen auf. »Nicht okay«, mahnte Rydell.

»Ich hab keine Ahnung! Ich weiß nur, dass wir's in Fresno speziell anfertigen lassen mussten. Ich arbeite hier bloß. Niemand sagt mir, wer wofür bezahlt.« Er holte tief und zittrig Luft. »Sonst würde nämlich jemand wie Sie reinkommen und mich zwingen, damit rauszurücken, nicht?«

»Genau«, sagte Rydell, »und das heißt, es kann gut sein, dass Leute hier reinkommen und dich *füttern*, damit du ihnen Sachen erzählst, *die du gar nicht weißt …*«

»Schauen Sie in meine Hemdtasche«, sagte der Junge vorsichtig. »Da ist eine Adresse drin. Gehen Sie dahin, reden Sie mit irgendwem, vielleicht sagen die's Ihnen.«

Rydell tätschelte die Tasche sanft von vorne, um sich zu vergewissern, dass keine benutzten Spritzen oder andere Überraschungen drin waren. Das massive Muskelpolster hinter der Tasche gab ihm zu denken. Er steckte zwei Finger hinein und brachte ein Stück Pappe zum Vorschein, das von etwas Größerem abgerissen worden war. Rydell sah die Adresse einer Website. »Die Kabelleute?«

»Keine Ahnung. Aber ich weiß nicht, warum ich sie Ihnen sonst geben soll.«

»Ist das alles, was du weißt?«

»Ja.«

»Rühr dich nicht«, sagte Rydell. Er nahm das Werkzeug aus dem Nasenloch des Jungen. »Kabel unterm Tresen?«

»Ja.«

»Ich glaub nicht, dass ich's gut fände, wenn du da hingreifen würdest.«

»Warten Sie«, sagte der Junge und hob die Hände. »Ich muss Ihnen was sagen: Da ist 'n Boter drunter. Der hat Ihre Kabel. Er will sie Ihnen bloß geben, aber ich möchte nicht, dass Sie auf falsche Gedanken kommen.«

»Ein Boter?«

»Alles okay!«

Rydell beobachtete, wie eine kleine, hochglanzpolierte Stahlklaue erschien, die starke Ähnlichkeit mit einer alten vielfingrigen Zuckerzange seiner Mutter hatte. Sie umklammerte den Rand des Tresens. Dann machte das Ding einen einhändigen Klimmzug, und Rydell sah den Kopf. Der Boter bekam ein Bein nach oben und erklomm den Tresen, wobei er zwei verschweißte Plastikhüllen hinter sich herzog. Der Kopf war unverhältnismäßig klein und hatte eine flügelförmige Verlängerung oder Antenne, die an einer Seite nach oben ragte. Es war eine Figur in jenem traditionellen japanischen Stil, der den Eindruck erweckte, als hätte man einen mageren, kleinen, glänzenden Roboter, dessen Unterarme und Knöchel dicker waren als seine Oberarme und Oberschenkel, in eine viel zu große weiße Rüstung gesteckt. Sie trug die transparenten Hüllen mit jeweils einem sorgfältig zusammengelegten Kabel darin über den Tresen, legte sie hin und trat zurück.

Rydell nahm die Kabel, steckte sie in die Tasche seiner khakibraunen Hose und trat ebenfalls zurück, wobei er den Roboter recht gut imitierte.

Die Ray-Ban des Jungen tauchte am Rand seines Sichtfelds auf, und er sah, dass sie nicht kaputt gegangen war.

Als er in der Tür stand, warf er dem Jungen den schwarzen Schraubenzieher zu, aber der griff daneben. Der Schraubenzieher prallte gegen das Heavy-Gear-II-Poster und fiel hinter dem Tresen herunter.

Rydell entdeckte eine Kombination aus Waschsalon und Café; der Laden nannte sich Vicious Cycle und verfügte über ein Hotdesk, das sich hinter einem schwarzen Plastikvorhang im rückwärtigen Teil befand. Der Vorhang deutete in seinen Augen darauf hin, dass die Leute das Hotdesk benutzten, um auf Porno-Sites zu gehen, aber warum man das ausgerechnet in einem Waschsalon tun sollte, ging über seinen Horizont.

Er war jedenfalls froh über den Vorhang, denn er fand es ziemlich unangenehm, beim Gespräch mit Leuten, die nicht da waren, beobachtet zu werden, und vermied es deshalb im Allgemeinen, an öffentlichen Orten auf Websites zu gehen. Warum es ihn beim Telefonieren – also Audio – nicht ebenso störte, wusste er nicht. Es war einfach so. Wenn man telefonierte, sah man nicht aus, als würde man mit Leuten sprechen, die nicht da waren, obwohl man es ja tat. Man sprach mit dem Telefon. Obwohl, wo er jetzt darüber nachdachte: Mit dem Telefon im Bügel der brasilianischen Brille würde es auch so aussehen.

Deshalb zog er den Vorhang zu und blieb dort stehen. Im Hintergrund rumpelten die Trockner, ein Geräusch, das er schon immer irgendwie beruhigend gefunden hatte. Die Brille war bereits ans Hotdesk angeschlossen. Er setzte sie auf und gab übers Wipptastenfeld die Adresse ein.

Ein kurzer und wahrscheinlich rein symbolischer Flug durch eine Art Neonregen mit starker Dominanz von Pink- und Grüntönen, dann war er dort.

Sein Blick fiel in denselben leeren Raum, den er in Tongs Korridor gesehen hatte: eine Art staubdurchwehter, düsterer Hof, der von oben durch ein merkwürdiges, trübes Licht erhellt wurde.

Diesmal konnte er jedoch nach oben schauen. Er schien auf dem Boden eines riesigen, leeren Luftschachts zu stehen, der sich wie eine Schlucht zwischen Wänden aus einem Dunkel von eigentümlicher Beschaffenheit erhob.

Hoch oben ließ ein Dachfenster, das vermutlich die Ausmaße eines großen Swimmingpools hatte, schmieriges Sonnenlicht durch jahrzehntelange Rußablagerungen und etwas anderes herein, was er auf diese Entfernung für Haufen aus festerem Material hielt. Schwarze Eisenstreben formten längliche Rechtecke, offenbar Scheiben aus archaischem Sicherheitsdrahtglas, von denen einige wie von Schüssen durchlöchert waren.

Als er den Kopf wieder senkte, waren sie da. Zwei Personen, die auf seltsamen, chinesisch wirkenden Stühlen saßen, die vorher nicht da gewesen waren.

Einer von ihnen war ein dünner, blasser Mann in einem dunklen Anzug, der sich keiner bestimmten Zeit zuordnen ließ. Seine Lippen waren affektiert gespitzt. Er trug eine Brille mit schwerem, rechteckigem schwarzem Plastikgestell und einen Fedora, wie ihn Rydell nur aus alten Filmen kannte. Der Hut saß genau waagrecht auf seinem Kopf, vielleicht zwei, drei Zentimeter über dem schwarzen Brillengestell. Er hatte die Beine übereinander geschlagen, und Rydell sah, dass er schwarze Halbschuhe mit Flügelkappenmuster trug. Er hatte die Hände im Schoß gefaltet.

Der andere präsentierte sich in viel abstrakterer Form: eine nur andeutungsweise menschliche Gestalt;

die Stelle, wo der Kopf hätte sein sollen, war von einem Hof aus einer zyklischen und nicht enden wollenden Explosion von Blut und Gewebe umgeben, als wäre das Opfer eines Heckenschützen im Augenblick des Kugeleinschlags aufgezeichnet und auf eine Endlosschleife gelegt worden. Der Halo aus Blut und Hirn flimmerte und erreichte nie so ganz einen stabilen Zustand. Darunter ein offener Mund, weiße Zähne, entblößt in einem ewigen stummen Schrei. Der Rest – außer den Händen, die sich wie in Todesqual um die glänzenden Armlehnen des Stuhls klammerten – schien sich beständig in einem schrecklichen, heißen Wind aufzulösen. Rydell dachte an Schwarzweißbilder vom Bodennullpunkt, an einen atomaren Hurrikan in Zeitlupe.

»Mr. Rydell«, sagte der mit dem Hut, »danke, dass Sie gekommen sind. Sie können mich Klaus nennen. Das hier« – eine Geste mit einer blassen, papierenen Hand, die sofort wieder in seinen Schoß zurückkehrte – »ist der Hahn.«

Der namens »Hahn« bewegte sich überhaupt nicht, wenn er sprach, aber der offene Mund wurde in raschem Wechsel scharf und wieder unscharf. Seine Stimme war entweder die Soundcollage von Tong oder eine ganz ähnliche. »Hören Sie mir zu, Rydell. Sie sind jetzt verantwortlich für etwas von höchster Bedeutung, von größtmöglichem Wert. Wo ist es?«

»Ich weiß nicht, wer ihr seid«, erwiderte Rydell. »Ich sage euch überhaupt nichts.«

Keiner der beiden reagierte, dann hustete Klaus trocken. »Die einzige richtige Antwort. Es wäre klug von Ihnen, wenn Sie diese Position beibehielten. In der Tat, Sie haben keine Ahnung, wer wir sind, und falls wir Ihnen später noch einmal erscheinen sollten, könnten Sie nicht wissen, ob wir wirklich wir waren.«

»Warum soll ich euch dann zuhören?«

»In Ihrer Situation«, sagte der Hahn, und seine Stimme schien in diesem Moment hauptsächlich aus dem

Geräusch von splitterndem Glas zu bestehen, das durch Modulation eine gewisse Ähnlichkeit mit einer menschlichen Stimme bekam, »wären Sie gut beraten, wenn Sie jedem zuhören würden, der mit Ihnen sprechen möchte.«

»Aber ob Sie auch glauben, was man Ihnen erzählt, ist eine andere Sache«, ergänzte Klaus, zupfte penibel seine Manschetten zurecht und faltete wieder die Hände.

»Ihr seid Hacker«, sagte Rydell.

»Eigentlich könnte man uns eher als Botschafter bezeichnen«, erwiderte Klaus. »Wir vertreten« – »ein anderes Land.«

»Das heißt«, sagte der sich permanent auflösende Hahn, »natürlich nicht in einem überholten, rein geopolitischen Sinn …«

»Hacker«, unterbrach Klaus, »hat gewisse kriminelle Konnotationen …«

»Die wir nicht akzeptieren«, fiel ihm der Hahn ins Wort, »da wir schon längst eine autonome Realität errichtet haben, in der …«

»Sei still«, sagte Klaus, und Rydell hatte keinen Zweifel, wer von beiden die größere Autorität besaß. »Mr. Rydell, Ihr Arbeitgeber, Mr. Laney, ist – in Ermangelung eines besseren Begriffs – zu unserem Verbündeten geworden. Er hat unsere Aufmerksamkeit auf eine gewisse Situation gelenkt, und es ist für uns eindeutig von Vorteil, ihm zu helfen.«

»Was für eine Situation ist das?«

»Das ist schwer zu erklären«, sagte Klaus. Er räusperte sich. »Wenn nicht gar unmöglich. Mr. Laney verfügt über ein ganz eigentümliches Talent, das er uns auf sehr zufrieden stellende Weise demonstriert hat. Wir sind hier, um Ihnen zu versichern, Mr. Rydell, dass die Ressourcen der Ummauerten Stadt Ihnen in der kommenden Krise zur Verfügung stehen.«

»Welche Stadt«, fragte Rydell, »welche Krise?«

»Der Knotenpunkt«, sagte der Hahn. Seine Stimme klang wie Wassergeplätscher in den Tiefen einer unsichtbaren Zisterne.

»Mr. Rydell«, sagte Klaus, »Sie müssen den Projektor ständig bei sich tragen. Wir raten Ihnen, ihn so bald wie möglich zu benutzen. Machen Sie sich mit ihr vertraut.«

»Mit wem?«

»Wir machen uns Sorgen«, fuhr Klaus fort, »dass Mr. Laney aus Gesundheitsgründen ausfallen könnte. Wir haben einige unter uns, die ebenfalls über sein Talent verfügen, aber nicht in einem solch enormen Ausmaß. Sollte uns Laney verloren gehen, Mr. Rydell, so fürchten wir, dass wenig getan werden kann.«

»Himmelherrgott«, sagte Rydell, »glaubt ihr, ich wüsste, wovon ihr redet?«

»Ich bin nicht absichtlich gnomisch, Mr. Rydell, das versichere ich Ihnen. Wir haben jetzt keine Zeit für Erklärungen, und für manche Dinge *gibt* es womöglich gar keine Erklärungen. Denken Sie einfach daran, was wir Ihnen erzählt haben, und dass wir hier, unter dieser Adresse, für Sie da sind. Und jetzt müssen Sie sofort dorthin zurückkehren, wo Sie den Projektor gelassen haben.«

Und weg waren sie, und der schwarze Hof mit ihnen, zusammengeschnurrt zu einer Kugel aus pinkfarbenem und grünem fraktalem Neon, die Nachbilder auf Rydells Netzhäuten hinterließ, während sie im Dunkeln hinter der brasilianischen Sonnenbrille schrumpfte und verschwand.

30 Ersatzprösslinge

Fontaine hatte den größten Teil des Nachmittags am Telefon gehangen und versucht, Clarisses gruselige japanische Baby-Puppen an Fachhändler loszuschlagen, aber je weiter er auf seiner Liste vordrang, desto geringer wurde die Aussicht auf Erfolg.

Er wusste, dass das nicht gerade die richtige Methode war, um den höchstmöglichen Gewinn zu erzielen, aber Puppen waren nun mal nicht sein Spezialgebiet; außerdem brachten sie ihn auf den Horror, diese Another-One-Kopien.

Fachhändler wollten vor allem niedrige Großhandelspreise, damit sie den Sammlern einen satten Batzen draufschlagen konnten. Für einen Sammler, dachte sich Fontaine, waren Fachhändler zunächst mal eine natürliche Form der Information, dass man zu viel Geld hatte. Aber es bestand immer die Chance, dass er einen auftat, der jemanden kannte, einen bestimmten Käufer, an den er sich wenden konnte. Darauf hatte Fontaine gehofft, als er sich ans Telefon setzte.

Doch nun hatte er bereits acht Anrufe hinter sich und musste mit diesem Elliot in Biscayne Bay, Florida, sprechen, obwohl er wusste, dass der schon mal wegen irgendeiner Sache mit geschmuggelten Barbies unter elektronischen Hausarrest gestellt worden war. Das war ein Verstoß gegen Bundesgesetze, und Fontaine machte normalerweise einen Bogen um solche Leute, aber Elliot schien wirklich einen Käufer an der Hand zu haben. Obschon er, wie natürlich nicht anders zu erwarten, damit hinterm Berg hielt.

»Zustand«, sagte Elliot. »Die drei entscheidenden Punkte sind hier Zustand, Zustand und Zustand.«

»Für mich sehen sie toll aus, Elliot.«

»›Toll‹ steht nicht auf der Bewertungsskala der NAADC, Fontaine.«

Fontaine war sich nicht sicher, aber er dachte, das könnte vielleicht die National Association of Animatronic Doll Collectors sein, die nationale Vereinigung der Sammler animatronischer Puppen. »Elliot, du weißt, ich hab keine Ahnung, wie man den Zustand dieser Dinger einstuft. Sie haben noch alle Finger und Zehen, verstehst du? Ich meine, die Scheißdinger sehen *lebendig* aus, okay?«

Fontaine hörte Elliot seufzen. Er war dem Mann nie persönlich begegnet. »Mein Kunde«, sagte Elliot betont langsam, »ist *extrem pingelig*. Er will nur welche in tadellosem Zustand. Oder in noch tadelloserem. Er will sie in der Originalverpackung. Er will, dass sie fabrikneu sind, aus altem Lagerbestand.«

»Nun hör mal«, sagte Fontaine, dem wieder eingefallen war, was Clarisse gesagt hatte, »die Dinger kriegt man nun mal nicht ungebraucht, ja? Die Großeltern haben sie als so 'ne Art Ersatzsprösslinge gekauft. Das waren sündteure Teile. Die sind benutzt worden.«

»Nicht immer«, erwiderte Elliot. »Die begehrtesten Stücke – und mein Kunde hat einige davon – sind Kopien, die kurz vor dem unerwarteten Tod des Enkelkindes bestellt wurden.«

Fontaine nahm den Hörer vom Ohr und sah ihn an, als wäre er schmutzig. »Du dicke Scheiße«, sagte er halblaut.

»Was?«, fragte Elliot. »Wie war das?«

»Entschuldige, Elliot.« Er hielt sich den Hörer wieder ans Ohr. »Ich hab da grade jemand auf der anderen Leitung. Ich ruf dich zurück.« Fontaine unterbrach die Verbindung.

Er thronte auf einem hohen Hocker hinter dem Tresen. Er beugte sich zur Seite und musterte die Another-One-Puppen in ihrem Beutel. Sie sahen grässlich aus. Sie waren grässlich. Elliot war grässlich. Clarisse war ebenfalls grässlich, doch nun verfiel Fontaine in einen kurzen, aber höchst erotischen Tagtraum, in dem niemand mitspielte, mit dem er nicht schon seit geraumer Zeit verehelicht war. Dass sich dieser Tagtraum ausschließlich um Clarisse drehte, hielt er für bezeichnend. Dass er sogar eine erektile Reaktion bei ihm hervorrief, hielt er für noch bezeichnender. Er seufzte. Zog sich die Hose zurecht.

Das Leben war eisenhart, dachte er.

Durch das Plätschern des Regens, der um seinen Laden herum herabspritzte (er hatte Dachrinnen angebracht), hörte er ein leises, aber schnelles Klicken aus dem Hinterzimmer, und ihm fiel auf, wie sonderbar regelmäßig es war. Jeder dieser Klicklaute repräsentierte eine andere Armbanduhr. Er hatte dem Jungen gezeigt, wie man im Notebook Auktionen aufrufen konnte, nicht die von Christie's oder von Antiquorum, sondern das chaotische Gewusel der Netzauktionen. Er hatte ihm auch gezeigt, wie man Bookmarks setzte, denn er dachte, es würde ihm vielleicht Spaß machen, sich Sachen auszusuchen, die ihm gefielen.

Fontaine seufzte erneut, diesmal, weil er keine Ahnung hatte, was er mit dem Jungen anfangen sollte. Er hatte ihn hereingelassen, weil er einen genaueren Blick auf die Jaeger-LeCoultre-Militärarmbanduhr hatte werfen wollen, nein, weil er sie hatte *haben* wollen und noch immer haben wollte, aber es wäre Fontaine unmöglich gewesen, jemandem zu erklären, warum er dem Jungen anschließend zu essen gegeben, ihn geduscht, neu eingekleidet und ihm gezeigt hatte, wie man den Datenhelm benutzte. Nicht einmal sich selbst konnte er es erklären. Er neigte nicht zu Wohltätigkeitsaktionen, das glaubte er jedenfalls, aber manchmal ertappte er sich dabei, wie er sich verhielt, als wollte er eine bestimmte Ungerechtigkeit auf der Welt wieder gutmachen. Doch im Grunde sah Fontaine darin keinen Sinn, denn was er wieder gutmachte, war nur für kurze Zeit wieder gut, aber in Wirklichkeit veränderte sich niemals etwas.

Dieser Junge nun hatte sehr wahrscheinlich einen Gehirnschaden, höchstwahrscheinlich sogar einen angeborenen, aber Fontaine glaubte, dass Probleme keinen Urgrund hatten. Es gab schieres Pech, das wusste er, aber er hatte auch sehr oft erlebt, dass sich die genetische Bedingtheit von Grausamkeit, Vernachlässigung oder Pech wie eine Ranke durch die Generationen wand.

Jetzt steckte er die Hände tief in die Taschen seiner Tweedhose, wo er die Jaeger-LeCoultre aufbewahrte. Nur sie, natürlich, damit sie nicht zerkratzt wurde. Er nahm sie heraus und betrachtete sie, doch der Tenor seiner Gedanken verhinderte die kurzzeitige Ablenkung, das kleine Vergnügen, das er gern daraus gezogen hätte.

Wie in aller Welt, fragte er sich, hatte der Junge so etwas in die Finger gekriegt, so ein echtes, elegantes Sammlerstück?

Und auch die Qualität des Armbands beunruhigte ihn. So etwas hatte er noch nie gesehen, obgleich das Armband ganz schlicht war.

Mit dieser Uhr, deren Bandanstöße nicht mit Federstiften geschlossen waren, sondern mit festgelöteten Edelstahlstäbchen, also integralen Bestandteilen des Gehäuses, hatte sich ein Handwerker hingesetzt, hatte etliche Stücke schwarzes Kalbsleder zurechtgeschnitten, verklebt und von Hand vernäht. Er untersuchte die Innenseite des Armbands, aber da war nichts, kein Markenzeichen, keine Signatur. »Wenn du doch reden könntest«, sagte Fontaine, den Blick auf die Uhr gerichtet.

Und was, so fragte er sich, würde sie ihm erzählen? Vielleicht würde sich herausstellen, dass sie noch weitaus unglaublichere Abenteuer erlebt hatte als jenes, bei dem sie in den Besitz des Jungen gelangt war. Er stellte sie sich einen Moment lang am Handgelenk eines Offiziers in der burmesischen Nacht vor, eine Leuchtkugel explodiert über einem Hügel im Dschungel, Affen schreien …

Gab es Affen in Burma? Er wusste, dass die Briten dort gekämpft hatten, als diese Uhr herausgebracht worden war.

Er schaute durch das zerkratzte, grünliche Glas der Tresenabdeckung. Uhren, jedes ihm zugewandte Zifferblatt ein kleines, eingeschlossenes Gedicht, ein Museum im Taschenformat, die Zeiten hindurch den Gesetzen der Entropie und des Zufalls unterworfen. Diese winzigen Werke, deren juwelenbesetztes Herz schlug. Die sich durch die Reibung von Metall auf Metall abnutzten. Er verkaufte nur überholte Sachen, alles war gereinigt und geölt. Neue Ware brachte er zu einem mürrischen, aber äußerst geschickten Polen in Oakland, der die Uhren reinigte, ölte und ihre Ganggenauigkeit überprüfte. Und das tat Fontaine nicht, um ein besseres, zuverlässigeres Produkt anzubieten, sondern um sicherzugehen, dass jede von ihnen in einem von Grund auf feindlichen Universum bessere Überlebenschancen hatte. Es wäre ihm schwer gefallen, das irgendwem gegenüber zuzugeben, aber es stimmte, und er wusste es.

Er steckte die Jaeger-LeCoultre wieder in die Tasche und rutschte vom Hocker. Stand da und starrte mit leerem Blick in eine verglaste Vitrine. Auf dem Bord in Augenhöhe waren militärische Dinky Toys und ein Randall Model 15 »Airman« ausgestellt, ein gedrungen wirkendes Nahkampfmesser mit Sägezahnrücken und schwarzen Micarta-Griffschalen. Mit den Dinky Toys war gespielt worden; durch abgestoßene grüne Farbe schimmerte stumpf graues unedles Metall. Das Randall war fabrikneu, unbenutzt, nicht nachgeschliffen; die Edelstahlklinge war genauso, wie sie das Schleifband verlassen hatte. Fontaine fragte sich, wie viele solche Messer tatsächlich nie benutzt worden waren. Als totemartige Objekte verloren sie erheblich an Wiederverkaufswert, wenn sie nachgeschliffen wurden, und er hatte den Eindruck, dass sie fast wie eine Art rituelle und weitestgehend männliche Währung zirkulierten. Er hatte momentan zwei am Lager; das andere war ein spitzer kleiner Dolch mit blattförmiger Klinge und ohne Heft, angeblich für den amerikanischen Secret Service angefertigt. Die beste Datierung war der Herstellername auf den Scheiden mit den Steppnähten, und er schätzte, dass sie beide ungefähr dreißig Jahre alt waren. Solche Objekte bargen für Fontaine nicht viel Poesie, obwohl er den Markt kannte und wusste, wie man den Wert eines Stückes bestimmte. Wie die Auslage jedes Ladens, der Armeerestbestände verkaufte, zeugten sie für ihn in erster Linie von männlicher Angst und Machtlosigkeit. Doch nun wandte er sich ab, denn er sah die sterbenden Augen eines Mannes, den er in Cleveland erschossen hatte, möglicherweise in dem Jahr, in dem eines dieser Messer angefertigt worden war.

Er schloss die Tür ab, hängte das GESCHLOSSEN-Schild dran und ging ins Hinterzimmer, wo er den Jungen noch genauso vorfand, wie er ihn verlassen hatte, im Schneidersitz, das Gesicht unter dem klobigen alten Datenhelm verborgen, der mit dem offenen Notebook auf seinem Schoß verkabelt war.

»Na«, sagte Fontaine, »was macht die Angelei? Schon was gefunden, wofür wir deiner Meinung nach ein Gebot abgeben sollten?«

Der Junge drückte weiter monoton eine einzelne Taste am Notebook. Der Datenhelm wippte im Takt dazu leicht auf und ab.

»He«, sagte Fontaine, »du holst dir noch 'nen Netzbrand.«

Er hockte sich neben den Jungen, verzog bei den stechenden Schmerzen in den Knien das Gesicht. Er klopfte einmal an die graue Kappe des Datenhelms und nahm ihn ihm dann sanft ab. Die Augen des Jungen zwinkerten heftig, tränten im verschwundenen Licht der winzigen Bildschirme. Seine Hände klickten noch ein paarmal am Notebook herum, dann hörten sie auf.

»Mal sehen, was du gefunden hast«, sagte Fontaine und nahm ihm das Notebook ab. Geistesabwesend drückte er auf ein paar Tasten, neugierig, was der Junge mit Bookmarks versehen haben mochte.

Er hatte Auktionsseiten erwartet, die jeweils einen Scan und die Beschreibung einer angebotenen Uhr enthielten; stattdessen stieß er auf nummerierte Listen von Artikeln in einem archaischen Fond, der an Schreibmaschinenschrift erinnern sollte.

Er studierte erst eine Liste, dann eine andere. Er spürte so etwas wie einen kalten Luftzug im Nacken und glaubte einen Moment, die Ladentür sei offen, aber dann fiel ihm wieder ein, dass er sie abgeschlossen hatte.

»Verdammt«, sagte Fontaine und holte noch mehr solche Listen auf den Bildschirm. »Verdammt, wie bist du da rangekommen?«

Es waren Bankunterlagen, vertrauliche Aufstellungen der Schließfachinhalte in Banken der Sorte, die man noch leibhaftig betreten konnte, alle anscheinend in Staaten des Mittelwestens. Und auf jeder Liste, die er sah, stand mindestens eine Uhr, die sehr wahrscheinlich zu irgendeinem Nachlass gehörte und sehr wahrscheinlich vergessen worden war.

Eine Rolex Explorer in Kansas City. Irgendeine goldene Patek in einer Kleinstadt in Kansas.

Er schaute vom Bildschirm zu dem Jungen. Ihm war

bewusst, dass er gerade Zeuge von etwas total Anomalem geworden war.

»Wie bist du in diese Dateien reingekommen?«, fragte er »Dieses Zeug ist privat. Sollte eigentlich unmöglich sein. *Ist* unmöglich. Wie hast du's gemacht?«

Aber nur Abwesenheit hinter den braunen Augen, die seinen Blick erwiderten, entweder unendlich tief oder ohne jede Tiefe, er wusste es nicht.

31 Höllenfahrt mit Blick von einem Pfosten

Er träumt sich einen riesigen, abwärts fahrenden Fahrstuhl, groß wie der Ballsaal eines alten Passagierdampfers. Die Seitenwände sind teilweise offen, und er findet sie dort am Geländer, neben einem reich verzierten gusseisernen Pfosten, gearbeitet als Cherubim und Weintrauben, deren Konturen von unzähligen schwarzen, wie nasse Tinte glänzenden Emailleschichten gemildert sind.

Jenseits des schwarzen Pfostens und der schmerzenden Ebenmäßigkeit ihres Profils erstreckt sich eine dunkel gewordene Welt in alle Himmelsrichtungen bis zum Horizont, Inselkontinente, schwärzer als die Meere, in denen sie schwimmen, die Lichter riesiger, dennoch namenloser Städte aus dieser Höhe, dieser Entfernung nur noch ein Glühwürmchengefunkel.

Der Fahrstuhl, dieser Ballsaal, dieser nunmehr nicht sichtbare, aber als Hintergrund, als notwendige Gestalt wahrgenommene gastliche Raum für die Tanzenden fährt immerfort abwärts, wie es scheint, eine verschlüsselte Wiederholung der Geschichte, die den Träumenden zu dieser Nacht gebracht hat.

Wenn es Nacht ist.

Das schlichte Heft des Messers an seinen Rippen, durch ein gestärktes Frackhemd hindurch.

Die Werkzeuggriffe eines Künstlers sind stets von absoluter Schlichtheit, denn die schlichtesten Formen lassen der Hand des Benutzers das größte Spektrum von Möglichkeiten.

Was überkonstruiert, zu stark spezialisiert ist, nimmt das Ergebnis vorweg; die Vorwegnahme des Ergebnisses ist die Garantie für das Scheitern oder zumindest für fehlende Eleganz.

Und nun wendet sie sich zu ihm, und in diesem Moment ist sie alles, was sie je für ihn war und noch mehr, denn er ist sich im selben Moment bewusst, dass dies ein Traum ist, dieser gewaltige, abwärts fahrende Käfig, und sie ist verloren, wie immer, und jetzt schlägt er die Augen auf und sieht die graue, absolut neutrale Decke des Schlafzimmers auf dem Russian Hill.

Er liegt lang ausgestreckt auf der militärisch aufgemachten grauen Lammwolldecke, bekleidet mit seinem grauen Flanellhemd mit den Manschettenknöpfen aus Platin, seiner schwarzen Hose und den schwarzen Wollsocken. Seine Hände sind auf der Brust verschränkt wie auf einer mittelalterlichen Darstellung, ein Ritter auf seinem Sarkophag, und das Telefon klingelt.

Er berührt einen der Manschettenknöpfe aus Platin, um das Gespräch anzunehmen.

»Es ist nicht zu spät, hoffe ich«, sagt die Stimme.

»Wozu?«, fragt er, ohne sich zu bewegen.

»Ich musste mit jemandem reden.«

»Tatsächlich?«

»Geht mir in letzter Zeit öfter so.«

»Und woran liegt das?«

»Es ist bald so weit.«

»Was denn?« Und er sieht wieder den Blick aus dem riesigen, abwärts fahrenden Käfig.

»Spürst du's nicht? Du mit deinem richtigen Ort zur richtigen Zeit. Du mit deinem ›Man muss den Dingen Zeit lassen, sich zu entfalten‹. Spürst du's nicht?«

»Ich befasse mich nicht mit Ergebnissen.«

»O doch«, sagt die Stimme. »Für mich hast du immerhin ein paar Ergebnisse erzielt. Da wird man zu einem Ergebnis.«

»Nein«, sagt der Mann, »ich finde nur heraus, wo ich sein soll.«

»Das klingt so einfach aus deinem Mund. Ich wünschte, es wäre auch für mich so einfach.«

»Das könnte es sein«, sagt der Mann, »aber du bist süchtig nach Komplexität. «

»In einem wörtlicheren Sinn, als du ahnst«, sagt die Stimme, und der Mann stellt sich die paar Quadratzentimeter Satellitenschaltkreise vor, durch die sie zu ihm kommt. Dieses kleinste und teuerste aller Fürstentümer. »Momentan geht es ausschließlich um Komplexität. «

»Es geht um deinen Willen in der Welt«, sagt der Mann, hebt die Arme und verschränkt die Hände hinterm Kopf.

Ein Schweigen folgt.

»Früher einmal habe ich geglaubt«, sagt die Stimme schließlich, »du würdest ein Spiel mit mir treiben. Du hättest das alles für mich erfunden. Um mich zu ärgern. Oder zu amüsieren. Um mein Interesse wachzuhalten. Um dir meine Protektion zu sichern.«

»Ich habe deine Protektion nie gebraucht«, sagt der Mann milde.

»Nein, vermutlich nicht«, fährt die Stimme fort. »Es wird immer welche geben, für die es wichtig ist, dass es gewisse andere nicht gibt, und die dafür bezahlen, dass ihr Wunsch in Erfüllung geht. Aber es ist wahr. Ich habe dich für einen x-beliebigen Söldner gehalten, für einen mit einer expliziten Philosophie vielleicht, aber ich habe in dieser Philosophie nicht mehr als eine von dir entdeckte Möglichkeit gesehen, dich interessant zu machen, dich von der Meute abzusetzen.«

»Wo ich bin«, sagt der Mann zu der grauen, neutralen Decke, »gibt es keine Meute.«

»O doch, die gibt es da sehr wohl. Clevere junge Dinger, die allerbeste Ergebnisse garantieren. Broschüren. Sie haben Broschüren. Und Zeilen, zwischen denen man lesen kann. Was hast du getan, als ich angerufen habe?«

»Geträumt«, sagt der Mann.

»Irgendwie hätte ich nicht gedacht, dass du träumst. War es ein schöner Traum?«

Der Mann betrachtet die vollkommene Leere der grauen Decke. Eine unvergessene geometrische Struktur von Gesichtsknochen droht sich dort zu formen. Er schließt die Augen. »Ich habe von der Hölle geträumt«, sagt er.

»Wie war sie?«

»Ein Fahrstuhl auf dem Weg nach unten.«

»Du meine Güte«, sagt die Stimme, »dieser poetische Ton passt überhaupt nicht zu dir.« Ein weiteres Schweigen folgt.

Der Mann setzt sich auf. Fühlt die Kühle des glatten, dunklen, polierten Holzes durch seine schwarzen Socken. Er beginnt, eine Abfolge sehr spezieller Übungen auszuführen, zu denen ein Minimum an sichtbarer Bewegung gehört. Seine Schultern sind steif. In einiger Entfernung hört er einen Wagen vorbeifahren, Reifen auf nassem Asphalt.

»Ich bin momentan nicht sehr weit von dir entfernt«, bricht die Stimme das Schweigen. »Ich bin in San Francisco.«

Der Mann bleibt weiterhin stumm. Er fährt mit seinen Übungen fort und denkt dabei an den kubanischen Strand zurück, an dem man ihm diese Sequenz und ihre Variationen vor Jahrzehnten beigebracht hat. Sein damaliger Lehrer war der Meister einer Schule des argentinischen Messerkampfs gewesen, die von führenden Kennern der Kampfkünste mit aller Entschiedenheit für nicht existent erklärt worden war.

»Wie lange ist es her«, fragt die Stimme, »dass wir von Angesicht zu Angesicht miteinander gesprochen haben?«

»Einige Jahre«, sagt der Mann.

»Ich glaube, wir müssen uns jetzt treffen. Etwas Ungewöhnliches wird geschehen, und zwar schon sehr bald.«

»Ach«, sagt der Mann, und niemand sieht sein kurzes, wölfisches Lächeln, »du wirst doch nicht etwa satt werden?«

Ein Lachen, herabgestrahlt von den geheimen Straßen jener winzigen Stadtlandschaft im geosynchronen Orbit. »So etwas Ungewöhnliches nun auch wieder nicht, nein. Aber etwas ganz Grundlegendes wird sich in Kürze verändern, und wir sind nah am Ort des Geschehens.«

»Wir? Wir haben momentan nichts miteinander zu tun.«

»Physisch. Geographisch. Es geschieht hier.«

Der Mann beginnt mit der letzten Sequenz der Übung. Er erinnert sich an die Fliegen im Gesicht des Lehrers bei jener ersten Demonstration.

»Warum bist du gestern Nacht zur Brücke gegangen?«

»Ich musste nachdenken«, sagt der Mann und steht auf.

»Hat dich nichts dorthin gezogen?«

Erinnerung. Verlust. Ein Fleisch gewordener Geist in der Market Street. Der Geruch von Zigaretten in ihrem Haar. Ihre kühlen Winterlippen auf seinen, sich öffnend, Wärme. »Nein, nichts«, sagt er, und seine Hände schließen sich um nichts.

»Es wird Zeit, dass wir uns treffen«, sagt die Stimme.

Seine Hände öffnen sich. Geben nichts frei.

32 *Netzkappen*

Hinten im Van stand das Wasser über einen halben Zentimeter hoch, als der Regen aufhörte. »Pappe«, sagte Chevette.

»Pappe?«

»Wir suchen uns welche. Trockene. Kartons. Nehmen Sie auseinander, legen ein paar Schichten aus. Wird trocken genug sein.«

Tessa schaltete ihre Taschenlampe ein und sah sich die Bescherung noch einmal an. »Wollen wir etwa in dieser Pfütze schlafen?«

»Ist interstitiell«, erklärte ihr Chevette.

Tessa schaltete die Taschenlampe aus und drehte sich um. »Schau«, sagte sie und zeigte mit der Taschenlampe nach draußen, »wenigstens pisst's jetzt nicht mehr. Komm, wir gehen wieder zur Brücke, suchen uns 'ne Kneipe und was zu essen, und über das hier zerbrechen wir uns später den Kopf«

Chevette meinte, das sei ihr recht, solange Tessa Gottes kleines Spielzeug nicht mitnehme und den Rest des Abends auch nicht auf andere Weise aufzeichne, und Tessa erklärte sich einverstanden.

Sie ließen den Van stehen und gingen auf dem Embarcadero zurück, vorbei an NATO-Draht und Barrikaden, die die zerstörten Piers abriegelten (ohne Erfolg, wie Chevette wusste). In den dunklen Ecken drückten sich Dealer herum, und bevor sie zur Brücke gelangten, bekamen sie Speed, Plug, Pot, Opium und Dancer angeboten. Chevette erklärte, diese Dealer seien nicht konkurrenzfähig genug, um Positionen weiter vorn, näher bei der Brücke, zu erobern und zu halten. Das waren die begehrten Plätze, und die Dealer auf dem Embarcadero bewegten sich entweder auf diese Arena zu oder von ihr weg.

»Wie läuft das mit der Konkurrenz?«, fragte Tessa. »Kämpfen die?«

»Nein«, sagte Chevette, »es ist der Markt, verstehst du? Wenn die mit dem guten Stoff, den guten Preisen auftauchen, na ja, dann wollen die User natürlich zu *denen*. Wenn welche mit schlechtem Stoff und schlechten Preisen ankommen, jagen die User sie weg. Aber wenn man hier lebt, kriegt man mit, wie sie sich verändern; man sieht sie ja jeden Tag, und das meiste von diesem Zeug, das macht sie echt alle, wenn sie's selber nehmen. Dann landen sie hier unten, und man sieht sie einfach nicht mehr.«

»Und auf der Brücke dealen sie nicht?«

»Doch, schon«, sagte Chevette, »aber nicht so viel. Und wenn, dann 'n bisschen dezenter. Auf der Brücke kriegst du nicht so viel angeboten, jedenfalls nicht, wenn sie dich nicht kennen.«

»Und warum ist das so?«, fragte Tessa. »Woher wissen sie, dass sie das nicht sollen? Wo kommt die Vorschrift her?«

Chevette dachte darüber nach. »Es ist keine Vorschrift«, sagte sie. »Man *soll's* halt einfach nicht.« Dann lachte sie. »Ich weiß nicht. Ist nun mal so. Es gibt nur selten richtigen Ärger, aber wenn, dann geht's schon mal voll zur Sache, und es gibt auch Verletzte.«

»Wie viele Menschen leben hier eigentlich?«, fragte Tessa, als sie von der Bryant aus die Rampe hinaufgingen.

»Ich weiß nicht. Keine Ahnung, ob das überhaupt jemand weiß. Früher hat jeder, der hier was gemacht hat, der ein Geschäft laufen hatte, auch hier gewohnt. Muss man auch. Es muss einem gehören. Nichts mit Miete oder so. Jetzt gibt's aber Geschäfte, die auch richtig geschäftsmäßig geführt werden, verstehst du? Der Bad Sector, in dem wir waren. Irgendwem gehört das ganze Zeug, die haben diesen Laden hingesetzt, und ich wette, die zahlen dem Sumo-Typen da drin was, damit er im Hinterzimmer schläft und ihnen den Laden erhält.«

»Aber du hast nicht hier gearbeitet, als du hier gewohnt hast?«

»Nee«, sagte Chevette. »Ich war Kurierin, sobald ich konnte. Hab mir 'n Rad besorgt und bin in der ganzen Stadt rumgedüst.«

Sie gingen in die untere Ebene, vorbei an Kästen mit Fischen auf Eis, bis sie zu einem Laden auf der Südseite kamen, an den Chevette sich erinnerte. Da gab es manchmal was zu essen und manchmal auch Musik, und er hatte keinen Namen.

»Hier machen sie gute scharfe Chicken Wings«, sagte Chevette. »Magst du die?«

»Sag ich dir, wenn ich ein Bier getrunken habe.« Tessa sah sich in dem Laden um, als wollte sie sich darüber klar werden, wie interstitiell er war.

Es stellte sich heraus, dass sie ein australisches Bier hatten, das Tessa wirklich mochte; es hieß Redback, und man bekam es in einer braunen Flasche mit einer roten Spinne drauf. Tessa erklärte, diese Spinnen seien das australische Gegenstück der Schwarzen Witwe und vielleicht sogar noch schlimmer. Aber das Bier war gut, da musste Chevette ihr Recht geben, und nachdem sie beide eins getrunken und ein zweites bestellt hatten, orderte Tessa einen Cheeseburger und Chevette einen Teller scharfe Wings mit Pommes.

In diesem Laden roch es wirklich wie in einer Kneipe: abgestandenes Bier, Rauch, Bratfett, Schweiß. Sie erinnerte sich an die ersten Bars, in denen sie gewesen war, Kaschemmen an Highways im tiefsten Oregon, in denen hatte es genauso gerochen. Die Bars in L.A., in die Carson mit ihr gegangen war, hatten praktisch nach gar nichts gerochen. Ungefähr wie Aromatherapiekerzen.

Am einen Ende des Ladens war eine Bühne, nicht mehr als eine niedrige schwarze Plattform, die sich ungefähr dreißig Zentimeter über den Fußboden erhob, und dort machten sich gerade Musiker bereit und stöpselten ihre Instrumente ein. Sie sah ein Keyboard, Drums, einen Mikroständer. Chevette hatte sich nie besonders für Musik interessiert, jedenfalls nicht für eine bestimmte Stilrichtung, obwohl sie in ihrer Kurierzeit nach einer Weile Spaß daran gefunden hatte, in den Clubs in San Francisco zu tanzen. Carson jedoch, der hatte einen sehr eigenen Musikgeschmack gehabt, und er hatte Chevette beizubringen versucht, seine Musik genauso gut zu finden wie er, aber es war einfach überhaupt nicht ihr Ding gewesen. Er stand auf Sachen aus dem 20. Jahrhundert, viel französisches Zeug, besonders von diesem Serge Soundso – echt ätzend, es klang, als würde jemand dem Kerl beim Singen langsam einen runter holen, aber ohne dass es ihn in Wirklichkeit sonderlich antörnte. Sie hatte sich – irgendwie aus Selbstschutz – die neue Scheibe von Chrome Kann gekauft, »My War Is My War«, die ihr allerdings nicht gerade übermäßig gefiel, und das eine Mal, als sie sie in Carsons Anwesenheit auflegte, sah er sie an, als hätte sie ihm auf den Teppich geschissen oder so.

Die Typen, die sich nun da vorn auf der kleinen Bühne fertig machten, waren keine Brückenbewohner, aber sie wusste, dass es Musiker gab – sogar einige berühmte –, die auf der Brücke Aufnahmen machten, weil es eben cool war.

Oben stand ein korpulenter Mann mit weißem, stoppelbärtigem Gesicht und einer Art zerknautschtem Cowboyhut auf dem Hinterkopf. Er fummelte mit einer nicht angeschlossenen Gitarre herum und hörte einem kleineren Mann in Jeans zu, dessen Gürtelschnalle einem gravierten silbernen Servierteller ähnelte.

»He«, Chevette zeigte auf den wasserstoffblonden Mann mit der Gürtelschnalle, »wird 'n Mädchen im Dunkeln belästigt und erzählt dann, es ist 'ne Netzkappe gewesen. ›Aha, und woher weißt du das, wenn's doch dunkel war?‹ ›Weil er 'n winzigen Schwanz und 'ne riesige Gürtelschnalle hatte!‹«

»Was ist eine Netzkappe?« Tessa kippte den Rest ihres Bieres hinunter.

»Skinner hat sie Rednecks genannt«, sagte Chevette. »Kommt von diesen Nylon-Baseballkappen, die sie immer tragen, die mit dem schwarzen Nylonnetz hinten dran, wegen der Belüftung.

Meine Mutter hat die Dinger immer ›Gimma‹-Mützen genannt ...«

»Warum?«

»›Gimma so 'ne Mütze.‹ Haben sie umsonst verteilt, mit Werbung drauf.«

»Für Country Music und solche Sachen?«

»Na ja, mehr für so Typen wie die Dukes of Nuke 'Em und so. Glaub nicht, dass das Country Music ist.«

»Das ist die Musik des entrechteten, vorwiegend weißen Proletariats«, sagte Tessa, »das im postpostindustriellen Amerika immer mehr den Boden unter den Füßen verliert. Das haben sie jedenfalls auf Real One gesagt. Aber diesen Witz mit den großen Schnallen gibt's auch bei uns in Australien, nur sind's da Piloten und Armbanduhren.«

Chevette dachte, dass der Mann mit der Gürtelschnalle sie anstarrte, und schaute deshalb weg, hin zu der Schar, die sich um den Billardtisch drängte, und dort waren tatsächlich zwei Kappen mit Netzeinsätzen zu sehen. Sie zeigte sie Tessa, als Beispiel.

»Verzeihung, die Damen«, sagte jemand, eine Frau, und Chevette drehte sich um und blickte direkt in die Schusslinie eines mächtigen Busens, der in ein glänzendes schwarzes Top geschnürt war. Eine riesige Wolke aufgeplusterter blonder Haare a' la Ashleigh Modine Carter, für Chevette eine Sängerin, die sich Netzkappen anhören würden, sofern sie sich überhaupt Frauen anhörten – was sie bezweifelte. Die Frau stellte ihnen zwei frisch geöffnete Redbacks auf den Tisch. »Mit einem schönen Gruß von Mr. Creedmore«, sagte sie und strahlte sie an.

»Mr. Creedmore?«, fragte Tessa.

»Buell Creedmore, Schätzchen«, sagte die Frau. »Der da vorn, der sich gerade zusammen mit dem legendären Randy Shoats an den Soundcheck macht.«

»Ist er Musiker?«

»Er ist Sänger, Schätzchen«, sagte die Frau und schien Tessa genauer anzusehen. »Seid ihr A&R-Leute?«

»Nein«, sagte Chevette.

»Verdammt.« Chevette dachte eine Sekunde lang, sie würde ihnen das Bier wieder wegnehmen. »Ich dachte, ihr wärt vielleicht von einem alternativen Label.«

»Alternativ wozu?«, fragte Tessa.

Die Miene der Frau hellte sich auf »Buells Gesang, Schätzchen. Ist nicht das, was ihr euch wahrscheinlich unter Country vorstellt. Also, eigentlich ist es 'ne ›Roots‹-Sache. Buell will zurück in die Zeiten nach vor Waylon und Willie, zu so 'ner Art ›dunklem, ursprünglichem Herzland‹. Oder so. In der Art.« Die Frau strahlte; ihr Blick war ein bisschen verschwommen. Chevette beschlich das Gefühl, dass sie das alles auswendig gelernt hatte, wenn auch vielleicht nicht allzu gut, dass es jedoch ihr Job war, es aufzusagen.

»Randy hat Buell vorhin 'nen Song beigebracht, der heißt ›There Was Whiskey and Blood an the Highway, but I Didn't Hear Nobody Pray‹. Ist 'ne Hymne, Schätzchen. Sehr traditionell. Krieg 'ne Gänsehaut, wenn ich's höre. Ich glaub jedenfalls, dass es so heißt. Aber der Gig heute Abend ist ›fetziger, eben elektrisch‹.«

»Prost«, sagte Tessa. »Danke fürs Bier.«

Die Frau machte ein verdutztes Gesicht. »Oh. Gern geschehen, Schätzchen. Bitte bleibt bis zum Schluss. Es ist Buells Debüt in Nordkalifornien und das erste Mal, dass er mit seinen Lower Companions singt.«

»Mit wem?«, fragte Chevette.

»›Buell Creedmore and his Lower Companions‹. Ich glaub, das ist irgendwie aus der Bibel, aber das Kapitel und den Vers kann ich euch nicht nennen.«* Die Frau drehte ihren aus allen Nähten platzenden Busen zur Bühne und folgte ihm entschlossen in diese Richtung.

Chevette wollte eigentlich gar kein Bier mehr. »Das hat sie uns ausgegeben, weil sie dachte, wir sind A&R-Leute.« Damit kannte sie sich durch Carson aus. A&R waren die Leute im Musikbusiness, die neue Talente entdeckten und förderten.

Tessa trank einen Schluck aus ihrer Flasche und beobachtete die Frau, die stehen geblieben war, um mit einem der Jungs vom Billardtisch zu reden, einem der beiden, die eine Kappe mit Netzeinsatz trugen. »Wohnen Leute wie diese Frau hier?«

»Nein«, sagte Chevette, »für so was gibt's Clubs in der Stadt, aber hier hab ich so ein Volk noch nie gesehen.«

Der Soundcheck bestand daraus, dass der Mann mit dem zerknautschten Cowboyhut Gitarre spielte und der mit der Gürtelschnalle sang. Sie fingen ein paarmal mit dem einen Song an, hörten wieder auf und drehten dazwischen an diversen Knöpfen, aber der Gitarrist konnte wirklich spielen (Chevette hatte den Eindruck, dass er noch nicht richtig rausließ, was er drauf hatte), und der Sänger konnte singen. Es war ein Song über Traurigkeit und den Überdruss an der Traurigkeit.

---

* Bezieht sich auf eine von zwanzig Fragen, mit deren Hilfe potenzielle Alkoholiker oder Drogensüchtige angeblich feststellen können, ob sie süchtig sind oder nicht: »Begeben Sie sich in schlechte Gesellschaft …, wenn Sie Alkohol trinken oder Drogen nehmen?« *(A.d.Ü.)*

Inzwischen begann sich die Bar mit Leuten zu füllen, die teilweise wie Stammgäste von der Brücke aussahen, teilweise aber auch wie Ortsfremde, die hier waren, um die Band zu hören. Die Brückenbewohner trugen häufig Tätowierungen, Gesichtspiercings und asymmetrische Frisuren, die Besucher dagegen Kopfbedeckungen (hauptsächlich Netzkappen und Cowboyhüte), Jeans und (die Männer jedenfalls) Bäuche. Die Bäuche sahen häufig aus, als hätten sie sich bei ihren Besitzern einquartiert, als diese gerade nicht aufpassten, oder sich in ansonsten fettfreien Körpern eingenistet – Bäuche, die über den oberen Rand von Jeans mit ziemlich engem Bund hängen und das Flanellhemd vorn blähen, darunter jedoch von einer dieser großen Gürtelschnallen eingeschnürt werden.

Chevette hatte aus Langeweile Creedmores Redback zu trinken begonnen, als sie den Sänger persönlich auf sie zusteuern sah. Er hatte sich von irgendwem eine Netzkappe geborgt und sie falsch rum über sein merkwürdig nass aussehendes, blond gebleichtes Haar gezogen. Er trug ein schillernd blaues Cowboyhemd, die Bügelfalten aus dem Laden noch quer über der Brust, die weißen Perlmuttdruckknöpfe waren fast bis zum Bauchnabel offen, sodass sie den Blick auf eine blasse, weiße, eindeutig konkave Brust freigaben, die eine ganz andere Farbe hatte als sein ihrer Ansicht nach geschminktes Gesicht. Er hielt hohe Gläser mit Eis in beiden Händen, Drinks, die nach Tomatensaft aussahen. »Na, alles klar?«, sagte er. »Hab Maryalice hier bei euch gesehen. Dachte, ich bring dem alten Mädel mal 'nen Drink. Ich bin Buell Creedmore. Und, schmeckt euch das Bier?«

»Ja, danke«, sagte Tessa und schaute in die entgegengesetzte Richtung. Creedmore überschlug rasch und für Chevette sehr offensichtlich, dass sie diejenige war, bei der eine Anmache mehr Erfolg versprach. »Habt ihr hier in der Stadt von uns gehört oder drüben in Oakland?«

»Wir sind bloß wegen der Chicken Wings hier«, sagte Chevette und zeigte auf den Teller mit Hähnchenknochen vor ihr.

»Sind die gut?«

»Ganz okay«, sagte Chevette. »Aber wir wollten gerade gehen.«

»Gehen?« Creedmore trank einen großen Schluck von seinem Tomatensaft. »Verdammt, in zehn Minuten legen wir los. Ihr solltet dableiben und euch das anhören.« An den Rändern der Gläser klebte, wie Chevette sah, ein sonderbares, grünlichsandiges Zeug, und jetzt hing auch etwas davon an Creedmores Oberlippe.

»Was machst du mit diesen Caesar's, Buell?« Das war der korpulente Gitarrist. »Du hast mir versprochen, dass du vor dem Auftritt nichts trinkst.«

»Für Maryalice«, sagte Creedmore und gestikulierte mit einem Glas, »und das hier ist für die hübsche Lady.« Er stellte das Glas, aus dem er getrunken hatte, vor Chevette hin.

»Wieso hast du dann Knoblauchsalz am Mund?« fragte der korpulente Mann.

Creedmore grinste und wischte sich den Mund mit dem Handrücken ab. »Die Nerven, Randy. Großer Abend. Wird schon hinhauen …«

»Will ich dir auch geraten haben, Buell. Wenn ich irgendwie seh, dass du das Zeug nicht verträgst, hast du den letzten Gig mit mir gespielt.« Der Gitarrist nahm Creedmore den Drink aus der Hand, trank einen Schluck, verzog das Gesicht und ging mit dem Glas weg.

»Arschgeige«, sagte Creedmore.

Und in diesem Augenblick sah Chevette, wie Carson die Bar betrat.

Sie erkannte ihn sofort und mit hundertprozentiger Sicherheit. Es war nicht der Carson mit den Klamotten für die Schickimickiläden, in denen es nach Aromatherapie roch, sondern der Carson mit den Klamotten für die kenntnisreiche Erforschung der niederen Regionen.

Chevette war sogar dabei gewesen, als er sich dieses Outfit zugelegt hatte, und hatte sich darum anhören müssen, dass die Jacke erstens eine museumsreife Reproduktion einer Originaljacke von 1940 und zweitens aus Alaska-Ochsenfell war (Alaska-Ochsen hatten dickeres Fell, wegen der kalten Winter). Die Jeans waren fast genauso teuer und noch komplizierter, was ihre Herkunft betraf; der Köper war in Japan auf uralten, liebevoll gewarteten amerikanischen Webstühlen gewebt und dann nach den Spezifikationen eines Teams holländischer Designer und Kleidungshistoriker in Tunesien verarbeitet worden. Sachen wie dieser absolut authentische Fake-Kram bedeuteten Carson viel, und als Chevette ihn nun zur Tür hereinkommen sah, zweifelte sie nicht im Geringsten daran, dass er es war.

Und außerdem wusste sie, dass sie in Schwierigkeiten war, obwohl sie nicht genau sagen konnte, weshalb. Vielleicht lag es daran, sollte sie später denken, dass er nicht merkte, dass sie ihn ansah, und sich deshalb keine Mühe gab, der zu sein, den er ihr zu der Zeit, als er noch mit ihr zusammen war, immer vorgespielt hatte, wenn er merkte, dass sie ihn ansah.

Es war, als sähe sie einen anderen Menschen, einen sehr Furcht einflößenden, sehr kalten, sehr zornigen Mann. Aber sie wusste, dass es Carson war. Carson, der sich umdrehte und den Blick durch die Bar schweifen ließ …

Was sie als Nächstes tat, überraschte sie. Und Creedmore vermutlich noch mehr. Der obere Rand der riesigen silbernen Gürtelschnalle bildete einen praktischen Griff. Sie packte ihn, zerrte daran und zog Creedmore zu sich herunter, sodass seine Knie nachgaben, küsste ihn auf den Mund, legte ihm die Arme um den Hals und hoffte, dass sein Hinterkopf, der in der umgedrehten Netzkappe steckte, zwischen ihrem Gesicht und dem von Carson war.

Leider entsprach Creedmores prompte Begeisterung ziemlich genau dem, was sie erwartet hätte, so ihr denn Zeit geblieben wäre, darüber nachzudenken.

33 Durius

Rydell hatte den Rückweg durch das Gedränge auf der unteren Ebene schon halb hinter sich, als seine Sonnenbrille klingelte. Er lehnte sich an die nächste Wand, holte sie heraus, klappte sie auseinander und setzte sie auf.

»Rydell?«

»Ja?«

»Durius, Mann. Wie geht's dir?«

»Gut«, sagte Rydell. Die Brille spielte verrückt; sonderbar längliche Segmente des Stadtplans von Rio liefen durch sein Sichtfeld. »Und dir?« Er hörte das Heulen eines Bohrers oder Akkuschraubers irgendwo in L.A. »Bist du im Dragon?«

»Ja«, sagte Durius, »bei uns sind grade größere Bauarbeiten im Gange.«

»Wozu?«

»Keine Ahnung«, sagte Durius. »Sie bauen einen neuen Knubbel ein, hinten beim Geldautomaten. Da, wo früher die Babynahrung und die Kinderpflegeprodukte waren, weißt du? Park will nicht sagen, was es ist; ich glaub, er weiß es selbst nicht. Kriegen jetzt alle Filialen, egal wo. Wie war die Fahrt? Und wie ist es mit Creedmore gelaufen?«

»Ich glaub, der ist Alkoholiker, Durius.«

»Sag bloß«, erwiderte Durius. »Was ist mit dem neuen Job?«

»Also, ich glaub, ich weiß immer noch nicht so genau, worum's eigentlich geht, aber es wird interessant.«

»Das ist gut. Tja, wollte bloß mal hören, was du so treibst. Praisegod lässt dich grüßen. Will wissen, ob dir die Brille gefällt.«

Die Stadtpläne von Rio erzitterten, zogen sich zusammen, dehnten sich wieder.

»Sag ihr, sie ist toll«, meinte Rydell. »Richte ihr meinen Dank aus.«

»Mach ich«, sagte Durius. »Pass auf dich auf.«

»Du auch«, sagte Rydell. Die Pläne verschwanden, als Durius auflegte.

Rydell nahm die Brille ab und steckte sie ein.

Beef Bowl. Vielleicht konnte er sich auf dem Rückweg im Ghetto Chef eine Beef Bowl holen.

Dann dachte er an Klaus und den Hahn und beschloss, erst mal nach der Thermoskanne zu sehen.

34 Marktdiskontinuitäten

»Was glaubst du, was das ist, Martial?«, fragte Fontaine seinen Anwalt, Martial Matitse von Matitse Rapelego Njembo, dessen Kanzlei aus drei Notebooks und einem uralten chinesischen Fahrrad bestand.

Martial saugte am anderen Ende der Leitung an den Zähnen. Fontaine hörte es und wusste, dass er sich die Listen ansah, die der Junge gefunden hatte. »Sieht mir nach Listen mit dem Inhalt von Schließfächern aus, wie sie das Landesrecht diverser Einzelstaaten verlangt. Antiterrorgesetze. Sorgen dafür, dass die Leute keine Vorläufersubstanzen von Drogen, keine nuklearen Sprengköpfe und solche Sachen bunkern. Außerdem sollten sie dazu beitragen, Geldwäsche zu verhindern, aber das war zu einer Zeit, als Geld auch noch aus dicken Bündeln grünen Papiers bestand. Ich an deiner Stelle würde meinem Anwalt allerdings eine andere Frage stellen, Fontaine. Nämlich: Verstoße ich nicht gegen das Gesetz, wenn ich im Besitz dieser Dokumente bin?«

»Und?«, fragte Fontaine.

Am anderen Ende der Leitung blieb es ein paar Sekunden lang still. »Ja«, sagte Martial schließlich, »allerdings. Aber es kommt drauf an, wie du drangekommen bist. Und ich hab grade festgestellt, dass die Besitzer der aufgelisteten Gegenstände in allen Fällen tot sind.«

»Tot?«

»Samt und sonders. Das sind Testamentsunterlagen. Nach wie vor gesetzlich geschützt, aber ich würde sagen, dass einige Gegenstände auf diesen Listen im Zuge der Regulierung der diversen Nachlässe zur Versteigerung vorgesehen sind.«

Fontaine schaute sich um und sah, wie der Junge, der immer noch auf dem Fußboden saß, seinen dritten Guaven-Smoothie mit zerstoßenem Eis trank.

»Und, wie bist du nun da rangekommen?«, fragte Martial.

»Weiß ich nicht genau«, sagte Fontaine.

»Eigentlich solltest du solche Dateien gar nicht entschlüsseln können«, meinte Martial. »Außer, du bist vom FBI. Falls jemand anders sie entschlüsselt, ist es nur eine Geheimhaltungssache, soweit es dich betrifft. Aber wenn du's selbst tust oder wissentlich dabei mitmachst, bist du im Besitz oder Mitbesitz verbotener Technologie, was dir einen Aufenthalt in einem dieser außerordentlich effizienten Gefängnisse eintragen kann, die der private Sektor auf so hervorragende Weise erbaut hat und betreibt.«

»Bin ich aber nicht«, sagte Fontaine.

»Sei dem, wie dem sei«, fuhr Martial fort, »wenn doch, könntest du, sofern du's geschickt anstellst und die erforderliche Verschwiegenheit wahrst, mit Hilfe besagter Technologie gewisse lukrative Marktdiskontinuitäten aufdecken. Kannst du mir folgen, Fontaine?«

»Nein«, sagte Fontaine.

»Sagen wir mal so: Wenn du eine Möglichkeit hast, Dokumente in die Finger zu kriegen, an die sonst niemand rankommt, solltest du vielleicht mit jemandem reden, der Ahnung davon hat, welche Dokumente du beschaffen solltest – was da am lukrativsten wäre.«

»He, Martial, ich mach keine …«

»Bitte, Fontaine. Wenn jemand Besteck aus zweiter Hand und altes Spielzeug verkauft, auf das schon die Ratten gepinkelt haben, dann ist doch völlig klar, dass das eine Berufung sein muss. Eine Lebensaufgabe. Ich weiß, du machst das nicht wegen des Geldes. Trotzdem, wenn du noch 'nen zweiten Kanal zu anderen Sachen hast, rate ich dir, dich mit deinem Anwalt – also mit mir – zu beraten, und zwar so schnell wie möglich. Hörst du?«

»Martial, ich hab kein …«

»Clarisse hat bei einem anderen Partner unserer Firma Erkundigungen eingezogen, Fontaine. Das sag ich dir ganz im Vertrauen.«

Fontaine hörte das gar nicht gern.

»Sie spricht von Scheidung, mein Freund.«

»Ich muss Schluss machen, Martial. Kundschaft.« Fontaine legte auf. Martials Neuigkeiten bezüglich Clarisse waren Fontaine nicht gar so neu, aber er hatte es bisher erfolgreich vermieden, darüber nachzudenken.

Ein leises, stetes Klicken drang an sein Ohr, und als er sich umdrehte, sah er, dass der Junge den Datenhelm wieder aufgesetzt hatte.

35 Auf Autopilot

Chevette hatte die Augen nicht geschlossen, als sie Creedmore herunterzog und küsste, aber da sie die Arme um seinen Hals geschlungen hatte, um ihn festzuhalten und sich vor Carson zu verstecken, raubte ihr der Ärmel von Skinners Jacke die Sicht. An den verschwommenen Konturen von Creedmores Wangenknochen und linkem Ohr vorbei sah sie jedoch ein adrenalinscharfes Bild von Carson, der sich seinen Weg durch die Menge bahnte. Das nahm ihre Aufmerksamkeit dermaßen in Anspruch, dass es ihr bisher gelungen war, Creedmores Reaktion zu ignorieren – seine Zunge versuchte offenbar, mit einer bislang erfolglosen Kombination aus Geschwindigkeit und Hebelkraft die ihre zu bändigen, und seine Hände waren unter Skinners Jacke hektisch auf Brustwarzenjagd.

Vor das kristallklare Bild von Carson schob sich eine Großaufnahme von Tessa, die Augen vor Erstaunen geweitet und drauf und dran, in schallendes Gelächter auszubrechen, als Creedmore endlich eine der Brustwarzen fand, auf die er so wild war, worauf Chevette reflexhaft mit dem linken Arm seinen Hals losließ und ihn so hart und diskret wie möglich in die Rippen boxte, ihm so viele Knöchel wie nur möglich hineinrammte.

Creedmores blaue, blutunterlaufene Augen flogen weit auf, und Chevette ließ ihn los, tauchte von ihrem Stuhl und rollte sich, jetzt voll auf Autopilot, unter den Tisch. Sie glaubte zu hören, wie Creedmore bei dem

Versuch, ihr zu folgen, mit dem Kopf gegen den Tisch knallte, aber jetzt, wo sie seinen Mund nicht mehr auf ihrem spürte, wurde ihr dessen Geschmack bewusst – etwas daran kam ihr quälend vertraut vor –, doch das spielte sich alles nur weit hinten in ihrem Kopf ab, während ihr Körper sie auf dem schnellsten Wege, den er nur finden konnte, dort herausbrachte. Das hieß, sie krabbelte auf Händen und Knien los, immer noch unter dem Tisch; darunter hervor, weiterhin tief gebückt, aber mit zunehmendem Tempo; rannte geduckt los, die Arme hoch erhoben, um jeden abzublocken, der versuchen könnte, sie zu stoppen; raus durch die Tür.

Wo der Instinkt, irgendwas, irgendeine Erinnerung sie nach rechts führte, Richtung Oakland.

Und sie wurde erst langsamer, als sie das Gefühl hatte, dass es ungefährlich war, aber inzwischen hatte sie erkannt, was der Geschmack in Creedmores Mund war: Dancer, und sie fragte sich, wieviel sie abgekriegt hatte. Nicht viel wahrscheinlich, aber sie sah es jetzt in der schwachen Aura um jede Lichtquelle und merkte es daran, wie ihr Herz klopfte und dass nichts von dem, was gerade passiert war, sie sonderlich beunruhigte.

Ärger konnte abstrakt sein, wenn man auf Dancer war.

Carson bedeutete Ärger, dachte sie, und sein Gesichtsausdruck, den sie ihm immer schon zugetraut hatte, ohne ihn jedoch jemals bei ihm gesehen zu haben, hatte ihr Angst vor ihm eingeflößt. Sie hatte Angst vor ihm, seit er sie geschlagen hatte, aber das war für sie nicht ganz dasselbe gewesen. Er hatte ihr dabei nicht sehr wehgetan, jedenfalls nicht körperlich. Da, wo sie herkam, waren Leute vor ihren Augen übel zugerichtet, wirklich böse verletzt worden, und dieser süße Medienbubi, der nicht mal richtig zuschlagen konnte, wie gefährlich würde der schon sein?

Doch als die Spuren der Droge in Creedmores Speichel nun ihre Wirkung taten, wurde ihr klar, dass sie nicht deshalb Angst vor ihm hatte, weil er sie damals geschlagen hatte oder weil die Möglichkeit bestand, dass er es wieder tun könnte, sondern weil sie auf instinktive, unterschwellige Weise wusste, dass etwas mit ihm nicht stimmte, ganz und gar nicht stimmte. Dass er ein übler Typ war, es aber verbarg. Immer, und zwar noch sorgfältiger, als er seine Klamotten auswählte.

Und in jenem Gespräch mit Tessa, das zu Chevettes Umzug nach Malibu geführt hatte, hatte Tessa gesagt, sie beneide die Männer um die Unfähigkeit, einen hoch zu kriegen, wenn irgendwas nicht stimmte. Selbst wenn's ihnen nicht bewusst ist, hatte Tessa gesagt, es wird nicht klappen. Aber bei uns ist das anders, wir können einfach dabeibleiben, auch wenn noch so viel nicht stimmt. Aber du kannst nicht bei ihm bleiben, wenn er dich geschlagen hat, weil er's wieder tun wird.

Sie ging weiter, Richtung Treasure Island. Die Brücke hatte jetzt etwas Gespenstisches, Monochromes. Vielleicht lag das auch am Dancer, sie wusste es nicht.

»Außer Kontrolle«, sagte sie. Genau das war ihr Leben jetzt. Sie reagierte immer nur. Sie blieb stehen. Vielleicht reagierte sie nur auf Carson.

»He. Chevette.«

Sie drehte sich um und sah ein Gesicht, das sie kannte, obwohl sie ihm keinen Namen zuordnen konnte. Struppige, helle Haare über einem schmalen, harten Gesicht, eine schlimme Narbe, die sich über die linke Wange schlängelte. Ein ehemaliger Kurier aus ihrer Zeit bei Allied, keiner von ihrer Crew, aber ein Gesicht von Partys. »Heron.« Da war sein Name wieder.

»Ich dachte, du wärst weg«, sagte Heron und zeigte kaputte Zähne. Vielleicht war in seinem Kopf auch was kaputt, ging es ihr durch den Sinn. Oder vielleicht war's auch bloß irgendeine Droge.

»War ich auch«, sagte Chevette.

»Wo?«

»Südkalifornien.«

»Fährst du da? Kurierin?«

»Nein«, sagte sie.

»Ich kann momentan nicht fahren«, sagte Heron, schwang das linke Bein steif nach vorn und verlagerte das Gewicht darauf. Irgendwas war mit seinem Knie. »Bin mit 'nem Käfig aneinander geraten.« Ein Auto, und sie überlegte, wie lange es her war, dass sie das gehört hatte.

»Bist du versichert?«

»Scheiße, nein, 'n Käfig von DoJ City.« Department of Justice. »Ich hab Anwälte dran, aber …« Schiefes Achselzucken. »Einer meiner Anwälte, Njembo, kennst du die drei? Flüchtlinge aus der afrikanischen Union. Njembo, der kennt diesen Fontaine. Fontaine kennst du doch, oder?«

»Ja«, sagte Chevette und schaute sich um. »Wohnt der immer noch drüben Richtung Oakland, mit Frauen und Kindern?«

»Nein«, sagte Heron, »nein, er hat 'nen Laden, gleich da vorn.« Er zeigte hin. »Schläft da. Verkauft Krimskrams an die Touristen. Njembo sagt, seine Frauen wollen ihn am Arsch kriegen.« Er blinzelte ihr zu. Die Narbe auf seiner Wange fing das Licht ein. »Siehst gut aus. Andre Frisur.«

Etwas an diesem Aufblitzen verfing sich in den Winkeln von Creedmores Spuckekick; sie fröstelte. Auf den Karten, die das Dancer ihr gab, kam Carson auf sie zu, denselben Ausdruck im Gesicht, die Hände in den Taschen seiner Lederjacke.

»Schön, dich zu sehen, Heron.«

»Ja«, sagte er, und sie hörte etwas Mürrisches und Skeptisches in seiner Stimme, womöglich eine Art

Sehnsucht, dann wieder das schiefe Achselzucken, vielleicht nur, um einen Schmerz abzuschütteln. Er senkte den Blick und ging in die Richtung davon, aus der sie gekommen war, und sie sah, wie sehr ihn der Unfall verkrümmt hatte; er humpelte, schwang sein steifes Bein beim Gehen nach außen.

Sie zog den Reißverschluss an Skinners Jacke zu und machte sich auf die Suche nach Fontaines Laden. Ob sie ihn wohl erkennen würde, wenn sie ihn fand?

36 Famous Aspect

Rydell holte sich im Ghetto Chef eine Beef Bowl in einer weißen Schaumstoffschüssel und stand dann vor der Frage, wie er einhändig die Leiter hinaufkommen sollte, ohne sie zu verschütten.

Mit etwas Heißem in der Hand eine Leiter hinaufzuklettern gehörte zu den Dingen, über die man normalerweise nicht nachdachte, die sich jedoch als schwierig erwiesen. Man kann sich eine heiße Beef Bowl nicht einfach unter den Arm klemmen, und wenn man nur einhändig klettert, muss man schnell mit der Hand sein, immer schnell die nächste Sprosse packen.

Aber er schaffte es, ohne etwas zu verschütten, und stellte das Gericht dann ab, während er die Gittertür aus Kantholz und Hühnerdraht aufsperrte. Sie verfügte auf beiden Seiten über ein verchromtes nepalesisches Vorhängeschloss; die Schlüssel hatte er zuvor an einem Nagel gefunden. Es war eine dieser total sinnfreien Vorrichtungen, was die Sicherheit betraf, weil jeder, der reinwollte, die Vorhängeschlösser mit einem Bolzenschneider durchtrennen, die Riegel aus dem Holz reißen oder einfach am Hühnerdraht zerren konnte, bis sich die Heftklammern lösten. Andererseits – wenn man wegging, ohne das Zimmer abzuschließen, und jemand einem ohne jede Mühe die Sachen klaute, würde man sich vermutlich noch blöder vorkommen.

Als er die Tür offen hatte, setzte er sich mit seiner Beef Bowl und dem mitgelieferten Plastiklöffel aufs Fußende des Bettes. Er atmete gerade den Dampf ein, als ihm der Gedanke kam, dass er nach der Thermoskanne schauen sollte. Dem Projektor, wie Laney das Ding genannt hatte. Er seufzte, stellte seine Beef Bowl ab und stand auf (nun ja, den Kopf musste er einziehen).

Die GlobEx-Schachtel lag in dem Schränkchen, neben seinem Matchbeutel, und der Zylinder aus gedrücktem Metall lag in der GlobEx-Schachtel.

Er setzte sich wieder hin, legte die GlobEx-Schachtel neben sich aufs Bett und machte sich über seine Beef Bowl her. Das Warten hatte sich gelohnt. Schon komisch, dass solche Streifen aus grundsätzlich zu lange gekochtem geheimnisvollem Fleisch, bei dem es sich wohl tatsächlich um Rindfleisch handelte, unter den richtigen Umständen schmackhafter sein konnten als ein wirklich gutes Steak. Er aß alles auf bis zum letzten Reiskorn und zum letzten Tropfen Brühe, und fand, dass der Touristenfallen-Plan seine dreieinhalb Sterne an die richtige Stelle gesetzt hatte.

Dann öffnete er die GlobEx-Schachtel und holte das Thermoskannending heraus. Er sah sich noch einmal den FAMOUS ASPECT-Aufkleber an, aber der sagte ihm genauso wenig wie zuvor. Er stellte das Ding aufrecht auf den grünen und orangefarbenen Teppich, krabbelte wieder aufs Bett und holte das Messer. Damit schnitt er die Plastikhüllen mit den beiden Kabeln drin auf, saß da und betrachtete sie.

Das eine war ein ganz normales Stromkabel, nicht anders als die Dinger, mit denen man Notebooks an die Steckdose anschloss, dachte er, wenngleich das Ende, das in die Thermoskanne führte, ein bisschen komplizierter zu sein schien als sonst. Aber das andere … die Stecker an beiden Enden sahen echt stark aus. Er fand die Buchse, in die das eine Ende offensichtlich gehörte, aber wohinein sollte das andere passen? Wenn der Sumo-Junge die Wahrheit gesagt hatte, war das ein Spezialkabel, das man brauchte, um dieses Ding an etwas anzuschließen, woran es im Normalfall vielleicht nicht angeschlossen werden musste. Es sah aus wie ein Glasfaserkabel.

Das Stromkabel war kein Problem. Es dauerte allerdings eine Weile, bis er hier oben eine Steckdose fand, aber wie sich herausstellte, gab es eine (nun, eigentlich war es das Ende eines dicken gelben Verlängerungskabels) im Schrank.

Keine Bedienungselemente an dem Ding, soweit er sehen konnte, keine Schalter. Er steckte das Stromkabel in die Steckdose, setzte sich dann mit dem anderen Ende in der Hand aufs Bett und sah den silbernen Zylinder an.

»Ach, zum Teufel«, sagte er und stöpselte das Kabel in den Zylinder. Im selben Moment hatte er eine kristallklare Vision, dass das Ding eindeutig und ohne jeden Zweifel bis zum Rand mit Plastiksprengstoff gefüllt war und dass der Zünder darin nur auf diesen Saft wartete …

Aber nein, wenn das stimmen würde, wäre er jetzt tot. War er aber nicht.

Aber bei dem Zylinder tat sich auch nichts. Er glaubte, ein leises Summen zu hören, das war alles.

»Kapier ich nicht«, sagte Rydell.

Etwas flimmerte. Ein Neonschmetterling. Mit zerrissenen Flügeln.

Und dann war das Mädchen da, kniete dicht bei ihm, und er spürte, wie sein Herz einen Salto machte und sich wieder fing.

Wie sie vom Nichtsein ins Dasein übergetreten war. Ein Schmerz in seiner Brust, bis er sich ermahnte, dass er atmen musste.

Wenn Rydell sie hätte beschreiben sollen, hätte er »schön« gesagt, aber bei dem Versuch, das genauer zu erläutern, wäre er auf frustrierende Weise gescheitert. Wahrscheinlich war sie eins von Durius' Beispielen für hybriden Schöpferdrang, aber welche Rassen da gemischt worden waren, konnte er beim besten Willen nicht erkennen.

»Wo sind wir?«, fragte sie.

Er blinzelte, weil er nicht genau wusste, ob sie ihn sah und mit ihm sprach oder ob ihre Worte jemand anderem in einer anderen Realität galten. »In einer Pension«, sagte er versuchshalber. »San Francisco – Oakland Bay.«

»Bist du Laneys Freund?«

»Ich – na ja. Schon.«

Sie schaute sich jetzt mit offenkundigem Interesse um, und Rydell merkte, wie sich die Haare an seinen Armen aufrichteten, als er sah, dass ihre Kleidung die seine exakt widerspiegelte, obwohl ihr alles perfekt passte, was sie trug, und es bei ihr natürlich ganz anders aussah. Weite Khakihose, blaues Arbeitshemd, schwarze Nylonjacke mit Klettbandrechteck überm Herzen, wo das Firmenlogo drankam. Bis hin zu schwarzen Socken (mit Löchern? fragte er sich) und Miniaturversionen der schwarzen Work'N'Walks, die er für den Lucky Dragon gekauft hatte. Aber die Haare an seinen Armen standen hoch, weil er *wusste* – er hatte es gesehen, ganz bestimmt –, dass sie im ersten Moment ihrer Anwesenheit nackt vor ihm gehockt hatte.

»Ich bin Rei Toei«, sagte sie. Ihr Haar war grob und glänzend – unregelmäßig, aber perfekt geschnitten –, ihr Mund breit und großzügig, fast mit einem Lächeln auf den Lippen, und Rydell streckte die Hand aus und sah, wie sie direkt durch ihre Schulter ging, durch das Muster aus kohärentem Licht, das sie sein musste, so viel wusste er. »Das ist ein Hologramm«, erklärte sie, »aber ich bin real.«

»Wo bist du?«, fragte Rydell und zog die Hand zurück.

»Ich bin hier.«

»Aber wo bist du in Wirklichkeit?«

»Hier. Dies ist kein übertragenes Hologramm. Es wird von dem Famous-Aspect-Gerät generiert. Ich bin hier, bei dir. Dein Zimmer ist sehr klein. Bist du arm?« Sie kroch an Rydell vorbei (er vermutete, sie hätte durch ihn hindurchkriechen können, wenn er nicht beiseite gerückt wäre) zum Kopfende des Bettes und untersuchte die salzverkrustete Plastikhalbkugel. Rydell sah jetzt, dass sie buchstäblich eine Lichtquelle war, obwohl ihn das Leuchten, das von ihr ausging, irgendwie an Mondlicht erinnerte.

»Das ist ein gemietetes Zimmer«, sagte Rydell. »Und ich bin nicht reich.«

Daraufhin blickte sie sich um. »Ich wollte dich nicht beleidigen.«

»Schon in Ordnung«, sagte Rydell und schaute von ihr zum Projektor und wieder zurück. »Ich meine, viele Leute würden mich für arm halten.«

»Aber noch mehr würden dich für reich halten.«

»Na, ich weiß nicht …«

»Aber ich«, sagte sie. »Die Menschen, die gegenwärtig leben, besitzen in ihrer Mehrzahl deutlich weniger als du. Du hast diesen Platz zum Schlafen, du hast Kleidung, und wie ich sehe, hast du auch etwas gegessen. Wie heißt du?«

»Berry Rydell«, sagte er und empfand eine seltsame Scheu. Aber er glaubte zumindest zu wissen, wer sie war oder sein sollte. »Hör mal, ich kenne dich. Du bist diese japanische Sängerin, die nicht … ich meine, die …«

»Die nicht existiert?«

»Das hab ich nicht gesagt. Ich meine, hättest du nicht diesen Iren oder Chinesen oder so heiraten sollen? Den von der Band?«

»Ja.« Sie hatte sich bäuchlings auf dem Bett ausgestreckt und stützte das Kinn ein paar Zentimeter vor der okkludierten Plastikblase in die Hände. (Rydell sah die Blase blitzartig vom Wasser darunter aus; das weißlich überzogene Auge eines Ungeheuers.) »Aber wir haben nicht geheiratet, Berry Rydell.«

»Woher kennst du Laney?«, fragte er sie in der Hoffnung, dem Gespräch wieder eine irgendwie geartete Basis zu geben, auf der er ebenfalls stehen konnte.

»Laney und ich sind Freunde, Berry Rydell. Weißt du, wo er ist?«

»Nicht genau.« Das war die Wahrheit.

Sie rollte sich herum, hinreißend und buchstäblich strahlend, in ihrem widersinnigen Abbild seiner Klamotten, die bei ihr wie der erste und reinste Ausdruck einer unwiderstehlichen neuen Mode aussahen, und fixierte ihn mit einem traurigen Blick. In diesem Moment hätte er ihr willig und mit Freuden so lange in die Augen geschaut, wie sie es nur gewollt hätte, und fraglos bis in alle Ewigkeit gesessen. »Laney und ich sind getrennt worden. Ich verstehe nicht warum, aber ich muss darauf bauen, dass es letztendlich zu unser beider Wohl geschehen ist. Von wem hast du den Projektor bekommen, Berry Rydell?«

»Keine Ahnung«, sagte Rydell. »Er ist per GlobEx gekommen, aber auf Laneys Namen. Adresse in Melbourne, Firma namens Paragon-Asia.«

Sie zog die Augenbrauen hoch. »Weißt du, warum wir beide hier in San Francisco sind, Berry Rydell?«

»Nein«, sagte er, »du?«

»Laney glaubt, dass die Welt bald untergehen wird«, sagte sie, und ihr Lächeln war strahlend.

Er musste unwillkürlich zurücklächeln. »Ich denke, das hatten wir schon, beim Jahrhundertwechsel.«

»Laney sagt, das war nur ein Datum. Laney sagt, diesmal wird es Ernst. Aber ich habe seit Wochen nicht mehr mit ihm gesprochen, Berry Rydell. Ich weiß nicht, wie viel näher wir dem Knotenpunkt mittlerweile gekommen sind.«

37 Bisschen Knete

Boomzilla, der heut Abend n bisschen Knete hat – Debitchip, von den Schnepfen mit der Karre –, geht zum Lucky Dragon. Da geht er immer hin, wenn er Geld hat, die haben nämlich den ganzen geilen Kram.

Den Fraß da mag er, weils kein Brückenfraß ist; Zeug wie in der Glotze, aus der Packung. Und auch sonst alles: Sachen zum Angucken, die Spiele, die sie da drin haben. Voll geil, der Laden.

Irgendwann ist er mal ganz oben. Dann wohnt er in nem Haus, und das ist so sauber wie der Lucky Dragon. Und genauso hell erleuchtet, und er hat so Kameraballons wie die Schnepfen mit dem Wagen. Dann beobachtet er alle, und niemand wichst ihn an.

Er holt den Chip raus, als er zum Eingang kommt, weil der Privatbulle ihn reinlassen wird, wenn er ihn in der Hand hält. Die Privatbullen wollen sehn, dass man kein Penner ist. Weil die nur klauen. Boomzilla versteht das.

Heut Nacht ist es nicht so wie sonst. Heut Nacht steht n großer weißer Truck vorm Lucky Dragon. Der größte, sauberste weiße Truck, den er je gesehn hat. Keine Schrift drauf, Nummernschilder aus Südkalifornien, paar Privatbullen, die daneben rumstehen. Boomzilla fragt sich, ob sie mit solchen Karren die neuen Spiele ranschaffen. Hat er noch nie gesehn.

Also zur Tür rein, Chip in der erhobenen Hand, und erst mal gleich rüber zu den Süßigkeiten.

Boomzilla mag diese Japsenbonbons, die wie n kleines Drogenlabor sind. Man mischt die verschiedenen Sachen, es zischt, wird heiß und kühlt ab. Man gießt das Zeug in die Gussformen und wartet, bis es hart wird. Wenn mans isst, sinds einfach bloß Bonbons, aber es bringt Boomzilla Spaß, sie zu machen.

Er holt sich sechs, genervt, dass kein Grapefruit da ist, und n paar Schokos, zwei Stück. Hängt ziemlich lange bei der Maschine rum, die Zeitschriften macht, schaut sich Screens an, den ganzen Scheiß, den man sich in seine Zeitschrift reinsetzen lassen kann. Geht dann zurück, um sich seine Nudeln zu holen, die wo man Wasser zugießt und am Faden zieht.

Als er hinten noch zwischen Rindfleisch und Huhn schwankt, sieht er, dass sie n ganzes Stück von der Lucky-Dragon-Wand abmontiert haben. Gleich neben GlobEx und dem Geldautomaten.

Aha, denkt er, deswegen also der weiße Truck, die bauen hier was Neues rein, ob das vielleicht n Spiel ist?

Weiße Männer in weißen Papieranzügen, die an dem Wandstück rumwerkeln.

Er beobachtet sie, geht dann wieder nach vorn, zeigt seinen Krempel vor. Die Kassiererin führt das Zeug über das Fenster wegen dem Preis, nimmt Boomzillas Chip und belastet ihn. Weg ist sie, die Knete.

Er geht mit seiner Tüte raus und sucht sich n Bordstein zum Hinsetzen. Gleich wird er das erste Bonbon machen. N Rotes.

Er schaut an dem weißen Truck vorbei zu den Bildschirmen vorm Laden und sieht auf der Hälfte davon weiße Trucks. Überall auf der Welt stehn also jetzt solche weißen Trucks vor den Lucky Dragons; muss wohl heißen, dass die heute Nacht alle irgendwas Neues eingebaut kriegen.

Boomzilla reißt die Bonbons auf und sieht sich die mehrstufige, aber gänzlich nonverbale Anleitung an.

Muss man schon richtig machen.

38 Kettenmesser

Fontaines Laden musste dieser kleine, purpurrote mit dem hohen, schmalen Fenster sein, das mit so viel Silikon abgedichtet war, dass man damit einen Hochzeitskuchen hätte glasieren können. Die ganze Fassade des Ladens war im selben matten Purpurrot gestrichen, das bereits Blasen warf – das Werk von Sonne und Regen –, und sie erinnerte sich vage an eine frühere Inkarnation des Ladens; gebrauchte Klamotten vielleicht. Alles war purpurrot getüncht: die Silikonnasen und -klumpen, die Eisenteile an der alten Holztür, deren obere Paneele durch eine Glasscheibe ersetzt worden waren.

Wenn das Fontaines Laden war, so hatte er sich nicht die Mühe gemacht, ihm einen Namen zu geben, aber das sah ihm ähnlich. Und die spärliche Schaufensterauslage unter dem Lichtstrahl einer antiken Tensor-Lampe sah ihm ebenfalls ähnlich: ein paar altmodische Armbanduhren mit vor sich hin rostenden Zifferblättern, ein Taschenmesser mit Knochengriff, den jemand auf Hochglanz poliert hatte, und ein riesiges, hässliches Telefon in einer wulstigen schwarzen Gummihülle.

Fontaine war verrückt nach alten Sachen, und früher hatte er hin und wieder mal ein Stück mitgebracht und es Skinner gezeigt.

Manchmal hatte sie gedacht, er täte das nur, um den alten Mann zum Reden zu bringen, denn dann rückte Skinner mit seinen Geschichten aus. Er war kein großer

Erzähler gewesen, aber wenn er so einen ramponierten Schatz von Fontaine in den Händen hin und her drehte, redete er, und dann saß Fontaine da, hörte zu und nickte manchmal, als bestätigten Skinners Geschichten einen lange gehegten Verdacht.

Nachdem er auf diese Weise Zugang zu Skinners Vergangenheit bekommen hatte, befingerte Fontaine die Objekte selbst mit neuer Erregung und stellte Fragen.

Fontaine lebte in einer Welt der Dinge, so war es ihr vorgekommen, der Welt der von Menschen hergestellten Dinge, und wahrscheinlich fiel es ihm leichter, sich ihnen – den Menschen – durch diese Dinge zu nähern. Wenn Skinner Fontaine keine Geschichte über irgendwas erzählen konnte, dachte sich Fontaine selbst eine aus, las aus der Form eines Gegenstands seine Funktion und aus der Art der Abnutzung seine Verwendung heraus. Das schien ihn zu erleichtern.

Für Fontaine hatte alles eine Geschichte. Jedes Objekt, jedes Fragment enthielt die ganze Welt der künstlichen Dinge. Einen Chor von Stimmen, die Vergangenheit, die in allem lebendig war, dieses Meer, auf dem die Gegenwart einherschaukelte. Als er Skinners Zahnradbahn gebaut hatte, den Fahrstuhl, der wie eine kleine Cable Car das schräge Eisen des Turms hinaufkroch – die Hüfte des alten Mannes war so schlimm geworden, dass er nur noch mit Mühe hinaufkam –, hatte Fontaine eine Geschichte über die Herkunft jedes einzelnen Teils zu erzählen gehabt. Er verwob ihre Geschichten miteinander, fügte Strom hinzu, und das Ding fuhr klickend zur Luke im Boden von Skinners Bude hinauf.

Jetzt steht sie da, schaut ins Fenster, auf diese Armbanduhren mit den fleckigen Zifferblättern, den reglosen Zeigern, und hat Angst vor der großen Geschichte.

Fontaine wird sie auf andere Art darin einbauen, das

weiß sie, und sie hat sich vor dieser Geschichte gedrückt.

Durch die dicke Glasscheibe in der Tür – so dick, dass sie das Licht beugt, wie Wasser in einem Glas – sieht sie, dass in einem Raum hinter dem Laden Licht brennt. Dort ist eine weitere Tür, und die ist nicht ganz geschlossen.

GESCHLOSSEN/CERRADO steht auf dem eselsohrigen Pappschild, das an einem Duschhaken mit Saugnapf hinter der Glasscheibe hängt.

Sie klopft.

Fast sofort wird die Innentür geöffnet. Die Silhouette einer Gestalt vor dem hellen Licht.

»He, Fontaine. Ich bin's, Chevette.«

Die Gestalt kommt angeschlurft, und sie sieht, dass er es wirklich ist, dieser knochige Schwarze, dessen ergrauendes Haar zu unregelmäßigen Zweigen zusammengedreht ist, die wie die Äste einer staubigen, halb verdursteten Zimmerpflanze herabhängen. Als er um einen matt schimmernden Glastresen herumgeht, sieht sie, dass er eine Schusswaffe in der Hand hat, so ein altmodisches Ding mit einem Zylinder, der sich dreht, wenn die Kugeln manuell abgefeuert werden, eine nach der anderen. »Fontaine? Ich bin's.«

Er bleibt stehen und schaut herüber. Tritt einen Schritt vor, lässt das Schießeisen sinken. »Chevette?«

»Ja.«

»Moment.« Er kommt näher und späht zu ihr heraus, an ihr vorbei. »Bist du allein?«

»Ja«, sagt sie mit einem Blick nach links und rechts.

»Moment ...«. Das Klappern von Schlössern, Riegel werden aufgeschoben, dann geht die Tür schließlich auf und er blinzelt sie verdutzt an. »Du bist wieder da.«

»Wie geht's dir, Fontaine?«

»Gut«, sagt er, »gut«, und tritt zurück. »Komm rein.«

Im Laden riecht es nach Maschinenöl, Metallpolitur, geröstetem Kaffee. Tausend Dinge schimmern in den Tiefen von Fontaines Sedimentbank der Geschichte.

»Ich dachte, du wärst in L.A.«, sagt er.

»War ich auch. Aber jetzt bin ich wieder da …«

Er schließt die Tür und verriegelt sie wieder, eine komplizierte Tätigkeit, die er jedoch auch im Dunkeln ausführen kann, vielleicht sogar im Schlaf »Der alte Mann ist gestorben. Weißt du's schon?«

»Ja, ich weiß«, sagt sie. »Wie?«

»Einfach das Alter.« Er steckt das Schießeisen jetzt weg. »Wollte am Schluss nicht mehr aufstehen. Hat zusammengerollt im Bett gelegen, wie 'n Baby. Clarisse, die ist hingegangen und hat ihn gepflegt. War früher mal Krankenschwester, Clarisse. Sagt, wenn sie sich zur Wand drehen, heißt das, es ist bald vorbei.«

Chevette möchte so gern etwas sagen, aber es will nicht heraus.

»Ich mag deine Frisur, Mädchen.« Fontaine sieht sie an. »Ist nicht mehr so wild.«

»Verändert sich alles«, sagt Fontaine. Er meint die Brücke und das Leben darauf. Er hat ihr erzählt, dass immer mehr solcher Läden aufgemacht werden, die meisten davon mit Geld von außerhalb, und dass die Besitzer Leute anstellen, die dort wohnen, damit das Besitzrecht gewahrt bleibt. »Dieser Lucky Dragon«, sagt er, die Hände um einen weißen Porzellanbecher mit seinem bitteren, schlammigen Kaffee gelegt, »der ist hier, weil jemand drauf gekommen ist, dass man damit Geld machen kann. Touristen, die sich da für ihren Ausflug auf die Brücke eindecken. Das hätt's früher nicht gegeben.«

»Was meinst du, woran es liegt, dass sich alles verändert?«

»Es verändert sich eben«, sagt er. »Alles hat seine Zeit, dann verändert es sich.«

»Skinner«, sagt sie, »der hat sein ganzes Leben hier verbracht, oder? Ich meine, als hier noch alles so war wie früher. Er war die ganze Zeit hier. Schon, als sie's gebaut haben.«

»Nicht sein ganzes Leben. Nur das Ende. Die Jacke, die du anhast, die hat er in England gekauft, als er noch jünger war. Er hat dort gelebt und ist da Motorrad gefahren. Hat er mir mal erzählt. Ist mit den Dingern nach Schottland gedüst, überall ist er damit gewesen. Echt alte Geräte.«

»Er hat mir mal ein bisschen was davon erzählt«, sagt sie. »Dann ist er hierher gekommen, und es hat das Erdbeben gegeben, Little Big One. Hat die Brücke kaputt gemacht. Kurz darauf war er hier draußen.«

»Warte mal«, sagt er, »ich zeig dir was.« Er macht eine Vitrine auf. Holt ein feststehendes Messer mit Scheide heraus, grünliche Griffschalen mit abstrakten Kupfereinlagen. Zieht es aus dem gewachsten braunen Sattlerleder. Klinge aus Damaststahl, mit dunklen Mustern.

Das Messer aus Chevettes Erinnerung, dessen Griff mit geschliffenen Platinensegmenten in Phenolharz überzogen ist.

»Ich hab gesehen, wie das entstanden ist«, sagt sie und beugt sich vor.

»Ist aus einer Motorradkette geschmiedet. Von einer Vincent ›Black Lightning‹, Baujahr 1952. Hat er in England gefahren. War damals schon gute vierzig Jahre alt. Er hat gesagt, es gäb keinen andern Hobel, der ihr gleichkäme. Die Kette hat er behalten, bis er diesen Schmied gefunden hat.« Er gibt ihr das Messer. Zwölf Zentimeter Klinge, zwölf Zentimeter Griff. »Ich möchte, dass du's behältst.«

Chevette fährt mit dem Finger über die flache Seite der Klinge, das Krokodilmuster aus hellem und dunklem Stahl, das beim Aushämmern der Kettenglieder entstanden ist. »Ich hab schon an dieses Messer gedacht, Fontaine. Heute. Wie wir zu dem Schmied in die Werkstatt gegangen sind. Der hat Koks in 'ner alten Kaffeekanne verbrannt.«

»Ja. Hab ich auch gesehen.« Er gibt ihr die Scheide.

»Aber du musst das verkaufen.« Sie will ihm beides zurückgeben.

»Das war nicht zu verkaufen«, sagt er. »Ich hab's für dich aufbewahrt.«

Fontaine hat einen seltsamen Jungen im Hinterzimmer. Einen dicken kleinen Latino mit kurz geschnittenen Haaren. Er hockt die ganze Zeit im Schneidersitz da, einen alten Datenhelm auf dem Kopf, der aussieht wie von einer Müllhalde für militärische Robotertechnik, und ein abgenutztes altes Notebook auf dem Schoß. Er klickt sich von einem Screen zum nächsten, unaufhörlich, immer im gleichen Tempo.

»Wer ist das?«, fragt sie, als sie hinten sind. Fontaine setzt gerade eine frische Kanne seines schrecklichen Kaffees auf. Sie denkt, dass der Junge sie hören kann.

»Ich weiß nicht.« Fontaine dreht sich um und sieht den Jungen mit dem Datenhelm an. »Er war heute Morgen draußen und hat mir ans Fenster geatmet.«

Chevette sieht Fontaine verständnislos an.

»Er mag Armbanduhren«, sagt Fontaine und zündet den Butangasring mit einem Gasanzünder an, der wie eine Spielzeugpistole aussieht. »Hab ihm heute Vormittag gezeigt, wie man welche findet. Seitdem hat er kaum was anderes getan.« Fontaine geht zu dem sitzenden Jungen und schaut auf ihn hinab.

»Ich weiß nicht, wie weit er Englisch versteht«, sagt Fontaine. »Vielleicht versteht er's auch, aber es kommt irgendwie komisch an.«

»Spanisch vielleicht?«

»Ich hatte den dicken Carlos hier«, sagt Fontaine. »Hat auch nicht viel gebracht.«

»Wohnst du jetzt hier, Fontaine?«
»Ja«, sagt er. »Komm mit Clarisse nicht klar.«
»Wie geht's deinen Kindern?«
»Mit denen ist alles okay. Zum Teufel, mit Tourmaline ist auch alles okay, jeder andere wäre zufrieden, nur sie nicht. Das heißt, ich kann einfach nicht mit ihr zusammen leben, verstehst du, aber gesundheitlich geht's ihr recht gut.«
Chevette nimmt das Damaszener Stiefelmesser in seiner Scheide und versucht, es in die mit einem Reißverschluss versehene Innentasche von Skinners Jacke zu stecken. Passt, wenn man den Reißverschluss so weit wie möglich zuzieht, um es aufrecht zu halten. »Was macht er mit deinem Notebook?«
»Armbanduhren suchen. Ich hab ihn drauf gebracht, sich die Netz-Auktionen anzusehen, aber inzwischen schaut er sich überall um. Er kommt an Sachen ran … keine Ahnung, wie er das anstellt.«
»Willst du ihn hier behalten?«
Fontaine runzelt die Stirn. »Hatte ich eigentlich nicht vor.«
Chevette steht auf, streckt sich, sieht in der Erinnerung, wie der alte Mann, Skinner, sich in seinem Bett in der Bude oben auf dem Kabelturm aufsetzt. Das Dancer von Creedmore hat längst seine Wirkung verloren und nur eine leichte Müdigkeit hinterlassen. Langer Tag. Sehr langer Tag. »Wir schlafen in einem Van am unteren Ende der Folsom«, sagt sie.
»Du und wer noch?«
»Tessa. Freundin von mir.«
»Du weißt ja, dass du gern auch hier bleiben kannst.«
»Nein«, sagt sie, »Tessa wird sich Sorgen machen. Ich bin froh, dass ich dich gesehen hab, Fontaine.« Sie zieht den Reißverschluss der Jacke zu. »Danke, dass du sein Messer aufbewahrt hast.« Welcher Geschichte sie auch immer ausgewichen sein mag, sie ist auch jetzt nicht

darauf gestoßen. Sie ist nur müde; sonst empfindet sie gar nichts.

»Dein Messer. Für dich gemacht. Er wollte, dass du's kriegst. Hat er mir gesagt.« Jetzt blickt er unter seinen spärlichen grauen Dreadlocks auf. Und sagt leise: »Haben uns gefragt, wo du bist, weißt du?«

Ihr Problem mit der Geschichte, und wie weh das tut.

39 *Panoptikum*

Laneys Reise durch sämtliche Daten der Welt (oder die Reise dieser Daten durch ihn) ist schon längst nicht mehr nur das, was er tut, sondern das, was er ist.

Hier macht ihm das Loch, diese Leere im Kern seines Wesens, nicht mehr zu schaffen. Er ist ein Mann mit einer Mission, obwohl er sich selbst gegenüber bereitwillig zugibt, dass er keine echte Vorstellung davon hat, worin diese Mission letztendlich besteht.

Alles hat mit seinem »Interesse« an Cody Harwood begonnen, überlegt er, während er in der embryonalen Dunkelheit seiner Papphütte den Hustensirup hinunterkippt. Die ersten Ansätze des so genannten Lautloser-Jäger-Syndroms, das, wie man annahm, schließlich jede Versuchsperson befallen würde, der man jemals 5-SB verabreicht hatte. Seine anfängliche Reaktion hatte natürlich darin bestanden, es zu leugnen: Das konnte ihm nicht passieren, nicht nach all den Jahren. Er *interessierte* sich für Harwood, und das aus gutem Grund; sein Gefühl für die Knotenpunkte, jene Punkte, von denen Veränderungen ausgingen, hatte seine Aufmerksamkeit wiederholt auf Harwood gelenkt. Es lag nicht sosehr daran, dass er sich auf Harwood konzentrierte, als vielmehr daran, dass alles zu Harwood *hinschwang,* sanft, aber unausweichlich, wie eine Kompassnadel.

Sein Leben war zu dieser Zeit an einem toten Punkt angelangt: Vom Management von Lo/Rez, der Popband, dazu engagiert, die »Ehe« des Sängers Rez mit dem virtuellen japanischen Star Rei Toei zu erleichtern, hatte Laney sich an ein Leben in Tokio gewöhnt, in dessen Zentrum Besuche auf einer privaten, künstlich angelegten Insel in der Bucht von Tokio standen, einem teuren kleinen Hubbel aufgeschütteten Erdreichs, auf dem Rez und Rei Toei eine Art neue Realität ins Leben rufen wollten.

Dass Laney nie so recht imstande gewesen war, die Natur dieser Realität zu erfassen, hatte ihn nicht überrascht. Rez machte, was er wollte, er war sehr wahrscheinlich der Letzte der prä-posthumanen Megastars, und Rei Toei, die Idoru, war ein emergentes System, ein Ich, das fortwährend vom Erfahrungsinput iteriert wurde. Rez war Rez und deshalb schwierig, und Rei Toei war jener Fluss, in den man nicht zweimal steigen kann. Während sie durch den Input von Erfahrungen, durch menschliche Interaktion zunehmend sie selbst wurde, entwickelte und veränderte sie sich. Rez jedoch nicht, und ein vom Management der Band beauftragter Psychologe hatte Laney anvertraut, dass Rez, den der Psychologe als Menschen mit narzisstischer Persönlichkeitsstörung charakterisierte, es wohl auch kaum jemals tun würde. »Ich habe viele Leute kennen gelernt, die das *haben,* besonders in dieser Branche«, hatte der Psychologe gesagt, »aber mir ist keiner begegnet, der es *gehabt* hat.«

Also war Laney an jedem Arbeitstag von einem Tokioter Kai in ein Schlauchboot gestiegen. Um über die graue, metallische Haut der Bucht zu jener namenlosen, kreisrunden Insel zu fahren und dort mit der Idoru zu interagieren (»sie unterrichten« war irgendwie nicht der richtige Ausdruck). Und dann hatte er sie, obwohl sie beide nichts dergleichen geplant hatten, in den Informationsstrom mitgenommen, dorthin, wo er am meisten zu Hause war (oder vielmehr, am weitesten von seinem inneren Loch entfernt). Er hatte ihr sozusagen die Schliche und Wege gezeigt, wenngleich es Schliche und Wege waren, für die weder er noch sonst jemand Namen hatte. Er hatte ihr Knotenpunkte in diesem Strom gezeigt, und sie hatten gemeinsam zugesehen, wie daraus Veränderungen hervorgegangen und in die physische Welt übergesprungen waren.

Aber er hatte sie nie gefragt, weshalb sie Rez denn nun eigentlich »heiraten« wollte, und er bezweifelte, dass sie es wusste – jedenfalls in dem Sinne, wie man normalerweise etwas weiß. Sie fuhr einfach fort zu werden, zu sein, *mehr* zu sein. Präsenter zu sein. Und Laney verliebte sich in sie, obwohl sie, wie er durchaus wusste, dazu konstruiert war, dass er (und alle Welt) sich in sie verliebte. Als potenzierte Widerspiegelung des Begehrens war sie ein Gemeinschaftsprodukt; in dem Maße, wie ihre Designer gute Arbeit geleistet hatten, war sie ein Tagtraum, ein Liebesobjekt, das einer Annäherung an das globale Unbewusste der Massen entsprungen war. Und Laney war klar, dass es dabei nicht nur um sexuelles Begehren ging (obwohl er das zu seiner großen Verwirrung natürlich auch verspürte), sondern darum, dass auf echte und anfänglich schmerzhafte Weise sein Herz geöffnet wurde.

Er liebte sie und begriff in seiner Liebe zu ihr, dass sich sein elementarstes Verständnis der möglichen Bedeutung dieses Wortes geändert und dabei jede frühere Konzeption ersetzt hatte. Es war ein vollständig neues Gefühl, und er hatte es ganz für sich behalten, es mit niemandem geteilt, schon gar nicht mit der Idoru.

Und dann, ziemlich am Ende dieser Phase, hatte der schüchterne, lächelnde, auf seine sanfte Weise ungreifbare Cody Harwood, jemand, an dem Laney nie das geringste Interesse verspürt hatte, nach und nach von ihm Besitz ergriffen. Harwood, der auf seinen Fotos meist wie eine postmillenniale Synthese von Bill Gates und Woody Allen aussah, war für Laney vorher nie mehr gewesen als die Quelle einer unbestimmten Irritation, eine jener vertrauten Ikonen, die regelmäßig an den Medienhorizonten auftauchen und dann wieder verschwinden, bis sie das nächste Mal erscheinen. Laney hatte keine Meinung zu Harwood gehabt, es kam ihm nur so vor, als hätte er ihn sein ganzes Leben lang immer wieder gesehen, ohne so recht zu wissen, warum, und das nervte ihn auf unbestimmte Weise.

Doch als er sich länger in jenen Bereichen des Stroms aufhielt, die mit Harwood und den Aktivitäten seiner Firma, Harwood Levine, zu tun hatten, war ihm deutlich geworden, dass dies ein Herd von Knotenpunkten war, eine Art Metaknoten, und dass dort auf eine für ihn undefinierbare Weise etwas sehr Bedeutsames geschah. Seine zwanghafte Beschäftigung mit Harwood und allem, was zu Harwood gehörte, hatte ihn zu der Erkenntnis gebracht, dass die Geschichte ebenfalls der nodalen Sicht unterworfen war, und die Version der Geschichte, in die Laney dort Einblick bekam, hatte wenig bis nichts mit allgemein anerkannten Versionen gemein.

Man hatte ihm natürlich beigebracht, dass die Geschichte ebenso tot war wie die Geografie. Dass Geschichte im älteren Sinn ein historisches Konzept war. Geschichte im älteren Sinn war narrativ, sie bestand aus Geschichten, die wir uns darüber erzählten, woher wir gekommen waren und wie es dort gewesen war, und diese Erzählungen wurden von jeder neuen Generation revidiert, das war immer so gewesen. Geschichte war plastisch, war eine Frage der Interpretation. Daran hatte das Digitale eigentlich nichts geändert; es hatte es vielmehr so offensichtlich gemacht, dass man es nicht mehr ignorieren konnte. Geschichte bestand aus gespeicherten Daten, und die waren der Manipulation und Interpretation ausgesetzt.

Aber die »Geschichte«, die Laney dank des von mehrfachen 5-SB-Dosen herrührenden Knicks in seiner Sicht auf die Dinge entdeckte, war etwas ganz anderes. Es war jene *Form,* die alle Erzählungen, alle Versionen in sich enthielt; es war jenes Gebilde, das (soweit er wusste) nur er sehen konnte.

Nachdem ihm das klar geworden war, hatte er zunächst versucht, es mit der Idoru zu teilen. Wenn man es ihr zeigte, würde sie, diese posthumane, emergente Entität, vielleicht einfach auch auf diese Weise sehen. Aber zu seiner Enttäuschung hatte sie ihm schließlich erklärt, was er da sehe, sei für sie nicht vorhanden; seine Fähigkeit, die Knotenpunkte zu erahnen, diese emergenten Systeme der Geschichte, sei ihr nicht gegeben, und sie erwarte auch nicht, sie im Verlauf ihrer weiteren Entwicklung zu entdecken. »Das ist etwas Menschliches, glaube ich«, hatte sie gesagt, als er nicht locker lassen wollte. »Es ist das Ergebnis dessen, was du bist – biochemisch gesehen –, mit einem ganz speziellen Zug. Es ist wundervoll. Aber mir ist es verschlossen.«

Und kurz darauf, als ihre wachsende Komplexität die Distanz immer größer werden ließ, die sie – wie er bereits wusste – zu Rez verspürte, war sie zu ihm gekommen und hatte ihn gebeten, die um sie selbst und um Rez herumströmenden Daten zu interpretieren. Und er hatte es getan, wenn auch widerstrebend, aus Liebe. Irgendwie hatte er gewusst, dass er dabei früher oder später von ihr Abschied nehmen würde.

Der Strom um Rez und Rei herum war von Knotenpunkten gesättigt, besonders an jenen Verbindungsstellen, an denen in einem fort eigenartig verdeckte Daten aus der Ummauerten Stadt hereinströmten, diesem fast schon mythischen Anderswo ikonoklastischer Outlaws. »Warum hast du mit diesen Leuten Kontakt aufgenommen?«, hatte er sie gefragt. »Weil ich sie brauche«, hatte sie gesagt. »Ich weiß nicht, warum, aber es ist so. Die Situation verlangt es.«

»Ohne sie«, hatte er gesagt, *»wärst* du vielleicht gar nicht in so einer Situation.«

»Ich weiß.« Lächelnd.

Doch als seine Fixierung auf Harwood immer stärker geworden war, hatte sich Laney bei seinen Ausflügen zur Insel und auf ihren gemeinsamen Streifzügen in den Datenfeldern immer unwohler gefühlt. Es hatte fast den Anschein gehabt, als wollte er nicht, dass sie ihn so sah – seine Konzentration von innen heraus verzerrt, auf dieses eine, dieses merkwürdig banale Objekt gerichtet. Laneys Träume waren von Harwood erfüllt, von den Gefühlen, die mit diesem Mann verbunden waren, von der Informationswolke, die er generierte. Und als er eines Morgens in dem Tokioter Hotel aufwachte, in das Lo/Rez ihn einquartiert hatten, beschloss er, nicht mehr zur Arbeit zu gehen.

Und irgendwann danach hatte die Idoru Tokio verlassen, wie er von Yamasaki und durch seine eigene Beobachtung des Stroms erfuhr. Er hatte seine eigenen Theorien darüber, über ihre Gespräche mit den Bürgern (sie würden auf den Terminus bestanden haben, dachte er) der digital verborgenen Ummauerten Stadt, und jetzt war sie offenkundig in San Francisco.

Ihm war allerdings klar gewesen, dass sie dort sein würde, weil sie natürlich dort sein musste. In San Francisco, das sah er an den Konturen der Dinge, würde nämlich die Welt untergehen. Ging die Welt gerade unter. Und sie spielte dabei eine Rolle, genauso wie er, und Harwood ebenfalls.

Etwas würde dort entschieden werden (wurde gerade dort entschieden). Und deshalb wagte er nicht zu schlafen. Deshalb musste er den makellos sauberen, übel riechenden »Anzug« mit seinen schwarz geteerten

Knöcheln nach Regain und noch mehr von dem blauen Sirup losschicken.

Jetzt, wo er über Erschöpfung hinaus ist, geht er manchmal – vielleicht nur für Sekunden, die jedoch wie Stunden oder Tage sein können – in einen neuen Seinszustand über.

Es ist, als würde er zu einer Netzhaut, die gleichmäßig die Innenfläche einer Kugel überzieht. Unverwandt starrt er in dieses Auge, weltweit, sieht das, womit er sieht, während von einer unsichtbaren Iris individuelle, kartenähnliche Bilder von Harwood kommen, eins nach dem anderen.

Yamasaki hat ihm Kissen und frische Schlafsäcke gebracht, dazu Wasserflaschen und ungewohnte neue Kleider. Er ist sich dieser Dinge undeutlich bewusst, aber wenn er das Auge wird, das in sich selbst und in die unaufhörliche Abfolge der Bilder hineinschaut, nimmt er außerhalb dieses unendlichen, in sich geschlossenen Innenraums nichts mehr wahr.

Und ein Teil von ihm fragt sich, ob dies ein Produkt seiner Krankheit ist, eine Auswirkung des 5-SB, oder ob dieses riesige, nach innen schauende Auge nicht in Wahrheit ein innerer Aspekt dieser einen Form, dieses einen Gebildes ist, das aus sämtlichen Daten der ganzen Welt besteht?

Letzteres wird seiner Meinung nach zumindest teilweise dadurch bestätigt, dass er mehrmals erlebt hat, wie sich das Auge nach außen kehrt, sich in einem Möbiuskrampf von innen nach außen stülpt, und jedes Mal ertappt er sich dann unweigerlich dabei, wie er dieses unbeschreibliche Gebilde anstarrt.

Aber jetzt, wo er das Auge *ist, wird ihm allmählich bewusst, dass noch jemand zusieht.* Da sind noch andere, die sich sehr für diese Bilder von Harwood interessieren. Er merkt, wie sie jedes einzelne registrieren.

Wie kann das sein?

Der uralte Gunsmith-Cats-Armbandwecker aus Plastik reißt ihn aus dem Strom. Er ertastet ihn im Dunkeln und schaltet den Wecker aus. Er fragt sich, woher die Uhr kommt. Von dem Alten?

Es ist Zeit, Rydell in San Francisco anzurufen. Er lässt die Finger behutsam über die Wegwerftelefone auf dem Pappbord gleiten, sucht das gebrauchte, auf dem noch zehn Minuten drauf sind.

40 Gelbes Band

Rei Toei konnte sich sehr klein machen.

Fünfzehn Zentimeter groß, saß sie auf Rydells Kissen in der vom Salz mattierten Plastikkuppel seines Pensionszimmers, und er kam sich wie ein Kind vor.

Wenn sie klein war, schien die Projektion konzentrierter zu sein; sie war heller, und er musste an Feen in alten Animes denken, diesen Disney-Sachen. Sie hätte ebenso gut Flügel haben, herumfliegen und dabei leuchtenden Staub hinter sich herziehen können, wenn sie gewollt hätte, dachte er. Aber sie saß nur da, sah mit ihren fünfzehn Zentimetern sogar noch vollkommener aus und sprach mit ihm.

Und wenn er die Augen schloss – nicht, weil er schlafen wollte, sondern nur, um sich auszuruhen –, hörte er, dass ihre Stimme tatsächlich aus dem Projektor am Fußende des Bettes kam. Sie erzählte ihm von Rez, dem Sänger, den sie hatte heiraten wollen, und warum es nicht geklappt hatte, aber es fiel ihm schwer, ihr zu folgen. Rez hatte sich sehr für Rez interessiert, aber darüber hinaus für nicht viel, das bekam Rydell mit, und Rei Toei hatte immer größeres Interesse an anderen Menschen (oder aus ihrer Sicht wohl an anderen Dingen) entwickelt. Doch seine Konzentration ließ immer wieder nach, er dämmerte sogar weg, ihre Stimme war so schön.

Bevor er sich hingelegt und sie ihm gezeigt hatte, wie sie sich klein machen konnte, hatte er die Hühnerdrahttür und die mit Reißzwecken drangehefteten Vorhänge geschlossen – ein verschossener, noppiger Stoff, der mit einem Muster aus verschnörkelten Schlüsseln und seltsamen, langhalsigen Katzen (glaubte er zumindest) bedruckt war.

Er wusste nicht, wie lange die Sonnenbrille schon geklingelt hatte, und es klingelte noch etliche Male, bis er im Dunkeln seine Jacke fand. Abgesehen davon war er komplett angezogen, Schuhe, alles, und ihm war klar, dass er tief und fest geschlafen hatte.

»Hallo?« Er setzte die Brille mit der linken Hand auf. Mit der rechten langte er nach oben und berührte die Decke. Die Verschalung gab ein wenig nach, deshalb machte er es nicht noch mal.

»Wo sind Sie?« Es war Laney.

»In der Pension.« Wenn er die Sonnenbrille auf hatte, war es total dunkel. Er beobachtete das matte Glimmen seines Sehnervs, namenlose Farben.

»Haben Sie die Kabel gekriegt?«

»Ja.« Rydell erinnerte sich, dass er grob zu dem Sumo-Jungen gewesen war, und kam sich wie ein Idiot vor. Er hatte die Beherrschung verloren. Sein Klaustroding, das er manchmal in Menschenmengen bekam. Tara-May Allenby hatte ihm erklärt, dass man das Agoraphobie nannte, was »Angst vor freien Plätzen« bedeutete, aber mit freien Plätzen hatte das bei ihm eigentlich nichts zu tun. Diese kleinen Unterlippenbärtchen konnte er allerdings auch nicht ausstehen. »Zwei.«

»Schon benutzt?«

»Nur das Stromkabel«, sagte Rydell. »Ich weiß nicht, woran man das andere anschließt.«

»Ich auch nicht«, sagte Laney. »Ist sie da?«

»War sie jedenfalls.« Rydell schaute sich im Dunkeln nach seiner kleinen Fee um, dann fiel ihm wieder ein, dass er eine Sonnenbrille trug.

Seine Hand fand einen Schalter, der an einem Draht in der Nähe seines Kopfes baumelte. Er drückte darauf.

Eine nackte Fünfzig-Watt-Birne flammte auf. Er schob die Brille auf der Nase nach vorn, spähte darüber hinweg und sah, dass der Projektor noch dastand und nach wie vor eingesteckt war. »Das Thermoskannending ist noch da.«

»Lassen Sie's nicht aus den Augen«, mahnte Laney. »Und die Kabel auch nicht. Ich weiß nicht, was sie dort machen soll, aber alles konzentriert sich um sie herum.«

»Was konzentriert sich um sie herum?«

»Die Veränderung.«

»Laney, sie sagt, Sie hätten ihr erzählt, die Welt ginge unter.«

»Geht unter«, verbesserte Laney.

»Warum haben Sie ihr das erzählt?«

Laney seufzte. Das Ende seines Seufzers wurde zu einem Husten, den er zu unterdrücken schien. »Die Welt, so wie wir sie *kennen,* okay?«, brachte er hervor. »So wie wir sie kennen. Und das ist alles, was ich oder sonst jemand Ihnen darüber sagen kann. Sie sollen aber über andere Sachen nachdenken. Sie arbeiten für mich, haben Sie das vergessen?«

Und du bist verrückt, dachte Rydell, aber ich hab deinen Kreditchip in der Tasche. »Okay«, sagte er, »was nun?«

»Sie müssen zum Tatort eines Doppelmordes gehen, der letzte Nacht auf der Brücke geschehen ist.«

»Was soll ich rausfinden?«

»Nichts«, sagte Laney. »Erwecken Sie nur den Eindruck, als wollten Sie was rausfinden. Tun Sie nur so. Als würden Sie Nachforschungen anstellen. Rufen Sie mich an, wenn's losgehen kann, dann gebe ich Ihnen die GPS-Position des Ortes durch.«

»Was ist, wenn ich doch was rausfinde?«

»Dann rufen Sie mich an.«

»Nicht auflegen«, sagte Rydell. »Wieso haben Sie keinen Kontakt mehr mit ihr gehabt, Laney? Sie hat gesagt, ihr beiden wärt getrennt worden.«

»Die Leute, die sie, nun ja, ›besitzen‹ ist eigentlich nicht ganz das richtige Wort, aber weil sie verschwunden ist würden die gern mit mir sprechen. Und die Lo/Rez-Leute auch. Deshalb muss ich im Moment incommunicado sein, was sie betrifft. Aber Rei Toei hat nicht versucht, sich mit mir in Verbindung zu setzen, Rydell. Sie wird es schon können, wenn's notwendig ist.« Er legte auf.

Rydell nahm die Brille ab, legte sie zusammengeklappt aufs Kopfkissen und kroch zum Fußende des Bettes. »He«, sagte er zu dem Thermoskannending, »bist du da?« Nichts.

Er machte sich an seine Vorbereitungen. Er packte seinen Matchbeutel aus, schnitt mit dem Schnappmesser zwei Schlitze hinein, nahm seinen Nylongürtel ab und fädelte ihn durch die Schlitze, sodass er als Riemen fungierte, mit dem er sich den Beutel über die Schulter hängen konnte.

»He«, wandte er sich wieder an das Thermoskannending, »bist du da? Ich steck dich jetzt aus.« Er zögerte kurz, tat es dann. Er packte den Projektor in den Matchbeutel, zusammen mit dem Stromkabel, dem anderen Kabel und seiner Lucky-Dragon-Hüfttasche, letztere, weil sie ihm schon einmal den Arsch gerettet hatte und ihm vielleicht Glück brachte. Er schlüpfte in seine Nylonjacke, steckte die Sonnenbrille ein und ließ schließlich auch noch das Schnappmesser behutsam in die rechte Hosentasche gleiten. Dann stellte er sich vor, wie es dort aufschnappte, dachte daran, dass es keine Sicherung hatte, fischte es noch behutsamer wieder heraus und steckte es in die Seitentasche seiner Jacke.

Und fand die Stelle ohne allzu große Probleme, obwohl Laneys telefonische GPS-Durchsage ziemlich primitiv war. Laney hatte die Stelle zwar geortet (Rydell hatte keine Ahnung, wie), besaß aber keinen Plan von der Brücke; deshalb peilte er irgendwie Rydells Sonnenbrille an und erklärte ihm, er müsse in Richtung San Francisco zurück, runter auf die untere Ebene, weiter, weiter, wärmer. Okay, rechts rum.

Und Rydell stand vor einer nichts sagenden Sperrholzwand, beklebt mit regenfleckigen Handzetteln in einer europäischen Sprache, die er nicht kannte; es ging um ein Konzert eines gewissen Ottoman Badchair. Das beschrieb er Laney.

»Das ist es nicht«, sagte Laney, »aber Sie sind dicht dran.«

Nebenan war ein Laden, der um diese Zeit geschlossen war (Rydell konnte nicht erkennen, was es dort zu kaufen gab, wenn er geöffnet hatte), dann eine Lücke. Darin waren Plastikrollen. Holz. Da wird noch ein Laden gebaut, dachte er. Wenn das der Tatort war, hätte dort eigentlich ein gelbes Plastikband mit der Aufschrift »SFPD« sein müssen, aber dann fiel ihm wieder ein, dass die Polizei nicht so häufig hierher kam, und er fragte sich, was die Leute hier taten, wenn sie eine Leiche loswerden mussten. Sie einfach ins Wasser zu werfen, würde bei der Stadt nicht gerade übermäßige Begeisterung auslösen, obwohl es natürlich keine Möglichkeit gab zu beweisen, dass ein bestimmter Leichnam von der Brücke stammte. Trotzdem, es beunruhigte Rydell, dass kein gelbes Band da war. Vermutlich betrachtete er es als ein Zeichen des Respekts.

Er betrat die Lücke, schob sich an Plastikrollen vorbei, kletterte über einen niedrigen Sperrholzstapel und erspähte im grellen Licht der irgendwo beschafften Neonröhren weiter hinten beim Fußgängerweg zwei wie Raureif aussehende weiße Markierungen, etwas, was man auf zwei dunklere Flecken gesprüht hatte, und er wusste, was das war Kil'Z, dieses Zeug, das man über ausgetretene Körperflüssigkeiten versprühte, für den Fall, dass die dazugehörige Person seropositiv war. Er wusste, wie Kil'Z auf Blut aussah, nämlich so.

Ziemlich erbärmlicher Tatort. Er stand da, starrte auf

die Flecken und fragte sich, was Laney von ihm erwartete. Wie sollte er es anstellen, so auszusehen, als würde er Nachforschungen durchführen? Er stellte den Matchbeutel mit Rei Toeis Projektor auf den Plastikrollen ab.

Der Kil'Z-Rückstand war ziemlich wasserresistent, sodass der Regen ihn nicht weggewaschen hatte. Aber er wusste ja auch, dass die Opfer, wer immer sie gewesen sein mochten, in der vergangenen Nacht gestorben waren.

Er kam sich vor wie ein Idiot. Früher hatte er wirklich mal ein Cop sein wollen und davon geträumt, die gelbe Linie zu überschreiten und sich den Tatort anzusehen. Und irgendwas tun zu können. Und jetzt war er hier.

Er holte die Brille heraus und rief Laney an. Doch Laney, der in Tokio sicher in irgendeinem schicken Hotel hockte, meldete sich nicht.

»Ganz herzlichen Dank für die Informationen«, brummte Rydell in sich hinein, während er in Tokio ein Telefon klingeln hörte.

41 Transam

Er heißt Rydell«, sagt Harwood. »Der Bildvergleich hat das sofort ergeben. Er stand für kurze Zeit mit *Cops in Schwierigkeiten* in Verbindung.«

»Mit wem stand er in Verbindung?« Das Messer ist samt Scheide und Gurten sicher in einer schummrigen Nische verwahrt, die ungefähr zweihundertfünfzig Meter weiter unten vom zentralen Fahrstuhlschacht abgeht.

»Mit *Cops in Schwierigkeiten*«, wiederholt Harwood. »Ein Kleinod unserer Kultur. Siehst du nicht fern?«

»Nein.« Er blickt aus der siebenundvierzigsten und obersten Etage des höchsten Gebäudes der Stadt nach Osten, zum Schatten des zerstörten Embarcadero, dem bräunlichen Lichtschein der Brücke, der wilden Düsternis von Treasure Island.

Er tritt näher ans Fenster und legt eine Hand an den Gürtel. Zwischen zwei miteinander vernähten schwarzen Kalbslederschichten verbirgt sich ein Band aus einem ganz besonderen, sehr teuren Material. Unter gewissen Umständen verhält es sich nicht mehr so, als wäre es ein lose gewebter, hauchfeiner Stoff, den ein Kind vielleicht aus Versehen zerreißen könnte, sondern wird zu einem fünfundsiebzig Zentimeter langen, biegsamen, sehr scharfen zweischneidigen Ding. Seine Struktur in diesem Zustand, seine geschmeidige Durchsichtigkeit, hat ihn an frische Sepiaschale erinnert.

»Und du hast doch Humor«, sagt Harwood hinter ihm. »Das weiß ich.«

Er beugt sich näher ans Fenster und schaut nach unten. Perspektivisch verkürzt die Seitenwand dieses Obelisken, dieser Pyramide oder dergleichen, und in der Mitte die dunkle Wölbung des japanischen Materials, das dort angebracht ist, um alten Erdbebenschäden entgegenzuwirken. Es ist neu, ersetzt frühere Polykarbonsplinte und ist Gegenstand eines architektonischen und ästhetischen Skandals. Kurzzeitig fasziniert sieht er zu, wie Reflektionen der Lichter umliegender Gebäude leicht erzittern, als sich die glänzende Oberfläche des Dings in einer Reaktion auf Winde spannt, von denen er nichts spürt. Die Stützkonstruktion ist lebendig.

Er dreht sich zu Harwood um, der hinter einer weiten, dunklen Fläche aus nicht reflektierendem Holz sitzt, auf der eine Ansammlung von Planungsmodellen und Papierhügeln den Verlauf imaginärer Flüsse suggeriert: eine Topographie, aus der man Veränderungen in der Welt jenseits des Fensters ablesen könnte, wenn die Bedeutungsinhalte bekannt wären und man hinreichend an Ergebnissen interessiert wäre.

Harwoods Augen sind das Präsenteste an ihm, ansonsten wirkt er ein wenig entrückt, als existierte er in einer anderen, unspezifischen Dimension. Ein hoch gewachsener Mann, der relativ wenig Raum einzunehmen und über bewusst reduzierte Kanäle von anderswoher zu kommunizieren scheint. Er ist schlank und von der Alterslosigkeit der alternden Reichen; sein langes Gesicht zeigt keinerlei Anspannung. Die von archaischen Brillengläsern vergrößerten Augen stehen nur selten still. »Warum tust du so, als würdest du dich nicht für diesen ehemaligen Polizisten interessieren, der den Schauplatz deiner jüngsten Aktivitäten besucht?« An seinem Handgelenk fangen Gold und Titan das Licht ein; irgendeine Multifunktionsspielerei mit komplizierten Displays.

»Ich tu nicht so.« Auf dem großen Flachbildschirm

links vom Schreibtisch zeigen vier Kameras aus unterschiedlichen Blickwinkeln einen hoch gewachsenen, stämmig wirkenden Mann, der mit gesenktem Kinn dasteht und vor sich hin zu sinnieren scheint. Die Kameras dürften kaum größer als Kakerlaken sein, aber die Auflösung der vier Bilder ist trotz der unzureichenden Beleuchtung ganz ausgezeichnet. »Wer hat die Kameras dort platziert?«

»Meine cleveren jungen Dinger.«

»Warum?«

»Wegen ebendieser Möglichkeit: dass jemand den Schauplatz dieser beiden nicht weiter erwähnenswerten Todesfälle besucht und dort herumsteht und nachdenkt. Sieh ihn dir an. Er denkt nach.«

»Er sieht unglücklich aus.«

»Er versucht, sich vorzustellen, wer du bist.«

»Das stellst du dir nur vor.«

»Allein schon die Tatsache, dass er den Weg zu dieser Stelle gefunden hat, deutet auf Wissen und ein Motiv hin. Er weiß, dass dort zwei Männer gestorben sind.«

Unter den diversen Modellen auf Harwoods Schreibtisch steht eins in glänzendem Rot und Weiß, inklusive funktionierender Mini-Bildschirme in dem charakteristischen Mast. Winzige Bilder bewegen und verändern sich dort im Flüssigkristall.

»Gehört dir die Firma, die dieses Ding gebaut hat?« Er deutet mit dem Zeigefinger auf das Modell.

In die eigenartig fernen Augen hinter Harwoods Brille tritt ein Ausdruck der Überraschung. Dann Interesse. »Nein. Wir beraten sie. Wir sind eine PR-Firma. Wir haben sie bezüglich der Erfolgsaussichten beraten, glaube ich. Die Stadt haben wir auch beraten.«

»Es ist schrecklich.«

»Ja«, sagt Harwood, »in ästhetischer Hinsicht bin ich ganz deiner Meinung. Auch die städtischen Behörden hatten diese Sorge. Aber unsere Studien deuteten darauf hin, dass es dem Spaziergänger-Tourismus förderlich wäre, wenn es dort platziert würde, und das ist ein wesentlicher Aspekt der Normalisierung.«

»Normalisierung?«

»Es gibt ein kontinuierliches Bestreben, die Brückengemeinschaft sozusagen in den Schoß der Gemeinde zurückzuführen. Aber das ist ein heikles Thema. Im Grunde eine Imagefrage, und da kommen wir natürlich ins Spiel.« Harwood lächelt. »Solche autonomen Zonen gibt es in einer ganzen Reihe größerer Städte, und wie eine Stadt mit der Situation umzugehen beschließt, kann drastische Auswirkungen auf ihr Image haben. Kopenhagen beispielsweise war eine der Ersten und hat es sehr gut gemacht. Atlanta wäre wohl das klassische Beispiel dafür, wie man es nicht machen soll.« Harwood blinzelt. »Es ist unsere moderne Version der Boheme.«

»Der was?«

»Der Boheme. Alternative Subkulturen. Sie waren ein zentraler Aspekt der industriellen Zivilisation in den letzten beiden Jahrhunderten. In ihnen kam die industrielle Zivilisation zum Träumen. Sie waren so eine Art unbewusste Forschungs- und Entwicklungsabteilung, die alternative gesellschaftliche Strategien erforschte. Jede hatte eine Kleiderordnung, charakteristische Formen des künstlerischen Ausdrucks, eine oder mehrere Lieblingsdrogen und einen Kodex sexueller Wertvorstellungen, der mit jenem der Gesamtkultur über Kreuz lag. Und sie hatten häufig ganz bestimmte Orte, mit denen sie in Verbindung gebracht wurden. Aber sie sind ausgestorben.«

»Ausgestorben?«

»Wir haben sie gepflückt, bevor sie reifen konnten. Eine entscheidende Wachstumsphase ging verloren, als sich das Marketing entwickelte und die Mechanismen der Rückführung in den Markt immer schneller und raubgieriger wurden. Authentische Subkulturen brauchten vom gesamtgesellschaftlichen Entwicklungsprozess abgekoppelte Gebiete und Zeit, aber solche Gebiete gibt es nicht mehr. Sie sind den Weg der Geografie im Allgemeinen gegangen. Autonome Zonen bieten zwar auch eine gewisse Isolation von der Monokultur, scheinen sich aber nicht oder jedenfalls nicht auf dieselbe Weise zur Rückführung in den Markt zu eignen. Wir wissen nicht genau, warum.« Die kleinen Bilder wechseln flimmernd.

»Sie hätten den Laden nicht dorthin setzen sollen.«

Harwoods Augen verlassen ihre Ferne. »Ich glaube, ich habe von dir noch nie eine derart klare Meinungsäußerung gehört.«

Keine Antwort.

»Du bekommst noch eine Chance, ihn dir anzusehen. Ich möchte, dass du herausfindest, worüber unser nachdenklicher Freund hier nachgrübelt.«

»Hat das etwas mit deinen Andeutungen bei unserem letzten Gespräch zu tun, dass bald etwas geschehen wird?«

»Ja.«

»Und was wäre das?«

Harwood betrachtet ihn aus den Fernen hinter seinen Brillengläsern. »Glaubst du an die Triebkräfte der Geschichte?«

»Ich glaube an das, was uns zu dem Moment bringt.«

»Anscheinend glaube ich schon selbst an den Moment. Ich glaube, wir nähern uns einem; die Schwerkraft seiner Fremdartigkeit zieht uns zu ihm hin. Es ist ein Moment, in dem sich alles und nichts verändern wird. Ich möchte sicherstellen, dass ich hinterher noch existenzfähig bin. Ich möchte sicherstellen, dass Harwood Levine hinterher nicht zu vier bedeutungslosen Silben geworden ist. Wenn die Welt wieder geboren werden soll, möchte ich in ihr wieder geboren werden, und zwar als etwas Ähnliches, was ich jetzt bin.«

Er denkt an die mögliche Anzahl und Vielfalt von Fadenkreuzen, die jetzt auf ihn gerichtet sein müssen, an verborgene telepräsente Waffenstationen. Trotzdem ist er ziemlich sicher, dass er Harwood töten könnte, wenn es der Moment erfordern sollte, obwohl er auch weiß, dass er beinahe mit Sicherheit vor ihm sterben würde, wenn auch nur um Sekundenbruchteile. »Ich finde, du bist komplizierter geworden, seit wir uns das letzte Mal gesehen haben.«

»Komplexer«, sagt Harwood und lächelt.

42 *Rote Schemen europäischer Zeit*

Fontaine macht sich auf der Kochplatte eine Tasse Miso-Fertigsuppe. Die trinkt er immer, bevor er ins Bett geht, sie ist beruhigend salzig, und ganz unten findet man auch ein paar Seetangstücke. Er denkt an Skinners Mädchen und das Wiedersehen mit ihr. Normalerweise kommen die Leute nicht zurück, wenn sie die Brücke verlassen. War irgendwas komisch dran, wie sie weggegangen ist, aber was, weiß er nicht mehr genau. Nicht gut für den alten Mann, aber dessen Zeit war damals ohnehin fast schon um.

Tick-tick von dem stummen Jungen unter dem Datenhelm, auf der Jagd nach Armbanduhren. Fontaine gießt sich die Miso in eine henkellose Tasse und atmet genussvoll den aromatischen Dampf ein. Müde, wie er ist, überlegt er, wo der Junge hier schlafen kann und ob er überhaupt schlafen wird. Vielleicht hockt er die ganze Nacht da und sucht nach Uhren. Fontaine schüttelt den Kopf. Das Ticken hört auf.

Mit der Suppe in der Hand dreht er sich um, weil er sehen will, was die unaufhörliche Jagd gestoppt hat.

Auf dem Bildschirm des Notebooks im Schoß des Jungen ist ein Scan von einer ramponierten Rolex »Victory« zu sehen, ein billiges Modell aus Kriegszeiten für den kanadischen Markt, das heutzutage einiges wert ist, aber nicht in diesem Zustand. Das Stahlgehäuse sieht wüst aus, und das Zifferblatt ist ungleichmäßig ausgeblichen. Die schwarzen arabischen Ziffern von eins bis zwölf sind wie neu, aber der rote Innenkreis der römischen Zahlen für die europäische Zeit ist fast verschwunden.

Fontaine schlürft seine Suppe, schaut nach unten und fragt sich, was der Junge in den roten Schemen europäischer Zeit sieht und was ihn dort festhält.

Dann sackt der Kopf des Jungen unter dem Gewicht des Datenhelms herab, und Fontaine hört, wie er zu schnarchen beginnt.

43 Libia & Paco

Laney findet sich auf einer Insel in jenem sinnenweiten Strom wieder, in dem er unablässig kreuzt.

Dieser Ort ist kein Konstrukt, keine richtige Umgebung, sondern eher eine Verknüpfung, eine Einfaltung von Informationen, die in den Substraten der ältesten Kodes wurzeln. Eine Art behelfsmäßiges Floß aus wahllos zusammengefügten Stücken, jedoch fest verankert und unbeweglich. Er weiß, dass es nicht zufällig da ist, dass man es aus einem bestimmten Grund in seinem Weg platziert hat.

Der Grund ist, wie er gleich darauf feststellt, dass Libia und Paco mit ihm sprechen wollen.

Sie sind Verbündete des Hahns, junge Bürger der Ummauerten Stadt, und zeigen sich hier als Quecksilberkugel in der Schwerelosigkeit und als schwarze, dreibeinige Katze. Die Qpecksilberkugel (Libia) hat eine süße Stimme, die eines Mädchens, und die dreibeinige Katze, der auch ein Auge und ein Ohr fehlen (Paco), verfügt über ein raffiniert moduliertes Knurren, das Laney aus einem mexikanischen Zeichentrickfilm zu kennen glaubt. Diese beiden sind fast mit Sicherheit aus Mexico City, falls die Geografie eine Rolle spielt, und gehören sehr wahrscheinlich zu jener Fraktion der zornigen Jugend, die gegenwärtig für die Wiederauffüllung der trocken gelegten Seen im Bundesdistrikt eintritt, eine radikale urbane Neugestaltung, von der Rei Toei in ihrem letzten Monat in Tokio aus irgendeinem Grund besessen gewesen war. Sie hatte überhaupt eine Faszination für große menschliche Ansiedlungen entwickelt, und Laney war ihr Führer durch einige ziemlich absonderliche visuelle Info-Präsentationen dessen gewesen, was in diesem Jahrhundert so unter Stadtplanung firmiert.

Deshalb hängt er hier, an der Kreuzung dieser alten Kode-Wurzeln, an einem Ort ohne besondere Form oder Textur, abgesehen von Libia und Paco, und hört ihnen zu.

»Der Hahn sagt, du hast den Eindruck, dass dich jemand dabei beobachtet, wie du Cody Harwood beobachtest«, sagt die Quecksilberkugel und pulsiert beim Sprechen. In ihrer Oberfläche spiegeln sich vorbeifahrende Fahrzeuge auf einer belebten Straße.

»Es könnte ein Artefakt sein«, entgegnet Laney. Er ist sich nicht sicher, ob es richtig war, dem Hahn mit seiner legendären Paranoia davon zu erzählen. »Etwas, was vom 5-SB hervorgerufen wird.«

»Das glauben wir nicht«, sagt die Katze, den einäugigen, verdreckten Kopf auf eine erstarrte Datenwehe gestützt. Sie gähnt, enthüllt gräulich-weißes Zahnfleisch, eine Farbe wie gekochtes Schweinefleisch, und einen einzelnen orangefarbenen Reißzahn. Ihr eines Auge ist gelb und hasserfüllt und starrt ihn unverwandt an. »Wir sind zu dem Schluss gekommen, dass du bei deiner Observation tatsächlich observiert wirst. «

»Aber im Moment nicht«, beruhigt ihn Libia.

»Weil wir diese Tarnung konstruiert haben«, sagt die Katze.

»Wisst ihr, wer es ist?«, fragt Laney.

»Harwood«, sagt Libia. Die Kugel erbebt leise.

»Harwood? Harwood beobachtet mich, während ich ihn beobachte?«

»Harwood«, sagt die Katze, »hat sich *selbst* 5-SB verabreicht. Drei Jahre, nachdem du aus dem Waisenhaus in Gainesville entlassen wurdest.«

Laney ist sich plötzlich auf schreckliche Weise seiner physischen Existenz bewusst, seiner körperlichen Verfassung. Seine Lungen verschlechtern sich in einem Pappkarton in den Betoneingeweiden des U-Bahnhofs Shinjuku.

Harwood. Es ist Harwood, den er sich manchmal als die Erscheinungsform Gottes vorgestellt hat.

Harwood, der …

Wie er selbst ist.

Harwood, der die Knotenpunkte sieht, wie Laney jetzt erkennt. Der die Formen sieht, aus denen Geschichte hervorgeht. Und deshalb ist er im innersten Kern des sich herausbildenden Scheitelpunkts, dieses Neuen, das Laney nicht richtig sehen kann. Natürlich ist Harwood dort.

Denn Harwood ist, in gewissem Sinn, seine Ursache.

»Woher wisst ihr das?«, hört er sich fragen und überwindet mit schierer Willenskraft die krankhaften Verengungen seines Körpers. »Seid ihr wirklich sicher?«

»Wir haben einen Weg hinein gefunden«, zirpt Libia, und die Kugel verzerrt sich wie eine topographische Lernhilfe, verwandelt Spiegelbilder fließenden Verkehrs in animierte Escher-Fragmente, die nebeneinander dahinsausen und dabei einander spiegeln. »Der Hahn hat uns den Auftrag gegeben, und wir haben's geschafft.«

»Und weiß er es?«, fragt Laney. »Weiß Harwood Bescheid?«

»Wir glauben nicht, dass er's bemerkt hat«, knurrt die Katze. Violett-brauner Schorf klebt da, wo einmal das Ohr war.

»Sieh dir das an.« Libia versucht nicht, ihren Stolz zu verbergen. Die kompliziert gelappte Oberfläche des verspiegelten Gebildes zerfließt und kräuselt sich, und Laney schaut in die grauen Augen eines jungen und sehr seriös wirkenden Mannes.

»Sie wollen, dass wir ihn töten«, sagt der junge Mann. »Oder verstehe ich Sie falsch?«

»Sie verstehen mich richtig.« Harwoods Stimme, vertraut und unverkennbar, obwohl er müde klingt.

»Wissen Sie, ich finde das eine sehr gute Idee«, sagt der junge Mann, »aber die Sache ließe sich wesentlich sicherer erledigen, wenn Sie uns Vorbereitungszeit gäben. Ich ziehe es vor, mir die Zeit und das Terrain auszusuchen, wenn es geht.«

»Es geht aber nicht«, sagt Harwood. »Tut es, wann ihr könnt.«

»Sie müssen mir natürlich keinen Grund nennen«, sagt der junge Mann, »aber Ihnen ist doch sicher klar, dass ich neugierig bin. Wir haben vorgeschlagen, ihn auszuschalten, seit Sie uns vertraglich verpflichtet haben.«

»Es ist Zeit«, sagt Harwood. »Der Moment.«

Wind fängt sich im dunklen Schal des jungen Mannes. Er flattert, legt einen Stroboskopeffekt übers Bild. »Was ist mit dem anderen, dem Privatcop?«

»Tötet ihn, wenn es so aussieht, als könnte er entkommen. Ansonsten wäre es vielleicht ganz nützlich, wenn man ihn befragen könnte. Er ist auch in die Sache verwickelt, aber ich weiß nicht genau, wie.«

Libia wird wieder zu einer rotierenden Kugel.

Laney schließt die Augen und tastet im engen, elektrischen Dunkel nach dem blauen Hustensirup. Er spürt den Blick des hasserfüllten gelben Auges, stellt sich aber vor, es wäre das von Harwood.

Harwood weiß Bescheid.

Harwood hat das 5-SB genommen.

Harwood ist wie er.

Aber Harwood hat seinen eigenen Plan, und aus diesem Plan geht die Situation teilweise hervor.

Laney öffnet den Verschluss. Trinkt den blauen Sirup. Er muss jetzt nachdenken.

44 Eigentlich

Es würde nicht wieder anfangen zu regnen, entschied Chevette und wackelte mit den Schultern unter Skinners schwer lastender Jacke.

Sie hockte auf einer Bank hinter einem Stapel leerer Geflügelkästen, und ihr war klar, dass sie irgendwohin gehen sollte, aber sie konnte es einfach nicht. Sie dachte daran, dass Skinner hier gestorben war, daran, was Fontaine gesagt hatte. Der Griff des Messers in der Innentasche bohrte sich in ihr linkes Schlüsselbein, weil sie so krumm dasaß. Sie streckte den Rücken, lehnte sich ans Sperrholz hinter ihr und versuchte, sich zusammenzureißen.

Sie musste Tessa finden und zum Van zurückkehren, und zwar, wenn irgend möglich, ohne dabei auf Carson zu treffen. Vielleicht hatte er ja gar nicht mitgekriegt, wie sie abgehauen war, dachte sie, obwohl sie irgendwie sicher war, dass er in dem Moment, als sie ihn gesehen hatte, auf der Suche nach ihr und nur nach ihr gewesen war. Aber wenn er sie nicht gesehen hatte – und da er sie dort ja nicht gefunden hatte –, war diese Bar jetzt wahrscheinlich der letzte Ort, wo sie damit rechnen musste, ihn anzutreffen. Und wenn er sie gesehen hatte, dann würde er nicht glauben, dass sie dorthin zurückkehren würde. Auch dann war er also bestimmt längst weg. Aber Tessa, die gern Bier trank, war vielleicht immer noch dort, denn sie war nicht eben scharf darauf gewesen, sich in dem Van schlafen zu legen. Wahrscheinlich fand Tessa die Bar total interstitiell, also war es durchaus möglich, dass Chevette vorsichtig reinschlüpfen, sie holen und mit ihr zum Van zurückkehren konnte. Es war kaum anzunehmen, dass Carson am unteren Ende der Folsom rumschnüffeln würde, und wenn doch, würde er höchstwahrscheinlich an Leute geraten, für die er leichte Beute wäre.

Aber es war nicht gut, hier so nah an den Hühnerkästen zu sitzen, denn da konnte man sich prima Läuse einfangen, und allein schon beim Gedanken daran begann ihre Kopfhaut zu jucken. Sie stand auf, streckte sich, roch den schwachen Ammoniakgestank von Hühnerkot und setzte sich auf der oberen Ebene Richtung Stadt in Bewegung, wobei sie nach Carson Ausschau hielt.

Jetzt waren nur wenige Leute unterwegs, und überhaupt keine Touristen. War häufig so, wenn es geregnet hatte, erinnerte sie sich. Wieder einmal überkam sie das Gefühl, dass sie diesen Ort liebte, aber eigentlich nicht mehr dazu gehörte. Es war irgendwie in sie reingedreht, wie ein Haken – kein schönes Gefühl, aber scharf und tief. Sie seufzte und dachte daran, wie sie morgens im Nebel mit dem Rad auf der Schulter vom Kabelturm runter gekommen und zu Allied rüber gestrampelt war, sich gefragt hatte, ob Bunny wohl gleich eine Sahnetour für sie haben würde oder einen Blindgänger, wie sie eine Tour zu einem Kunden außerhalb des Stadtkerns nannten. Manchmal fand sie einen Blindgänger ganz gut, weil sie Stadtteile zu sehen bekam, durch die sie vorher vielleicht noch nie gefahren war. Und manchmal war sie auf Standby, wie sie es nannten, wenn nichts zu tun war, und das konnte auch toll sein, dann ging sie einfach rüber ins Alcoholocaust oder eine der anderen Kurierbars und trank Espresso, bis Bunny sie über Pager anrief. Es war ziemlich gut gewesen, für Allied zu fahren. Sie hatte nie einen Adler gemacht, einen schlimmen Sturz gebaut, und die Cops waren nicht ganz so versessen darauf, einem einen Strafzettel zu verpassen, wenn man ein Mädchen war; sogar auf dem Gehweg konnte man da fahren oder so. Allerdings lag ihr nichts ferner, als jetzt wieder mit dem Kurier fahren anzufangen, und das brachte ihre miese Stimmung zurück, denn sie wusste nicht, was sie sonst tun sollte. Na, wie auch immer, in irgendwelchen neuen Versionen von Tessas Doku würde sie jedenfalls nicht mitspielen.

Sie erinnerte sich an diese dürre Technikerin namens Tara-May, die *Cops in Schwierigkeiten* ihnen geschickt hatte, damit sie Material über den armen Rydell drehte, der nie was anderes gewollt hatte, als in einer Folge dieser Serie aufzutreten. Nein, verbesserte sie sich, das war nicht fair, denn sie wusste, dass Rydell in Wirklichkeit am liebsten Cop geworden wäre, und ganz am Anfang, in Tennessee, war er ja auch einer gewesen. Aber es hatte nicht geklappt, und dann hatte es mit seiner Serienfolge auch nicht geklappt, geschweige denn mit der Mini-Serie, die sie eigentlich daraus machen wollten. Hauptsächlich deswegen nicht, vermutete sie, weil Tara-Mays Material die Leute von *Cops in Schwierigkeiten* davon überzeugt hatte, dass Rydell im Fernsehen ein bisschen zu dick wirkte. Nicht dass er auch nur ein Gramm Fett am Leib hatte, er bestand nur aus Muskeln und langen Beinen, aber vor der Kamera sah er nicht so aus. Und das hatte ihn irgendwie völlig kirre gemacht, das und Tara-Mays ewiges Geplapper, dass Chevette Sprech- und Schauspielunterricht nehmen, die ganzen Kampfkünste erlernen und mit Drogen aufhören sollte. Als Chevette klargestellt hatte, dass sie gar keine Drogen nahm, hatte Tara-May gesagt, es werde die Lizenzverkäufe ein bisschen erschweren, wenn sie nicht mit irgendwas aufhören könne, aber es gebe ja Gruppen für alles, und dies sei wahrscheinlich der beste Weg, Leute kennen zu lernen, die einem bei der Karriere behilflich sein könnten.

Aber Chevette hatte gar keine Karriere machen

wollen, jedenfalls nicht in dem Sinn, wie Tara-May es meinte, und das hatte die Frau einfach nicht geschnallt. Tatsächlich waren eine Menge Leute in Hollywood so wie Tara-May, vielleicht sogar die meisten; jeder hatte etwas, was er »eigentlich« machte. Fahrer schrieben, Barmixer waren Schauspieler; Chevette hatte sich von einem Mädchen massieren lassen, das eigentlich ein Stunt-Double für eine Schauspielerin war, von der Chevette noch nie gehört hatte, nur dass sie in Wirklichkeit noch nie angerufen worden war, aber sie hatten ihre Nummer. Irgendwer hatte die Nummer von jedem; aber für Chevette sah es so aus, als stünden *alle* ihre Nummern auf den Losen einer Lotterie, bei der nie jemand gewann. Doch das wollte keiner hören, und wenn man den Leuten nicht abkaufte, was sie »eigentlich« machten, dann redeten sie auch nicht mehr viel mit einem.

Jetzt, wo sie darüber nachdachte, merkte sie, dass dies zu den Dingen gehörte, die zwischen sie und Rydell geraten waren, denn ganz gleich, was ihm jemand erzählte, er hatte allen immer abgekauft, was sie »eigentlich« waren. Und dann hatte er ihnen erzählt, er wolle eigentlich in einer Folge von *Cops in Schwierigkeiten* mitspielen, und es sehe so aus, als werde wirklich was draus, weil *Cops in Schwierigkeiten* momentan seine Miete bezahle. Was eigentlich niemand hören wollte, weil es ein bisschen zu real war, aber das kapierte Rydell nie. Und dann hatten sie ihn nach Telefonnummern und Namen angehauen, ihn gebeten, sie irgendwem vorzustellen, und ihm Disks und Listen zugesteckt, was sie alles konnten oder schon gemacht hatten, weil sie hofften, er wäre dumm genug, damit zu seinen Produzenten zu gehen und sie denen zu zeigen. Das war er auch, oder jedenfalls gutherzig genug, und damit hatte er bei den Leuten von *Cops in Schwierigkeiten* auch nicht gerade Pluspunkte gesammelt.

Und so kam es, dass sie bei Carson gelandet war.

Rydell saß im Dunkeln auf dem Sofa, sah sich eine alte Folge von *Cops in Schwierigkeiten* nach der anderen an und wirkte verloren, und damit war sie einfach nicht klargekommen. Solange es Sachen gab, die sie zusammen machen konnten, war alles okay gewesen, aber als es darum ging, einfach nur zusammen zu sein, hatte es nicht funktioniert, und dann zog Rydell auch noch diese Trauerkloßnummer ab, als aus der Sendung nichts zu werden schien …

Aber hier war die Bar, eine kleine Menschenmenge an der Tür und laute Musik, die sie schon gehört hatte, ohne sie jedoch richtig wahrzunehmen. Als sie fast da war, verstummte die Musik.

Der Laden war knüppelvoll. Sie schlüpfte seitwärts zwischen zwei Mexikanern durch, die wie LKW-Fahrer aussahen; sie hatten solche spitzen, stählernen Meißeldinger vorn an ihren schwarzen Cowboystiefeln. Drinnen konnte sie über die Köpfe der dicht gedrängten Menge hinweg Creedmore mit einem Mikrofon in der Hand sehen, der in die Menge hineingrinste. Es war ein Dancer-Grinsen, zehntausend Watt schlechte Elektrizität, und sie sah, dass es bei ihm schon damit losging, was Dancer mit dem Zahnfleisch anstellte.

Die Leute klatschten und pfiffen und wollten eine Zugabe, und Creedmore, das Gesicht schweißüberströmt, sah aus, als wollte er sie ihnen geben.

»Danke, vielen herzlichen Dank«, hörte sie Creedmores verstärkte Stimme. »Die nächste Nummer hab ich selbst geschrieben, und sie kommt demnächst als unsere erste Single raus, Buell Creedmore and his Lower Companions, und sie heißt ›Just When You Think You've Got It Dicked.‹«

Oder jedenfalls glaubte sie, dass er das gesagt hatte, aber dann setzte lautstark die Band ein, der Gitarrist würgte eine große, glänzende, alte rote E-Gitarre und entrang ihr stählerne, schlangenartige Akkorde, und sie konnte kein Wort vom Text mehr verstehen. Aber sie musste zugeben, es klang, als könnte Creedmore wirklich singen.

Es herrschte ein solches Gedränge, dass es schwer war, weiterhin nach Carson Ausschau zu halten, aber andererseits war es auch nicht allzu wahrscheinlich, dass er sie sah.

Sie drängte sich weiter durch, so gut sie konnte, und versuchte, Tessa zu finden.

45 Spontane Aktion

Rydell hatte damals an der Akademie einen Observationskurs absolviert, und am meisten Spaß hatte es ihm gebracht, wenn sie rausgingen und Leute beschatteten.

Das machte man nie allein, sondern mit mindestens einem Partner, und je mehr Partner man hatte, desto besser. Man lernte, wie man sich ablöste, sodass ein anderer die Rolle des Beschatters übernahm, und wie man sich unbemerkt vor die Zielperson setzte und sich so für die nächste Ablösung bereithielt. Auf diese Weise hatte die ZP nie zu lange denselben Verfolger hinter sich. Es hatte eindeutig etwas von einer Kunst, und wenn man es richtig drauf hatte, war es wie ein Tanz.

In seiner äußerst kurzen Laufbahn als Polizeibeamter hatte er allerdings nicht die Chance bekommen, sein Wissen in die Praxis umzusetzen, ebenso wenig wie später, in seiner Zeit bei IntenSecure, aber er glaubte, dass er ziemlich gut gewesen war, und es hatte ihm eine Vorstellung davon vermittelt, wie es war, wenn man beschattet wurde, besonders von Leuten, die ihr Handwerk verstanden.

Darüber dachte er nun nach, als er den Matchbeutel mit Rei Toeis Projektor schulterte und sich bereitmachte, diesen jämmerlichen Tatort zu verlassen. Falls Laney gewollt hatte, dass er irgendjemandes Aufmerksamkeit erregte, indem er hier rumstand, nun, er hatte hier rumgestanden. Aber vielleicht beschlich ihn auch deshalb jetzt das Gefühl, beobachtet zu werden, dachte er, weil Laney ihm erklärt hatte, er würde garantiert bemerkt werden, wenn er hierher käme.

Womöglich bloß die Nerven. Aber eigentlich war er nicht nervös, sondern nur müde. Die ganze Nacht hindurch war er mit Creedmore die Küste entlang gefahren, und heute hatte er nur eine einzige kurze Ruhepause gehabt, nämlich als er Rei Toei zugehört hatte und dabei eingeschlafen war. Im Moment wollte er am liebsten in sein Zimmer zurück, den Projektor checken, um zu sehen, ob sie wieder da war, und dann ab ins Bett.

Aber da war es, dieses Kribbeln im Nacken. Er drehte sich um und schaute zurück, aber dort war niemand, nur der Ort, wo das Kil'Z auf getrocknetes Blut gesprüht worden war.

Ein Mann ging Richtung Oakland und Rydells Pension an ihm vorbei.

Junger Bursche mit dunklen Haaren, militärische Frisur mit ausrasierten Schläfen, lange schwarze Jacke, schwarzer Schal hoch bis zum Kinn. Schien Rydell nicht zu sehen, ging einfach weiter, Hände in den Taschen. Rydell schloss sich ihm im Abstand von ungefähr vier, fünf Metern an.

Er versuchte sich vorzustellen, wie es hier früher ausgesehen hatte, als das noch eine reguläre Brücke gewesen war.

Millionen von Autos waren hier durchgefahren, genau dort, wo er jetzt ging. Damals war alles offen gewesen, nur Träger, Geländer und Fahrbahn; jetzt war es ein Tunnel, alles zusammengeflickt aus Schrott, gebrauchtem Holz und Plastik, was sich eben so fand, auf jede erdenkliche Weise zusammengehauen, wie es aussah, Hauptsache, es stürzte nicht gleich wieder ein, und irgendwie stürzte es auch nicht wieder ein, trotz der Winde, die hier bestimmt durchfegten. In Louisiana war er mal in einem Bayou gewesen, und rein von der Optik her erinnerte ihn das hier daran: Überall hing irgendwelches Zeug, Schläuche, Kabel, Sachen, deren Funktion er nicht erkennen konnte, und in gewissem Sinn war es wie spanisches Moos, irgendwie weichgezeichnet. Und das Licht war jetzt trübe, wie unter Wasser, nur diese Bündel irgendwo beschaffter Neonröhren alle paar Meter. Einige waren kaputt, andere flackerten.

Er ging um eine Pfütze herum. Ein Händler hatte dort ungefähr zehn Pfund schmutziges zerstoßenes Eis abgeladen.

Er sah, wie der Bursche mit dem schwarzen Schal vor ihm in ein Café ging, einen dieser winzigen Läden, die es hier gab, vielleicht zwei kleine Tische und ein Tresen, an dem vier, fünf Leute Platz hatten. Ein großer Blonder, der wie ein Gewichtheber aussah, kam heraus, als der Schal hineinging. Der Gewichtheber schaute Rydell einen winzigen Moment lang in die Augen, und dieser kurze Blickkontakt sagte ihm alles.

Sie beschatteten ihn: die Ablösung. Er wurde verfolgt, und zwar von mindestens drei Leuten.

Der Gewichtheber setzte sich in Richtung von Rydells Pension, Treasure Island und Oakland in Bewegung. Ein Nacken, so dick wie Rydells Oberschenkel. Als Rydell am Café vorbeikam, schaute er hinein und sah, wie der Schal sich einen Kaffee bestellte. Ganz stinknormal. Deshalb blickte er sich nicht um, denn er wusste, wenn er das tun würde, wüssten sie Bescheid. Keine Frage. So wie er Bescheid gewusst hatte, als der Gewichtheber ihm in die Augen geschaut und es damit vermasselt hatte.

Der Gürtel, an dem der Matchbeutel hing, schnitt ihm durch die Nylonjacke in die Schulter, und er dachte an Laney und Klaus und den Hahn; offenbar glaubten sie alle, der Projektor sei wirklich wichtig oder wertvoll. Wurde er deshalb verfolgt, oder ging es um diesen geheimnisvollen Mann von Laney, den Mann, der nicht da war? Ansonsten glaubte er nicht, dass er hier irgendwelche echten Feinde fürs Leben hatte, obwohl man so was nie mit Sicherheit sagen konnte, und er glaubte auch nicht, dass diese Typen ordinäre Straßenräuber waren; er hatte nämlich den Eindruck, dass sie sehr genau wussten, was sie taten.

Er langte in die Jackentasche und berührte das Messer. Es war da, und er war froh, dass er es hatte, obwohl ihm der Gedanke, jemanden tatsächlich damit zu stechen, einigermaßen zu schaffen machte. Das Problem bei Messern war, dass die Leute, die damit auf andere losgehen wollten, normalerweise keine Vorstellung davon hatten, was für eine *Sauerei* sie dabei anrichten würden. Es war nicht wie im Kino; Leute mit Stichwunden bluteten wie angestochene Schweine. Beim Lucky Dragon auf dem Sunset hatte er schon mit der einen oder anderen Stichverletzung zu tun gehabt. Und das konnte heikel werden, denn wer wusste schon, ob jemand seropositiv war? Er und Durius hatten Brillen gehabt, die sie aufsetzen sollten, damit sie das Blut der Leute nicht in die Augen bekamen, aber meistens ging alles ganz schnell, und sie dachten erst an die Brillen, wenn es wahrscheinlich ohnehin zu spät war.

Aber das Hauptproblem bei Messern – selbst bei denen, die Stahlgürtelreifen wie reife Bananen durchschnitten – war, dass sie bei einer Schießerei nicht viel taugten.

Jemand hatte einen alten Antidiebstahlsspiegel über einem geschlossenen Stand aufgehängt, und als er näher kam, versuchte er zu erkennen, wer ihm folgte, aber es waren so viele Fußgänger unterwegs, dass er nur eine allgemeine Bewegung in seinem Rücken wahrnahm.

Allerdings beunruhigte es ihn jetzt wirklich, dass er genau das tat, was sie wahrscheinlich von ihm erwarteten: Er ging dorthin zurück, wo er die Nacht verbringen würde, wo immer das sein mochte (vorausgesetzt, sie wussten es nicht bereits). Und wenn er dort war, was dann? Dann saß er oben in seinem Zimmer in der Falle, ohne einen anderen Ausgang als diese Leiter, und sie hatten ihn. Vermutlich konnte er auch einfach weitergehen, aber er sah nicht, was ihm das bringen würde.

Es musste etwas tun, womit sie nicht rechneten, dachte er. Den Spieß irgendwie umdrehen oder sie zumindest abschütteln. Dann konnte er vielleicht Laney wecken und ihn fragen, was das für Leute waren.

In Knoxville hatte er einen Ausbilder gehabt, der gern von lateralem Denken geredet hatte. Was in gewissem Sinn nicht so weit von dem entfernt war, was Durius meinte, wenn er davon sprach, dass die Drogensüchtigen auf dem Gehweg vor dem Lucky Dragon lateral wurden. Völliger Ichverlust. Manchmal war einfach eine simple spontane Aktion vonnöten, etwas, womit niemand rechnete, vielleicht nicht mal man selbst.

Zu seiner Rechten sah er jetzt ein Stück Wand oder vielmehr Leinwand, wie ein Segel oder ein altes Zelt, straff über Holz gespannt und vielleicht einen guten Zentimeter dick von den vielen Farbschichten, die man aufgetragen hatte, seit es hier angebracht worden war. Eine Art Wandgemälde, aber das nahm er nicht wahr.

Das Schnappmesser öffnete sich mit einem so lauten Klacken, dass sie es unmöglich überhört haben konnten. Darum handelte er einfach spontan, zog die Keramikklinge nach unten und zur Seite und schnitt sich ein spiegelverkehrtes L in die Wand. Die Farbe auf der Leinwand knisterte, als er wie im Traum hindurchtauchte. In Wärme und anderes Licht, und da saßen völlig unerwartet Leute um einen Tisch, Karten in den Händen und einen Haufen Perlmuttchips vor sich. Und eine Frau am Tisch – die Nippel ihrer bloßen Brüste von Edelstahl durchbohrt, den Stummel einer kleinen Zigarre in den Mundwinkel geklemmt – fing Rydells Blick auf und sagte: »Einen zum Sehen, und dann noch einen drauf.«

»Kümmert euch gar nicht um mich«, hörte Rydell sich sagen, als er sah, wie ein Mann mit tätowierter Kopfhaut, der noch sein Blatt in der Hand hielt, die andere Hand mit einer Schusswaffe darin unterm Tisch hervorzog. Im selben Moment wurde ihm bewusst, dass er das schwarze Messer immer noch offen in der Hand hatte. Es überlief ihn merkwürdig kalt, während seine Füße sich einfach weiterbewegten, vorbei an dem Tisch, dem Mann und dem unendlich großen schwarzen Loch in dem blinkenden Edelstahlring, der die Mündung der Pistole war.

Durch einen dicken, braunen Veloursvorhang, der nach alten Filmtheatern roch, und er noch immer auf den Beinen, offenbar unversehrt. Er bemerkte, wie seine Hand auf den Knopf drückte, die Klinge schloss und das Messer schräg an die Hüfte stellte, während er weiterging, etwas, woran er sonst gar nicht gedacht hätte. Er steckte das Messer ein. Vor ihm eine grob zurechtgesägte Leiter aus Kantholz. Er ging direkt auf sie zu und stieg hinauf, so schnell er konnte.

Oben ein quadratisches Loch in einem splittrigen Holzboden, ein schmaler Steg zwischen Wänden, die aus abblätternden Reklametafeln zurechtgeschnitten waren – das riesige, fleckige, verblasste Papierauge einer Frau, das in eine unendliche Ferne starrte.

Stehen bleiben. Verschnaufen. Mit klopfendem Herzen. Horchen.

Gelächter. Die Kartenspieler?

Er setzte sich in Bewegung und ging mit einem wachsenden Triumphgefühl den Steg entlang: Er hatte es geschafft. Hatte sie abgehängt. Wo er auch hier oben war, er würde schon wieder hinunterfinden, und dann würde er weitersehen. Aber er hatte den Projektor, er hatte sie abgehängt, und er war nicht erschossen worden, weil er Leute beim Pokern gestört hatte. »Laterales Denken«, sagte er und beglückwünschte sich, als er das Ende des Stegs erreichte und um eine Ecke bog.

Er spürte, wie die Rippe brach, als ihn der Gewichtheber traf, und wusste sofort, dass der schwarze Handschuh – so wie diejenigen, mit denen er in Nashville trainiert hatte – mit Blei beschwert war.

Der Schlag warf ihn an die gegenüberliegende Wand. Sein Kopf knallte dagegen, und seine ganze linke Seite wollte sich nicht mehr bewegen, als er es versuchte.

Der Gewichtheber holte mit dem schwarzen Handschuh zu einem Schwinger in Rydells Gesicht aus. Und lächelte dabei.

Rydell versuchte, den Kopf zu schütteln.

Ein ganz leiser Ausdruck der Überraschung, vielleicht der Verwirrung in den Augen des anderen, in seinem Gesicht. Dann nichts mehr. Das Lächeln war erschlafft.

Der Gewichtheber fiel plötzlich und sehr schwer auf die Knie, schwankte und krachte seitwärts auf den grauen Holzboden. Und gab den Blick auf einen schlanken, grauhaarigen Mann in einem langen, glatten Mantel von der Farbe alten Mooses frei, der irgendetwas wieder einsteckte, während er sich mit der anderen Hand das Revers aufhielt. Augen, die Rydell durch eine Brille mit Goldrand betrachteten. In jeder Wange eine tiefe Falte, als lächelte er viel. Der Mann zog seinen schönen Mantel zurecht und ließ die Hände sinken.

»Sind Sie verletzt?«

Rydell holte rau Luft und zuckte zusammen, als die Rippe zu knirschen schien. »Rippe«, brachte er hervor.

»Sind Sie bewaffnet?«

Rydell schaute in die klaren, hellen, reglosen Augen. »Messer in meiner rechten Tasche.«

»Bitte lassen Sie's dort«, sagte der Mann. »Können Sie gehen?«

»Na klar«, sagte Rydell, machte einen Schritt und wäre beinahe auf den Gewichtheber gefallen.

»Kommen Sie bitte mit«, sagte der Mann. Er drehte sich um, und Rydell folgte ihm.

46 Kiefernholzkiste

Creedmore war schon beim Höhepunkt seines Songs angelangt, als Chevette Gottes kleines Spielzeug erspähte, das über ihnen kreuzte.

Die Bar hatte wie viele Räume hier auf dem ursprünglichen Brückenboden keine eigene Decke; diese bestand vielmehr aus den Böden all dessen, was man darüber errichtet hatte, und war daher uneben und unregelmäßig. Das Management hatte das Ganze irgendwann schwarz gesprüht, und Chevette wäre der fliegende Kameraträger vielleicht gar nicht aufgefallen, wenn der Mylar-Ballon nicht das Bühnenlicht eingefangen und reflektiert hätte. Er wurde eindeutig von jemandem gesteuert; es sah aus, als würde er sich nach vorn schieben, um eine Nahaufnahme von Creedmore zu machen. Dann erspähte Chevette zwei weitere silberne Ballons; sie parkten in einer Art Höhlung, die von einer Unregelmäßigkeit in den Böden darüber herrührte.

Tessa hatte also offenbar jemanden dazu gebracht, sie zum unteren Ende der Folsom zurückzufahren, dachte sie. Und anschließend war sie wieder hierher gefahren oder getrampt. (Chevette war ziemlich sicher, dass Tessa nicht zu Fuß gegangen war, jedenfalls nicht mit den Ballons.) Hoffentlich Letzteres, denn sie hatte absolut keine Lust, noch mal einen Platz für den Van zu suchen. Was immer Tessa hier vorhatte, sie würden später einen Schlafplatz brauchen.

Creedmores Song endete mit einer Art Jodelschrei

voller hirnloser Aufsässigkeit, der von der Netzkappenmenge zu einem Furcht erregenden Gebrüll verstärkt zurückgeworfen wurde.

Die Begeisterung versetzte Chevette in Erstaunen – nicht sosehr, dass sie Creedmore galt, als vielmehr dieser Art von Musik. Aber Musik war in der Hinsicht immer komisch; die Leute standen auf allen möglichen Scheiß, und wenn man genug in einer Bar zusammenbekam, konnte man sich vermutlich recht gut amüsieren. Sie drängte sich noch immer durch die Menge, wehrte hin und wieder eine zielstrebige Hand ab, suchte Tessa und hielt Ausschau nach Carson, als Creedmores Freundin Maryalice sie entdeckte.

Maryalice hatte offenkundig noch ein bisschen mehr von ihrer Oberweite freigelegt und bot dem Auge nun wirklich eine üppige Pracht dar. Sie sah richtig glücklich aus, jedenfalls so glücklich, wie man aussehen kann, wenn man gründlich abgefüllt ist, was sie eindeutig und unübersehbar war.

»Schätzchen!« rief sie und packte Chevette an den Schultern. »Wo hast du denn gesteckt? Wir haben alle möglichen Freigetränke für unsere Gäste aus der Branche!«

Maryalice hatte offenkundig vergessen, dass Chevette ihr erzählt hatte, sie und Tessa seien keine A&R-Leute, aber vermutlich vergaß Maryalice des Öfteren eine ganze Menge.

»Na prima«, sagte Chevette. »Hast du Tessa gesehen? Meine Freundin, mit der ich hier war? Sie ist Australierin …«

»Oben in der Lichtkabine bei Saint Vitus, Schätzchen. Sie zeichnet Buells ganzes Konzert mit diesen kleinen Ballondingern auf!« Maryalice strahlte. Drückte Chevette einen dicken, lippenstiftschmierigen Kuss auf die Wange und vergaß sie sofort. Ihr Gesicht wurde ausdruckslos, als sie sich abwandte, in Richtung Bar, wie Chevette vermutete.

Aber die Lichtkabine, die konnte sie jetzt sehen: eine Art überdimensionale matt schwarze Kiste, die gegenüber der Bühne in eine Ecke geklebt war, und hinter deren verzogenem, lang gestrecktem Kunststofffenster, sich ganz deutlich Tessas Gesicht und das eines kahlköpfigen Jungen abzeichneten, der eine fies aussehende Sonnenbrille mit schmalen, schwarzen Gläsern trug. Nur die beiden Köpfe da drin, wie Marionettenköpfe. Rauf kam man, wie sie sah, über eine mit rostigen Rohrschellen an der Wand befestigte Aluminium-Trittleiter.

Tessa hatte ebenfalls eine Spezialbrille auf, und Chevette wusste, dass sie den Output von Gottes kleinem Spielzeug sah, während sie mit ihrem schwarzen Handschuh Kameraposition und Schärfe einstellte. Creedmore hatte mit einem weiteren, diesmal schnelleren Song angefangen, und die Leute stampften den Takt und wippten auf und ab.

Zwei von diesen Netzkappentypen, Bierdosen in der Hand, bei der Leiter, aber sie tauchte unter ihren Armen durch und kletterte rauf, ohne den zu beachten, der ihr mit der flachen Hand lachend einen Klaps auf den Hintern gab.

Hinauf durch das quadratische Loch, die Nase auf Höhe eines staubigen, biergetränkten braunen Teppichs. »Tessa. He.«

»Chevette?« Tessa drehte sich nicht um; sie war völlig auf das Bild in ihrer Brille konzentriert. »Wo warst du?«

»Ich hab Carson gesehen«, sagte Chevette und kletterte ganz hinauf. »Bin abgehauen.«

»Spitzenmäßiges Material hier«, sagte Tessa. »Die Gesichter dieser Leute. Wie bei Robert Frank. Ich mach das schwarz-weiß und grobkörniger …«

»Tessa«, unterbrach Chevette, »ich finde, wir sollten von hier verschwinden.«

»Scheiße, verdammt, wer bist du?«, sagte der Kahlkopf und drehte sich um. Er trug ein ärmelloses, hautenges Shirt; seine Oberarme waren nicht dicker als Chevettes Handgelenke, und seine nackten Schultern sahen so zerbrechlich aus wie die Knochen eines Vogels.

»Das ist Saint Vitus«, sagte Tessa wie in einem zerstreuten Versuch, Feindseligkeiten im Keim zu ersticken; sie war mit den Gedanken ganz woanders. »Er macht das Licht hier, aber in zwei anderen Clubs auf der Brücke steht er am Mischpult, im Kognitive Dissidenten und in noch einem …« Tessas Hand in dem schwarzen Kontrollhandschuh tanzte mit sich selbst.

Chevette kannte das Kog Diss von früher. »Das ist 'ne Dancer-Bar, Tessa«, sagte sie.

»Wir gehen hinterher rüber«, erklärte Tessa. »Er sagt, da geht's dann grade erst richtig los, und es soll auch viel interessanter sein als hier.«

»Versteht sich doch wohl von selbst«, meinte Saint Vitus mit unendlicher Müdigkeit.

»Blue Ahmed hat da eine Single aufgenommen«, sagte Tessa. »›My War Is My War‹. «

»Ätzende Nummer«, sagte Chevette.

»Du meinst die *Coverversion* von Chrome Koran.« Saint Vitus' Stimme triefte vor Verachtung. »Ahmeds Version hast du nie gehört.«

»Woher, zum Teufel, willst du das wissen?«, fragte Chevette.

»Weil sie nie rausgekommen ist«, erklärte Saint Vitus selbstgefällig.

»Tja, vielleicht ist sie ja abgehauen«, sagte Chevette. Am liebsten hätte sie diesem Diz-Affen eins vor die Birne geknallt, und sie dachte, dass es wohl auch gar nicht so schwer wäre, aber man wusste nie, was passieren würde, wenn jemand, der voll auf Dancer war, ausklinkte. Es gab haufenweise Geschichten über Zwölfjährige, die dermaßen zugeknallt waren, dass sie einen Streifenwagen an der Stoßstange packten und das ganze Ding umkippten; dazu gehörte dann für gewöhnlich aber auch, dass ihnen die Muskeln durch die Haut platzten – Chevette hoffte aufrichtig, dass das unmöglich war. Musste eine dieser »urbanen Legenden« sein, wie Carson das nannte.

Creedmores Song endete mit einem stählern klirrenden Gitarrenakkord, der Chevettes Aufmerksamkeit auf die Bühne lenkte. Creedmore wirkte jetzt total high; sein Blick ging triumphierend in die Ferne, als würde er über ein Meer von Gesichtern in einem riesigen Stadion hinwegstarren.

Der große, schwere Gitarrist nahm seine rote Gitarre ab und gab sie einem Jungen mit Koteletten und schwarzer Lederweste, der ihm dafür eine schwarze Gitarre mit schmalerem Korpus reichte.

»Das hier heißt ›Pine Box‹«, sagte Creedmore, als der korpulente Gitarrist zu spielen begann. Chevette verstand nicht viel vom Text als Creedmore loslegte, nur dass der Song alt und trübsinnig klang und davon handelte, dass jemand in einer Kiefernholzkiste landete, also vermutlich in einem Sarg, so einem Ding, in dem man Leute begrub, aber sie dachte, dass es genauso auf diese Tonkabine passen konnte, in der sie mit Tessa und diesem Arschloch festsaß. Sie schaute sich um und sah einen alten verchromten Hocker, dessen aufgerissenes Polster mit Klebeband geflickt war, also pflanzte sie sich drauf und beschloss, einfach die Klappe zu halten, bis Tessa so viel von Creedmores Gig aufgezeichnet hatte, wie sie wollte. Dann würde sie dafür sorgen, dass sie hier rauskamen.

47 Sai Shing Road

Libia und Paco haben Laney zu einem Frisiersalon in der Sai Shing Road gebracht. Er hat natürlich keine Ahnung, auf welchem Weg er dorthin gekommen ist; Sai Shing ist in der Ummauerten Stadt, und er ist Besucher, nicht Bewohner. Die Lage der Ummauerten Stadt und die konzeptuellen Mechanismen, mittels deren sich ihre Bürger freiwillig von der gesamten menschlichen Datenwelt abgespalten haben, sind ihr zentrales und bestgehütetes Geheimnis. Die Ummauerte Stadt ist ein Universum für sich, ein subversives Gerücht, der Stoff, aus dem Sagen entstehen.

Laney ist schon früher hier gewesen, wenn auch nicht genau in diesem Konstrukt, diesem Frisiersalon, und es gefällt ihm hier nicht. Etwas in dem elementaren Gründungskode der Ummauerten Stadt verursacht ihm ein metaphysisches Schwindelgefühl, und die visuelle Darstellung ist auf langweilige Weise aggressiv, als wäre man in einem Kunsthochschulvideo mit unendlich hohen Produktionswerten. Nichts ist jemals gradlinig in der Ummauerten Stadt; nichts wird jemals so dargestellt, wie es geschrieben ist, sondern durch ein halbes Dutzend Arten sorgfältig kultivierter Bitfäule gefiltert, als ob die Einwohner fest entschlossen wären, dem Ort ihre krasse Grundhaltung bis in die allerfeinste fraktale Textur hinein aufzuprägen. Während eine clevere Website vielleicht mit dezenten Andeutungen von Schmutz und Abnutzung arbeiten würde, schwelgt die Ummauerte Stadt in unverhüllter, offener Verwesung, in Texture-Maps, die sich fortwährend auflösen und andere, gleichermaßen mottenzerfressene Texturen freilegen.

Dieser Frisiersalon zum Beispiel ist aus Texturfliesen konstruiert, die sich wie Schindeln überlappen, sodass die Ränder nicht richtig aneinander passen und jede Illusion einer Oberfläche oder eines Ortes bewusst zerstört wird. Und alles ist in einer Palette regennasser Chinatown-Neonfarben gehalten: Pink, Blau, Gelb, Blassgrün und dem bestimmenden verblassten Rot.

Libia und Paco verschwinden sofort, und Laney hat Zeit, sich zu überlegen, wie er sich in dieser Umgebung präsentieren würde, falls er Lust dazu hätte: vielleicht als großer Pappkarton?

Klaus und der Hahn setzen diesen Gedankengängen jedoch ein Ende, indem sie abrupt in zwei der vier Frisiersessel des Ladens erscheinen. Sie sehen genauso aus, wie er sie in Erinnerung hat, nur dass Klaus jetzt eine schwarze Lederversion seines Fedora mit rundum hochgebogener Krempe trägt und der Hahn irgendwie noch stärker einem von Francis Bacons schreienden Päpsten ähnelt.

»Ganz neues Spicl hier«, beginnt Laney.

»Wie das?« Klaus saugt an den Zähnen.

»Harwood hat 5-SB genommen. Und das wisst ihr auch, weil eure Chilango-Kids es mir grade erzählt haben. Wie lange wisst ihr's schon?«

»Wir geben nicht mehr Informationen preis als unbedingt nötig«, hebt der Hahn ganz auf die päpstliche Schnöseltour an, aber Klaus schneidet ihm das Wort ab: »Ungefähr zehn Minuten länger als du. Wir möchten gern wissen, was du davon hältst.«

»Das ändert alles«, sagt Laney. »Sein Erfolg in all diesen Jahren: sein Public-Relations-Imperium, die Werbung, die Gerüchte, dass er eine zentrale Rolle bei der Wahl von Präsidentin Millbank gespielt hat, dass er hinter der Teilung von Italien steckt ...«

»Ich dachte, das wäre seine Freundin gewesen«, sagt der Hahn mürrisch, »diese padanische Prinzessin ...«

»Du meinst, er sucht sich nur Sieger aus?«, fragt Klaus. »Willst du damit sagen, dass er im nodalen Modus ist und sich einfach an entstehende Veränderungen dranhängt? Wenn das alles ist, mein Freund, warum bist *du* dann nicht einer der reichsten Männer der Welt?«

»So funktioniert das nicht«, protestiert Laney. »Das 5-SB bewirkt, dass man Knotenpunkte wahrnimmt, Diskontinuitäten in der Informationstextur. Die deuten auf bevorstehende Veränderungen hin, sagen aber nichts darüber aus, was für Veränderungen das sein werden.«

»Stimmt«, pflichtet ihm Klaus bei und spitzt die Lippen.

»Ich möchte wissen, was Harwood vorhat«, sagt Laney. »Ich *muss* es wissen, und zwar sofort. Er sitzt am Scheitelpunkt eines beispiellosen Veränderungspotenzials und spielt bei dem, was hier vorgeht, offenbar eine zentrale Rolle. Rei Toei steckt auch mit drin, ebenso wie dieser freischaffende Menschenauslöscher Harwoods und ein arbeitsloser Privatcop ... Diese Leute sind im Begriff, die menschliche Geschichte auf ganz neue Weise zu verändern. Eine solche Konfiguration hat es seit 1911 nicht mehr gegeben ...«

»Was ist 1911 passiert?«, fragt der Hahn.

Laney seufzt. »Ich bin mir noch immer nicht sicher. Es ist kompliziert, und ich hatte nicht die Zeit, mir die Sache wirklich genau anzusehen. Madame Curies Mann ist 1906 in Paris von einem Pferdewagen überfahren worden. Damit hat es anscheinend angefangen. Aber wenn Harwood hier der seltsame Attraktor ist, jene Merkwürdigkeit, die die Dinge brauchen, um sich dran anzulagern, und er sich dieser Rolle bewusst ist, was hat er dann vor? Welches Handling hätte das Potenzial, buchstäblich *alles* zu verändern?«

»Wir sind nicht sicher«, beginnt der Hahn, »aber …«

»Nanotechnologie«, sagt Klaus. »Harwood war eine wichtige Figur in der Sunflower Corporation. Ein Projekt, San Francisco umzubauen. Ganz radikale Umstrukturierungen, bei denen die Nanotechnologie weitgehend auf dieselbe Weise eingesetzt werden sollte wie in Tokio nach dem Erdbeben. Daraus ist nichts geworden, und merkwürdigerweise sieht es für uns so aus, als hätte dein Mann dort, dieser Rydell, irgendwie eine zentrale Rolle dabei gespielt, dass nichts daraus geworden ist, aber das ist jetzt nicht so wichtig. Mir geht es darum, dass Harwood ein nicht nachlassendes Interesse an der Nanotechnologie an den Tag gelegt hat, und manifestiert hat sich das erst kürzlich in einer Zusammenarbeit zwischen der Nanofax AG in Genf …«

»Eine Harwood-Fassade«, fällt ihm der Hahn ins Wort, »gelenkt von einer Scheinflrma auf Antigua …«

»Sei still«, und der Hahn gehorcht. »Zwischen der Nanofax AG in Genf und der Lucky Dragon Corporation in Singapur. Lucky Dragon ist natürlich ein Kunde von Harwood Levine.«

»Nanofax?«

»Alles, was der Name besagt«, erklärt Klaus, »und auch erheblich weniger.«

»Was soll das heißen?«

»Die Nanofax AG bietet eine Technologie an, die auf digitale Weise Gegenstände reproduziert – physisch und über räumliche Entfernungen hinweg. Innerhalb gewisser sehr enger Grenzen natürlich. Wenn man eine Kinderpuppe in ein Lucky-Dragon-Nanofax in London legt, wird sie beispielsweise im Lucky-Dragon-Nanofax in New York reproduziert …«

»Wie?«

»Mit Assemblern, aus allem, was verfügbar ist. Aber

man hat dem System strenge juristische Beschränkungen auferlegt. Es darf zum Beispiel keine fünktionierende Hardware reproduzieren. Und natürlich schon gar keine funktionierenden Nano-Assembler.«

»Ich dachte, es wäre bewiesen, dass das eh nicht hinhaut«, sagt Laney.

»O nein«, sagt der Hahn, »sie wollen es nur nicht.«

»Wer, sie?«

»Die Nationalstaaten«, sagt der Hahn. »Erinnerst du dich noch an die?«

48 Im Jetzt

Rydell beobachtete den Mann vor sich, wie er sich vorwärts bewegte, und empfand etwas Kompliziertes, Ungreifbares, was jedoch trotzdem zu ihm durchdrang, durch den Schmerz in seiner Seite, den Schmerz, der zubiss, wenn er eine falsche Bewegung machte. Er hatte immer von einer besonderen Form von Eleganz geträumt: sich einfach zu bewegen, auf die richtige Art, ohne darüber nachzudenken. Wachsam, entspannt, präsent. Und irgendwie wusste er, dass er genau das jetzt vor sich sah, bei diesem Mann, dem er folgte, der vielleicht fünfzig Jahre alt war und offenbar – ohne darüber nachzudenken – sich so bewegte, dass er dabei stets in jedem kleinsten verfügbaren Schatten blieb. Aufrecht in seinem langen Wollmantel, die Hände in den Taschen, bewegte er sich einfach, und Rydell folgte ihm, in seinem Schmerz und der dadurch bedingten Unbeholfenheit, aber auch im Schmerz seines jugendlichen Herzens, des Jungen in ihm, der all diese Jahre so wie dieser Mann hatte sein wollen, wer und was der auch immer sein mochte.

Ein Killer, rief Rydell sich in Erinnerung und dachte an den Gewichtheber, den sie zurückgelassen hatten; Rydell wusste, dass Töten nicht der explosive, kurze Händedruck im Film war, sondern eine schreckliche dunkle Ehe bis zum Grab und vielleicht (obwohl er es nicht hoffte) sogar darüber hinaus, denn in seinen Träumen spukte noch immer manchmal der Schatten von Kenneth Turvey, dem einzigen Menschen, den er jemals hatte töten müssen. Obwohl er nie Zweifel daran gehegt hatte, dass es unumgänglich gewesen war, Turvey zu töten, weil dieser mit wahllosen Schüssen durch die Tür eines Schranks mit den von ihm eingesperrten Kindern seiner Freundin darin demonstriert hatte, dass er es ernst meinte. Wenn man jemanden tötete, ließ man sich damit auf eine schreckliche und dauerhafte Sache ein, glaubte Rydell, und er wusste auch, dass gewalttätige Kriminelle im wirklichen Leben ungefähr so romantisch waren wie ein Schoß voller Gedärme. Trotzdem war er nun hier und gab sich alle Mühe, mit diesem grauhaarigen Mann mitzuhalten, der gerade jemanden auf eine Art getötet hatte, die Rydell nicht einmal genauer hätte spezifizieren können, aber leise und ohne viel Aufhebens; der gerade jemanden getötet hatte, wie ein anderer vielleicht das Hemd wechseln oder eine Flasche Bier aufmachen würde. Und etwas in Rydell sehnte sich derart danach, so zu sein, dass er, als er es nun merkte, errötete.

Der Mann blieb stehen – im Schatten – und schaute sich um. »Wie geht es Ihnen?«

»Gut«, sagte Rydell, wie beinahe immer, wenn jemand ihm diese Frage stellte.

»Es geht Ihnen nicht ›gut‹. Sie sind verletzt. Sie könnten innere Blutungen haben.«

Rydell blieb vor ihm stehen, die Hand an seine brennende Seite gepresst. »Was haben Sie mit dem gemacht?«

Man hätte nicht sagen können, dass der Mann lächelte, aber die Falten in seinen Wangen schienen ein wenig tiefer zu werden. »Ich habe die Bewegung vollendet, die er begonnen hatte, als er Sie schlug.«

»Sie haben ihn mit irgendwas niedergestochen«, sagte Rydell.

»Ja. Das war unter den gegebenen Umständen die eleganteste Lösung. Sein ungewöhnliches Schwerezentrum ermöglichte es, ihm das Rückenmark zu durchtrennen, ohne dabei die Wirbel selbst zu berühren.« Das in einem Ton, wie jemand vielleicht die Entdeckung einer neuen, aber praktischen Busroute schildern würde.

»Zeigen Sie's mir.«

Der Kopf des Mannes bewegte sich, nur ein winziges Stück. Ein vogelartiger Ruck. Licht blitzte auf, spiegelte sich in der runden Brille mit dem Goldrahmen. Er langte vorne in seinen offenen langen Mantel und brachte mit sehr eigenartiger, lässiger Anmut eine aufwärts gekrümmte Klinge mit beitelförmiger Spitze zum Vorschein. Das Ding hieß Tanto, wie Rydell wusste: die kurze Version eines japanischen Schwerts. Dasselbe Licht, das sich in den runden Gläsern gefangen hatte, blitzte jetzt kurz in einer haarfeinen, regenbogenfarbenen Linie am gebogenen Rand und der schrägen Spitze auf, und dann kehrte der Mann die Bewegung um, die das Messer zum Vorschein gebracht hatte. Es verschwand in dem Mantel, als hätte man ein Stück Band zurücklaufen lassen.

Rydell fiel ein, dass man ihm beigebracht hatte, sich mit etwas, irgendetwas zu behelfen, wenn jemand mit einem Messer auf einen losging und man unbewaffnet war. Wenn man nichts anderes hatte, sollte man seine Jacke ausziehen und sie sich um Hände und Handgelenke wickeln, um diese zu schützen. Jetzt stellte er sich vor, wie er den Projektor in seinem Matchbeutel als eine Art Schild benutzte, um das Messer abzuwehren, das er gerade gesehen hatte, und das erschien ihm als ein derart hoffnungsloses Unterfangen, dass es ihm schon komisch vorkam.

»Warum lächeln Sie?«, fragte der Mann.

Rydell hörte auf zu lächeln. »Ich glaube, das könnte ich nicht erklären«, sagte er. »Wer sind Sie?«

»Das kann ich Ihnen nicht sagen.«

»Ich bin Berry Rydell«, erklärte Rydell. »Sie haben mir da eben den Arsch gerettet.«

»Aber die Rippe wohl nicht.«

»Der Kerl hätte mich umbringen können.«

»Nein«, sagte der Mann, »er hätte Sie nicht umgebracht. Er hätte Sie wehrlos gemacht, Sie an einen abgelegenen Ort gebracht und gefoltert, um Informationen aus Ihnen herauszuholen. *Dann* hätte er Sie getötet.«

»Tja«, sagte Rydell, dem der nüchterne Ton des Mannes nicht ganz geheuer war, »danke.«

»Gern geschehen«, antwortete der Mann sehr ernst und ohne jeden Anflug von Ironie.

»Also«, sagte Rydell, *»warum* haben Sie das getan – ihn erledigt?«

»Weil es nötig war, um die Bewegung zu vollenden.«

»Versteh ich nicht«, meinte Rydell.

»Es war nötig«, wiederholte der Mann. »Heute Nacht sind eine ganze Reihe dieser Männer auf der Suche nach Ihnen. Ich weiß nicht genau, wie viele. Sie sind Söldner.«

»Haben Sie letzte Nacht noch jemand umgebracht? Da hinten, wo diese Flecken aus getrocknetem Blut und Kil'Z sind?«

»Ja«, sagte der Mann.

»Und bin ich bei Ihnen weniger in Gefahr als bei diesen Typen, die Söldner sind, wie Sie sagen?«

»Ich glaube schon, ja«, sagte der Mann mit gerunzelter Stirn, als nähme er die Frage sehr ernst.

»Haben Sie in den letzten achtundvierzig Stunden sonst noch wen getötet?«

»Nein.«

»Na, dann bleibe ich bei Ihnen, glaube ich. Jedenfalls werde ich garantiert nicht versuchen, gegen Sie zu kämpfen.«

»Das ist klug«, sagte der Mann.

»Ich glaube, ich könnte auch nicht schnell und nicht weit genug weglaufen, mit dieser Rippe.«

»Das ist wahr.«

»Und was machen wir nun?« Rydell zuckte die Achseln und bereute es sofort; sein Gesicht verzerrte sich zu einer Grimasse des Schmerzes.

»Wir verlassen die Brücke«, sagte der Mann, »und besorgen Ihnen ärztliche Hilfe, wegen Ihrer Verletzung. Ich verfüge selbst über fundierte anatomische Grundkenntnisse, falls es sich als notwendig erweisen sollte.«

»Aah, danke«, brachte Rydell hervor. »Wenn ich mir in diesem Lucky Dragon extrabreites Klebeband und ein paar analgetische Pflaster kaufen könnte, käme ich wahrscheinlich schon einigermaßen klar.« Er schaute sich um und fragte sich, wann er den mit dem Schal das nächste Mal sehen oder von ihm gesehen werden würde. Er hatte das Gefühl, dass der Schal derjenige war, vor dem er sich wirklich in Acht nehmen musste; warum, wusste er nicht zu sagen. »Was ist, wenn diese Söldner mitkriegen, dass wir abhauen?«

»Nie das Ergebnis vorwegnehmen«, sagte der Mann. »Warten Sie ab, wie sich die Geschehnisse entwickeln. Bleiben Sie im Jetzt.«

Jetzt wusste Rydell nur eines ganz genau, nämlich dass er verloren war. Schlicht und einfach verloren.

49 Radonschatten

Fontaine besorgt dem Jungen eine alte Campingmatte, die seine Kinder vielleicht hier zurückgelassen haben, und legt ihn darauf; er schnarcht noch immer. Als er ihm den schweren Datenhelm abnimmt, sieht er, dass der Junge mit halb offenen Augen schläft, sodass man das Weiße sieht; Fontaine stellt sich vor, dass eine endlose Abfolge von Armbanduhren vor ihnen vorüberzieht. Er deckt ihn mit einem alten Schlafsack zu, dessen verschossene Außenseite Berge und Bären zieren, und geht dann mit seiner Miso-Suppe zum Tresen zurück, um nachzudenken.

Er spürt jetzt eine leichte Vibration, kann aber nicht erkennen, was da vibriert, die instabile Konstruktion des Ladens, das Gerippe der Brücke oder die darunter liegenden Erdplatten. Von den Borden und Vitrinen kommen jedoch leise Geräusche: Winzige Überlebende der Vergangenheit registrieren diese neue Bewegung. Ein Bleisoldat auf einem Bord kippt mit einem entschiedenen Klacken vornüber, und Fontaine macht sich im Geist eine Notiz, mehr Museumswachs zu kaufen, eine klebrige Substanz, die das verhindern soll.

Während er auf dem hohen Hocker hinter dem Tresen sitzt und vorsichtig seine heiße Miso-Suppe schlürft, fragt er sich, was er wohl sehen würde, wenn er mittels der Recall-Funktion des Notebooks die heutige Wegstrecke des Jungen nachvollzöge. Diese Sache mit den Schließfächern und Martial, der völlig aus dem Häuschen war. Wo mag der Junge sonst noch gewesen sein? Jedenfalls an keinem wirklich gefährlichen Ort, denkt Fontaine, wenn er nur Uhren gesucht hat. Aber wie hat er das bloß gemacht, wie ist er an diese Schließfachlisten rangekommen? Fontaine stellt die Miso-Suppe hin und fischt die Jaeger-LeCoultre aus seiner Tasche. Er liest die Militärsignatur auf dem Boden:

G6B/346
RA🡅AF
172/53

Das 6B bezeichnet eine bestimmte Güteklasse des Werks, einen Genauigkeitsgrad, wie er weiß, das 346 ist ihm allerdings ein Rätsel. Der breite Pfeil in der Mitte, das Zeichen der Queen, ihr Eigentum. 53 das Ausgabejahr, aber 172? Könnte der Junge diesen Zahlen ein Wissen abringen, wenn es möglich wäre, ihm die Frage zu stellen? Irgendwo nimmt auch noch der kleinste Fetzen Information seinen Weg in den Strom, das ist Fontaine klar. Er legt die Uhr auf seine Rolex-Unterlage und nimmt die salzige Miso-Suppe wieder auf. Als er durch die von Kratzern milchige Glasdecke des Tresens schaut, fällt ihm eine Neuerwerbung auf, die er noch nicht untersucht hat. Eine Helbros aus den vierziger Jahren des 20. Jahrhunderts, einer Militärarmbanduhr nachempfunden, aber selbst keine richtige Militärarmbanduhr. Die hat er einem Plünderer aus den Hügeln von Oakland abgekauft. Er greift in den Tresen und holt sie heraus, nach der G6B ein schäbiges Ding.

Ihre Fassung ist stark verbeult, wahrscheinlich so stark, dass Polieren auch nichts mehr bringt, und die Leuchtmasse auf dem matt schwarzen Zifferblatt hat die Farbe silberner Asche angenommen. Er holt die Lupe aus seiner anderen Tasche und schraubt sie sich ins Auge, dreht die Helbros unter seinem zehnfach vergrößerten Zyklopenblick um. Der Boden ist abgenommen und wieder drangeschraubt, aber nicht richtig festgedreht worden. Er dreht ihn mit den Fingern heraus, um im Innern nach winzigen eingravierten Aufzeichnungen ihrer Reparaturgeschichte zu suchen.

Mit zusammengekniffenen Augen späht er durch die Lupe: Das letzte Reparaturdatum, das da eingraviert ist, lautet »August 1945«.

Er dreht die Uhr wieder um und studiert sie. Das Uhrglas ist synthetisch, irgendein Kunststoff, eindeutig uralt und sehr wahrscheinlich original. Als er sie nun in einem ganz bestimmten Winkel ins Licht hält, sieht er nämlich, dass die Strahlung der originalen Radium-Ziffern das Uhrglas fokal verdunkelt hat; jede Ziffer hat letztlich ihr eigenes Röntgenbild auf der zufälligen Platte des Uhrglases hinterlassen.

In Verbindung mit dem versteckten Datum bewirkt dies, dass Fontaine ein Schauder überläuft, sodass er den Rückdeckel wieder dranschraubt, die Helbros in den Tresen zurücklegt, sodann die Schlösser an der Tür überprüft, seine Miso-Suppe aufisst und sich zum Schlafengehen bereitmacht.

Der Junge liegt auf dem Rücken, schnarcht aber nicht mehr, und das ist gut so.

Als Fontaine sich in seinem schmalen Bett schlafen legt, hat er die Smith &Wesson Kit Gun wie jede Nacht griffbereit.

50 »Noch mehr Unannehmlichkeiten«

Rydells krebskranker Vater hatte Rydell kurz vor seinem Tod eine Geschichte erzählt. Er behauptete, er habe sie aus einem Buch berühmter oder zumindest denkwürdiger letzter Worte.

Ein Mann war in England hingerichtet worden, damals in der alten Zeit, als Hinrichtungen mit Absicht so grausam wie irgend möglich durchgeführt wurden, und nachdem man ihn mit glühenden Eisen gebrannt, aufs Rad geflochten und diverser anderer schauerlicher Strafen unterzogen hatte, wurden dem Mann der Block und das Henkersbeil gezeigt.

Und nachdem er die verschiedenen Torturen unerschütterlich und schweigend über sich hatte ergehen lassen, gab er auch beim Anblick des Beils, des Blocks und des stämmigen Henkers keinen Ton von sich.

Aber dann kam ein weiterer Peiniger, der ein Sortiment grausiger Werkzeuge bei sich trug, und man teilte dem Mann mit, dass ihm vor der Enthauptung der Bauch aufgeschlitzt werden sollte.

Der Mann seufzte. »Noch mehr Unannehmlichkeiten«, sagte er.

»Wenn die mich haben wollen«, sagte Rydell, der sich neben dem tanto bewehrten Mann mit dem Mantel dahinquälte, »warum schnappen die mich dann nicht einfach?«

»Weil Sie mit mir zusammen sind.«

»Warum erschießen die Sie nicht einfach?«
»Weil wir – diese Männer und ich – denselben Auftraggeber haben. In gewissem Sinn.«
»Und der würde nicht zulassen, dass die Sie erschießen?«
»Das käme darauf an«, sagte der Mann.
Rydell sah, dass sie zu der namenlosen Bar kamen, in der er Buell Creedmore jenes alte Lied hatte singen hören. Dort ging es ziemlich geräuschvoll zu: laute Musik, Gelächter, ein Pulk junger Leute vor der Tür, die Bier tranken und in aller Öffentlichkeit Zigaretten rauchten.
Seine Seite tat ihm bei jedem Schritt weh, und er dachte an Rei Toei, wie sie leuchtend auf seinem Kissen thronte. Er fragte sich, was der Projektor, den er da über der Schulter hatte, für sie bedeutete. War er ihr einziges Mittel, sich hier zu manifestieren, mit Menschen zu interagieren? Wie war das, wenn man ein Hologramm war? Fühlte es sich überhaupt nach irgendwas an? (Er bezweifelte es.) Oder schufen die Programme, die sie generierten, irgendwie eine umfassendere Illusion des Daseins? Aber wenn man ohnehin schon nicht real war, womit konnte man das Nichtsein dann vergleichen?
Was ihn momentan jedoch viel mehr beunruhigte, war, dass Laney, Klaus und auch der Hahn den Projektor für wichtig, wirklich wichtig gehalten hatten, und nun hinkte er, Rydell, hier bereitwillig neben diesem Killer her, diesem Mann, der allem Anschein nach für denjenigen arbeitete, der es auf Rydell und wahrscheinlich auch auf den Projektor abgesehen hatte, und er ging einfach mit ihm mit. Wie ein Schaf zur Schlachtbank.
»Ich will mal eben hier rein«, sagte Rydell.
»Warum?«
»Einen Freund besuchen«, sagte Rydell.
»Ist das ein Fluchtversuch?«

»Ich will nicht mit Ihnen mitgehen.«

Der Mann musterte ihn durch die dünnen runden Gläser seiner Brille. »Sie komplizieren die Dinge«, sagte er.

»Dann bringen Sie mich doch um.« Rydell biss die Zähne zusammen, als er seine Last nach vorn schwang und an den Rauchern an der Tür vorbei in den warmen, lauten Bierdunst und die energiegeladene Menge hineintaumelte.

Creedmore stand mit Randy Shoats und einem Bassisten mit Koteletten auf der Bühne, und der Song, den sie gerade spielten, kam genau in diesem Moment zu seinem natürlichen Schluss, Creedmore sprang mit einem letzten Juchzer in die Luft, und die Musik brach um ihn herum zusammen.

Die Menge brüllte, stampfte und klatschte. Rydell hatte Creedmores Augen im Bühnenlicht glanzlos und hell wie die einer Puppe aufblitzen sehen. »He, Buell!« brüllte er. »Creedmore!« Er stieß jemand mit der Schulter beiseite und ging weiter. Jetzt war er höchstens noch zwei, drei Meter von der Bühne entfernt. »Buell!« Es war nur eine kleine Bühne, vielleicht dreißig Zentimeter hoch, und die Menge war nicht gar so dicht.

Creedmore sah ihn. Er kam von der Bühne herunter. Sein Cowboyhemd mit den Perlmuttknöpfen war bis zur Taille offen, seine eingesunkene weiße Brust glänzte vor Schweiß. Jemand gab ihm ein Handtuch, und er wischte sich grinsend das Gesicht damit ab, zeigte lange gelbe Zähne und kein Zahnfleisch. »Rydell«, sagte er. »Alte Arschgeige. Wo hast du gesteckt?«

»Hab dich gesucht, Buell.«

Der Mann mit dem Messer legte Rydell die Hand auf die Schulter. »Das ist unklug«, mahnte er.

»He, Buell«, sagte Rydell. »Besorg mir 'n Bier, okay?«

»Hast du mich gesehn, Rydell? Ich war der Scheiß-

Sohn von Jesus Christus, Mann. Ich war Hank Williams, dieser verdammte Scheißkerl.« Creedmore strahlte, aber Rydell sah das Ding, das nur darauf wartete, in Zorn umschlagen zu können.

Jemand reichte Creedmore zwei große, bereits geöffnete Dosen. Eine davon gab er an Rydell weiter.

Creedmore spritzte sich kaltes Malzgebräu auf die Brust, rieb sich damit ein. »Verdammt, bin ich gut.«

»Wir können hier zu leicht umzingelt werden«, sagte der Mann. »Lass mein' Kumpel los.« Creedmore bemerkte den Mann zum ersten Mal. »Alte Schwuchtel«, fügte er hinzu, als sähe er sich das Äußere des Mannes nun genauer an und hätte Schwierigkeiten, es in eine passendere Schimpfwortkategorie einzusortieren.

»Buell«, sagte Rydell und fasste den Mann am Handgelenk, »ich möchte dir 'nen Freund von mir vorstellen.«

»Sieht wie 'ne Schwuchtel aus, die man mit 'ner Schaufel erschlagen sollte«, meinte Creedmore wütend, mit zu Schlitzen zusammengekniffenen Augen. Er war umgekippt.

»Nehmen Sie die Hand von meiner Schulter«, sagte Rydell leise zu dem Mann. »Das sieht nicht gut aus.«

Der Mann nahm prompt die Hand von Rydells Schulter.

»Tut mir Leid«, sagte Rydell, »aber ich bleib hier bei Buell und rund hundert engen persönlichen Freunden von ihm.« Er warf einen Blick auf die Dose in seiner Hand. Ein Zeug namens King Cobra. Er trank einen Schluck. »Wenn Sie gehen wollen, nur zu. Sonst bringen Sie mich doch einfach um.«

»Hol dich der Teufel, Creedmore«, sagte Randy Shoats, der mit schweren Schritten von der Bühne herunterstieg, »du beschissener Drogensüchtiger. Du bist doch total besoffen. Besoffen und bis zu den Titten voll mit Dancer.«

Creedmore glotzte zu dem massigen Gitarristen hinauf. Seine Augen bestanden nur aus Pupillen. »Menschenskind, Randy«, fing er an, »du weißt doch, ich musste 'n bisschen locker werden …«

»Locker? Locker? Du dicke Scheiße. Du hast den Text von ›Drop That Jerk and Come with Me‹ vergessen! Wie kaputt muss man dazu sein? Sogar das Scheiß-Publikum kennt den Text, Mann; die haben alle mitgesungen. Oder es jedenfalls versucht.« Shoats rammte Creedmore zur Betonung seinen schwieligen Daumen gegen die Brust. »Ich hab dir gesagt, ich arbeite nicht mit Diz-Affen. Du bist erledigt, kapiert? Abgemeldet. Schnee von gestern.«

Creedmore schien in seine tiefsten Tiefen hinabzugreifen, als wäre er auf der Suche nach einem neuen Grad von Ehrlichkeit, um diesen krisenhaften Moment zu bewältigen. Er schien ihn zu finden. Richtete sich gerader auf. »Leck mich«, sagte er. »Scheißkerl«, fügte er hinzu, als Shoats sich angewidert abwandte und wegging.

»Buell«, sagte Rydell, »haben die hier einen Tisch oder so für dich reserviert? Irgendwas, wo ich mich setzen kann?«

»Maryalice«, meinte Creedmore geistesabwesend mit einer vagen Handbewegung zum hinteren Teil der Bar. Er ging davon, anscheinend Shoats hinterher.

Rydell ignorierte den Mann mit dem Tanto und ging nach hinten, wo er Maryalice allein an einem Tisch sitzen sah. Auf ein Stück brauner Wellpappe war mit verschiedenfarbigen Filzstiften BUELL CREEDMORE & His LOWER COMPANIONS*** geschrieben, wobei jedes O als kleines, fröhliches Gesicht rot ausgemalt war. Der Tisch stand über und über mit Leergut voll, und Maryalice sah aus, als hätte jemand ihr gerade mit etwas, was keine Spuren hinterließ, auf den Kopf geschlagen. »Bis'u A&R?«, fragte sie Rydell, als wäre sie aus einem Traum hochgeschreckt.

»Ich bin Berry Rydell«, sagte er, zog sich einen Stuhl heraus und nahm den Beutel mit dem Projektor ab. »Wir kennen uns schon. Sie sind Maryalice.«

»Ja«, lächelte sie, als freute sie sich, so zuvorkommend daran erinnert zu werden, »bin ich. War Buell nicht wundervoll?«

Rydell versuchte, sich möglichst so hinzusetzen, dass seine Rippe ihn nicht umbrachte. »Gibt's hier 'ne Steckdose, Maryalice?« Er öffnete den Matchbeutel, schob ihn um den Projektor herum herunter und holte das Stromkabel heraus.

»Du *bis'* von A&R«, sagte Maryalice entzückt, als sie den Projektor sah, »hab's ja gleich gewusst. Welches Label?«

»Stecken Sie das bitte da rein, ja?« Rydell zeigte auf eine Steckdose an der geschmacklosen Wand direkt neben ihr und reichte ihr das Ende des Kabels mit dem Stecker dran.

Sie hielt ihn dicht vors Gesicht, blinzelte ihn an, schaute sich um, sah die Steckdose. Steckte ihn hinein. Drehte sich wieder zu Rydell um, wie verwirrt von dem, was sie gerade getan hatte.

Der Mann mit dem Tanto zog sich einen Stuhl heran, stellte ihn an den Tisch und nahm gegenüber von Maryalice Platz. Er tat das irgendwie auf eine Weise, die so wenig Aufmerksamkeit wie möglich beanspruchte. »Und Sie«, sagte Maryalice mit einem raschen, prüfenden Blick auf ihr Dekolletee zu ihm, »Sie sind garantiert ein Label-Boss, hab ich recht?«

»Leber?«

»Wusste ich's doch«, sagte Maryalice grinsend.

Rydell hörte den Projektor summen.

Und dann stand Rei Toei an ihrem Tisch, und Rydell

wusste, dass er sie erneut eine Sekunde lang nackt gesehen hatte, leuchtend und weiß, aber jetzt trug sie ein Outfit, das mit dem von Maryalice identisch war. »Hallo, Berry Rydell«, sagte sie, dann schaute sie an sich herab und zog die Schnüre am oberen Rand des schwarzen Dings zu, das sie trug.

»He«, sagte Rydell.

»Na, da geb's mir doch einer mit der Brustpumpe.« Maryalices Stimme war leise vor Staunen, als sie Rei Toei anstarrte. »Ich schwör bei Gott, ich hab dich gar nicht hier stehen sehen …«

Der Mann mit dem Tanto sah Rei Toei ebenfalls an. Das Licht ihrer Projektion spiegelte sich in den runden Brillengläsern.

»Sind wir hier in einem Nachtclub, Berry Rydell?«

»In einer Bar«, sagte Rydell.

»Rez mochte Bars.« Sie ließ den Blick über die Menge schweifen. »Ich habe den Eindruck, dass die Leute in Bars eigentlich immer Selbstgespräche führen, auch wenn sie miteinander reden. Liegt das daran, dass die höheren Gehirnfunktionen dort zwecks Erholung abgeschaltet sind?«

»Dein Top find ich echt super«, sagte Maryalice.

»Ich bin Rei Toei.«

»Maryalice«, sagte Maryalice und streckte die Hand aus. Die Idoru tat das Gleiche, und ihre Hand ging durch die von Maryalice hindurch.

Maryalice erschauerte. »Für heut Abend hab ich genug intus, glaub ich«, sagte sie wie zu sich selbst.

»Ich bin Rei Toei.« Zu dem Mann mit dem Tanto.

»Guten Abend.«

»Ich kenne Ihren Namen«, sagte sie sanft zu dem Mann. »Ich weiß sehr viel über Sie. Sie sind eine faszinierende Person.«

Er sah sie an. Seine Miene hatte sich nicht verändert. »Vielen Dank«, sagte er. »Mr. Rydell, beabsichtigen Sie, hier bei Ihren Freunden zu bleiben?«

»Vorläufig schon«, sagte Rydell. »Ich muss mal telefonieren.«

»Wie Sie wollen«, sagte der Mann. Er drehte sich um und warf einen Blick zum Eingang, und genau in diesem Augenblick kam der Schal hereingeschlendert und sah sie alle sofort.

Noch mehr Unannehmlichkeiten, dachte Rydell.

51 Kunstbar

In der erquicklicheren Phase seines Jobs bei Paragon-Asia Dataflow hatte Laney zwei Lieblingsbars in Tokio gehabt: das Trouble Peach, einen ruhigen Laden in der Nähe des Bahnhofs Shimo-kitazawa, in dem man einen gepflegten Drink zu sich nehmen konnte, und das Reason of Life, eine Kunstbar im Keller eines Bürohauses in Aoyama. Das Reason of Life war Laneys Ansicht nach eine Kunstbar, weil es mit riesigen Schwarzweißdrucken junger Frauen dekoriert war, die mit altmodischen Spiegelreflexkameras ihren eigenen Schritt fotografierten. Das waren so anspruchslose Bilder, dass es anfangs eine Weile dauerte, bis einem klar wurde, was sie da eigentlich machten. Meistens standen sie auf belebten Straßen, den Fotoapparat auf dem Gehweg zwischen den Füßen, grinsten in die Linse und betätigten einen Drahtauslöser. Die meisten trugen Pullover und Faltenröcke und lächelten einen mit einem ganz besonders unschuldigen Eifer an. Niemand hatte Laney erklärt, worum es dabei eigentlich ging, und es wäre ihm nicht in den Sinn gekommen zu fragen, aber er erkannte Kunst, wenn er welche sah, und jetzt sah er sie wieder, denn der Hahn, der irgendwoher wusste, dass Laney die Bar in Aoyama mochte, hatte beschlossen, sie hier in der Ummauerten Stadt aus dem Stegreif zu reproduzieren.

Jedenfalls zieht Laney sie dem Frisiersalon aus schlecht aneinander montierten Grafikfliesen vor. Man kann sich diese Mädchen ansehen, lauter kühle, monochrome Abbildungen von Wolle und Haut und anderen städtischen Texturen, und er findet das erholsam. Es ist jedoch ein eigenartiges Gefühl, in einer Bar zu sitzen, wenn man keinen Körper dabei hat.

»Sie wollen nicht so recht damit rausrücken«, sagt der Hahn über Libia und Paco und wie es ihnen gelungen sein mag, Cody Harwoods allerprivatestes Kommunikationsmittel zu hacken. »Vielleicht haben sie einen Agenten in Harwood Levines Kommunikationssatelliten eingeschleust. Physisch, meine ich. Etwas Kleines. Sehr Kleines. Aber wie hätten sie ihn steuern sollen? Und wie lange hätte es gedauert, in der Hardware da oben eine physische Veränderung vorzunehmen, ohne dabei entdeckt zu werden?«

»Sie haben bestimmt eine elegantere Lösung gefunden«, meint Klaus, »aber letztlich ist es mir egal. Zugriff ist Zugriff. Mit welchen Mitteln er erfolgt, ist eine akademische Frage. Wir haben Harwoods Hotline gehackt. Sein rotes Telefon.«

»Und ihr habt die Angewohnheit, euch selbst auf die Schulter zu klopfen«, sagt Laney. »Wir wissen, dass Harwood 5-SB genommen hat, aber wir wissen nicht warum, und auch nicht, was er mit seiner nodalen Wahrnehmung anfängt. Ihr seid anscheinend überzeugt, dass es was mit dem Lucky Dragon und der Einführung dieser halb garen Nanofax-Sache zu tun hat.«

»Du etwa nicht?«, fragt Klaus. »Jeder Lucky Dragon auf der Welt wird mit Nanofax-Geräten ausgerüstet. In diesem Moment. Wortwörtlich. Die meisten sind fertig installiert und könnten sofort in Betrieb gehen.«

»Und den ersten taiwanesischen Teddybär von Des Moines nach Seattle faxen? Was will er damit erreichen?« Laney konzentriert sich auf sein Lieblingsmädchen, stellt sich ihren Daumen auf dem Kolben eines Drahtauslösers wie auf einer Spritze vor.

»Es geht um Netze«, wirft der Hahn ein. »Man darf

die Sache nicht von der Funktion her betrachten, auch nicht von ihrer vorgeblichen Funktion her. Jede Funktion ist vorgeblich, wenn man so will. Vorläufig. Er will ein Netz knüpfen. Was sich damit anfangen lässt, kann er auch später noch rausfinden.«

»Aber wieso muss er denn überhaupt was damit zu run haben?«, fragt Laney.

»Weil er zwischen Baum und Borke sitzt«, antwortet Klaus. »Er ist vielleicht der reichste Mann der Welt, aber er ist auch dem Feld weit voraus. Er ist ein Agens der Veränderung, aber er hat auch massiv in den Status quo investiert. Er verkörpert paradoxe Möglichkeiten. Zu hip, um zu leben, zu reich, um zu sterben. Kapiert?«

»Nein«, sagt Laney.

»Wir glauben, dass er uns im Grunde sehr ähnlich ist«, erklärt Klaus. »Er versucht, die Realität zu hacken, aber das macht er im großen Stil, und er wird den Rest der Spezies dabei mitnehmen, egal was und wie er's macht.«

»Das muss man schon bewundern, nicht?«, sagt der Hahn aus den Tiefen seines stummen Pseudo-Bacon-Schreis heraus.

Laney ist sich da nicht so sicher.

Er fragt sich, ob zum neuen Reason of Life des Hahns auch die winzige, sechssitzige Bar ein Stockwerk tiefer gehört, wo es dunkler ist und wo man unter den sehr großen Selbstporträts dieser Mädchen sitzen kann: riesigen, abstrakten Dreiecken leuchtend weißer Gelatinedruck-Höschen.

»Könnt ihr mir jederzeit so 'nen Einblick in Harwoods Aktivitäten verschaffen?«

»Solange er dich nicht bemerkt, schon.«

52 Mein Freund ist wieder da

Damals als sie noch auf der Brücke gelebt hatte, war Chevette mit einem Typen namens Lowell zusammen gewesen, der Dancer nahm.

Lowell wiederum hatte einen Freund namens Kodes gehabt, der so genannt wurde, weil er die Kodes von heißen Telefonen und Notebooks verwürfelte, und dieser Saint Vitus erinnerte sie an Kodes. Der hatte sie auch nicht leiden können.

Chevette hasste Dancer. Sie hasste es, mit Leuten zusammen zu sein, die gerade welches genommen hatten, denn es machte sie egoistisch, übermäßig selbstgefällig und nervös; sie wurden argwöhnisch, sahen immer gleich Gespenster, bildeten sich ein, alle hätten es nur auf sie abgesehen, alle würden sie belügen und hinter ihrem Rücken über sie reden. Und sie hasste es ganz besonders, dabei zusehen zu müssen, wie jemand das Zeug nahm, es sich auf diese typische Weise ins Zahnfleisch rieb, ganz scheußlich war das, weil es einfach so abartig war. Zuerst wurden ihre Lippen taub, sodass sie ein bisschen sabberten, und das fanden sie dann auch noch total komisch. Am schlimmsten fand sie jedoch daran, dass sie es auch selbst schon genommen hatte und dass sie, als sie jetzt zusah, wie Saint Vitus sich eifrig eine satte Dosis ins Zahnfleisch massierte, trotz dieser ganzen guten Gründe, das Zeug zu verabscheuen, den Drang verspürte, ihn um etwas zu bitten.

Das meinten sie vermutlich damit, wenn sie sagten,

der Stoff mache süchtig. Sie hatte nur eine winzige Prise von dem Country-Sänger abgekriegt, als der ihr die Zunge in den Mund gesteckt hatte (und wenn man es nur auf die Art kriegen könnte, würde sie drauf verzichten, dachte sie), und schon zupften die Diz-Moleküle an Rezeptoren in ihrem Gehirn und sagten: »Gib her, gib her.« Und dabei war sie nicht mal richtig drauf gewesen, jedenfalls nicht in dem Sinne, wie sie es meinten, wenn sie das auf der Straße sagten.

Da Carson bei Real One mal eine Sequenz über die Geschichte der Stimulantien koordiniert hatte, wusste Chevette, dass der Suchtfaktor von Dancer viel höher war als der von Crack-Kokain. Die Sucht schlug zwar nicht ganz so gnadenlos schnell zu, aber sie glaubte, dass sie trotzdem nur knapp dran vorbeigeschrammt war damals, als sie mit Lowell ab und zu mal was genommen hatte. Mit Lowell, der sich immer wieder lang und breit darüber ausgelassen hatte, dass der von ihm ausgearbeitete Drogeneinnahmeplan seine Funktionstüchtigkeit in der Realität optimieren, aber keinesfalls so eine hässliche Suchtgeschichte zur Folge haben würde. Man musste eben mit dem Zeug umgehen können, musste wissen, wann man es nahm und vor allem, warum. So starkes Zeug, erklärte Lowell immer wieder, sei nicht einfach nur für den Drang da, mal so nebenbei zur Erholung abzuspritzen. Es solle einen befähigen, was zu machen. Solle einem Power geben, sagte er, sodass man was machen und es vor allem auch zu Ende bringen könne.

Bloß dass Lowell, wenn er auf Diz war, vor allem Sex machen wollte, die Sache aber gerade wegen des Diz nicht zu Ende bringen konnte. Was Chevette nicht weiter gestört hatte, weil er ansonsten eher einer von der schnellen Truppe gewesen war. In der Sequenz bei Real One hatte es geheißen, Dancer ermögliche den Männern ein Erlebnis, das dem weiblichen Orgasmus viel näher komme, eine Art lang gezogener, weniger stark lokalisierter und, nun ja, nicht so schmieriger Klimax.

Dancer war ziemlich tödliches Zeug – zunächst einmal insofern, als es die Leute dazu brachte, miteinander ins Bett zu springen. Wenn Fremde zusammen Dancer nahmen und es auch nur im Geringsten zwischen ihnen knisterte, fanden sie sehr rasch, dass es im Grunde eine gute Idee war, die man am besten sofort in die Tat umsetzen sollte, allerdings nur, wenn sich der oder die andere auch bereit erklärte, es zu treiben, bis beide so gut wie tot waren.

Und die Leute starben wirklich, wenn der Stoff im Spiel war; Herzen hörten auf zu schlagen, Lungen vergaßen zu atmen, winzige, lebenswichtige Gehirnareale explodierten. Die Leute brachten einander im Dancer-Rausch um und später auch andere kaltblütig, um sich noch mehr von dem Zeug zu beschaffen.

Es war eine üble Droge, daran bestand kein Zweifel.

»Hast du noch was davon?«, fragte sie Saint Vitus, der sich mit einem dicken Papiertaschentuch voller brauner, getrockneter Blutklümpchen an den spuckeglatten Mundwinkeln herumtupfte.

Saint Vitus fixierte sie mit seinen schlitzartigen Brillengläsern. »Du machst wohl Witze«, sagte er.

»Ja«, Chevette stieß sich vom Hocker ab, »hast Recht.« Musste an der fortgeschrittenen Zeit liegen. Was war nur in sie gefahren? Sie roch seinen metallischen Atem in der Tonkabine.

»Das war's«, sagte Tessa und nahm die Brille ab. »Die Menge lichtet sich. Chevette, du musst mir helfen, die Kameraträger einzusammeln.«

Saint Vitus grinste blöde. Darüber, vermutete Chevette, dass jemand anders so was wie Arbeit zu erledigen haben könnte.

»Carson hast du nicht gesehen, oder?«, fragte Chevette und trat ans Fenster. Von oben betrachtet, bewegte sich die schrumpfende Menge auf eine Art, die den Gedanken nahe legte, dass es dafür einen Logarithmus gab: durcheinanderlaufen und sich zerstreuen.

»Carson?«

Sie erspähte Buell Creedmore direkt vor der Bühne; er sprach mit einem stämmigen Burschen in einer schwarzen Jacke, der mit dem Rücken zur Tonkabine stand. Dann sprang der korpulente Gitarrist, der mit dem zerknautschten Cowboyhut, von der Bühne und machte Creedmore offenbar die Hölle heiß. Creedmore wollte etwas sagen, wurde zum Schweigen gebracht, schaffte es dann, etwas Kurzes und – seinem Gesichtsausdruck nach zu urteilen – nicht gerade Freundliches von sich zu geben, worauf der Gitarrist sich umdrehte und wegging. Chevette sah, dass Creedmore etwas zu dem anderen Burschen sagte und in ihre Richtung zeigte, worauf der sich in Bewegung setzte. Sein Gesicht wurde aus diesem Blickwinkel von einem staubigen, durchhängenden, schwarz gestrichenen Kabelbündel verdeckt.

»Er war vorhin hier«, sagte Chevette. »Deshalb hab ich mit der Netzkappe rumgeknutscht und bin dann abgehauen. Hat dich das nicht gewundert?«

Tessa sah sie an. »Doch, kann man sagen. Aber ich dachte, ich würde dich vielleicht gerade besser kennen lernen.« Sie lachte. »Bist du sicher, dass er's war?«

»Er war's, Tessa.«

»Woher sollte er wissen, dass wir hier sind?«

»Vielleicht hat's ihm jemand im Haus erzählt? Du hast ja oft genug über deine Doku geredet.«

»Kann sein«, sagte Tessa. Ihr Interesse ließ nach. »Hilf mir, die Träger festzubinden, okay?« Sie gab Chevette vier schwarze Nylonschnüre, jedes mit einem kleinen Stück Plastikband und einer Metallklemme am Ende.

»Hör mal«, sagte Chevette, »ich hab keine Lust, mir die Nacht im Kognitive Dissidenten um die Ohren zu schlagen, okay? Und du solltest es auch nicht tun. Ich hab gerade gesehen, wie sich dein Freund hier genug Dancer aufs Zahnfleisch geschmiert hat, um 'nen Maulesel abheben zu lassen.«

»Chevette«, sagte Tessa, »wir sind hier, um etwas zu dokumentieren, weißt du noch? Interstitiell sein, heißt die Devise.«

Saint Vitus kicherte.

»Ich glaub, unsere Devise heißt schlafen gehen, Tessa. Wo steht der Wagen?«

»Wo wir ihn abgestellt haben.«

»Wie hast du die Ballons hergekriegt?«

»Elmore«, sagte Tessa. »Hat auch so 'ne Mütze, und 'n ATV obendrein.«

»Sieh mal zu, ob du ihn wiederfinden kannst«, sagte Chevette und machte sich an den Abstieg die Leiter hinunter. »Wir könnten jemand brauchen, der uns zurückfährt.«

Chevette wusste nicht genau, ob es ihr gelingen würde, Tessa den Abstecher ins Kognitive Dissidenten auszureden. Schlimmstenfalls würde sie eben mit ihr hingehen müssen, wenn auch nur, um dafür zu sorgen, dass Tessa nichts passierte. Im Kog Diss ging es ziemlich rau zu, selbst wenn man den Kopf nicht hinter einer Videobrille versteckt hatte.

Sie stieg die Leiter hinunter und trat auf die Tanzfläche hinaus, wo Gottes kleines Spielzeug, gesteuert von Tessa, bereits herunterkam. Sie langte hoch, band es fest und drehte sich um, weil sie Tessa in der Tonkabine ein Zeichen geben wollte, die anderen ebenfalls herunterzufahren.

Und schaute ein paar traumähnliche, zeitlose Sekunden, bevor der Schlag kam, Carson in die Augen.

Hart und ins Gesicht, genau wie damals, und sie sah dieselben Farben, wie eine Rückblende; sah, wie sie nach hinten fiel, auf die große beigefarbene Couch in seinem geräumigen Loft, wie ihr das Blut aus der Nase spritzte, und konnte immer noch nicht glauben, dass er's getan hatte.

Nur dass sie hier in eine kleine Gruppe segelte, die sich Creedmores Konzert angehört hatte und noch dageblieben war. Sie hielten sie lachend fest und sagten: »He. Holla«, und dann war Carson wieder über ihr, packte Skinners Jacke …

»He, Kumpel«, sagte einer der Männer, die sie aufgefangen hatten, und hob die Hand mit gespreizten Fingern, als wollte er den zweiten Schlag abblocken, den Carson, dessen Gesicht so ruhig und ernst war wie damals im Schneideraum bei Real One, auf sie losließ. Und als sie in Carsons Augen schaute, sah sie dort keine Spur von Hass oder Zorn, sondern nur ein abstraktes, beinahe *technisches* Bedürfnis.

Carson versuchte, sie an der erhobenen Hand des Fremden vorbei zu treffen, und ihr Beschützer jaulte auf, als einer seiner Finger nach hinten gebogen wurde. Er lenkte den Schlag jedoch ab, sodass Chevette Zeit hatte, sich Carsons Griff zu entwinden.

Sie wich zwei Schritte zurück und schüttelte den Kopf, um wieder einen klaren Gedanken fassen zu können. Irgendwas war mit ihren Augen.

Carson kam ihr mit dem gleichen Gesichtsausdruck nach, und in diesem Moment begriff sie, dass sie keine Ahnung hatte, wer er war und was mit ihm los war.

»Du hast es einfach nicht geschnallt, was?«, sagte er, oder jedenfalls glaubte sie, dass er das sagte. Sie fühlte, wie ihr eine Träne aus dem anschwellenden Auge lief. Ihr Kopf dröhnte noch immer.

Sie trat einen weiteren Schritt zurück. Er hinterher.

»Du hast es einfach nicht geschnallt.«

Und dann legte sich eine Hand auf seine Schulter, und er fuhr herum. Und ging zu Boden. Der Mann hinter ihm hatte etwas getan, was Chevette nicht mitgekriegt hatte.

Und sie sah, dass es Rydell war.

Doch nicht.

Doch.

Rydell, in der schwarzen Nylonjacke eines Privatcops, und er sah sie zutiefst verblüfft und verwirrt an.

Und in diesem Augenblick schnallte es Chevette, ihr war auf einmal sonnenklar, dass sie träumte, und sie verspürte eine ungeheure Erleichterung, weil sie nun ganz bestimmt in einer Welt aufwachen würde, in der alles einen Sinn ergab.

Auf dem Boden rollte sich Carson herum, kam auf die Knie hoch, stand auf, schüttelte sich, streifte sich einen zerdrückten Zigarettenfilter vom Jackenärmel und schlug ohne Vorwarnung nach Rydell, der den Schlag kommen sah und auszuweichen versuchte, sodass Carsons Faust in seine Rippen krachte und nicht, wie beabsichtigt, in seinen Bauch.

Und Rydell schrie in schrillem, animalischem Schmerz auf, klappte zusammen …

Und dann trat der mit der langen schwarzen Lederjacke, den kurzen schwarzen Haaren und den offenbar frisch ausrasierten Schläfen, dieser Bursche mit dem hoch um den Hals geschlungenen schwarzen Schal, den Chevette noch nie gesehen hatte, auf Carson zu. »Fehler«, glaubte sie ihn sagen zu hören. Er zog etwas aus der Tasche seiner schwarzen Jacke. Dann: »Du stehst nicht auf dem Programm.«

Und er schoss Carson aus kürzester Distanz nieder, ohne auf die Waffe in seiner Hand hinabzuschauen.

Es war kein lauter Schuss, absolut nicht, eher wie das Geräusch eines großen pneumatischen Bolzenschussgeräts, aber er war endgültig und definitiv und wurde von einem blaugelben Blitz begleitet, und Chevette konnte sich hinterher nie so richtig daran erinnern, was dann kam, obwohl sie wusste, dass sie es gesehen hatte: wie Carson von wer weiß wie vielen tausend Joule

Energie zurückgeschleudert wurde, die in diesem Moment versuchten, in seinem Körper zu kinetischer Ruhe zu gelangen.

Aber es blieb nicht in ihrem Gedächtnis haften; es setzte sich nicht fest, und dafür würde sie dankbar sein.

Auch dafür, wenngleich aus anderen Gründen, dass Tessa oben in der Tonkabine in diesem Moment das Licht ausschaltete.

53 *(Du weißt, ich geb dich nicht) Wieder frei*

Rydell kannte dieses Geräusch: ein Unterschallprojektil, abgefeuert durch einen Schalldämpfer, der es noch mehr bremste, während er die sich ausdehnenden Gase der gezündeten Ladung abfing, aber die Mündungsgeschwindigkeit würde trotzdem noch enorm hoch sein, und die Wucht an der Aufschlagstelle …

Er wusste es trotz des Schmerzes in seiner Seite, der sich wie die glühend heiße Klinge eines Beils zwischen seinen Rippen anfühlte; er wusste es trotz des Schocks (er stand wahrhaftig unter Schock, in mehrfacher Hinsicht), der davon herrührte, dass er plötzlich Chevette gegenüberstand (dieser Version von Chevette, mit einer ganz anderen Frisur, eher so einer, wie er sie immer gern bei ihr gesehen hätte). Er wusste es in der Dunkelheit, die auf den Knall folgte, der Dunkelheit, die auf den Tod (da war er ziemlich sicher) des Mannes folgte, der auf Chevette losgegangen war, des Mannes, den er niedergeschlagen hatte, der wieder aufgestanden war und ihm die gebrochene Rippe halb durchs Zwerchfell getrieben hatte, so fühlte es sich jedenfalls an. Er wusste es, und er klammerte sich an dieses Wissen – aus einem sehr spezifischen Grund: Es bedeutete nämlich, dass der Schal ein ausgebildeter Profi war und nicht nur ein x-beliebiger Espontaneo in einer Bar.

Rydell wusste in diesen ersten Sekunden der Dunkelheit, dass er eine Chance hatte: Sofern der Schal ein Profi war, hatte er eine Chance. Ein Betrunkener, ein

Verrückter, ein stinknormaler Verbrecher in einer stockfinsteren Bar, das war reine Glückssache. Ein Profi dagegen würde den Zufallsfaktor minimieren wollen.

Und der war beträchtlich, nach dem Geräuschpegel zu urteilen. Die verbliebenen Gäste, darunter vielleicht auch Chevette, wogten kreischend und rempelnd zur Tür, um aus dem Laden hinauszukommen. Das war gefährlich, wie Rydell wusste, und konnte leicht tödlich enden; er war bei Konzerten Ordner gewesen und hatte gesehen, wie Leichen von Absperrgittern gepflückt worden waren.

Er blieb, wo er war, schonte seine schmerzende Seite, so gut es ging, und wartete darauf, dass der Schal etwas unternahm.

Wo war Rei Toei? Im Dunkeln hätte sie wie die Anschlagtafel eines Kinos leuchten müssen, aber es war nichts von ihr zu sehen.

Und dann war sie da, eher Komet als Fee, zischte an Rydells Schulter vorbei dorthin, wo er den Schal zuletzt gesehen hatte, und verströmte helles Licht. Sie umkreiste den Kopf des Schals zweimal, schnell wie der Blitz, und Rydell sah, wie er mit seinem Schießeisen nach ihr schlug. Nur eine Kugel aus silbernem Licht, die sich so schnell bewegte, dass sie Spuren auf Rydells Netzhaut hinterließ. Der Schal duckte sich, als sie direkt auf seine Augen zuschoss; er wirbelte herum und lief nach links. Rydell sah, wie das Licht sich ein wenig ausdehnte und wie ein kalter, fahler Kugelblitz an den Innenwänden der dunklen Bar herumsauste. Leute stöhnten auf, schnappten nach Luft und schrien, als sie vorbeischoss. Vorbei an dem wogenden Knäuel an der Tür, wo schon etliche bewusstlos am Boden lagen, und immer noch keine Spur von Chevette.

Doch dann schwenkte die Rei-Kugel ins Innere des Raumes, tiefer, und Rydell sah Chevette auf Händen und Knien in Richtung Tür krabbeln. Er lief zu ihr hin, so gut er konnte – seine Seite fühlte sich an, als würde sie gleich zerreißen –, bückte sich, packte sie, zog sie hoch. Sie wehrte sich.

»Ich bin's«, sagte er und spürte, wie unwirklich es war, sie hier und auf diese Weise wiederzusehen, »Rydell.«

»Was zum Henker machst *du* hier, Rydell?«

»Abhauen.«

Der blaue Blitz und das *Fwut* des Bolzenschussgeräts kamen gleichzeitig, aber Rydell hatte das Gefühl, als wäre das Geschoss schon vorher an seinem Kopf vorbeigezischt. Die Antwort erfolgte sofort: Eine weiße Lichtkugel nach der anderen wurde von hinten an ihm vorbeigeschleudert. Aus dem Projektor, erkannte er, und wahrscheinlich direkt in die Augen des Schals.

Er packte Chevette unterm Arm und schleifte sie über die Tanzfläche. Adrenalin überflutete den Schmerz in seiner Seite. Der Strom projizierten Lichts hinter ihm war gerade hell genug, dass er die Wand rechts von der Tür sehen konnte. Er hoffte, dass sie aus Sperrholz und nicht allzu dick war, als er das Schnappmesser aus der Tasche zog, es aufklappte und die Klinge mit erhobenem Arm genau auf Augenhöhe hineintrieb. Sie fuhr bis zum Heft hindurch, und er riss sie seitwärts und dann nach unten, hörte ein merkwürdiges kleines Zischeln sich voneinander lösender Holzfasern. Er schaffte es bis auf Hüfthöhe, drehte das Messer dann wieder nach links und fuhr damit auf der anderen Seite noch drei Viertel des Weges nach oben, bevor er das glasartige *Tink* der brechenden Keramik hörte.

»Tritt zu. Dahin«, sagte er und stieß mit dem Stummel der Klinge gegen die Mitte des ausgeschnittenen Teils. »Stütz dich an mir ab. Tritt zu!«

Und das tat sie. Chevette konnte wie ein Maulesel treten. Beim zweiten Versuch gab das Segment nach, und er hob sie hoch, schob sie hindurch und versuchte, nicht vor Schmerz zu schreien. Er wusste nicht genau, wie, aber er schaffte es hindurch, obwohl er jeden Moment damit rechnete, dass ihn eins dieser Unterschallgeschosse erwischen würde.

Draußen vor der Tür lagen weitere Ohnmächtige, andere knieten daneben und versuchten, ihnen zu helfen.

»Hier lang«, sagte er und humpelte Richtung Rampe und Lucky Dragon los. Aber sie war nicht bei ihm. Er wirbelte herum und sah, dass sie in die andere Richtung davonrannte. »Chevette?«

Er lief hinter ihr her aber sie wurde nicht langsamer. »Chevette!«

Sie drehte sich um. Ihr rechtes Auge schwoll an, wurde blau, schwamm vor Tränen; das linke war groß und grau und wild. Es war, als sähe sie ihn, ohne ihn jedoch zu erkennen. »Rydell?«

Und obwohl er die ganze Zeit an sie gedacht, sich an sie erinnert hatte, war es etwas ganz und gar anderes, sie jetzt vor sich zu sehen: ihre lange, gerade Nase, ihre Kinnlinie, das Wissen, wie ihre Lippen im Profil aussahen.

»Schon gut«, sagte er, denn mehr wollte ihm einfach nicht einfallen.

»Ist das kein Traum?«

»Nein«, sagte er.

»Sie haben Carson erschossen. Jemand hat ihn erschossen. Ich hab gesehen, wie ihn jemand erschossen hat.«

»Wer war das? Warum hat er dich geschlagen?«

»Er war …« Sie brach ab, ihre Schneidezähne gruben sich in die Unterlippe. »Ich hab mal mit ihm zusammengelebt. In L.A.«

»Hm«, machte Rydell. Mehr brachte er angesichts der Vorstellung, dass der Schal gerade Chevettes neuen Freund umgelegt hatte, nicht hervor.

»Ich meine, ich war nicht mit ihm zusammen. Nicht

mehr. Er ist mir gefolgt, aber, du lieber Himmel, Rydell, warum hat dieser Kerl … der ist einfach angekommen und hat ihn *erschossen!*«

Weil er auf mich losgegangen ist, dachte Rydell. Weil er mich fertigmachen wollte und sie der Meinung sind, dass ich ihnen gehöre. Aber das sagte Rydell nicht. »Der Kerl mit der Knarre«, sagte er stattdessen, »der wird mich suchen. Er ist nicht allein. Das heißt, du solltest lieber nicht bei mir sein, wenn er mich findet.«

»Warum sucht er dich?«

»Weil ich was habe …« Aber das stimmte nicht; er hatte den Projektor in der Bar gelassen.

»Hast du da vorhin *mich* gesucht?«

Ich hab dich gesucht, seit du weggegangen bist. Tag für Tag habe ich das Angesicht der erwachenden Welt mit einem winzigkleinen Kamm nach dir abgesucht, immer wieder. Und jeder Tag war doch wieder leer, nie, nie warst du da. Und in der Erinnerung hörte er das Geräusch der Steine, die hinter dem Lucky Dragon auf dem Sunset ins Polymerisat einschlugen. Sinnlos, sinnlos. »Nein. Ich arbeite. Private Ermittlungen für einen namens Laney.«

Sie glaubte ihm nicht. »Carson ist mir hierher gefolgt. Ich wollte nicht mit ihm zusammen sein. Und jetzt du. Was ist hier eigentlich los?«

Laney sagt, es ist das Ende der Welt. »Ich bin einfach bloß hier, Chevette. Du bist einfach bloß hier. Ich muss jetzt weg …«

»Wohin?«

»Zurück in die Bar. Ich hab da was liegen lassen. Es ist wichtig.«

»Geh da nicht wieder rein!«

»Ich muss.«

»Rydell«, begann sie und fing an zu zittern, »du bist … du bist …« Sie blickte auf ihre offenen Hände hinab. Sie waren dunkel verfärbt. Er sah, dass es Blut war, und begriff, dass es das Blut ihres Freundes sein musste, dass sie hindurchgekrabbelt war. Sie brach in Tränen aus und wischte sich die Hände an ihren schwarzen Jeans ab, um es loszuwerden.

»Mr. Rydell?«

Der Mann mit dem Tanto. Er trug Rydells Matchbeutet in der Armbeuge wie ein Baby.

»Mr. Rydell, ich glaube, es wäre nicht ratsam, wenn Sie versuchen würden, die Brücke zu verlassen. Es sind fast mit Sicherheit Wachposten aufgestellt worden, und die werden Sie eher erschießen als Sie entkommen lassen.« Das fahle, grelle Licht der über ihnen festgeketteten Neonlampen blinkte in den runden Brillengläsern; ein schlanker, lakonischer Mann mit vollkommen leeren, kreisrunden Abwesenheiten, wo die Augen sein sollten. »Ist diese junge Frau bei Ihnen?«

»Ja«, sagte Rydell.

»Wir müssen los, Richtung Oakland«, sagte der Mann und gab Rydell den Matchbeutel mit dem massiven Gewicht des Projektors darin. Rydell hoffte, dass er auch das Stromkabel mitgenommen hatte. »Sonst schleichen sie an uns vorbei und schneiden uns den Weg ab.«

Rydell wandte sich an Chevette. »Vielleicht haben sie uns nicht zusammen gesehen. Du solltest einfach gehen.«

»Das würde ich nicht empfehlen«, sagte der Mann. »*Ich* habe euch zusammen gesehen. Die anderen wahrscheinlich auch.«

Chevette schaute zu Rydell hoch. »Jedes Mal, wenn du in mein Leben trittst, Rydell, lande ich …« Sie schnitt eine Grimasse.

»In der Scheiße«, beendete Rydell den Satz für sie.

54 *Zu manchen Dingen kommt es nie*

Der Gunsmith-Cats-Armbandwecker an der Wand seines Kartons holt Laney aus der Ummauerten Stadt zurück. Sein Summen kündigt die unmittelbar bevorstehende Ankunft des »Anzugs« an. Der »Anzug« hat selbst keine Armbanduhr, ist jedoch gnadenlos pünktlich; er orientiert sich bei seinen Besuchen an den Uhren der U-Bahn-Station, die wiederum per Funk nach einer Atomuhr in Nagoya gestellt werden.

Laney schmeckt Blut. Er hat sich schon lange nicht mehr die Zähne geputzt, und sie fühlen sich künstlich an und scheinen nicht mehr richtig zu sitzen, als wären sie in seiner Abwesenheit gegen die eines anderen ausgetauscht worden. Er spuckt in eine Flasche, die er für diesen Zweck aufbewahrt, und erwägt, einen Ausflug zur Toilette zu machen. Körperpflege ist wichtig.

Er betastet die Stoppeln auf seinen Wangen, schätzt ab, wie viel Arbeit erforderlich ist, um sie zu entfernen. Er könnte den »Anzug« bitten, ihm einen elektrischen Wegwerfrasierer zu besorgen, aber eigentlich ist ihm ein Messer lieber. Er gehört zu jenen Männern, die noch nie einen Bart gehabt haben, nicht einmal für kurze Zeit. (Und jetzt sagt eine leise Stimme, die man am besten stets ignoriert: Er wird auch nie mehr einen haben.)

Er hört, wie der alte Mann in dem Karton nebenan etwas auf Japanisch sagt, und weiß, dass der »Anzug«

gekommen ist. Er fragt sich, was für ein Modell der Alte gerade baut, und sieht vor seinem geistigen Auge mit halluzinatorischer Klarheit, wie ein Modell von Colin Laney den letzten Schliff bekommt.

Dieser Laney ist ein »Garagen«-Bausatz, ein Modell mit begrenzter Auflage, nur für die größten Fans hergestellt, die Otakus der Plastikmodellbausätze, und deshalb aus Styrol von einem geradezu Ekel erregenden Mauvein.

Die Kunststofffarbtöne der Garagenbausätze sind fast alle gleich grässlich, weil die Hersteller – selbst allesamt Fans – wissen, dass kein fertiges Modell jemals unbemalt bleiben wird.

Der Laney, den der Alte gerade zusammenbaut, ist ein früherer Laney, der Laney aus L.A.,wo er seinerzeit als quantitativer Analytiker bei *Slitscan* gearbeitet hat, einer Boulevardfernsehserie von geradezu monumentaler Bösartigkeit: Dieser Laney trägt padanische Designermode und eine sündhaft teure Sonnenbrille, deren Gestell soeben vom dünnsten Feuerwiesel-Pinsel des Alten – kaum mehr als ein einzelnes Haar – in Silber herausgearbeitet wird.

Doch dieser Wachtraum wird jetzt vom Kopf des »Anzugs« unterbrochen, der sich durch die lose herabhängende Melonendecke hereinschiebt. Seine Haartracht sieht wie die steife Pompadourfrisur eines archaischen Mannequins aus. Laney spürt eher, als dass er sieht, wie exakt das schwarze Brillengestell des »Anzugs« erst kürzlich geflickt worden ist, und als der »Anzug« hereinkriecht, steigt Laney der muffige, ranzige Gestank aus der Kleidung des Mannes in die Nase. Es ist seltsam, dass man bei einem Geruch, der von einem warmen Körper erzeugt wird, an beißende Kälte denken muss, aber beim »Anzug« ist das so.

Er bringt Laney neuen blauen Sirup, neues Regain, etliche große Tafeln Schokolade mit Rohrzucker und

Koffein sowie zwei Liter Billigcola. Die bemalte Hemdbrust des »Anzugs« scheint ganz leicht zu fluoreszieren, wie die Ziffern einer Taucheruhr in der Tiefe eines lichtlosen Schachts, einer Einbruchsdoline vielleicht, und Laney ertappt sich dabei, dass er ganz kurz in Fragmente eines vage erinnerten Urlaubs in Yucatan abdriftet.

Irgendwas stimmt nicht, denkt Laney; irgendwas ist mit seinen Augen, denn jetzt strahlt das Leuchthemd des »Anzugs« auf einmal so hell wie tausend Sonnen, und alles andere ist schwarz, schwarz wie alte Negative. Trotzdem gelingt es ihm irgendwie, dem »Anzug« noch zwei der nicht zurückverfolgbaren Debitchips zu geben und sogar mit einem Nicken auf die knappe kleine Salaryman-Verbeugung des zwischen Schlafsäcken und Bonbonpapier knienden Mannes zu antworten, dann ist der »Anzug« fort, und das Leuchten seines Hemdes, das war sicher nur ein Artefakt dessen, was Laney hier tun soll – was immer das sein mag.

Laney trinkt eine halbe Flasche Hustensirup, kaut und schluckt ein Drittel einer Tafel Schokolade und spült sie mit einem Schluck lauwarmer Cola hinunter.

Er schließt die Augen, und noch bevor er den Datenhelm aufsetzt, scheint er schon in den Datenstrom zu stürzen.

Er bemerkt sofort, dass Libia und Paco da sind und ihm die Richtung weisen. Sie verzichten darauf, etwas zu sagen oder sich in irgendeiner Gestalt zu zeigen, aber er erkennt sie jetzt an einer bestimmten Signatur, einem Navigationsstil. Er lässt sich von ihnen leiten, wohin sie wollen, und natürlich ist er nicht enttäuscht.

Eine Raute öffnet sich vor ihm.

Er schaut auf etwas hinab, was Harwoods Büro in San Francisco sein muss, auf Harwood, der hinter einem riesigen, dunklen, mit Planungsmodellen und

Printoutstapeln übersäten Schreibtisch sitzt. Harwood hält einen Telefonhörer in der Hand.

»Eine absurde Einführaktion«, sagt Harwood, »aber es ist ja auch ein verrückter Service. Es funktioniert, weil es redundant ist, verstehen Sie? Es ist so blöd, dass es funktionieren *muss.*«

Laney hört die Antwort nicht und schließt daraus, dass Libia und Paco eine Überwachungskamera in der Decke von Harwoods Büro gehackt haben. Was er hört, ist der Raumton, kein Mitschnitt des Telefonats.

Jetzt verdreht Harwood die Augen.

»Die Leute sind fasziniert von seiner Sinnlosigkeit. Das gefällt ihnen daran. Ja, es ist verrückt, aber es macht *Spaß.* Sie wollen Ihrem Neffen in Houston ein Spielzeug schicken, und Sie sind in Paris, also kaufen Sie's, gehen damit zu einem Lucky Dragon und lassen es von den Molekülen in einem Lucky Dragon in Houston wiedererschaffen … Was? Was aus dem Spielzeug wird, das Sie in Paris gekauft haben? Sie behalten es. Verschenken es. Weiden es mit den Zähnen aus, Sie langweilige, fantasielose Zicke. Was? Aber nein. Nein, tut mir Leid, Noriko, das muss ein Fehler Ihres Übersetzungsprogramms sein. Wie können Sie glauben, ich hätte so was gesagt?« Harwood starrt zutiefst angeödet geradeaus. »Natürlich will ich Ihnen das Interview geben. Das ist immerhin ein Exklusivinterview. Und Sie waren meine erste Wahl.« Harwood lächelt, während er die Journalistin beruhigt, aber das Lächeln erlischt, als sie zur nächsten Frage ansetzt.

»Die Menschen haben Angst vor der Nanotechnologie, Noriko. Das wissen wir. Sogar in Tokio weigern sich siebzehn Komma acht Prozent eurer ausgesprochen technofetischistischen Bevölkerung bis auf den heutigen Tag, einen Fuß in ein Nanotech-Bauwerk zu setzen. Ich könnte auch das Beispiel von Malibu hier an der Küste nennen, wo es einen sehr schweren Biotech-Unfall gegeben hat. Nanotech hat jedoch nicht das Geringste damit zu tun. In Wirklichkeit werden die Folgen mit einer Kombination dreier intelligenter Algen beseitigt, aber alle sind sie fest davon überzeugt, dass es an den Stränden von unsichtbaren Nanobotern wimmelt, die nur darauf warten, ihnen in die Stinkemuschi zu krabbeln. Was? ›Übel riechende Katze‹? Nein. Irgendwas stimmt nicht mit Ihrer Software, Noriko. Und ich hoffe doch, Sie schreiben das nur mit, denn wir haben vereinbart, dass das Interview nicht aufgezeichnet wird. Wenn irgendwas von dem, was ich hier sage, jemals in Form einer wie auch immer gearteten Aufzeichnung auftaucht, kriegen Sie nie wieder eins. Was? Gut. Da bin ich aber froh.« Harwood gähnt lautlos. »Na schön, noch eine letzte Frage. «

Harwood lauscht und spitzt die Lippen.

»Weil es bei Lucky Dragon um Waren des täglichen Bedarfs und um Bequemlichkeit geht. Darum, dass man die Sachen, die man braucht, wirklich braucht, dann kaufen kann, wenn man sie braucht, vierundzwanzig Stunden am Tag und sieben Tage die Woche. Aber bei Lucky Dragon geht es auch um Spaß. Und mit diesen Geräten werden die Leute Spaß haben. Wir haben so viele Untersuchungen durchgeführt, dass wir wissen, dass wir nicht genau wissen, was die Kunden von Lucky Dragon nun eigentlich mit dieser Technologie anfangen werden, aber das ist ja auch ein Teil des Spaßes.«

Harwood erforscht die tieferen Regionen seines linken Nasenlochs mit dem Nagel seines kleinen Fingers, scheint jedoch nichts Interessantes zu finden. »Leck mich doch«, sagt er. »›Haut einspeicheln‹? Ich glaub nicht, Noriko, aber ich würde diese Software mal durchchecken lassen, wenn ich Sie wäre. Bye.« Harwood legt den Hörer auf und starrt vor sich hin. Das Telefon klingelt. Er nimmt ab, horcht. Runzelt die Stirn.

»Warum überrascht mich das nicht? Warum überrascht mich das nicht im Geringsten?« Für Laney wirkt er, als wäre er drauf und dran, in schallendes Gelächter auszubrechen. »Na schön. Ihr könnt's ja versuchen. Versuchen könnt ihr's allemal. Bitte tut es. Aber wenn ihr's nicht schafft, dann wird er *euch* umbringen. Euch alle. Bis auf den letzten Mann. Aber deswegen brauche ich mir ja keine Gedanken zu machen, nicht wahr? Ich habe ja eure Broschüre hier, und die ist wirklich ganz wunderbar, in Genf gedruckt, für die Präsentation keine Kosten gescheut, komplett in Farbe, dickes Papier, und darin wird mir versichert, dass ich die Besten engagiert habe, die Allerbesten. Und ich glaube wirklich, ihr seid die Besten. Wir haben sehr wohl verglichen. Aber ich weiß auch, dass er ist, was er ist. Möge Gott euch helfen.«

Harwood legt auf.

Laney spürt, wie Libia und Paco an ihm zerren; sie wollen mit ihm unbedingt noch woandershin.

Er wünscht, er könnte bei Harwood bleiben. Er wünscht, sie könnten sich an diesem Schreibtisch gegenübersitzen und ihre Erfahrungen mit der nodalen Wahrnehmung austauschen. Ihn würde zum Beispiel brennend interessieren, wie Harwood den Knoten von 1911 interpretiert. Und er würde gern die Einführung des Lucky-Dragon-Nanofaksimiles mit Harwood diskutieren. Er stellt sich vor, wie er ein Exemplar des Garagenbausatz-Laneys losschickt – obwohl »schicken« hier nicht das richtige Wort ist –, aber wohin, und an wen?

Libia und Paco ziehen ihn dahin, wo das Ding wächst, und er sieht, dass es sich verändert hat. Er fragt sich, ob Harwood es sich in letzter Zeit angesehen hat; die Konturen einer neuen Welt, sofern man überhaupt von einer Welt behaupten kann, sie sei neu. Und er fragt sich, ob er je die Gelegenheit haben wird, mit Harwood zu sprechen. Er bezweifelt es.

Zu manchen Dingen kommt es nie, ruft er sich in Erinnerung. Zu einem aber immer, sagt die leise, kleine Stimme der Sterblichkeit.

Leck mich doch, erklärt ihr Laney.

55 *Clevere junge Dinger*

Fontaine sollte sich später daran erinnern, dass er nicht an seine Smith & Wesson gedacht hatte, als er aufwachte und das Geräusch an seiner Tür hörte, sondern an die russische Chain Gun, die er rund vier Monate zuvor unter Gips und Gaze weggespachtelt hatte – aus den Augen, aus dem Sinn.

Und er sollte sich fragen, wieso seine Gedanken ausgerechnet zu diesem extrem hässlichen Ding gewandert waren, als das drängende Tickern am Glas der Ladentür an sein Ohr drang.

»Fontaine!« Ein lautes Flüstern.

»Lass mich in Frieden«, sagte Fontaine und setzte sich auf. Er rieb sich die Augen und blinzelte zu den Leuchtzeigern eines seelenlosen schwarzen japanischen Quarzweckers hinüber, eines »Geschenks« von Clarisse, die gern darauf hinwies, dass Fontaine häufig zu spät dran war, besonders mit dem Kindergeld, obwohl er so viele alte Uhren besaß.

Er hatte ungefähr eine Stunde geschlafen.

»Fontaine!« Weiblich, ja, aber nicht Clarisse.

Fontaine schlüpfte in seine Hose, steckte die Füße in seine kalten, klammen Schuhe und nahm die Kit Gun. »Ich werd behaupten, es war Notwehr«, sagte er mit einem Blick nach hinten, wo sein geheimnisvoller Junge wie ein Wal auf der Campingmatte hingestreckt lag; er schnarchte wieder, aber nur leise.

Durch den Laden zur Tür, wo er das Gesicht von Skinners Mädchen erkannte. Sie war allerdings ein bisschen ramponiert – ein richtig sattes Veilchen, was sie da hatte –, und sie sah wirklich nervös aus.

»Ich bin's! Chevette!« Sie klopfte mit etwas Metallischem ans Glas.

»Mach mir nicht das verdammte Fenster kaputt, Mädchen.« Wie immer, wenn er an die Tür ging, hielt Fontaine die Schusswaffe an der Seite, sodass sie außer Sicht blieb, und jetzt sah er, dass Chevette nicht allein war; zwei Weiße hinter ihr, der eine ein stämmiger Mensch mit braunen Haaren, der wie ein Cop aussah, und der andere erinnerte ihn an einen Musikprofessor, den er vor Jahrzehnten in Cleveland gekannt hatte. Beim Anblick des Letzteren begannen Fontaine die Nackenhaare zu kribbeln, obwohl er nicht genau hätte sagen können, warum. Ganz *reglos* stand der da.

»Chevette«, sagte er, »ich *schlafe.*«

»Wir brauchen Hilfe.«

»Wer ist wir?«

»Das ist Rydell«, sagte sie. »Erinnerst du dich?«

Und Fontaine erinnerte sich, wenn auch nur undeutlich; der Mann, mit dem sie nach Los Angeles gegangen war. »Und?«

Sie setzte zum Sprechen an, machte ein verwirrtes Gesicht und schaute sich um.

»Ein Freund«, sagte der namens Rydell nicht gerade überzeugend. Er hielt einen billig aussehenden Matchbeutel an sich gedrückt, in dem offenbar eine große Thermoskanne oder vielleicht auch einer dieser tragbaren Reiskocher steckte. (Fontaine hoffte, dies würde keine jener erbärmlichen Szenen werden, bei denen man ihn mit einem Pfandleiher verwechselte.)

»Lass uns rein, Fontaine. Wir sind in Schwierigkeiten.«

Du bringst *mich* wahrscheinlich in Schwierigkeiten, dachte Fontaine, du mit deinem blauen Auge, woher du's auch hast. Er machte sich daran, die Tür zu entriegeln, und bemerkte, dass Chevette immer wieder rasche Blicke in beide Richtungen warf, als rechnete sie mit unerwünschter Gesellschaft. Derjenige, der wie ein Cop aussah, dieser Rydell, tat dasselbe. Aber der Professor, bemerkte Fontaine, der beobachtete ihn, Fontaine, und er war froh, dass er die Kit Gun auf Beinhöhe hatte.

»Schließ ab«, sagte Chevette, als sie eintrat, gefolgt von Rydell und dem Professor.

»Ich weiß nicht recht«, sagte Fontaine. »Könnte doch sein, dass ich euch was zeigen will.«

»Was zeigen?«

»Ja. Den Weg nach draußen. Durch die Tür. Kapiert? Ich hab geschlafen.«

»Fontaine, da sind Männer auf der Brücke, die haben Kanonen.«

»Ja, wohl wahr«, sagte Fontaine und strich mit dem Daumen über die Riffelung auf dem Schlagbolzen des kleinen Selbstladers.

Der Professor schloss die Tür.

»He«, protestierte Fontaine.

»Gibt es noch einen zweiten Ausgang?«, fragte der Professor mit einem prüfenden Blick auf die Schlösser.

»Nein«, sagte Fontaine.

Der Mann schaute durch den Laden nach hinten, zur Rückwand hinter den hochstehenden Zehen von Fontaines Gast. »Und jenseits dieser Wand geht es nur steil nach unten?«

»Ganz recht.« Fontaine gefiel es irgendwie nicht, wie leicht der Mann diese Informationen aus ihm rausgeholt hatte.

»Und oben? Wohnt hier drüber noch jemand?« Der Mann schaute zur angestrichenen Sperrholzdecke des Ladens hinauf.

»Weiß ich nicht«, gab Fontaine zu. »Wenn ja, dann sind sie sehr leise. Hab noch nie was von denen gehört.«

Dieser Rydell, der schien Probleme mit dem Laufen

zu haben. Er schaffte es bis zum Tresen und stellte seinen Matchbeutel auf die Glasplatte.

»Hör mal, mach mir nicht meine Auslage kaputt, ja?«

Rydell drehte sich um, die Hand an die Seite gedrückt. »Haben Sie Klebeband da? Ein breites?«

Fontaine hatte zwar einen Erste-Hilfe-Kasten, aber da war nie das drin, was man brauchte: ein paar bröckelnde Wundkompressen etwa aus dem Jahr 1978 und ein komplizierter, dicker Augenverband mit einer Gebrauchsanweisung in einer Sprache, die wie Finnisch aussah. »Ich hab Gaffer-Tape«, sagte Fontaine.

»Was ist das?«

»Klebeband. Du weißt schon, das silberne. Klebt gut auf der Haut. Willst du das?«

Rydell schlüpfte mühselig aus seiner schwarzen Nylonjacke und machte sich dann mit einer Hand an den Knöpfen seines zerknitterten blauen Hemdes zu schaffen. Das Mädchen half ihm, und als sie das Hemd ausgezogen hatten, sah Fontaine das gelb-graue Gesprenkel eines frischen blauen Flecks an seiner Seite. Sah übel aus.

»Unfall gehabt?« Er hatte die Smith &Wesson in die Seitentasche seiner Hose gesteckt. Normalerweise war es nicht sicher, sie dort zu tragen, aber unter den gegebenen Umständen war es ganz praktisch. Der abgenutzte Walnussholzgriff mit Schachbrettmuster ragte gerade so weit heraus, dass er ihn gut greifen konnte, falls es nötig sein sollte. Er holte eine Klebebandrolle aus der obersten Schublade eines alten stählernen Aktenschranks, die ein Geräusch von sich gab, wenn er sie dreißig, vierzig Zentimeter weit herauszog. »Soll ich's dir dranmachen? Ich hab Boxer in Chicago abgeklebt. Im Ring, weißt du.«

»Bitte«, sagte Rydell und zuckte zusammen, als er an der lädierten Seite den Arm hob.

Fontaine riss ein Stück Klebeband ab und musterte Rydells Brustkorb. »Ist 'n mystisches Band, weißt du das?« Er straffte es zwischen beiden Händen, die dunklere Seite mit der Klebeschicht Rydell zugewandt.

»Wieso?«, fragte Rydell.

»Weil es 'ne dunkle Seite hat«, sagte Fontaine und wies darauf, »eine helle«, er zeigte ihm die matt silberne Rückseite, »und das Universum zusammenhält.« Rydell setzte zu einem Schrei an, als der Streifen angelegt wurde, beherrschte sich jedoch. »Atmen«, sagte Fontaine. »Schon mal bei 'ner Geburt dabei gewesen?«

»Nein«, brachte Rydell heraus.

»Tja«, sagte Fontaine, während er den nächsten, längeren Streifen vorbereitete, »du musst so atmen, wie man's den Frauen sagt, wenn die Wehen einsetzen. Also: Jetzt ausatmen …«

Danach ging es ziemlich schnell, und als Fontaine fertig war, sah er, dass Rydell sich das Hemd mit beiden Händen zuknöpfen konnte.

»Guten Abend«, hörte er den Professor sagen, und als er sich mit der Klebebandrolle in der Hand umdrehte, sah er, dass der Junge wach war, sich aufgesetzt hatte – die braunen Augen groß und leer – und den Mann im graugrünen Mantel anstarrte. »Du siehst gut aus. Ist das dein Zuhause?«

Etwas bewegte sich hinter den Augen des Jungen; schaute hinaus und zog sich wieder zurück.

»Ihr beiden kennt euch?«, fragte Fontaine.

»Wir haben uns gestern Nacht kennen gelernt«, sagte der Mann, »hier, auf der Brücke.«

»Moment mal«, sagte Fontaine. »Hat er eine Armbanduhr von Ihnen gekriegt?«

Der Mann drehte sich um und musterte Fontaine gelassen, ohne etwas zu sagen.

Eine Woge von Schuldgefühlen überspülte Fontaine. »Ist schon okay«, sagte er. »Ich bewahr sie nur für ihn auf.«

»Ich verstehe.«

»Das ist 'ne tolle Uhr«, sagte Fontaine. »Wo haben Sie die her?«

»Aus Singapur.«

Fontaine schaute von dem glatten, hageren Wolfsgesicht des Mannes, der aller Wahrscheinlichkeit nach kein Musikprofessor war, zu dem ausdruckslosen, faltenlosen Gesicht des Jungen unter dessen neuer Frisur.

»Wie ich sehe, haben Sie eine Schusswaffe in der Tasche«, sagte der Mann.

»Bin so froh, euch alle zu sehen«, sagte Fontaine, aber niemand kapierte es.

»Welches Kaliber?«

»Zweiundzwanziger long rifle.«

»Wie lang?«

»Vier Zoll.«

»Zielgenau?«

»Ist nicht grade was für Präzisionsschützen«, sagte Fontaine, »aber für 'nen vierzölligen Lauf gar nicht so schlecht.« Das alles machte ihn überaus nervös, und er hätte die Waffe am liebsten in der Hand gehabt, aber er dachte, dass etwas passieren würde, wenn er sie anfasste. Irgendwas.

»Geben Sie sie mir«, sagte der Mann.

»Kommt gar nicht in Frage«, erwiderte Fontaine.

»Eine unbestimmte Anzahl bewaffneter Männer sind heute Nacht auf der Suche nach Mr. Rydell. Sie würden ihn gern lebend fangen, um ihn zu befragen, aber sie würden ihn sicher töten, um seine Flucht zu verhindern. Sie werden jeden töten, den sie bei ihm antreffen. Einfach, um kein Risiko einzugehen. Verstehen Sie?«

»Wer sind die?«

»Clevere junge Dinger«, sagte der Mann.

»Was?«

»Sie sind Söldner, und sie werden von jemandem bezahlt, der Mr. Rydell als Mitarbeiter eines Konkurrenten, eines Feindes betrachtet.«

Fontaine sah ihn an. »Wozu wollen Sie meine Knarre haben?«

»Um so viele wie möglich von ihnen zu töten.«

»Ich kenn Sie ja gar nicht«, sagte Fontaine.

»Nein«, sagte der Mann, »da haben Sie Recht.«

»Das ist doch verrückt …«, Fontaine sah Chevette an. »Kennst du diesen Kerl?«

»Nein«, sagte Chevette.

»Du. Rydell. Kennst du ihn?«

Rydell schaute von Fontaine zu dem Mann und wieder zurück zu Fontaine. »Nein«, sagte er, »ich kenne ihn nicht. Aber wissen Sie was?«

»Was?«

»Ich würd ihm die Kanone geben.«

»Warum?«

»Weiß ich nicht«, sagte Rydell, und seine Stimme schien irgendwie zu stocken. »Ich weiß nur, dass ich's tun würde.«

»Das ist doch verrückt«, wiederholte sich Fontaine und hörte, wie seine Stimme immer schriller wurde. »Jetzt mal im Ernst, Chevette! Weshalb bist du hergekommen? Du schleppst mir diese Leute hier an …«

»Weil Rydell nicht schnell genug gehen konnte«, sagte sie. »Tut mir Leid, Fontaine. Wir haben einfach Hilfe gebraucht.«

»Verdammte Scheiße«, sagte Fontaine und zog den Smith & Wesson aus der Tasche. Der blaue Stahl war körperwarm. Er klappte die Trommel auf und schüttelte die fünf Patronen in seine hohle Hand. Fragile Messingstücke, nicht mal so dick wie ein Bleistift, jedes mit einem verkupferten, exakt gespreizten und ausgehöhlten Segment aus einer Bleilegierung. »Das ist alles, okay? Mehr Munition hab ich nicht.« Er gab dem Mann den Revolver mit offener Trommel, den Lauf zur Decke gerichtet, dann die Patronen.

»Vielen Dank«, sagte der Mann. »Darf ich ihn jetzt laden?«

»Gentlemen«, sagte Fontaine und verspürte eine Frustration, die er nicht verstand, »ihr dürft eure verdammten Maschinen anwerfen.«

»Ich schlage vor«, sagte der Mann, während er die fünf Patronen eine nach der anderen in die Trommel steckte, »dass Sie die Tür hinter mir verschließen und sich alle verstecken, sodass man Sie von der Tür und vom Fenster aus nicht sieht. Wenn die da draußen zu dem Schluss kommen, dass Sie hier sind, werden sie versuchen, Sie zu töten.«

Er schloss die Trommel und zielte über den Lauf hinweg auf ein Stück leere Wand.

»Zieht ein bisschen nach links«, sagte Fontaine. »Doubleaction. Müssen Sie beim Zielen berücksichtigen.«

»Danke«, sagte der Mann, und weg war er. Er zog die Tür von draußen hinter sich zu.

Fontaine sah Rydell an. Dessen Augen glänzten, und Fontaine sah auf einmal, dass Tränen darin standen.

56 Kombinatknarre

»Mr. Fontaine«, sagte Rydell, »Sie haben nicht zufällig noch 'ne andere Kanone hier, oder?«

Die drei saßen im Hinterzimmer von Fontaines kleinem Laden nebeneinander auf dem Boden, mit dem Rücken an der Richtung Oakland gehenden Wand. Zwischen Rydell und Fontaine stand der Matchbeutel mit dem Projektor.

Der Junge, der dort auf dem Boden geschlafen hatte, saß auf Fontaines schmalem Bett, lehnte an der gegenüberliegenden Wand und klickte sich auf einem Notebook durch irgendwas durch; er hatte eins dieser riesigen alten Militärdisplays auf dem Kopf und sah damit wie ein Roboter aus, nur dass die untere Hälfte seines Gesichts freiblieb und sein Mund die ganze Zeit offen stand. Das Licht war aus, sodass man das stetige Pulsieren des Pixelscheins der Bilder in seinem Helm sehen konnte.

»Ich handle nicht mit Feuerwaffen«, sagte der Schwarze. »Alte Armbanduhren, Messer von namhaften Herstellern, Spielzeugsoldaten …«

Rydell fand, dass er schon genug mit Messern zu tun gehabt hatte. »Mir gefällt's nur nicht, dass ich hier rumsitzen und warten muss.«

»Das gefällt keinem«, sagte Chevette neben ihm. Sie hielt ein nasses Tuch aufs Auge gedrückt.

Was Rydell daran am meisten zu schaffen machte, war die Frage, wie leicht er wieder vom Boden hochkommen würde. Die Seite mit dem Klebeband tat nicht mehr so furchtbar weh, aber er wusste, dass er steif werden würde. Er wollte Fontaine gerade nach den Messern fragen, als dieser sagte: »Na ja …«

»Na ja was?«, fragte Rydell.

»Na ja«, sagte Fontaine, »sie gehört eigentlich nicht zu meinem Warenbestand, weißt du?«

»Was denn?«

»Ich hab da so 'nen Anwalt, der kommt aus der Afrikanischen Union, ja? Ist 'n politischer Flüchtling.«

»Ja?«

»Ja«, sagte Fontaine, »aber du weißt ja, wie das ist, wenn die Leute so was durchgemacht haben, diese ethnischen Säuberungen und so 'nen Scheiß…«

»Ja?«

»Na ja, die haben gern das Gefühl, dass sie sich schützen können, wenn was passiert.«

Rydell war eindeutig interessiert.

»Das Problem ist«, fuhr Fontaine fort, »dass die dort so 'ne Overkill-Mentalität haben. Und mein Anwalt, Martial, bei dem ist das auch so. Das heißt, er bemüht sich, das zu ändern, verstehst du? Ich hab ihm 'nen Therapeuten und so besorgt, damit er lernt, dass er ohne Knarre rumlaufen kann und nicht das Gefühl haben muss, er könnte jederzeit von Stammesfeinden weggepustet werden. Wir sind hier schließlich in Amerika, oder?«

»Ich glaube, Sie könnten auch hier in Amerika jederzeit von Stammesfeinden weggepustet werden, Mr. Fontaine.«

»Das stimmt«, sagte Fontaine und verlagerte das Gewicht auf die andere Pobacke, »aber Martial hat da eben so ein posttraumatisches Dings, nicht?«

»Sie helfen ihm bei diesen Problemen? Sie helfen ihm, indem Sie eine Waffe für ihn aufbewahren, Mr. Fontaine? Etwas, was er besser nicht in seinen eigenen Räumlichkeiten aufbewahren sollte?«

Fontaine sah Rydell an. Spitzte die Lippen. Nickte.

»Wo ist sie?«

»In der Wand hinter uns.«

Rydell sah die Wand zwischen ihnen an. »Ist das Sperrholz?«

»Größtenteils«, sagte Fontaine und schwang herum. »Siehst du das hier? Dieser Teil ist geflickt, mit Gipsspachtel. Wir haben hier einen Kasten angefertigt, ihn reingesetzt, verspachtelt und alles übergemalt.«

»Mit 'nem Metalldetektor würde man sie vermutlich finden«, sagte Rydell und dachte an seine Ausbildung zurück, in der er gelernt hatte, solche Verstecke aufzuspüren.

»Ich glaub nicht, dass da viel Metall dran ist«, sagte Fontaine, »jedenfalls nicht in der Mechanik.«

»Können wir sie sehen?«

»Schon«, sagte Fontaine, »aber sobald wir sie draußen haben, sitz ich mit dem Ding da.«

»Nein«, sagte Rydell, »ich.«

Fontaine brachte ein kleines Taschenmesser mit Knochengriff zum Vorschein. Klappte es auf und fing an, behutsam an der Wand herumzukratzen.

»Wir könnten uns ein größeres Messer holen«, schlug Rydell vor.

»Pst«, sagte Fontaine. Vor Rydells Augen legte die Messerspitze einen dunklen Ring von einer Größe frei, wie man ihn am Finger tragen würde. Fontaine pulte ihn aus dem gehärteten Putz, aber er schien an etwas befestigt zu sein. »Du ziehst hier dran, okay?«

Rydell steckte den Mittelfinger durch den Ring und zog ein bisschen. Fühlte sich fest an.

»Nur zu«, sagte Fontaine. »Mit Kraft.«

Putz brach auf und bröckelte ab, als der dünne Stahldraht, der an dem Ring befestigt war, um die geflickte Stelle herum herausgezogen wurde und ihn wie trockenen Käse durchschnitt. Ein grobes, zwei, drei Zentimeter dickes Rechteck löste sich und fiel Rydell in die Hand. Fontaine zog etwas aus der freigelegten rechteckigen Vertiefung. Es war in etwas eingewickelt, was wie ein altes grünes Hemd aussah.

Rydell beobachtete, wie Fontaine das grüne Stück Stoff behutsam abwickelte und einen gedrungenen, schweren Gegenstand freilegte, der wie eine Kreuzung zwischen den quadratischen Wachspapier-Milchkartons aus Rydells Kindheit und einem großen Elektrobohrer aussah. Es war von einem einheitlichen, staubigen Olivgrün, und wenn es wirklich eine Feuerwaffe war, dann die unhandlichste, die Rydell je gesehen hatte. Fontaine hielt sie so, dass jenes Ende, welches dem Oberteil des Milchkartons entsprach, in schrägem Winkel zur Decke zeigte. Am anderen Ende befand sich ein ungeschlacht wirkender Griff und ein gefurchtes, besenstielartiges Ding ungefähr achtzehn Zentimeter weiter vorn.

»Was ist das?«, fragte Rydell.

»Eine Chain Gun«, sagte Fontaine. »Einwegprodukt. Nicht nachladbar. Ohne Gehäuse: Dieses lange, quadratische Ding ist Patronen und Lauf in einem. Keine beweglichen Teile dran: elektrische Zündung. Zwei Knöpfe hier, wo sonst der Abzug wäre, man zielt einfach und drückt auf beide zugleich. Das macht sie viermal. Vier Ladungen.«

»Warum heißt das Ding Chain Gun?«

»Also, Martial sagt, das ist eher so was wie 'ne Granate, die nur in eine bestimmte Richtung explodiert, verstehst du? Oder so 'ne Art tragbare Splitterbombe. Hauptsache ist, hat er gesagt, man benutzt sie nicht in einem Innenraum, und überhaupt nur dann, wenn niemand vor einem steht, bei dem man nicht mitansehen will, wie er übel zugerichtet wird.«

»Und was hat das nun mit Ketten zu tun?«

Fontaine langte herüber und tippte mit dem Zeigefinger einmal leicht an den dicken, quadratischen Lauf. »Hier drin. Das Ding ist mit vierhundert superfeinen Stahlketten gefüllt, sechzig Zentimeter lang, scharf wie NATO-Draht.«

Rydell hob das Ding an seinen zwei Griffen hoch, achtete jedoch darauf, mit den Fingern nicht an die Knöpfe zu kommen. »Und die …«

»Machen Hackfleisch aus einem«, sagte Fontaine.

»Ich hab einen Schuss gehört.« Chevette ließ ihr feuchtes Tuch sinken.

»Ich hab nichts gehört«, erwiderte Rydell.

»Ich aber«, sagte Chevette. »Nur einen.«

»Bei dem kleinen 22er hört man nicht viel«, zweifelte Fontaine.

»Ich glaub, das halt ich nicht aus«, sagte Chevette.

Jetzt meinte Rydell, etwas gehört zu haben. Nur einen leisen Knall. Kurz und scharf. Aber nur einen. »Wisst ihr was«, sagte er, »ich glaube, ich schau mal nach.«

Chevette beugte sich nah zu ihm. Ihr eines Auge war schwarz-violett und fast zugeschwollen, das andere grau und wild, ängstlich und wütend zugleich. »Das ist keine Fernsehsendung, Rydell. Ist dir das klar? Kennst du den Unterschied? Ist keine Folge von irgendwas. Es ist dein Leben. Und meins. Und seins«, sie zeigte auf Fontaine, »und seins«, sie zeigte auf den Jungen an der gegenüberliegenden Wand. »Also, bleib einfach hier sitzen, ja?«

Rydell merkte, wie seine Ohren zu brennen begannen, und wusste, dass er rot wurde. »Ich kann nicht einfach hier rumhocken und abwarten …«

»Ich weiß«, sagte sie. »Hätt ich dir gleich sagen können.«

Rydell gab Fontaine die Chain Gun zurück und stand auf. Sein Körper war steif, aber es war nicht so schlimm, wie er erwartet hatte. Fontaine reichte ihm die Waffe hinauf. »Brauche ich Schlüssel, um die Tür aufzusperren?«

»Nein«, sagte Fontaine. »Ich hab die Riegel nicht vorgelegt.«

Rydell ging um die dünne Trennwand herum, die sie

vor dem Fenster in der Tür und dem Schaufenster abschirmte.

Jemand im Schatten gegenüber eröffnete mit einer automatischen und derart wirkungsvoll schallgedämpften Waffe das Feuer, dass man nur das maschinenartige Surren des arbeitenden Schlittens und die Einschläge der Kugeln hörte. Die beiden Fenster Fontaines verschwanden im Nu, ebenso die Glasfront des Tresens.

Rydell fand sich auf dem Boden wieder. Er konnte sich nicht erinnern, wie er dort hingekommen war. Die Waffe auf der anderen Straßenseite verstummte abrupt, nachdem sie sich durch einen vollen Ladestreifen gefressen hatte.

Er sah sich auf dem Schießstand im Keller der Akademie in Knoxville einen halbmondförmigen Ladestreifen aus dem Schaft eines kurzläufigen Sturmgewehrs auswerfen, einen anderen herausholen und hineinschieben. Wie lange das dauerte. Die genaue Anzahl der Bewegungen, die dafür erforderlich waren.

Ein hohes, dünnes, sehr regelmäßiges Geräusch schrillte ihm in den Ohren, und er erkannte, dass es Chevette war. Sie schrie.

Und dann war er auf den Beinen, schob die Milchkartonnase der Kombinatknarre von Fontaines Anwalt über den unteren Rand des quadratischen Lochs in der Tür, wo die Scheibe gewesen war.

Einer der beiden Knöpfe, dachte er, musste eine Sicherung sein.

Und der andere füllte die Luft draußen mit Feuer, der Rückstoß hätte ihm beinahe das Handgelenk gebrochen, aber niemand, wirklich niemand würde noch was nachladen.

Nicht da drüben.

57 Auge

Und beim Aufräumen am nächsten Tag wird Fontaine auf dem Boden des Hinterzimmers eine Schachtel grobes mexikanisches Salz mit einem Loch darin finden.

Und er wird sie aufheben – das Gewicht stimmt irgendwie nicht – und das Salz durch das Einschussloch in der Seite in seine hohle Hand schütten, bis das voll erblühte exotische Hohlspitzgeschoss herausfällt, das die Sperrholztrennwand durchschlagen hat, dann direkt in diese runde Salzschachtel auf dem Bord eingedrungen ist und seine Energie darin in Form von Hitze erschöpft hat. Doch inzwischen wird es kalt sein, wie ein mit Reißzähnen versehenes, bronzefarbenes Stück Popcorn, das davon zeugt, auf welche Weise es nach den Vorstellungen seiner Hersteller Fleisch zerreißen sollte.

Und er wird es auf ein Bord neben einen Bleisoldaten legen, einen weiteren Überlebenden des Krieges.

Aber jetzt kann er sich nur wie im Traum bewegen, und der stärkste Eindruck in dieser Stille, dieser greifbaren Stille, durch die er sich seinem Empfinden nach wie durch Glyzerin bewegt, ist die Erinnerung daran, wie sein Vater einmal trotz der heftigen Angst seiner Mutter mit ihm auf den Hof hinter einem Haus in der Küstenebene von Virginia hinausgegangen ist, um ihm das Auge eines Hurrikans zu zeigen.

Und nach dem anfänglich wilden Zorn des Sturms rührt sich nichts in diesem Auge. Kein Vogel singt. Jeder Zweig an jedem blattlosen Baum steht absolut regungslos in der Luft, doch an der äußersten Grenze der Wahrnehmung ahnt man vielleicht etwas von dem System, das einen umschließt. Irgendwas im Infraschallbereich; man fühlt es, man hört es nicht. Aber es wird wiederkommen. Das steht fest.

Und so ist es auch jetzt, als er aufsteht und sich bewegt, als er den Jungen sieht, dessen Hände zitternd über den Tasten des Notebooks erstarrt sind, dessen Kopf noch immer unter dem alten Militärdatenhelm steckt. Und er denkt einen Moment, der Junge sei verletzt, aber er sieht kein Blut. Nur verängstigt.

Er weiß, alle Schusswaffen sind dazu da, abgefeuert zu werden, und Rydell hat es bewiesen, indem er Martials Waffe abgefeuert hat, dieses hässliche russische Ding, diese bösartige Beute aus den Kombinatstaaten, die über Afrika hierher gekommen ist, aus Kriegen von erschreckender Stupidität, ethnischen Auseinandersetzungen, die wie luftlose Feuer in den Tiefen eines trockenen Sumpfes jahrhundertelang vor sich hin schwelen. Eine Waffe für jene, die man nicht im Schießen ausbilden kann.

Der Gestank der Treibladung hinten im Hals, rau und chemisch. Eine Glasur aus Glasscherben unter seinen Schuhen.

Rydell steht an der Tür, die klobige Chain Gun hängt an seiner Hand wie die Pistole eines Duellanten, und jetzt tritt Fontaine neben ihn, schaut auf die schmale, überdachte Fahrbahn der Brücke hinaus wie auf ein Tableau oder Diorama, und da drüben, gegenüber, dort glitzert alles rot. Obwohl man im Schatten sicher handfestere, substantiellere Indizien finden würde, Knochen und Knorpel vielleicht, und die automatische Waffe.

»Chevette«, sagt Rydell, nicht zu ihr, sondern wie um sich selbst an sie zu erinnern, und er dreht sich um, geht mit knirschenden Schritten durchs Glas nach hinten, um sie zu suchen.

Fontaine schaut mit zusammengekniffenen Augen zu dem eigenartigen roten Geglitzer hinüber, dem schmierigen Fleck, in den jemand sich so abrupt verwandelt hat, und erhascht eine Bewegung hoch oben im Randbereich seines Blickfelds. Silber.

Er zuckt zusammen, aber es ist ein Ballon, eine kissenartige Oblate aus aufgeblasenem Mylar mit kleinen, vergitterten, schwenkbaren Propellern und einer Kamera, wie es scheint. Sie schwebt heran, bis sie auf der Höhe der Fassade seines Ladens ist, bremst sich mit rückwärts laufenden Propellern und dreht sich dann elegant, sodass das Objektiv auf ihn herabschaut.

Fontaine blickt zu dem Ding hinauf und fragt sich, ob es über die nötigen Utensilien verfügt, ihm etwas zu tun, aber da es einfach nur dahängt und glotzt, dreht er sich schließlich um und lässt den Blick über die Schäden schweifen, die sein Laden davongetragen hat. Was einem sofort ins Auge springt, ist das ganze zu Bruch gegangene Glas, die Einschläge selbst sind nicht so deutlich sichtbar. Zwei Kugeln haben jedoch ein rundes, emailliertes Coke-Schild durchschlagen, das vorher mit achtzig Prozent bewertet worden wäre, aber jetzt kaum mehr »sehr gut« ist.

Es ist der Tresen, der ihn anzieht, obwohl er Angst davor hat, was er dort vorfinden wird: seine Armbanduhren unter Glasscherben, wie Fische in einem zertrümmerten Aquarium. Er klaubt eine Gruen »Curvex« an ihrem Krokoimitatarmband auf und stellt fest, dass sie nicht tickt. Er seufzt.

Clarisse liegt ihm seit einiger Zeit in den Ohren, dass er sich einen feuersicheren Safe anschaffen soll, in dem er seine wertvolleren Stücke über Nacht deponieren kann. Hätte er das getan, würden die Uhren noch ticken. Aber die hier tickt noch, der Doxa-Chronometer mit dem leicht korrodierten Zifferblatt, eins seiner Lieblingsstücke, das die Kunden immer wieder übersehen. Er hält ihn ans Ohr und hört das Geräusch eines

Mechanismus, der Jahre vor seiner Geburt zusammengebaut wurde.

Doch was er nun sieht, wird Clarisse noch unglücklicher machen: Ihre Another-One-Babys liegen auf einem wirren Haufen, wie auf einem Boulevardzeitungsfoto von einer namenlosen Gräueltat, und aus ihren kaputten Köpfen und Rümpfen sickert Silikon (was entweder eine Flüssigkeit ist, die sich wie eine feste Masse verhält, oder umgekehrt, Fontaine kann sich nie merken, welches von beidem). Keine einzige ist heil geblieben, und als er sich bückt, um sie genauer zu betrachten, hört er, wie eine von ihnen unablässig eine einzige Silbe wiederholt, aber er kann nicht erkennen, ob sie Japanisch oder Englisch spricht. Das übt für einen kurzen Moment eine tiefe Faszination auf ihn aus, und er erinnert sich an ein ähnliches Gefühl in seiner Kindheit, als er durch eine Polizeiabsperrung den Schutthaufen eines Kinos in Harlem gesehen hat; das in dem Gebäude wütende Feuer hatte kurz vor dem Süßwarentresen Halt gemacht, aber alles in diesem Tresen war geschmolzen, war herausgeflossen und zu einem gefrorenen Strom aus raffiniertem Zucker erstarrt, der jedoch trotz des sauren Gestanks feuchter Asche viel besser gerochen hatte als dieses Silikon.

Er hört, wie Chevette und Rydell miteinander reden; sie streiten sich offenbar, und er wünscht, sie würden damit aufhören.

Er ist im Auge, und er möchte es einfach wissen.

58 Kleine blaue Abwesenheit

Die Großaufnahme der Handkamera zeigt Laney eine kleine blaue Abwesenheit gleich neben dem Augenwinkel des Toten wie ein radikales Mascara-Experiment. Ein Kugelloch, eine Eintrittswunde von allerkleinstem Umfang.

»Ihnen wird aufgefallen sein, dass keine Pulverimprägnationen vorhanden sind«, sagt derjenige, der die Kamera hält. »Er wurde aus einiger Entfernung erschossen.«

»Warum zeigen Sie mir das?« Wieder Harwoods körperlose Stimme.

Die Kamera fährt zurück, und man sieht den blonden Toten in der schwarzen Lederjacke, der an einer mit Emaillespray-Kringeln überzogenen senkrechten Fläche lehnt. Er wirkt überrascht und schielt ein wenig. Die Kamera fährt noch weiter zurück und gibt den Blick auf eine zweite Leiche in einer schwarzen, kugelsicheren Weste frei, die mit dem Gesicht nach unten auf dem abgenutzten Straßenbelag liegt.

»Ein Schuss pro Person. Wir haben nicht damit gerechnet, dass er eine Schusswaffe hat.«

»Die Brücke ist nicht gerade dafür bekannt, dass sie die gesetzlichen Regelungen für Schusswaffen sklavisch befolgt, wissen Sie.«

Der Mann dreht die Kamera um, und sein Gesicht erscheint in einem seltsamen Winkel, von der Taille aus aufgenommen. »Ich wollte Ihnen nur sagen: ›Ich hab's Ihnen ja gesagt‹.«

»Wenn er lebendig aus diesem Gebiet herauskommt, wird Ihre Firma nicht nur Vertragsprobleme kriegen. Sie haben unterschrieben, dass Sie sich um *alles* kümmern, wissen Sie noch?«

»Und Sie haben sich bereit erklärt, sich unsere Vorschläge anzuhören.«

»Die habe ich mir angehört.«

»Ich bin mit einem Fünf-Mann-Team gekommen. Jetzt sind zwei davon tot, der Funkkontakt mit den anderen dreien ist abgebrochen, und ich habe gerade etwas gehört, was wie eine Explosion klang. Das Milieu hier ist von Natur aus instabil: ein bewaffneter Ameisenhaufen. Bei den Leuten brennen sehr schnell die Sicherungen durch, und sie haben keine koordinierende Autorität. Wir könnten einen Aufruhr auslösen, und wenn das passiert, haben wir nicht mehr die geringste Chance, Ihren Mann zu erledigen oder Rydell zu fangen.«

»Rydell wieder einzufangen, sollten Sie sagen.«

»Ich habe einen letzten Vorschlag.« Der Mann hebt die Kamera ein kleines Stück, sodass sein Gesicht den Bildschirm füllt. Der schwarze Schal löscht das untere Drittel des Bildes aus.

»Ja?«

»Anzünden.«

»Was anzünden?«

»Die Brücke. Sie wird wie Zunder brennen.«

»Aber würde es denn nicht eine Weile dauern, die erforderlichen Vorbereitungen zu treffen?«

»Schon geschehen.« Der Mann hält mit der anderen Hand ein kleines Rechteck in die Kamera, eine Fernbedienung. »Wir haben Brandsätze gelegt, die per Funk ausgelöst werden können. Wir sorgen immer gern für alle Eventualitäten vor.«

»Aber müssen wir nicht damit rechnen, dass unsere beiden in dem anschließenden Durcheinander entkommen? Schließlich haben Sie doch gerade selbst gesagt, Sie befürchten einen Aufruhr …«

»Niemand kommt von dem Ding runter. Es wird von beiden Enden her abbrennen, von der Bryant Street und von Treasure Island aus.«

»Und wie kommen Sie selbst herunter?«

»Dafür ist gesorgt.«

Harwood verstummt. »Nun ja«, sagt er schließlich, »dann sollten Sie das wohl tun.«

Der Mann drückt auf einen Knopf an der Fernbedienung. Laney zuckt von der Raute zurück, gerät in Panik, sucht Libia und Paco.

Der Projektor ist noch dort, ist noch auf der Brücke. Ihm ist nach wie vor unklar, welche Rolle er spielt, aber Rei Toei muss bei dem bevorstehenden Scheitelpunkt mit dabei sein.

Und er sieht, dass Harwood das weiß oder spürt und etwas tut beziehungsweise getan hat, um es zu verhindern.

Er zieht sich den Datenhelm vom Kopf und tastet auf der Suche nach einem Telefon durch die Farben der Dunkelheit.

59 Die Vögel brennen

Chevette schaute immer wieder auf die Löcher in der Sperrholzabtrennung zwischen dem vorderen und hinteren Teil von Fontaines Laden. Ihr fiel auf, dass die Kugeln zu beiden Seiten der eigentlichen Löcher lange Sperrholzsplitter herausgerissen hatten; Linien, die sich vor ihrem geistigen Auge durch diese Löcher und weiter durch den Raum zogen.

Sie verstand nicht, wieso sie keine Kugel abgekriegt hatte. Allerdings hatten die Schüsse bewirkt, dass sie am ganzen Leib zitterte; sie erschauerte immer wieder, und wenn sie die Zähne nicht zusammenbiss, klapperten sie richtiggehend. Außerdem hatte sie Schluckauf, und beides war ihr peinlich, sodass sie es an Rydell ausließ, der ihr zugleich jedoch auch Leid tat, weil er aussah, als hätte er selbst eine Art Schock.

Sie bemerkte undeutlich, dass Leute an die Tür des Ladens kamen und hereinschauten, aber dann sahen sie Rydell mit der Chain Gun und gingen schnell wieder weg. Es waren Brückenbewohner, und die reagierten eben so auf derartige Geschehnisse. Wenn keiner mit einer Waffe da gewesen wäre, hätten sie gefragt, ob alle okay seien und ob sie helfen könnten, aber ansonsten guckten sie, wie Skinner es gern ausgedrückt hatte, in ihre eigenen Töpfe.

Sie fühlte sich, als wäre sie in zwei Hälften zerbrochen – ein Teil machte Rydell die Hölle heiß, weil er sie wieder in so einen verrückten Scheiß reingezogen hatte, und ein anderer schaute sich einfach immer nur um und wollte sagen: Sieh dir das an, wie kommt's bloß, dass ich noch am Leben bin?

Aber dann begann etwas in Rydells Tasche zu piepsen, und er holte eine Sonnenbrille heraus, ein schwarzes Gestell mit billigen Chromverzierungen, und setzte sie auf »Hallo?«, sagte er. »Laney?«

Nun sah sie, wie der Mann, der Fontaine die Waffe abgeschwatzt hatte, die Tür aufmachte – Glas knirschte darunter – und hereinkam; er sah genauso aus wie vorher, als er hinausgegangen war, nur hatte er jetzt einen langen, frischen Kratzer an der Wange, an dem sich Blutstropfen bildeten. Er zog den schmalen kleinen Revolver aus der Tasche, hielt ihn seitwärts, die Hand um das Ding mit den Kugeln drin, und gab ihn Fontaine. »Vielen Dank«, sagte er.

Fontaine hob die Waffe an die Nase, schnupperte dran und zog fragend die Augenbrauen hoch.

»Ich habe die Abtrift justiert«, sagte der Mann, was immer das heißen sollte. »Jetzt braucht man nicht mehr zu kompensieren.«

Fontaine klappte das Kugelding aus und schüttelte fünf leere Messinghülsen in seine offene Hand. Er sah sie sich an und hob dann den Blick zu dem Mann. »Wie ist es gelaufen?«

»Drei«, sagte der Mann.

»Ich glaube, sie haben einen«, sagte Rydell. »Hier ist so 'n kleiner Junge, der benutzt ihn. Soll ich das Kabel ausprobieren? Sprechen Sie mit ihr, Laney? Sie hat mir erzählt, dass Sie früher viel mit ihr geredet haben …« Rydell sah idiotisch aus, wie er dort stand und mit der Luft vor ihm sprach, eine Hand erhoben, um den Knopf im Ohr festzuhalten, während die andere mit dieser abgedrehten Knarre herunterhing. Sie wünschte, er hätte sie weggelegt, sie wieder in die Wand gepackt oder sonst wohin getan.

»Komm schon, Rydell«, sagte sie, aber dann sah sie, dass Gottes kleines Spielzeug im vorderen Teil des Ladens unter der Decke klebte und sie beobachtete. »Tessa? Tessa, hörst du mich?«

Ein quäkendes atmosphärisches Rauschen setzte ein, als würde ein Papagei zu sprechen versuchen.

»Tessa?«

»Tut mir Leid«, sagte der Mann in dem langen Mantel. »Die Männer, die euch angegriffen haben, kommunizieren auf einer Reihe spezieller Kanäle. Ich blockiere diese Frequenzen mit einem Störsender.« Er sah Gottes kleines Spielzeug an. »Die Steuerfrequenzen für dieses Gerät sind nicht betroffen, aber akustische Kommunikation ist im Moment unmöglich.«

»Tessa!« Chevette winkte wie wild zu dem Ballon hinauf, aber er starrte sie nur weiterhin mit seinem Hauptobjektiv an.

»Was soll das heißen, sie zünden sie an?«, hörte sie Rydell sagen. »Jetzt? In diesem Moment?« Rydell nahm die Sonnenbrille ab. »Sie stecken die Brücke in Brand.«

»Die Brücke?« Sie erinnerte sich daran, wie vorsichtig Skinner immer mit Feuer gewesen war, wie behutsam die Leute mit Kochgas und Zündhölzern umgingen; ein weggeworfener brennender Zigarettenstummel konnte einem ein gebrochenes Nasenbein eintragen.

Aber Rydell hatte die Sonnenbrille wieder auf. »Ich dachte, Sie hätten gesagt, wir sollten machen, dass wir wegkommen? Und nun soll ich sie hierlassen? Verdammt, Laney, warum drücken Sie sich nicht wenigstens einmal verständlich aus? Warum … Laney? He?« Sie sah Rydells Anspannung, als er die Brille abnahm. »Hört zu. Ihr alle. Wir verschwinden jetzt. Laney sagt, sie stecken die Brücke in Brand.« Rydell bückte sich, wobei er zusammenzuckte, öffnete seinen

Beutel und holte das silberne Ding heraus. Sie sah es im hereinströmenden Licht glitzern. Wie eine große, stählerne Thermoskanne. Er zog ein paar zusammengerollte Kabel hervor und warf ihr eins zu. »Such eine Steckdose.« Er hatte jetzt ein anderes Kabel in der Hand und stand über dem Jungen mit dem alten militärischen Datenhelm. »He. Kleiner? Wir müssen uns mal das Notebook ausborgen. Hörst du mich?« Der Helm kam hoch und schien ihn blind, aber mit einem gewissen Wahmehmungsvermögen zu betrachten, wie der Kopf einer Riesentermite. Rydell griff hinab, nahm das Notebook und trennte es vom Helm. Chevette sah, wie der Mund des Jungen zuklappte. Auf dem Bildschirm des Notebooks war das schwarze Zifferblatt einer Uhr zu sehen. Nein, sah Chevette, es war eine altmodische Armbanduhr, vergrößert auf die Ausmaße eines Babygesichts.

Rydell betrachtete die beiden Enden des Kabels in seiner Hand und probierte dann eine Buchse an der Rückseite des Notebooks. Und eine andere. Es passte. Chevette hatte eine Steckdose gefunden, die schief in eine von Fontaines Wänden eingesetzt war. Sie steckte das Kabel hinein und reichte Rydell das andere Ende. Er stöpselte das Anschlusskabel vom Notebook in das silberne Behältnis und steckte das Stromkabel daneben ein. Sie glaubte zu hören, wie das Ding zu summen begann.

Und dann war ein Mädchen da, ein blasses, schlankes, von innen her leuchtendes Mädchen, das einen Moment lang nackt zwischen ihnen stand. Gleich darauf trug sie Skinners Jacke, ausgeblichene Pferdehaut. Schwarze Jeans, ein schwarzes Sweatshirt, Laufschuhe mit Profilsohlen. Alles sauberer und irgendwie schärfer als das, was Chevette trug, aber ansonsten identisch.

»Ich bin Rei Toei«, sagte das Mädchen. »Berry Rydell, du musst die Brücke sofort verlassen. Sie brennt.«

»In der Kneipe hast du gesagt, du kennst meinen Namen«, meldete sich der Mann mit dem Mantel zu Wort. Der lange, dünne Kratzer in seinem Gesicht war schwarz in dem Licht, das von ihr ausging.

»Konrad«, sagte das leuchtende Mädchen. »Mit K.«

Die Augenbrauen des Mannes hoben sich über die runden, goldgefassten Brillengläser hinaus. »Und woher weißt du das?«

»Ich weiß vieles, Konrad«, sagte das Mädchen und verwandelte sich für ein paar Sekunden in ein anderes, blondes Mädchen mit blauen Augen, deren Regenbogenhäute schwarz gerändert waren.

Der Mann wirkte schwer und unbeweglich, wie aus einem unglaublich festen Holz geschnitzt, und Chevette dachte aus irgendeinem Grund an Staubkörnchen, die in einem alten Museum im Sonnenlicht schwebten. Das hatte sie einmal gesehen, aber sie wusste nicht mehr, wo oder wann. »Lise«, sagte er, und der Name klang, als hätte er ihn von einem tief in ihm verborgenen Ort der Schmerzen heraufgeholt. »Gestern. Ich habe geträumt, ich hätte sie gesehen. Auf der Market Street.«

»Vieles ist möglich, Konrad.«

Rydell hatte eine pinkfarbene Hüfttasche aus seinem Matchbeutel geholt und band sie sich nun um. Vorne drauf war ein grinsender Comic-Drache abgebildet.

Chevette sah zu, wie er den Reißverschluss aufzog und einen pinkfarbenen Latz auseinander faltete, den er um den Hals befestigte. Auf dem Latz stand in quadratischen, schwarzen Buchstaben LUCKY DRAGON SECURITY.

»Was ist das?«, fragte ihn Chevette.

»Kugelsicher«, sagte Rydell. Er drehte sich zu dem leuchtenden Mädchen um. »Laney sagt, der Projektor soll hier bleiben. Aber das heißt, dass wir dich zurücklassen ...«

»Genau das will ich«, sagte sie. »Wir stehen im Begriff, den Weg in den innersten Kern von Harwoods Plan zu finden. Und ihn zu ändern. Und alles zu ändern.« Dann lächelte sie Rydell zu; und Chevette verspürte einen Anflug von Eifersucht.

Ein näher kommendes Geräusch drang an Chevettes Ohr, das Aufheulen und Wimmern überlasteter Elektromotoren. Metall krachte gegen Holz, und Fontaine sprang von der Tür weg. Draußen kam ein dreirädriges Geländefahrzeug abrupt zum Stehen; Tessa saß breitbeinig auf dem Sitz des ATV hinter einem mondgesichtigen Jungen, der eine schwarze, verkehrt herum aufgesetzte Netzkappe und ein schwarzes T-Shirt trug. Tessa hatte ihre Input-Brille auf der Nase und Kontrollhandschuhe an beiden Händen. Sie nahm die Brille ab und strich sich die Haare aus den Augen. »Los, komm, Chevette.«

»Runter von dem verdammten Trike, Schätzchen«, sagte der Junge mit dem runden Gesicht. »Nicht viel Platz zum Wenden hier«

Tessa sprang ab, betrat den Laden und schaute zu Gottes kleinem Spielzeug hinauf. »Ich krieg keinen Ton rein«, sagte sie.

Der Junge brachte die in den hinteren Radnaben des ATV angebrachten Motoren auf Touren und schaltete einen davon in den Rückwärtsgang. Das Trike schwankte hin und her, vor und zurück, und drehte sich dabei, sodass seine Nase wieder Richtung San Francisco zeigte. »Na *los,* Schätzchen«, sagte er.

»Ich hab Flammen auf zwei Kameras«, sagte Tessa. »Das verdammte Ding brennt.«

»Wird Zeit, dass wir verschwinden.« Rydell legte Chevette die Hand auf die Schulter. »Mr. Fontaine, Sie fahren mit Chevette.«

»Ich fahr nirgendwohin, mein Junge«, gab Fontaine zurück.

»Die Brücke brennt, Mr. Fontaine.«

»Ich lebe hier«

»Komm schon, Rydell«, sagte Chevette und packte ihn am Hosenbund.

Tessa, die wieder hinter ihrem Netzkappenfahrer aufgestiegen war, setzte ihre Input-Brille auf. »Du lieber Himmel«, sagte sie, »einfach unglaublich, was ich hier an Bildern reinkriege …«

Chevette zerrte Rydell durch die Tür hinaus und kletterte hinten aufs ATV. Sie setzte sich auf eine Art Seitensattel und machte Platz für Rydell. »Augenblick mal«, protestierte Rydell, »wir können sie doch nicht einfach hierlassen.«

»›Wir‹? He, Mann, ich nehm euch nicht mit«, aber dann sah der mondgesichtige Junge die Chain Gun und verstummte.

»Fahrt los«, sagte Fontaine. Er stand da und hatte dem Jungen mit dem Helm, dessen Augen Rydell mit einer Art animalischer Ruhe betrachteten, den Arm um die Schulter gelegt. »Fahrt los. Wir kommen hier schon klar.«

»Tut mir Leid«, sagte Rydell. »Tut mir Leid, das mit Ihrem Laden …«

»Dein Arsch wird dir Leid tun, wenn du nicht endlich verschwindest.«

Chevette hörte eine Frau schreien, Richtung San Francisco, und zerrte heftig an Rydells Hosenbund. Der Knopf vorn an seiner khakibraunen Hose sprang ab. Er stieg hinten an der anderen Seite auf und hielt sich mit einer Hand fest. Die Chain Gun behielt er in der anderen.

Das Letzte, was sie von dem leuchtenden Mädchen sah, war, dass es etwas zu dem Mann sagte, den es Konrad genannt hatte. Dann trat Tessas Netzkappe aufs Gas, und sie fuhren los, Richtung Stadt. »Mach's gut, Fontaine«, rief Chevette, aber sie bezweifelte, dass er es hörte.

Sie erinnerte sich an die Nacht, als ein Feuer in den

Hügeln oberhalb des WG-Hauses gewütet hatte. Überall im Buschwerk ums Haus herum waren die Vögel im Dunkeln erwacht, weil sie es spürten. All ihre Stimmen.

Und durch das Sperrholz-Patchwork über ihnen hörte sie es jetzt auch: das dumpfe Brausen der Feuersbrunst.

60 Ratten wissen Bescheid

Fontaine ist klar, dass die Brücke brennt, als er aus dem Laden schaut und eine Ratte vorbeihuschen sieht, Richtung Oakland. Dann noch eine, und eine Dritte. Ratten wissen Bescheid, und die Brückenratten gelten als die klügsten, weil ihnen die Meute wilder Katzen auf der Brücke ebenso ausdauernd nachstellt wie die unzähligen genauso wilden Kinder mit ihren aus Flugzeugaluminium und IV-Schläuchen gebastelten Schleudern. Diese Brückenschleudern sind nicht nur für Ratten tödlich; ihre Benutzer haben nämlich ein Faible für Kugeln aus massivem, feuchtem Lehm, ein aus dem Mittelalter herübergeretteter, nicht zu unterschätzender Trick.

Fontaine sieht zu, wie die Ratten vorbeiflitzen, und seufzt. Irgendwo hat er ein Feuerwehrbeil, Bergungsgut von einem Schlepper, der 2003 im China Basin gesunken ist, und auch einen Feuerlöscher, aber er kann sich nicht vorstellen, dass die ihnen viel nützen werden, obwohl sie natürlich ein Loch in die Rückwand hacken und in die Bucht springen könnten. Er fragt sich, ob es dort wirklich Haie gibt, wie die Brückenkinder glauben. Allerdings weiß er mit Sicherheit, dass es da unten mutierte Fische gibt, die angeblich von Oxiden aus den Pfeilern der Kabeltürme deformiert worden sind.

Fontaine hat jedoch schon viele Katastrophen öffentlicher wie auch ehelicher Art überstanden, und etwas in ihm glaubt wider alle Wahrscheinlichkeit und jede Hoffnung, dass alles schon irgendwie gut ausgehen wird. Oder dass man gegen gewisse Dinge gemeinhin eh nicht viel machen kann, zumindest er nicht.

Statt also den Schrank zu durchwühlen, in den er dieses Feuerwehrbeil getan hat, wie er sich zu erinnern glaubt, nimmt er jetzt seinen Besen zur Hand und fängt an, im vorderen Teil des Ladens sauber zu machen. Er fegt so viel Glas wie möglich auf einen Haufen bei der Tür zusammen. Glas, überlegt er beim Fegen, ist eine jener Substanzen, die relativ wenig Platz einnehmen, bis man es zerbricht. Aber er entsinnt sich, mal gelernt zu haben, dass es – über wahrhaft kosmische Zeiträume hinweg betrachtet – auch eine Flüssigkeit ist. Alles Glas in sämtlichen Fensterscheiben überall auf der Welt ist in dem unendlich langsamen Prozess des Schmelzens, Heruntersackens und Herabrutschens begriffen, nur dass kaum eine Scheibe die Jahrtausende überdauern wird, die es bräuchte, um sie in eine echte Pfütze zu verwandeln.

Derweil gesellen sich draußen flüchtende Menschen zu den Ratten, Gefährten so verschiedener Art, wie sie nur die Brücke zu bieten hat. Er hofft, dass Clarisse und die Kinder in Sicherheit sind; er hat versucht, sie anzurufen, aber es hat sich niemand gemeldet, und unter den gegebenen Umständen schien es wenig sinnvoll, eine Nachricht zu hinterlassen.

Er schaut sich um und sieht Rydells Hologrammfreundin am Bett knien und mit dem Jungen sprechen. Neben dem Jungen sitzt der Professor, der sich die Kit Gun ausgeborgt hatte, und sie kommen Fontaine in diesem Moment wie eine vielleicht ungewöhnliche, aber durchaus liebevolle Familiengruppe vor. Fontaine hat solange mit dem technischen Wandel gelebt, dass er nicht nach dem Wie oder Warum fragt, was dieses Mädchen betrifft: Sie ist wie ein Spieleprogramm, das in die Realität überwechselt und sich zu einem ins Zimmer setzt, denkt er, und manche Leute fänden das ganz prima.

Nun stößt er beim Fegen an ein Hindernis: die hingemeuchelten Another-One-Puppen in ihrer Pfütze aus konsensuellem Silikon. Wenigstens spricht jetzt keine mehr. Es sieht schrecklich und grausam aus, wie er mit dem Besen inmitten von Glasscherben gegen sie stößt, und darum lehnt er den Besen an den Tresen und fischt eine an den schlaffen Armen aus dem Glas. Er trägt das pseudo-japanische Baby nach draußen und legt es vor dem Laden auf den Rücken. Die anderen folgen, und als er gerade das letzte hinlegt, sieht eine dicke Frau, die mit einer Bettdecke voller nasser Wäsche in den Armen Richtung Treasure Island flieht, was er da tut, und fängt an zu schreien. Und schreit die ganze Zeit weiter, bis die Dunkelheit sie verschluckt, und ist immer noch zu hören, als er wieder in den Laden hineingeht und an Tourmaline denkt, seine erste Frau.

Jetzt ist Rauch in der Luft, und vielleicht ist es nun wirklich an der Zeit, ein Beil zu suchen.

61 Futurematic

Das Gebilde, das Laney sieht, wenn er Harwood, die Idoru, Rydell und diese anderen betrachtet, ist für ihn nie ein Ort, ein bewohnbarer Raum gewesen. Angetrieben von einer neuen Eile (und praktisch um die gesamte Bevölkerung der Ummauerten Stadt vermehrt, die in einem Modus der Simultaneität arbeitet der ziemlich nah an Einklang heranreicht) gelingt es ihm nun, tatsächlich dort zu sein, in einem Raum, der von den sich herausbildenden Faktoren des Knotenpunkts definiert wird. Es ist ein Ort, wo die Metapher zusammenbricht, ein deskriptives schwarzes Loch. Er ist ebenso wenig fähig, ihn sich selbst zu beschreiben, als er sich dort befindet, wie er ihn anderen beschreiben kann.

Die meiste Ähnlichkeit hat dieser Ort, wo die Geschichte eine Wende nimmt, jedoch mit dem von ihm postulierten Loch im Kern seines Wesens: eine Leere bar jeder Dunkelheit wie auch jedes Lichts.

Und Harwood – er weiß es sofort, wenn auch ohne zu wissen, woher – ist dort.

– Harwood?

– Colin Laney. Ein Abend für Wunder. Für das Unerwartete.

– Sie haben ihnen befohlen, die Brücke in Brand zu stecken.

– Gibt es denn keine Privatsphäre mehr?

– Sie versuchen, sie aufzuhalten, nicht wahr?

– Ich glaube schon, ja, obwohl ich gar nicht genau

weiß, wobei. Sie ist ein emergentes System. Sie weiß es selbst nicht.

– Wissen Sie's? Wissen Sie, was Sie wollen?

– Ich will ein gewisses Maß funktionierender Nanotechnologie in einer Welt, die erkennbar von derjenigen abstammt, in der ich heute Morgen aufgewacht bin. Ich will, dass meine Welt verwandelt wird, aber ich möchte auch, dass mein Platz in dieser Welt dem entspricht, den ich gegenwärtig einnehme. Ich will meinen Kuchen essen und ihn zugleich behalten. Ich will einen kostenlosen Lunch. Und wie es scheint, habe ich einen Weg gefunden, wie ich all das bekommen kann. Sie allerdings auch. Also – was, so müssen wir uns fragen, ist da schief gegangen?

– Sie haben es bewusst getan. Sie haben das 5-SB mit voller Absicht genommen. Im Waisenhaus haben wir uns zwar freiwillig als Versuchskaninchen zur Verfügung gestellt, aber wir hatten ja keine Ahnung, was wir da bekamen.

– Und meine Entscheidung, 5-SB zu nehmen, basierte auf den Resultaten der Versuche, die man an Ihnen durchgeführt hatte, Laney. An Ihnen und einem Mädchen namens Jennifer Mo, die später zur mordbesessenen lautlosen Jägerin eines erstaunlich langweiligen Schauspielers namens Kevin Burke geworden ist. Sie hat Selbstmord begangen, während sie ihn in einem Meditationszentrum in Idaho als Geisel hielt.

Laney kennt die Geschichte von Jennifer Mo; sie hat ihn nicht mehr losgelassen, seit er sie vor etlichen Jahren in einem geheimen Regierungsdokument zum ersten Mal gelesen hat.

– Warum hat es Sie nicht erwischt, Harwood? Warum hat es nicht gewirkt?

– Vielleicht, weil ich zu sehr auf mich fixiert bin, um mich für jemand anderen zu interessieren. Für mich war es hervorragend. Fast so gut, als würde man die Zukunft kennen. Eigentlich noch besser: nur ein kleines bisschen freier Wille, und schon sind wir um so vieles glücklicher, nicht wahr? Und der Blick zurück ist fast genauso amüsant wie der Blick nach vorn, obwohl unsere digitale Suppe in dieser Richtung der Zeitlinie doch ziemlich rasch dünner wird. Aber schon erstaunlich, diese Sache mit Curies Mann … Hat *alles* verändert, und wer weiß es? Ich frage Sie, Laney, wer weiß es?

– Wir wissen es.

– Ja, wir wissen es.

– Es verändert sich wieder. Heute Nacht.

– Oder vielmehr heute Morgen. Pazifische Zeit. Sehr früh. Aber ja, es stimmt. Und ich bin hier, um dafür zu sorgen, dass es sich in die von mir bevorzugten Richtungen verändert und nicht in andere.

– Wir werden versuchen, Sie aufzuhalten.

– Natürlich. So stehen die Dinge nun einmal heute Nacht, nicht wahr? Das war nicht anders zu erwarten.

Jetzt fühlt Laney zweierlei zugleich: eine physische, unentrinnbare Kälte, die unter seinem Herzen emporsteigt, und die geheime Anwesenheit jedes einzelnen Bewohners der Ummauerten Stadt. Sie haben in Reih und Glied hinter ihm Aufstellung genommen wie Tonsoldaten, die fest entschlossen sind, bis in alle Ewigkeit über den Boden eines Kaisergrabs zu marschieren. Aber die hier werden sich bewegen, falls Laney es von ihnen verlangt. Überdies spürt er die Anwesenheit von Rei Toei, und er weiß, dass die Konfiguration noch nicht vollständig ist.

– Sie ist hier, Laney. Sie ist im Strom. Das haben Sie getan, Sie und Ihre Freunde. Aber es wird euch nichts nützen, weil ich jetzt an einen Ort gehe, wo ihr mich nicht finden werdet. Fürs Erste. Bis die Sache erledigt ist. Ihre Freunde sind nicht die Einzigen, die gelernt haben, wie man sich absondert.

Und mit der Kälte, die um sein Herz herum hochsteigt, weiß Laney, dass es wahr ist, dass Harwood jetzt verschwindet, dass er sich zu einem informationellen Wurmloch wie jenem umstülpt, in dem die Ummauerte Stadt existiert …

Und er greift hinab (es kommt ihm vor wie hinab, obwohl es an diesem Ort weder Richtung noch Ziel gibt), und ein ganzes Heer greift mit ihm hinab und findet …

62 Los Projectos

Silencio erinnert sich an die rostigen brennenden Mülleimer in den Höfen von *los projectos,* an die Männer und wie sie dastehen und ausspucken und sich die Hände wärmen. An so einem Feuer hat er Playboy und Raton kennen gelernt, und jetzt ist der Geruch der Mülleimer in diesem Raum, und er hat Angst, und selbst die Freundliche, die ihr eigenes Licht macht und mit ihm in der Sprache seiner Mutter spricht (aber freundlich), hält die Angst nicht fern, und er möchte nur zu den Armbanduhren zurück, zu ihren Zifferblättern, ihrem Zustand und ihrem Wert, diesem Universum, das ihn entdeckt hat, dieser Daseinsweise, ohne die es nur die Angst gibt.

Als er hier mit der leuchtenden Freundlichen an seiner Seite auf dem Bett des schwarzen Mannes kauert, spürt er, wie die Angst kommt, sie kommt ganz gewaltig, und der schwarze Mann im Schrank wirft Sachen heraus, und Silencio will nur zu den Armbanduhren.

Ganz weit hinten in seinem Geist warten Männer mit Hundezähnen und Flügeln, deren Gesichter schwärzer sind als das Gesicht des schwarzen Mannes mit den Armbanduhren. Ihre Gesichter sind so schwarz wie die Droge, die sich Männer ins Zahnfleisch reiben.

»Holen Sie den Projektor näher heran«, befiehlt sie dem Mann, der Playboy und Raton stumm gemacht hat, und Silencio sieht, dass sie eine andere ist, während sie spricht – glattes, goldenes Haar, die Gesichtsknochen einer anderen. »Bringen Sie das Notebook herüber. Seien Sie sehr vorsichtig mit dem Kabel.« Und der Mann zieht das silberne Ding, vor dem Silencio Angst hat (Silencio hat jetzt fast vor allem Angst), näher heran und bringt den noch verkabelten Uhrensucher zum Bett.

»Schließen Sie den Datenhelm an. Schnell!« Der Mann steckt den Draht vom Hut in den Uhrensucher und gibt Silencio den Hut. Drinnen sieht Silencio die Bilder, die vor die Augen passen, Bilder von der Armbanduhr auf dem Bildschirm des Suchers, und Silencio verspürt Erleichterung, die Angst weicht von ihm, zurück zum Rand der Dinge, wo die Männer mit den Hundezähnen sind. Er zieht sich den Hut über die Augen.

Und ist an einem anderen Ort, wo es weder Oben noch Unten gibt, sondern nur etwas, was sich endlos weit dehnt, weiter als die Höfe von *los projectos* und jeder andere Raum, den er je gesehen hat.

Aber die Leuchtende ist da, und neben ihr ein anderer, weniger deutlich.

»Das ist Mister Laney«, sagt sie in der Sprache von Silencios Mutter. »Du musst ihm helfen. Er muss eine Armbanduhr finden. Diese Armbanduhr hier.« Und in der Hand hält sie die Armbanduhr, die Silencio auf dem Bildschirm gesehen hat. Es ist eine LeCoultre »Futurematic«, Zeigerstellung auf der Gehäuserückseite, schwarzes Zifferblatt, Gangreserveanzeige. Silencio kennt ihre Seriennummer, ihre Auktionsgeschichte, ihre Nummer bei der heutigen Auktion. »Jemand stiehlt sie, und du musst ihr folgen.«

Silencio schaut vom schönen Zifferblatt der Futurematic zum Gesicht der Frau.

»Du musst sie für ihn finden ...«

Und weg ist die Uhr, und sie auch, und der andere mit ihr, sie lassen Silencio an diesem Ort allein, der nur groß ist, ohne Farbe und Form, und Silencio ist es, als müsste er gleich weinen.

Aber sehr weit entfernt spürt er sie, die Uhr. Er kennt sie, und sie ist noch da, wenn nur diese Entfernung nicht wäre, diese grauen Lichtfelder. Und wieder weg.

Nein. Da ist das System: das System aller Armbanduhren. Ähnlichkeiten. Unterschiede. Die Worte. Eine Kodierung. Nichts geht innerhalb des Systems verloren, und die Futurematic steigt hoch wie durch klares Wasser. Sie ist in seiner Reichweite.

Und wieder weg. Leere.

Nein. Er will sie haben. Er geht erneut ins System.

Er durchquert die grauen Felder, sieht nur die Futurematic. Sieht, wohin sie verschwunden ist …

63 Kabelturm

Rydell hatte in Knoxville ein relativ umfangreiches Aufstandsbekämpfungstraining absolviert und wusste – jedenfalls in der Theorie – einiges über Brände und Naturkatastrophen, aber nichts hatte ihn auf die merkwürdige Lage vorbereitet, in der er sich nun befand: Er hockte hinten auf einem Geländefahrzeug und klammerte sich mit einer Hand fest, während Elmore, die Netzkappe, die von Chevettes Freundin irgendwie bequatscht worden war, sie alle zu fahren, auf der oberen Ebene der Brücke in Richtung Bryant zurückbretterte. Rydell hatte hier noch nie ein Fahrzeug gesehen, abgesehen von Fahrrädern, und er vermutete, dass sie unter normalen Umständen nicht sehr weit gekommen wären.

Dies waren jedoch keine normalen Umstände, und es war auch alles andere als ein normaler Ort. Die Leute quollen aus den oberen Bereichen der Besetzergemeinschaft wie Ameisen aus einem zerstörten Nest, und Rydell fiel auf, mit welcher Ruhe sie das taten. Das waren in gewissem Sinn keine Zivilisten, sondern abgehärtete Überlebenskünstler, die es gewohnt waren, auf sich selbst gestellt in einer Gemeinschaft von Menschen gleichen Schlages zu leben. Ein paar Leute schrien und liefen wahrscheinlich in die falsche Richtung oder im Kreis, aber aus dem sich rasch verändernden Blickwinkel des bockenden, holpernden ATV war das schwer zu erkennen. In erster Linie vermittelten sie Rydell einen Eindruck von Entschlossenheit; sie hatten festgestellt, dass die Brücke brannte, und verließen sie. Die meisten schienen etwas zu tragen. Ein paar trugen kleine Kinder, weitaus mehr trugen Haushaltsgegenstände, und Rydell hatte mindestens drei mit Waffen gesehen.

Elmores Stil, sich seinen Weg durch die Menge zu bahnen, war überaus direkt; er raste auf jeden los, der ihm in die Quere kam, ließ eine nervtötende kleine Hupe ertönen, die vermutlich sowieso niemand hörte, und baute darauf, dass die Leute schon beiseite springen würden. Was sie auch taten, wenngleich sie es manchmal nur mit knapper Not schafften. Dann streifte das rechte Hinterrad des ATV schließlich einen Stapel gelber Gemüsekisten aus Plastik, sodass diese auf zwei stark tätowierte Typen mit Lederhosen und farbbespritzten Bauarbeiterstiefeln fielen. Elmore musste voll auf die Bremse treten, und Rydell sah, wie Chevette herunterflog; er konnte sie nicht festhalten, weil er die Chain Gun in der Hand hielt, die ihr am nächsten war, und sie nicht weglegen konnte.

Blockiert von dem Haufen leerer gelber Kisten, knallte Elmore den Rückwärtsgang rein, setzte ungefähr anderthalb Meter zurück, gab Vollgas und pflügte in die Kisten und die Lederhosenmänner, die prompt lateral wurden, über den Kistenhaufen angestürmt kamen und Elmore packten, der auf Rydell nicht gerade den Eindruck einer Kämpfernatur machte. »Finger weg von ihm«, rief Chevettes Freundin und versuchte zu verhindern, dass sie zusammen mit dem Fahrer vom Sattel gezerrt wurde. Rydell hob die Chain Gun und hielt sie einem der Tätowierten unter die Nase. Der Bursche blinzelte sie an, sah Rydell in die Augen und wollte auf ihn losgehen, aber Rydell brüllte aus einem Cop-Reflex heraus: »LAPD! Runter auf den Boden!« – was unter den gegebenen Umständen überhaupt keinen Sinn ergab, aber offenbar funktionierte. »Das ist eine Schusswaffe«, fügte er hinzu und dachte an

Fontaines Hinweis, dass die Chain Gun alles andere als zielgenau war.

»Ihr habt sie doch nicht mehr alle«, fauchte einer der Tätowierten – nackte, kunstvoll verzierte Brust –, während er sich über die gelben Kisten davonmachte. Das Licht fing sich in einem runden Stahlnagel in seiner Unterlippe. Sein Partner war dicht hinter ihm.

Rydell sprang ab und fand Chevette, die gerade versuchte, sich aus einem Haufen zerquetschter Auberginen oder etwas Ähnlichem zu befreien. Als er sich wieder zum ATV umdrehte, sah er, wie eine Frau mit Bürstenschnitt und prallen Bizeps sich auf Elmore stürzte, der in die Kisten kippte.

»Wo ist Tessa?«

»Keine Ahnung«, sagte Rydell und nahm Chevette an die Hand. »Komm mit.« Sobald sie von dem ATV weg waren, das ohnehin nicht mehr lief, dämmerte es Rydell, dass hier etwas ganz und gar nicht stimmte. Fast auf dem ganzen Weg von Fontaines Laden hierher waren die Leute Richtung Bryant gerannt, aber nun sah er, dass sie wieder zurückkamen, und jetzt stand Furcht in ihren Gesichtern. »Ich glaube, es brennt da vorn, an der Rampe«, sagte Rydell. Man konnte jetzt auch den Rauch sehen, und Rydell bemerkte, wie rasch er dicker wurde.

»Wo ist Tessa?«

»Haben wir verloren.«

Ein junges Mädchen kam schreiend und mit brennendem Hemd aus Richtung Stadt angerannt.

Rydell stellte ihr ein Bein, gab Chevette die Chain Gun und bückte sich, um das Mädchen umzudrehen und die Flammen zu ersticken. Das Mädchen schrie trotzdem weiter, und dann war sie wieder auf den Beinen und rannte, obwohl Rydell sah, dass ihr Hemd gelöscht war. Er nahm Chevette die Chain Gun wieder ab. »In der Richtung sollten wir es lieber nicht versuchen«, sagte er. Er wollte nicht darüber nachdenken, was dort geschehen mochte, wenn die Menge versuchte, sich mit Gewalt ihren Weg durchs Feuer zu bahnen. »Komm, probieren wir's hier.« Er zerrte sie durch die Tür eines leeren Cafés. Kaffeetassen auf den Tischen, dezente Musik, Dampf aus einem Suppentopf auf einer Warmhalteplatte hinterm Tresen. Er zog sie hinter den Tresen und in die enge kleine Küche, stellte jedoch fest, dass es dort zwar Fenster gab, diese jedoch zum Schutz vor Dieben mit kunstvoll verschweißten Gittern aus Armierungsstäben verbarrikadiert worden waren. »Shit.« Er beugte sich vor, um durch die salzverkrustete Scheibe zu spähen, und versuchte abzuschätzen, wie tief es dort hinunterging, falls es ihnen gelingen sollte, auf diesem Wege hinauszukommen.

Jetzt war sie diejenige, die ihn packte und aus dem Café zog, aber dabei gerieten sie einem neuen Trupp in Panik geratener Brückenbewohner in die Quere, die vor dem flohen, was Richtung Bryant geschah. Sie gingen beide zu Boden, und Rydell sah, wie die Chain Gun durch ein Loch fiel, das man für ein Bündel Abwasserschläuche in den Boden gesägt hatte. Er verkrampfte sich in Erwartung der Explosion, wenn das Ding unten aufschlug, aber sie blieb aus.

»Schau«, sagte Chevette, rappelte sich auf und zeigte hin, »wir sind am Fuß von Skinners Turm. Versuchen wir, raufzukommen.«

»Da kommen wir nicht mehr runter«, protestierte Rydell. Seine Seite brachte ihn um, als er aufstand.

»Da gibt's aber auch nichts, was brennen könnte«, sagte sie, »sobald man an dem Hydrokulturladen vorbei ist.«

»Und was ist mit dem Rauch?«

»Das kann man nicht wissen«, erwiderte sie, »aber hier unten erwischt er uns garantiert.« Sie sah ihn an. »Tut mir Leid, Rydell.«

»Was?«

»Dass ich versucht hab, dir die Schuld an all dem zu geben.«

»Hoff ich jedenfalls, dass es nicht meine Schuld ist«, sagte er.

»Wie ist es dir ergangen?«

Rydell grinste unwillkürlich, weil sie ihn das jetzt fragte.

»Du hast mir gefehlt«, sagte er.

Sie zögerte. »Du mir auch.« Dann ergriff sie wieder seine Hand und steuerte auf die Plastikbahn um den Fuß des Kabelturms zu. Es sah aus, als hätte sich jemand den Weg herausgeschnitten. Chevette trat durch einen anderthalb Meter hohen Schlitz. Rydell bückte sich und folgte ihr. Hinein in warme Dschungelluft und Kunstdüngergeruch. Aber hier war ebenfalls Rauch, er wirbelte unter dem grellen Schein der Treibhauslampen. Chevette fing an zu husten. Schatten von Menschen auf der Flucht liefen über das durchscheinende Plastik. Chevette ging zu einer Leiter und begann hinaufzusteigen. Rydell stöhnte.

»Was ist?« Sie hielt inne und schaute zurück.

»Nichts«, sagte er und kletterte hinter ihr her, biss sich jedes Mal, wenn er die Arme heben musste, auf die Lippen.

In der Ferne hörte er Sirenen, eine seltsame, anschwellende Kakophonie, Geräusche, die miteinander verschmolzen, sich verwoben und wieder trennten, wie ein Konzert von Roboterwölfen. Ob es in den Minuten nach dem Little Big One wohl auch so geklungen hatte?

Er wusste wirklich nicht, wie weit er auf dieser Leiter kommen würde. Sie war aus Metall, mit diesem Superkleber, den sie hier benutzten, an die Wand gepappt, und als er hochschaute, sah er Chevettes plastikbesohlte Füße durch eine dreieckige Öffnung verschwinden.

Und merkte, dass er lächelte, denn sie war es wirklich, das waren wirklich ihre Füße, und sie hatte gesagt, er habe ihr gefehlt. Der Rest des Weges kam ihm gar nicht mehr so schwer vor, aber als er durch das Loch oben kam und sich an den Rand setzte, um zu verschnaufen, sah er, dass sie angefangen hatte, den schrägen Träger hinaufzusteigen, wobei sie sich zu beiden Seiten der stumpfzahnigen Schiene festhielt, auf der die kleine Gondel fuhr, die er oben ausmachen konnte.

»Du lieber Himmel«, entfuhr es Rydell, als er sich vorstellte, dass er ihr folgen musste.

»Bleib da«, sagte sie über die Schulter hinweg, »ich versuch, sie runter zu bringen.« Rydell sah ihr nach und machte sich Sorgen wegen des Schmierfetts, aber sie kletterte immer weiter, und kurz darauf war sie oben und stieg in die Gondel, die von seiner Position aus wie einer der Müllcontainer hinter dem Lucky Dragon aussah, nur kleiner.

Rydell hörte einen Elektromotor aufheulen. Mit einem knarrenden Geräusch setzte sich die kleine Gondel mit Chevette darin in Bewegung und kam herunter.

Er stand auf, und der Rauch geriet ihm in die Lungen. Seine Seite stach jedes Mal, wenn er hustete.

»Da oben war jemand«, sagte sie, als sie unten ankam. »Das sieht man am Schmierfett. Ich bin vorhin schon mal hier gewesen und hab mich umgeschaut, und da war Staub drauf.«

»Wahrscheinlich wohnt da jemand«, sagte Rydell und ließ den Blick über die dunklen, dünnen Wände schweifen, die den Turm von der Plattform aus, auf der er stand, bis auf dreieinhalb Meter Höhe umschlossen. Er stieg in die Gondel, und Chevette drückte auf einen Knopf. Die Gondel ächzte und knarrte und setzte sich am Träger aufwärts in Bewegung.

Das Erste, worauf Rydell nicht vorbereitet war, als sie über die abschirmende Wand hinauskamen, war das

Ausmaß des Brandes. Es sah aus, als stünde das Ende an der Bryant komplett in Flammen; riesige schwarze Rauchwolken stiegen in den Nachthimmel auf. Durch sie hindurch sah er die Lichter von Rettungswagen – es waren Dutzende, wie es schien –, und über dem Knarren des Zahnrads hörte er immer noch das Konzert der heulenden Sirenen. »Du meine Güte«, sagte er. Er schaute in die andere Richtung, nach Treasure hinüber, und dort brannte es ebenfalls, wenn auch anscheinend nicht ganz so stark, aber vielleicht lag das bloß an der Entfernung.

»Hast du 'ne Taschenlampe?«, fragte Chevette.

Er zog den Reißverschluss seiner Lucky-Dragon-Hüfttasche auf und fischte eine kleine Lucky-Dragon-Wegwerfleuchte heraus, die er sich noch in L.A. beschafft hatte. Chevette drehte sie an und stieg die Leiter zum Loch im Boden des kleinen Würfels auf dem Turm hinauf, ihrem Zuhause in jener Zeit, als Rydell sie kennen gelernt hatte. Nur eine quadratische Öffnung da oben, und er sah, wie sie mit der Lampe hineinleuchtete. »Ist offen«, sagte sie nicht allzu laut, und das veranlasste Rydell, ihr nachzuklettern.

Als er durch das Loch in den einzelnen Raum stieg, ließ sie gerade den Lichtstrahl der Taschenlampe umherwandern. Hier war nichts, nur Abfall. In einer Wand ein rundes Loch, und Rydell erinnerte sich, dass dort früher ein altes Buntglasfenster gewesen war.

Er sah ihren Gesichtsausdruck im Lichtschein der Taschenlampe. »Er ist wirklich nicht mehr da«, sagte sie, als könnte sie es selbst nicht recht glauben. »Ich hab wohl gedacht, er wäre noch da.«

»Hier wohnt momentan keiner«, sagte Rydell, ohne so recht zu wissen, warum.

»Die Deckenluke ist auch offen«, sagte Chevette und leuchtete mit der Taschenlampe hinauf.

Rydell ging zu der alten, an die Wand geschraubten Leiter und kletterte hoch. Er spürte feuchtes, splittriges

Holz an den Handflächen. Allmählich beschlich ihn das Gefühl, dass es vielleicht doch keine so gute Idee gewesen war, hier heraufzukommen, denn wenn die ganze Brücke brannte, würden sie es wahrscheinlich nicht überleben. Er wusste, dass der Rauch ebenso gefährlich war wie das Feuer, und er fragte sich, ob ihr das klar war.

Und das Zweite, worauf er nicht vorbereitet war: Als er den Kopf durch die Luke schob, wurde ihm der Lauf einer Waffe ins Ohr gesteckt.

Sein Freund mit dem Schal.

64 Magisches Zeichen

Und als Harwood samt allem anderen inmitten dieser sich ausbreitenden Kälte entschwindet und Laney seine Beine in dem Gewirr aus Schlafsäcken und Bonbonpapier wie von fern in Krämpfen zucken fühlt, ist Rei Toei da und gibt ihm dies magische Zeichen, eine Uhr, rundes Zifferblatt, die zwölf Stunden des Tages und die zwölf der Nacht, schwarzer Lack und goldene Ziffern, und er legt es auf den Raum, den Harwood eingenommen hat.

Und sieht, wie es eingesaugt, ins Unendliche weggesaugt wird, dorthin, wo Harwood hingeht; eingesaugt vom Mechanismus der Umstülpung selbst, und dann ist es fort.

Und Laney geht ebenfalls fort, wenn auch nicht mit Harwood.

»Hab dich«, sagt Laney zur Dunkelheit in seiner stinkenden Schachtel, tief unten inmitten des Unterschallseufzens der Pendlerzüge und des fortwährenden Geklappers vorbeieilender Füße.

Und ist auf einmal im Sonnenschein von Florida, auf der breiten Betontreppe, die zum nüchternen Eingang eines staatlichen Waisenhauses hinaufführt.

Ein Mädchen namens Jennifer ist dort, genauso alt wie er, in blauem Jeansrock und weißem T-Shirt, die schwarzen Ponyfransen glatt und glänzend, und sie geht Ferse an Zeh, Ferse an Zeh ganz am Rand der obersten Stufe entlang, die Arme ausgebreitet, um das Gleichgewicht zu halten, wie auf einem Hochseil.

Balanciert so ernsthaft.

Als würde sie, wenn sie fiele, bis in alle Ewigkeit fallen.

Und Laney lächelt, als er sie sieht, und erinnert sich an die Gerüche des Waisenhauses: Marmeladenbrote, Desinfektionsmittel, Modellierton, saubere Laken.

Und woanders ist die Kälte jetzt überall, aber er ist endlich daheim.

65 *Frische Luft*

Während Fontaine nun das Beil schwingt, geht ihm der Gedanke durch den Kopf, dass er schon ganz schön lange lebt und dies trotzdem eine neue Erfahrung für ihn ist: den schweren Kopf über seinen eigenen zu heben und ihn gegen die Rückwand des Ladens herabsausen zu lassen, sodass das Sperrholz dröhnt.

Er ist ein bisschen überrascht, dass er einfach so abprallt, aber beim nächsten weit ausholenden Hieb hat er den Kopf umgedreht, sodass nicht die Klinge, sondern der spitze Vierzollnagel auf die Wand trifft, und der gräbt sich äußerst zufrieden stellend hinein und dringt beim dritten Schlag durch, und er verdoppelt seine Anstrengungen.

»Wir brauchen 'n bisschen Luft«, sagt er ebensosehr zu sich selbst wie zu den beiden, die auf seinem Bett sitzen, dem grauhaarigen Mann und dem Jungen mit dem gesenkten Kopf, der wieder im Helm versunken ist.

Wenn man diese beiden so ansieht, könnte man denken, es gäbe kein Problem, die Brücke würde gar nicht brennen.

Wo ist das Hologrammmädchen hin?

Trotzdem, dieses Gehacke bringt was, obwohl ihm schon die Arme schmerzen. Ein Loch von der Größe einer Untertasse, und es wird größer.

Keine Ahnung, was er tun wird, wenn's groß genug ist, aber er will nicht untätig rumsitzen.

So ist es immer bei Fontaine, wenn er weiß, dass es schlimm steht, wirklich sehr schlimm, und dass höchstwahrscheinlich nichts mehr zu machen ist. Er will einfach nicht untätig rumsitzen.

66 Zeppelin

Chevette klettert durch die Luke im Dach von Skinners Bude und sieht Rydell mit seinem Lucky-Dragon-Security-Lätzchen dort knien, aber der entscheidende Faktor hier ist der Mann aus der Bar, derjenige, der Carson erschossen hat. Er drückt Rydell eine Schusswaffe ins Ohr und betrachtet Chevette lächelnd.

Er ist nicht viel älter als sie, denkt sie, mit seinen kurzen schwarzen Haaren und den ausrasierten Schläfen, seiner schwarzen Lederjacke und dem Schal, den er sich betont lässig um den Hals geschlungen hat, obwohl man weiß, dass er sich viel Zeit dafür nimmt, und sie fragt sich, wie es kommt, dass Menschen so werden, dass sie jemandem eine Schusswaffe ins Ohr stecken und man weiß, dass sie auch abdrücken werden. Und wieso gerät Rydell bloß immer wieder an solche Leute? Oder geraten die an ihn?

Und hinter ihm sieht sie eine Wasserfontäne, die sich höher wölbt als die Brücke, und sie weiß, dass sie von einem Feuerwehrboot kommt, denn sie hat mal eins im Einsatz gesehen, als ein Pier am Embarcadero gebrannt hat.

Herrgott, ist das jetzt seltsam hier oben – der Nachthimmel voller Rauch, die Flammen, die Lichter der Stadt, die trübe im sich dahinwälzenden Qualm schwimmen. Glühende rote Würmchen fallen herab, erlöschen überall um sie herum, und der Brandgeruch. Sie weiß, sie will nicht, dass Rydell etwas geschieht, aber sie hat keine Angst. Sie hat jetzt einfach keine, sie weiß nicht, warum.

Irgendwas neben ihr auf dem Dach, und sie sieht, es ist ein Gleiter mit seinem kleinen Gestell, der mit glänzenden, scharfen Nägeln am asphaltierten Holzdach angepflockt ist.

Und daneben ein Haufen anderer Dinge: schwarze Nylonsäcke, Bettzeug wahrscheinlich. Als wäre jemand darauf vorbereitet, im Notfall hier zu campen, und sie begreift, dass der Junge mit den ausrasierten Schläfen für den Fall abgesichert sein wollte, dass er hier bleiben und sich verstecken muss. Und ihr geht auf, dass er wahrscheinlich für das Feuer auf der Brücke verantwortlich ist – wie viele mögen wohl schon tot sein –, aber er lächelt nur, als würde er sich freuen, sie zu sehen, und drückt Rydell die Waffe ins Ohr.

Rydell sieht jetzt traurig aus. So traurig.

»Du hast Carson umgebracht«, hörte sie sich sagen.

»Wen?«

»Carson. In der Bar.«

»Er war drauf und dran, dich ins Land der Träume zu schicken.«

»Er war ein Arschloch«, sagte sie, »aber du hättest ihn nicht umbringen müssen.«

»Zum Glück geht's nicht darum, wer ein Arschloch ist«, sagte er. »Sonst würden wir mit unserer Arbeit gar nicht zu Ende kommen.«

»Kannst du das da fliegen?« Mit einer Geste zum Gleiter.

»Und ob. Ich nehme jetzt die Knarre aus deinem Ohr«, sagte er zu Rydell. Er tat es. Sie sah, wie Rydells Augen sich bewegten; er sah sie an. Der Junge mit den ausrasierten Schläfen schlug ihm mit der Waffe auf den Kopf. Rydell brach zusammen. Lag da wie eine große, kaputte Puppe. Eins der glühenden roten Würmchen fiel auf sein albernes pinkfarbenes Lätzchen und brannte ein schwarzes Zeichen hinein. »Ich lasse euch hier.« Er richtete die Waffe auf eins von Rydells Beinen. »Kniescheibe«, sagte er.

»Tu's nicht«, bat sie.

Er lächelte. »Leg dich da drüben hin. Am Rand. Auf den Bauch.« Die Waffe bewegte sich keinen Millimeter.

Sie tat, was er verlangte. »Hände hinter den Kopf.«

Sie gehorchte.

»Bleib so liegen.«

Sie konnte ihn aus den Augenwinkeln beobachten, als er zum Gleiter ging. Der schwarze Stoff des schlichten dreieckigen Flügels fing eine Brise ein und flatterte dumpf.

Sie sah, wie er sich unter dem drachenartigen Flügel hindurchduckte und sich im Innern des ausladenden Kohlefasergestells darunter wieder aufrichtete. Dort war eine Lenkstange; sie hatte auf Real One gesehen, wie Leute diese Dinger flogen.

Er hatte noch immer die Waffe in der Hand, aber sie war nicht mehr auf Rydell gerichtet.

Sie konnte den festgetrockneten Asphalt auf dem Dach riechen, und ihr fiel wieder ein, wie sie ihn mit Skinner an einem heißen, windstillen Tag aufgetragen hatte, wie sie den Metalleimer mit Teer darin auf einem Propangaskocher erhitzt hatten.

Die Welt, die Skinner mit erbaut hatte, brannte jetzt, und sie und Rydell würden vielleicht mit ihr verbrennen, aber der Junge mit den ausrasierten Schläfen war abflugbereit.

»Kommst du damit bis zum Embarcadero?«

»Locker«, sagte er. Sie sah, wie er die Schusswaffe in die Tasche seiner schwarzen Jacke steckte, mit beiden Händen die Stange packte und den Gleiter hochhob, der sofort von der Brise erfasst wurde. Er trat in den Wind und erinnerte sie dabei irgendwie an eine dahinstolzierende Krähe, einen dieser großen Rabenvögel, die sie in ihrer Kindheit in Oregon gesehen hatte. Jetzt war er nur noch ein, zwei Meter vom Rand entfernt, auf der Seite von Skinners Bude, die zum China Creek hin lag. »Du und dein Freund hier, ihr habt mir einen Haufen Schwierigkeiten bereitet«, sagte er, »aber jetzt werdet ihr entweder verbrennen oder ersticken, also sind wir wohl quitt.« Er schaute geradeaus und machte einen Schritt nach vorn.

Und Chevette war auf den Beinen, ohne auch nur im Geringsten eine bewusste Entscheidung getroffen zu haben, und zog im Laufen das Messer, das Skinner ihr hinterlassen hatte. Und ließ es herabsausen, als er sich vom Rand abstieß, durchtrennte das schwarze Gewebe in einem Dreiviertelschnitt fast vom Mittelpunkt aus geradewegs durch den hinteren Rand.

Er gab keinen Laut von sich, als er flatternd in die Tiefe stürzte, immer schneller, wie ein Blatt kreiselnd, bis er gegen etwas prallte und verschwand.

Sie merkte, dass sie ganz am Rand stand, mit den Schuhspitzen über dem Abgrund, und trat einen Schritt zurück. Sie betrachtete das Messer in ihrer Hand, das von den gehämmerten Gliedern der Motorradkette darin eingeschlossene Muster. Dann warf sie es über den Rand, drehte sich um und kniete sich neben Rydell. Sein Kopf blutete aus einer Wunde irgendwo oberhalb des Haaransatzes. Er hatte die Augen offen, schien aber Schwierigkeiten zu haben, seinen Blick zu fokussieren.

»Wo ist er?«, fragte Rydell.

»Nicht den Kopf bewegen«, sagte sie. »Er ist weg.«

Der Wind drehte und trug so dicken Rauch heran, dass die Stadt verschwand. Sie mussten beide husten.

»Was ist das für ein Geräusch?«, brachte Rydell heraus und drehte mühsam den Hals.

Sie glaubte, es wäre das Geräusch des Feuers, aber dann wurde es zu einem stetigen Brummen, und sie hob den Blick und sah genau auf gleicher Höhe mit ihr, wie es schien, die häuserblockgroße, unförmige Nase eines schmieriggrauen Frachtzeppelins. OMAHA TRANS-

FER stand in zehn Meter hohen Lettern darauf. »Ach du Scheiße«, hauchte sie, als das Ding über ihnen war, sein glatter, unglaublich riesiger Rumpf so nah, dass sie ihn hätte berühren können.

Und dann warf er seine Ladung ab, an die acht Millionen Liter reines Eiswasser, die für die Städte südlich von Los Angeles bestimmt gewesen waren, und ihr blieb nichts anderes übrig, als sich an Rydell festzuklammern und den Mund gegen das Gewicht und den Druck des Wassers zu schließen, und dann war sie irgendwo anders und trieb dahin, und es schien solange, so endlos lange her zu sein, dass sie geschlafen hatte.

67 *Das silberne Schloss*

In den grauen Feldern findet Silencio ein silbernes Schloss, das leer ist und irgendwie neu. Es sind keine Menschen da, nur leere Flure, und er fragt sich, warum jemand wohl so etwas baut.

Das Armbanduhrensystem führt ihn tiefer hinein, tief ins Innere; jeder Flur gleicht dem vorherigen, und es macht ihm keinen Spaß mehr, aber die Futurematic ist immer noch dort, und er wird sie finden.

Und als er sie endlich findet, in einem sehr kleinen Raum am Grund der silbernen Welt, stellt er fest, dass er nicht allein ist.

Da ist ein Mann, und der Mann sieht Silencio an und glaubt nicht, dass Silencio da ist, und die Augen des Mannes füllen sich mit einer Furcht, die seine eigene Furcht widerspiegeln muss, denkt Silencio, und er möchte dem Mann sagen, dass er nur hergekommen ist, um die Uhr zu finden, weil sie zu dem System von Zeigern und Zifferblättern und aufgelegten Zahlen gehört, und Silencio will ihm nichts tun, aber die Augen des Mannes sind wie die Augen derjenigen, denen Raton das Messer zeigt, und dann hustet jemand hinter Silencio. Und als er sich umdreht, sieht er einen schrecklichen Mann mit einem Kopf wie eine Blutwolke, dessen Mund zu einem Schrei voller roter Zähne aufgerissen ist, und der Mund bewegt sich nicht, als dieser Mann sagt: »Hallo, Harwood.«

Aber jetzt ist er irgendwie wieder bei der Leuchtenden.

Sie sagt Silencio, dass er den Hut abnehmen soll, und er gehorcht. Drinnen verblassen die Bilder vom Schloss, und der Raum ist voller Rauch, und draußen vor der kaputten Tür ist noch mehr Rauch, und der schwarze Mann, dessen graue Haarzweige jetzt schlaff herabhängen, hat mit seinem Beil ein Loch in die Wand gehauen. Kein großes Loch, aber jetzt steckt er den Kopf und die Schultern hindurch, und Silencio sieht, wie er zusammenzuckt, als hätte ihn etwas getroffen. Und dann zieht er den Kopf wieder herein, seine Augen sind groß, und er ist nass, nass, er trieft vor Wasser, und Wasser fällt an dem Loch vorbei, die grauen Haare kleben dem Mann in wirren Strähnen im Gesicht, und jetzt kommt noch mehr Wasser herunter, in den Tunnel draußen vor der Tür, der wie eine Straße ist, so viel Wasser.

Und der Mann in dem langen Mantel steht da, die Hände in den Taschen, und schaut zu, wie das Wasser herunterkommt, und Silencio sieht, wie die Furchen in den Wangen des Mannes tiefer werden. Dann nickt der Mann Silencio und dem schwarzen Mann zu und geht durch die kaputte Tür hinaus.

Silencio fragt sich, ob es in dem silbernen Schloss auch nass ist.

68 Das Absolute, frei

Boomzilla im Lucky Dragon, wieder reingegangen, weil sie gleich zum ersten Mal dieses Lucky-Dragon-Nanofax einschalten – kein Spiel, schon klar, sondern wie man was Kompaktes von einem Laden zum andern kopiert. Weiß nicht so recht, ob er's kapiert, gibt aber gratis Süßigkeiten und Riesenbecher Getränke für die Kinder, und im Moment will er ganz bestimmt eins sein, aber dann geht alles in die Hose, weil die Brücke brennt und diese Mörderzeppeline 'ne Monsterladung Wasser drauf geschmissen haben, rund hundert Feuerwehrwagen und so sind hier, Polizei, taktische Einheiten, Hubschrauber in der Luft, da kann der Lucky Dragon nicht die dicke Show abziehen, wenn sie ihr Lucky-Dragon-Nanofax anschmeißen, der Manager ist total durch den Wind, rennt durch die Gänge und führt Selbstgespräche. Aber der Laden macht 'n Bombengeschäft, die Zentrale will nicht, dass sie schließen, und Boomzilla hat angefangen, sich den Bauch für lau mit Schokoriegeln voll zu schlagen, weil die Privatbullen zuschauen, wie immer noch Rauch von dem nassen schwarzen Müll aufsteigt, mehr ist auf dieser Seite nicht übrig, sodass man die echte Brücke sehen kann, den alten Teil. Ist auch alles schwarz und hängt in der Luft wie so Knochen.

Und dann kommt der Manager endlich an und liest was von nem Notebook ab, Ladys and Gentlemen, dieser bedeutsame Anlass, laberlaber, und nun legen sie in unserer Filiale in Singapur das erste Objekt ins Gerät

(Boomzilla siehts im Fernsehen, draußen an der Säule, ist ne goldene Statue vom lächelnden Lucky Dragon selbst), und dieses wird nun auf molekularer Ebene in sämtlichen Zweigstellen unserer Kette auf der ganzen Welt reproduziert werden.

Die Kassiererin und zwei Privatbullen klatschen. Boomzilla lutscht am Eis auf dem Boden seines Riesenbechers. Und wartet.

Das Lucky-Dragon-Nanofax hat ne Klappe vorne dran, durch die Boomzilla passen würde, wenn er wollte, und er überlegt, ob da wohl noch mehr Boomzillas anderswo bei rauskommen würden, und könnte er diesen Scheißkerlen trauen? Wenn ja, hätte er ne heiße Truppe, aber er traut keinem, warum sollten die?

Das Licht über der Klappe wird grün, die Klappe fährt hoch, und rauskrabbelt n splitternacktes Mädchen, faltet sich irgendwie auseinander, schwarze Haare, vielleicht Chinesin, Japanerin, irgendwas, lang und dünn, nicht viel Titten, so wie Boomzilla es gut fände, aber sie lächelt, und dem Manager, der Kassiererin, den Privatbullen, denen fällt allen der Unterkiefer runter, und die Augen quellen ihnen raus: Das Mädchen richtet sich auf, geht schnell und immer noch lächelnd zum Ausgang des Ladens, am Sicherheitstresen vorbei, und Boomzilla sieht, wie sie hochlangt, die Tür aufmacht und einfach rausgeht, und es wär schon mehr nötig als bloß so n nacktes japanisches Mädchen, damit jemand da draußen aufmerksam wird, mitten in der ganzen Scheiß-Katastrophe.

Aber das Verrückte ist, und das kapiert er nun wirklich nicht, als er so dasteht und durch die Tür auf die Videosäule guckt, sodass er hinterher rausgehen und sich seine letzte russische Marlboro anzünden muss, um drüber nachzudenken: Als er sie an den Bildschirmen da vorbeigehen sieht, sieht er sie auf sämtlichen Bildschirmen aus jedem Lucky Dragon der Welt kommen, mit dem gleichen Lächeln im Gesicht.

Boomzilla denkt immer noch drüber nach, als seine Marlboro alle ist, aber er findet, jetzt wär n Lucky-Dragon-Muff-Lette aus der Mikrowelle angesagt, das betrachtet er als sein Business-Frühstück, die Kohle dafür hat er, aber als er wieder reingeht, ist keins mehr da, die Scheiß-Feuerwehrleute habens alles aufgefressen.

»Ich glaub, es hackt«, erklärt er ihnen. »Warum faxt ihr mir nicht einfach eins aus Paris, verdammte Hühnerkacke?«

Tja, und da werfen die Privatbullen ihn raus.

69 *Alles dauert ewig*

Rydell erwacht unter Schmerzen in diesem wundersam trockenen, brandneuen, absoluten High-Tech-Schlafsack – für ihn fast der Himmel auf Erden –, liegt mit brennenden Rippen zusammengerollt neben Chevette, horcht auf die Hubschrauber, die wie Libellen herumschwärmen, und fragt sich, ob vielleicht irgendwas Schädliches in dem Klebstoff am Klebeband ist.

Sie haben diesen Schlafsack in seinem hermetisch verschlossenen Beutel nach der Flut gefunden; er hing an einem der Nägel, mit denen der Hanggleiter des Schals am Dach vertäut war.

Es hätte keinen willkommeneren Fund geben können, um aus den nassen Sachen raus und in was Warmes und Trockenes reinzukommen, und außerdem war der Boden des Schlafsacks wasserdicht und wahrscheinlich auch kugelsicher, ein sehr teures Teil aus dem Militärarsenal. Und dann lagen sie da und sahen zu, wie zwei weitere Zeppeline kamen, riesige, langsame Frachtdrohnen, die, wie sich später herausstellen wird, nach einem etliche Jahre zuvor von einem Team nordkalifornischer Notfallplaner ausgearbeiteten Plan umgeleitet worden waren, um noch mehr Wasser abzuwerfen, den Brand auf der Treasure-Seite zu löschen und auch den zentralen Brückenbogen feucht zu machen, und anschließend in einer Art unbeholfenem, elefantösem Ballett sofort wieder hochstiegen, entleert und schlaff, frei von Ballast.

Und hielten einander dort oben bis in die Morgendämmerung hinein in den Armen, als die Meeresbrise den Brandgeruch langsam forttrug.

Jetzt liegt Rydell wach, betrachtet Chevettes nackte Schulter und denkt nicht viel, obwohl ihm nach einer Weile doch der Sinn nach Frühstück steht, aber er kann warten.

»Chevette?« Eine Stimme aus einem blechernen kleinen Lautsprecher. Er blickt auf und sieht einen silbernen Mylar-Ballon an einer straff gespannten Leine. Das Kameraauge späht zu ihnen herüber.

Chevette bewegt sich. »Tessa?«

»Alles in Ordnung mit dir?«

»Ja«, sagt sie mit schläfriger Stimme. »Und wie sieht's bei dir aus?«

»Neunzig Minuten«, sagt die Stimme aus dem Ballon. »Action. Großes Budget. Ich hab Bilder, das glaubst du nicht.«

»Was heißt das, neunzig Minuten?«

»Ich hab 'nen Vertrag für 'ne große Reportage. Sie sind heute Früh hergeflogen. Was machst du da oben?«

»Ich versuch zu schlafen«, sagt Chevette, rollt sich herum und zieht sich den Schlafsack über den Kopf.

Rydell liegt da und sieht zu, wie der Ballon an der Leine tanzt, bis er schließlich zurückgezogen wird.

Er setzt sich auf und reibt sich das Gesicht. Rollt sich aus dem Schlafsack und steht steif auf, ein nackter Mann mit einem großen Verband aus silbernem Klebeband auf den Rippen, der sich fragt, auf wie vielen Fernsehschirmen er in diesem Moment erscheint. Er humpelt zur Luke hinüber und klettert in die Dunkelheit hinab, wo er sich an einer Wand erleichtert.

»Rydell?«

Rydell zuckt zusammen und macht sich den Knöchel nass. Es ist Creedmore. Er sitzt mit angezogenen Knien auf dem Boden, den Kopf mit den feucht glänzenden Haaren zwischen den Händen. »Rydell«, sagt Creedmore, »hast du was zu trinken?«

»Was machst du denn hier oben, Buell?«

»Bin in das Treibhausding da unten rein. Dachte, da gäb's vielleicht Wasser. Dann dachte ich, mein Arsch würde wie 'n verdammter Wels kochen, deshalb bin ich hier raufgeklettert. Arschgeigen.«

»Wer?«

»Ich bin im Arsch«, sagt Creedmore und ignoriert die Frage. »Randy hat meinen Vertrag gelöst, und die gottverdammte Brücke ist abgebrannt. Tolles Debüt, was? Lieber Himmel.«

»Du könntest vielleicht 'nen Song drüber schreiben.«

Creedmore blickt völlig verzweifelt zu ihm auf. Er schluckt. Als er spricht, ist seine Stimme gänzlich akzentfrei: »Kommst du wirklich aus Tennessee?«

»Klar«, sagt Rydell.

»Teufel noch mal, ich wünschte, ich auch«, sagt Creedmore matt, aber laut im Hohlraum dieser leeren Holzleiste. Sonnenlicht fällt durch das quadratische Loch über ihnen herein und bescheint einen Abschnitt aus Kantholz, das mit der Schmalseite nach oben verlegt ist, damit es einen festen Fußboden bildet.

»Wo kommst du denn her, Buell?«, fragt Rydell.

»Himmelarsch«, sagt Creedmore, und der Akzent kehrt zurück, »aus New Jersey.«

Und dann fängt er an zu weinen.

Rydell klettert wieder nach oben, bleibt auf der Leiter stehen, sodass nur sein Kopf draußen ist, und schaut nach San Francisco hinüber. Wovon Laney da auch immer geredet haben mag, diese Sache mit dem Weltuntergang und dass sich alles verändern würde, es sieht so aus, als wäre es nicht passiert.

Rydell schaut zum schwarzen Hügel des Schlafsacks hinüber und sieht in ihm das, was er am meisten begehrt, wofür er liebevoll sorgen will, und der Wind dreht, fängt sich in seinen Haaren, und als er ganz hinaufsteigt, zurück in den Sonnenschein, hört er Creedmore in dem Raum unter sich noch immer schluchzen.

70 Höflichkeitsbesuch

Im Taxi zum Transamerica Building schließt er die Augen und sieht die Armbanduhr vor sich, die er dem Jungen gegeben hat, auf der die Zeit nur in eine Richtung über ein schwarzes Zifferblatt wandert.

Seine innere Zeit ist jetzt führungslos geworden, hat sich dank der Rekonstruktion von Lises Gesicht durch eine Fremde aus der Verankerung gelöst. Die Zeiger der Uhr zeichnen einen Radiumkreis, lauter Augenblicke nacheinander. Er spürt eine Spirale entfesselter Möglichkeiten in diesem Morgen, wenn auch nicht für sich.

Die Brücke, die jetzt vielleicht ein für alle Mal hinter ihm liegt, ist ein Weg, der zu einem Ziel geworden ist: Salzluft, irgendwo beschafftes Neon, die dahingleitenden Schreie von Möwen. Er hat dort einen flüchtigen Blick auf die Randzonen eines Lebens erhascht, das ihm irgendwie uralt und ewig erscheint. Offensichtliche Unordnung, die auf eine tiefere, undenkbare Weise strukturiert ist.

Vielleicht hat er sich zu lange im Dunstkreis derjenigen bewegt, zu lange auf der Gehaltsliste derjenigen gestanden, die in der größeren Welt das Kommando führen. Derjenigen, deren Mühlen zunehmend feiner mahlen, hin zu einem unvorstellbaren Omega-Punkt reiner Information, einem permanent kurz bevorstehenden Wunder. Das nun niemals eintreten wird, wie er irgendwie spürt, oder zumindest nicht so, wie es sich all die Auftraggeber in seinem langen Berufsleben vorgestellt haben.

Im Atrium gibt er als Zweck seines Erscheinens »Höflichkeitsbesuch« an. Er wird entwaffnet, durchsucht, in Handschellen gelegt und auf Harwoods Anordnung hin von seinen sieben Häschern in einen Fahrstuhl geführt.

Und als dessen Türen sich schließen, ist er dankbar dafür, dass sie aufgeregt und unerfahren sind und ihm die Hände vor dem Bauch statt hinter dem Rücken gefesselt haben.

Wenn der Expresslift auf Harwoods Büroetage ankommt, wird er allein sein.

Er berührt seine Gürtelschnalle und denkt an das simple, aber überaus effiziente Werkzeug, das sich zwischen den Schichten aus feinem italienischem Kalbsleder verbirgt.

Und lebt im Moment.

71 Yamasaki

Grimmig und nervös steigt Yamasaki in die frühmorgendliche Rushhour hinab, begleitet von einem sehr großen Australier mit rasiertem Schädel und einem verstümmelten Ohr.

»Du hast gewusst, dass er hier war?«, fragt der Riese.

»Er hat um Geheimhaltung gebeten«, sagt Yamasaki. »Tut mir Leid.«

Yamasaki führt den Australier zu der Pappkartonstadt und zeigt auf Laneys Karton und dessen Eingang.

»Der hier?«

Yamasaki nickt.

Der Australier bringt jetzt ein Messer zum Vorschein, dessen Klinge auf einen Knopfdruck hin lautlos ausfährt; beide Ränder der Klinge sind gezackt. Er schlitzt das Oberteil von Laneys Karton auf und klappt es wie den Deckel einer Müslischachtel hoch, und Yamasaki sieht die Sticker mit den Bildern von Cody Harwood, die er schon einmal gesehen hat.

Der Australier, der viel größer ist als Yamasaki, steht da und starrt in den Karton hinab.

Yamasaki selbst ist noch nicht bereit, einen Blick hineinzuwerfen.

»Wovor ist er weggelaufen?«, fragt der Australier.

Yamasaki schaut in die kleinen, überaus intelligenten

Augen des Mannes hinauf, die in einem Gesicht von abstoßendster Brutalität sitzen. »Nicht weg«, sagt Yamasaki. »Er ist auf irgendetwas zugelaufen.«

In den Tiefen des Systems kommt ein Zug an und schiebt eine Wand abgestandener warmer Luft hinauf zu den Straßen an der Oberfläche und zu einem neuen Tag.

72 Fontaine

Fontaine kommt mit einem Krug Wasser und zwei Rotkreuz-Sandwiches von dem geschwärzten Gerippe Richtung Bryant zurück. Es ist seltsam hier, ein richtiges postkatastrophales Szenario, das ihm gar nicht gefällt. Mehr Medienfahrzeuge als Rettungswagen, obwohl auch davon eine ganze Menge da sind. Die Anzahl der Todesopfer ist außerordentlich gering, folgert er und schreibt das dem Naturell der Brückenleute zu, ihrem hartnäckigen Überlebenswillen und einem gewissen Glauben an unorganisierte Kooperation. Wahrscheinlich wird er nie erfahren, denkt er, worum es bei all dem überhaupt ging, was es da für kausale Zusammenhänge gab, aber er ist trotzdem sicher, dass er Zeuge von irgendetwas geworden ist.

Er hofft, dass Chevette und ihr Freund es geschafft haben, und irgendwie glaubt er es auch. Der Professor ist weg, unterwegs zu den Geschäften, die ein Mann seines Schlages betreibt, und das sind Geschäfte, von denen man am besten nichts weiß. Er wird Martial sagen müssen, dass seine Chain Gun weg ist, aber das ist nicht weiter schlimm. (Gegenüber von seinem Laden hat jemand eine Menge von diesem Zeug namens Kil'Z versprüht, für den Fall, dass sich der schmierige Fleck, den die Chain Gun dort hinterlassen hat, unangenehmerweise als seropositiv erweist.)

Als er zum Laden kommt, hört er, wie jemand Glasscherben zusammenfegt, sieht, dass es der Junge ist –

plattfüßig in seinen großen weißen Schuhen –, und stellt fest, dass der Junge seine Sache wirklich sehr gut gemacht hat, er hat sogar die Sachen auf den heil gebliebenen Borden neu arrangiert. Dieses silberne Stück Metall, das wie ein überdimensionaler Cocktailshaker aussieht, nimmt einen Ehrenplatz hinter dem glaslosen Rahmen von Fontaines Tresen ein, zwischen Bleisoldaten und zwei Trench-Art-Vasen, die aus den Granathülsen des Kaisers gehämmert sind.

»Wo ist sie hin?«, fragt Fontaine, während er das Ding betrachtet.

Der Junge hört auf zu fegen, seufzt und stützt sich schweigend auf seinen Besen.

»Weg, hm?«

Der Junge nickt.

»Sandwiches«, sagt Fontaine und gibt dem Jungen eins. »Wir werden hier für 'ne Weile ziemlich primitiv hausen müssen.« Er schaut wieder zu dem silbernen Behältnis hinauf. Irgendwie weiß er, dass sie nicht mehr drin ist, wer oder was auch immer sie war. Das Ding ist nun ebensosehr Geschichte wie die in einem französischen Schützengraben aus Granathülsen gehämmerten kruden, aber melancholisch zierlichen Vasen, nicht mehr, nicht weniger. Das ist das Mysterium der Dinge.

»Fonten.«

Er dreht sich um, sieht Clarisse mit einer Einkaufstüte in den Armen. »Clarisse.«

So etwas wie Besorgnis in ihren meergrünen Augen, eine Art Unruhe oder Angst. »Dir geht's also gut?«

»Ja«, sagt er.

»Hab schon gedacht, du wärs' tot, Fonten.«

»Nein.«

»Ich hab was zu essen mitgebracht.«

»Mit den Kindern alles in Ordnung?«

»Haben Angst«, sagt sie. »Sind bei Tourmaline.«

»Da hätt ich auch Angst.«

Ein Lächeln zuckt um ihre Mundwinkel. Sie kommt

näher, nimmt die Tüte beiseite. Ihre Lippen streifen die seinen.

»Danke«, sagt er und nimmt die schwere Tüte, aus der angenehme Düfte emporsteigen. »Danke, Clarisse.«

Er sieht Tränen in ihren Augenwinkeln. »Mistkerl«, sagt sie, »wo sind meine Puppen?«

»Tut mir Leid«, sagt er so ernst, wie es ihm möglich ist, »aber die sind dem schrecklichen Feuer zum Opfer gefallen.«

Und dann brechen sie beide in Gelächter aus.

73 Silencio

»Wo hast du die gefunden?«

»Treasure Island«, lügt der Junge und schiebt die Armbanduhr, ein festes braunes Plättchen aus Rost, über den Glastresen zu ihm hinüber.

Silencio späht durch seine Lupe auf den feuchten Metallkeks. Er kratzt mit einer Diamantnadel am Rost. »Edelstahl«, gibt er zu. Ihm ist klar, dass der Junge wissen wird, dass das gut ist, wenn auch nicht so gut wie Gold. Den Preis einer Mahlzeit wert.

»Ich will sehen, wie du sie reparierst«, sagt der Junge.

Silencio dreht die Lupe aus seinem Auge und schaut den Jungen an, als sähe er ihn zum ersten Mal.

»Ich will sehen, wie du sie reparierst.« Der Junge zeigt nach unten, auf die unter dem Glas aufgereihten Armbanduhren.

»Das Bett«, sagt Silencio. »Du warst mit Sandro hier, als wir die Vacheron restauriert haben.«

Silencio holt das Restaurierungsbett aus dem hinteren Teil des Ladens, ein quadratisches Kissen mit einer Kantenlänge von fünfundzwanzig Zentimetern. Er legt es auf den Tresen, und der Junge beugt sich vor, um die samtige grüne Fläche zu betrachten, die aus Millionen Manipulatoren besteht.

Silencio legt die Uhr auf das Bett. Vor ihren Augen stellt sie sich mit einer geschmeidigen Bewegung wie von selbst auf die Kante und scheint dann – ein Ding der Unmöglichkeit – zu sinken, als würde sie durch das flache Bett ins Glas darunter hinabgleiten. Verschwindet wie eine Münze in weichem Schlamm …

Silencio wirft einen Blick auf die Armbanduhr an seinem Handgelenk, eine Jaeger-LeCoultre-Militäruhr von der Royal Australian Air Force. »Neun Minuten«, sagt er. »Kaffee?«

»Ich will zusehen«, sagt der Junge.

»Gibt nichts zu sehen.«

Im Innern des Bettes wird die verrostete Scheibe der Uhr gelesen und zerlegt. Moleküle bewegen sich. In neun Minuten wird sie wieder emporsteigen, glänzend und perfekt wie an dem Tag, als sie die Fabrik in der Schweiz verlassen hat.

»Ich will zusehen«, sagt der Junge.

Silencio versteht. Er geht den Kaffee holen.

Dank

An alle, die sogar noch geduldiger als sonst auf dies hier gewartet haben, besonders an meine Verleger, die von Susan Allison und Tony Lacey ganz wunderbar repräsentiert werden.

An Deb, Graeme und Claire, in Liebe, weil sie sich mit weit mehr Kelleraufenthalten als üblich abgefunden haben.

An Julia Witwer, weil sie die erste Leserin dieses Textes ist und noch mehr.

Die Folgenden sind spezielle Freunde dieses Buches: Gordon Begg, Judith Beale, Jessica Eastman, Karl Taro Greenfeld, Mark Halyk, Richard Kadrey, Kevin Kelly, Lueza Jean Lamb, Roger Trilling, Jack Womack. Mein Dank geht an euch alle.

Und an das Post-Cyberpunk-Kontingent in Mexico City, dessen Mitglieder mir, obschon ich ihr aufmerksames Angebot der definitiven alternativen Tour abgelehnt habe, mit ihrer warmherzigen Begeisterung immer wieder Mut machten, als ich im Hotel Camino Real ein entscheidendes Kapitel schrieb.

10. Mai 1999
Vancouver, B.C.

Von

WILLIAM GIBSON

sind im

WILHELM HEYNE VERLAG

erschienen:

Cyberspace · 06/8214

Die Differenzmaschine (mit Bruce Sterling) · 06/4860

Die Neuromancer-Trilogie · 06/8202

Virtuelles Licht · 06/6435

Idoru · 06/6436

Futurematic · 06/6437

Bruce Sterling

Der preisgekrönte Cyberpunk-Autor

»Kein Autor besitzt ein solches Gespür für die Zukunft wie Bruce Sterling.«
Denver Post

»Sterlings Romane sind ein visionärer und poetischer Triumph!«
The Times

06/6361

06/6381

HEYNE-TASCHENBÜCHER

HEYNE

Christopher Priest
Die Amok-Schleife

06/6387

Zu Beginn ist es noch ein Spiel mit virtueller Realität, doch dann verfängt sich eine junge Frau in der »Amok-Schleife«, einem bizarren Computer-Labyrinth, aus dem es kein Entkommen zu geben scheint.

Atemberaubend konstruiert und meisterhaft erzählt – ein SF-Thriller im Stile von William Gibson und Bruce Sterling.

HEYNE-TASCHENBÜCHER

HEYNE BÜCHER

William Gibson

Die Neuromancer-Trilogie

06/8202

Die große Romantrilogie des »Cyberpunk«-Kultautors in überarbeiteter Neuausgabe. Ein Meilenstein der Science Fiction.

»William Gibson ist etwas gelungen, wovon jeder Schriftsteller träumt. Er hat die Welt verändert.«

Jack Womack

HEYNE-TASCHENBÜCHER